ERIN HART

Erin Hart est américaine. Elle est venue à l'écriture par le biais du théâtre, qu'elle a pratiqué à l'université. Avant d'écrire *Le chant des corbeaux,* son premier roman, elle a fait de la mise en scène, de la production et de la critique théâtrale, et à été directrice de la communication du Conseil des Arts de l'État du Minnesota. Passionnée par la musique traditionnelle irlandaise, qu'elle chante a capella, elle a fondé la *Minnesota Irish Music and Dance Association*. Son deuxième ouvrage, *Le lac aux chagrins*, est paru aux éditions Payot en 2005. Mariée à un musicien irlandais, Erin Hart vit depuis toujours dans le Minnesota.

LE LAC
DES DERNIERS SOUPIRS

DU MÊME AUTEUR
CHEZ POCKET

LE CHANT DES CORBEAUX

ERIN HART

LE LAC DES DERNIERS SOUPIRS

Traduit de l'anglais (États-Unis)
par Armelle et Frédéric Grellier

PAYOT SUSPENSE

Titre original :
LAKE OF SORROWS

ISBN 978-2-266-15869-5

À mon père et à ma mère

Je suis la mère : de tous les bosquets,
Je suis l'embrasement : de toutes les collines,
Je suis la reine : de toutes les ruches,
Je suis le bouclier : de toutes les têtes,
Je suis la tombe : de tout espoir.

Extrait de la Chanson d'Amheirgin,
vieux poème irlandais.

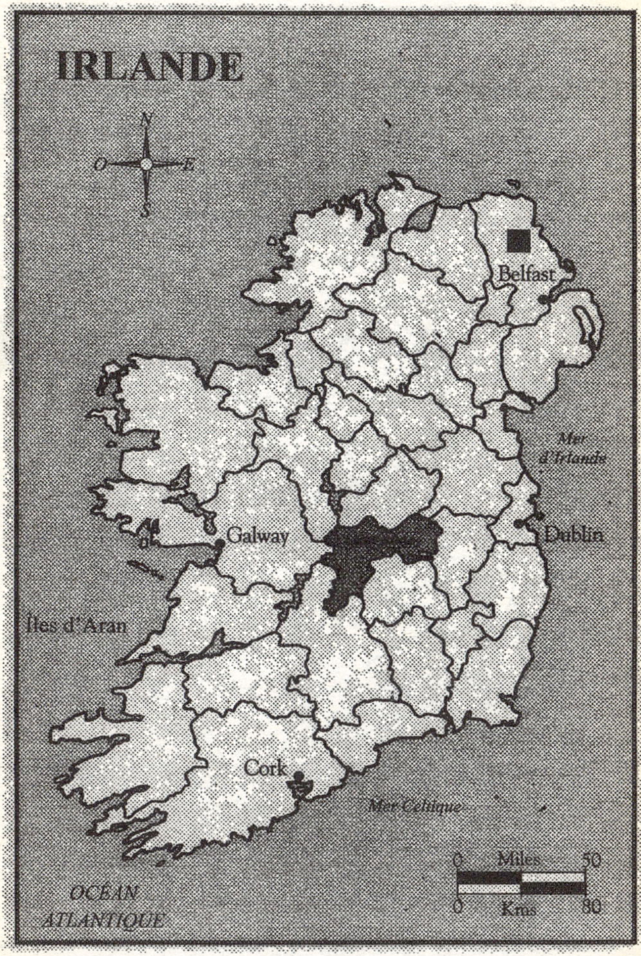
IRLANDE
N
O
E
S
Belfast
Mer
d'Irlande
Dublin
Galway
Îles d'Aran
Cork
Mer Celtique
0
Miles
50
0
Kms
80
OCÉAN
ATLANTIQUE

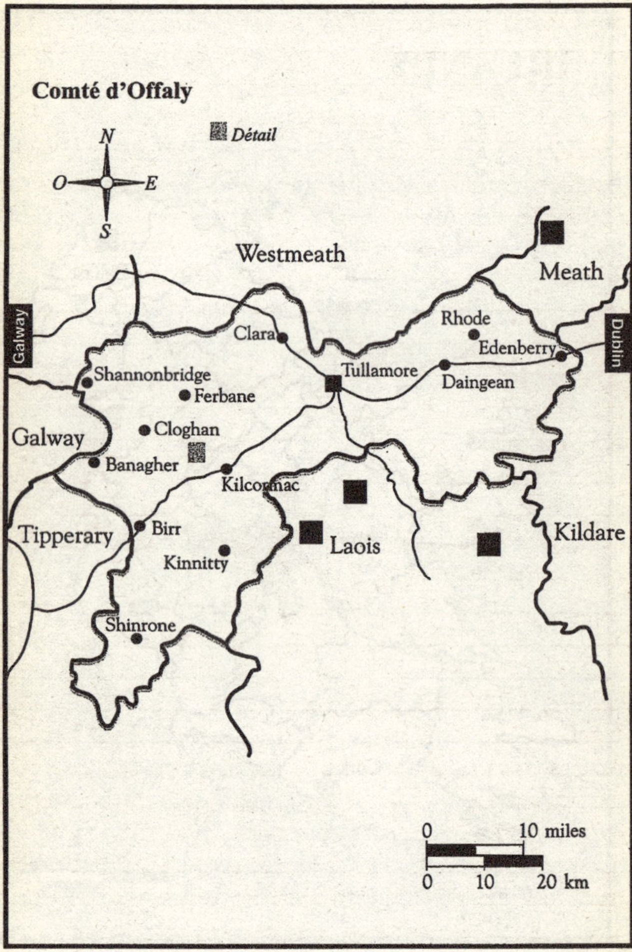
Comté d'Offaly
Détail
N
O
E
S
Westmeath
Meath
Galway
Dublin
Clara
Rhode
Edenberry
Tullamore
Daingean
Shannonbridge
Ferbane
Galway
Cloghan
Banagher
Kilcormac
Tipperary
Birr
Laois
Kildare
Kinnitty
Shinrone
0
10 miles
0
10
20 km

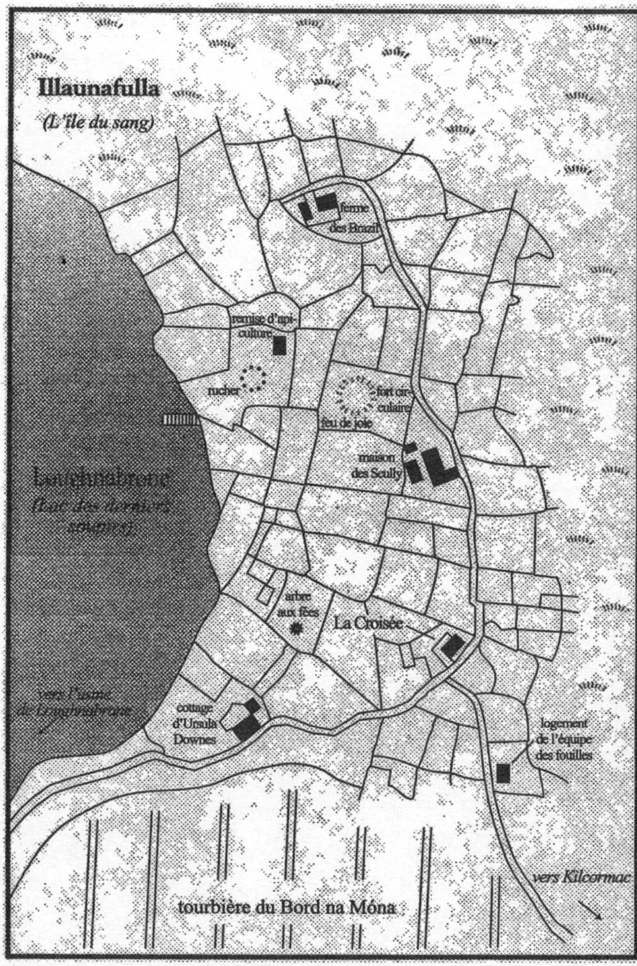
Illaunafulla
(L'île du sang)
ferme
des Brazil
remise d'api-
culture
rucher
fort cir-
culaire
feu de joie
maison
des Scully
arbre
aux fées
La Croisée
cottage
d'Ursula
Downes
logement
de l'équipe
des fouilles
vers Kilcormac
tourbière du Bord na Móna

LIVRE PREMIER

TACHÉS DE VERMEIL

A Feidelm banfâid,
cia facci ar slúag.

Atchiu forderg forro,
atchiu ruad.

Oh, Fedelm, femme prophète,
Que vois-tu pour nos hôtes ?

Je les vois tachés de vermeil,
Je vois du rouge !

Extrait de Táin Bó Cuailnge,
poème épique irlandais.

PROLOGUE

Il fut saisi par le froid. À l'instant où il tomba dans l'eau glaciale au fond du trou, ses yeux s'ouvrirent dans un battement de paupières et son esprit comprit qu'il allait sans doute mourir là. C'était pour cette raison qu'il était né et qu'on l'avait amené dans la tourbière. Son corps, en revanche, s'en laissa moins facilement persuader. Il secoua la tête, hébété, comme tiré d'un profond sommeil. Était-ce la réalité, ou bien une vision de ce qui l'attendait ? Il se souvenait d'avoir couru, d'avoir reçu un coup au passage, et avant ça... Il demeura parfaitement immobile un instant, puis se redressa tant bien que mal dans l'étroite fissure et s'appuya aux parois avec ses mains et ses coudes, peinant à s'extirper du liquide sombre et spongieux dans lequel il était déjà enfoncé jusqu'à la taille. Il se sentait aspiré vers le fond. Plus rien ne pouvait le retenir. Il avait du mal à respirer, le lacet en cuir lui comprimait la gorge, et une étrange sensation tiède s'étendait progressivement sur sa poitrine : du sang, son propre sang, visqueux et ferreux. Mais c'était le froid qui dominait avant tout, un profond engourdissement auquel se mêlait une douceur des plus étonnantes, dont il savait très bien qu'elle cherchait sournoisement à l'attirer dans son étreinte familière et maternelle pour ne plus le relâcher. Au-dessus de sa tête, le solstice d'été s'achevait dans la douceur du crépuscule et ses yeux reflétaient les dernières lueurs du jour toujours visibles à la surface de la tourbière, qu'il aurait quasiment pu toucher en tendant le bras. Ses épaules musclées étaient celles d'un homme qui avait trait le bétail matin et soir, fendu le sol vierge avec sa charrue chaque printemps, semé les graines puis fauché la récolte avec une lame aiguisée – un individu gouverné par les rythmes circulaires, circadiens, des jours et des nuits. Ses traits glabres et légèrement creusés trahissaient un dur labeur et de maigres récoltes. Cette tourbière lui était familière. C'était un endroit mystérieux et sacré, où séjournaient les esprits et les brumes étranges, un lieu de mutations et de dangers. Il l'avait traversée à d'innombrables reprises, circulant délicatement parmi les libellules bleues et vertes, à l'affût d'un lièvre ou d'une grouse moins agile. Il avait vu la lumière du soir réfléchie sur les mares, évoquant les traces de pas d'un héros ou des fragments du firmament tombés sur terre. Accroupi à leur bord, il avait observé les grappes rougeoyantes de vers de vase, lesquels se métamorphosaient quasiment sous ses yeux pour se détacher de l'eau et rejoindre les nuages de moucherons qui voletaient avec un léger bourdonnement. Il ne verrait plus rien de tout cela, car il était engagé dans une voie sans retour. Prisonnier de son propre poids, il se sentait couler au fil des secondes, ses mains raclant vainement les parois suintantes de la fondrière. Hurlant malgré lui, il se mit à se débattre rageusement, tel l'animal pris au piège qui réagit instinctivement, les dents serrées, avec toutes les fibres de son corps, incapable de raisonner ou de comprendre. Mais la tourbe lui tenait les pieds aussi fermement qu'un gâchis. Il commençait à avoir le tournis et ne sentait plus ses jambes. L'eau glaciale lui arrivait de plus en plus haut et il grelottait. Le froid redouté s'emparait progressivement de lui et il savait que le sang ralentirait bientôt dans son cœur. Il cessa de lutter et devint immobile, sentant le va-et-vient de ses respirations, chacune plus courte que la précédente. Un souvenir effleura sa conscience aussi légèrement que la soie d'une toile d'araignée : un visage lumineux, la douceur d'une voix féminine dans le creux de son oreille. Il était enfoncé jusqu'aux épaules, ne tarderait pas à être englouti, dévoré par la terre insatiable, origine et aboutissement de toute vie. Pendant les derniers instants, la seule force de l'instinct lui maintint le menton hors de l'eau, chaque nouveau spasme l'entraînant un peu plus vers le fond. Il ressentit une brûlure quand l'eau entra en contact avec ses blessures. Bientôt, il en eut dans les oreilles et tous les sons furent progressivement étouffés, mis à part les battements de son cœur. Seuls son visage et ses mains demeuraient à la surface, mais il gardait les yeux ouverts, fixés vers le ciel, et la dernière image qui s'y imprima fut celle d'un buste se découpant dans la pénombre de l'ouverture aux contours irréguliers de la fondrière. Sauveur ou bourreau ? L'instant d'après, une pluie de mousse vivante et de tourbe humide s'abattit sur lui, obturant ses yeux et lui emplissant les narines d'un doux parfum d'herbe et de bruyère ; il cessa de résister et s'abandonna à l'étreinte glaciale de la tourbière.

1

Cent vingt kilomètres à l'ouest de Dublin, sur le pourtour septentrional de la tourbière de Loughnabrone située dans la partie la plus occidentale du comté d'Offaly, Nora Gavin s'était déjà fait une idée précise de l'homme qu'elle devait secourir ce jour-là. La silhouette telle qu'elle se l'imaginait n'était que partielle, étant donné que l'individu avait été coupé en deux : tranché n'importe comment par la lame affûtée d'un engin de terrassement. Dans sa tête, elle avait l'image de tendons effilochés et légèrement rabougris, de lambeaux de peau tannée après avoir macéré des siècles dans l'infusion froide et anaérobie de la tourbière. Elle aurait dû s'estimer heureuse qu'on ait récupéré ne serait-ce qu'une partie intacte du cadavre ; quelques campagnes supplémentaires d'extraction de la tourbe et il aurait sans doute été entièrement réduit en poussière, emporté par le vent. Malgré tout, ça la mettait en colère de penser qu'une dépouille avait été préservée dans la tourbe au fil des siècles pour se retrouver mutilée en un clin d'œil par la faute du comportement irréfléchi des hommes et de leurs machines. Mais la triste réalité était qu'elle n'aurait peut-être jamais l'occasion d'examiner un spécimen entier et devait donc se satisfaire de chaque occasion fragmentaire qui se présentait.

On était le lundi 17 juin. La campagne d'extraction de la tourbe était entamée depuis une semaine et on avait retrouvé le cadavre le vendredi. Nora devait participer aux opérations de conservation destinées à préserver le torse mis au jour par un employé du *Bord na Môna*. Rien ne permettait de dire si l'autre partie se trouvait encore enterrée à proximité de la tranchée. Ce mystère ne serait sans doute pas élucidé avant l'excavation complète – une opération qui exigerait plusieurs semaines de coordination, étant donné qu'on ferait appel à des archéologues spécialisés dans les terrains marécageux aussi bien qu'à des entomologistes médicolégaux, toute une série de scientifiques à même d'analyser les pollens, les coléoptères ou les cendres, sans compter des experts en détection de métaux et des équipes de tournage. Mais dès lors que le torse du cadavre avait quitté sa sépulture tourbée, il était urgent de prendre des mesures de conservation. Faute de quoi les bactéries et la moisissure entameraient leur conquête destructrice en l'espace de quelques heures.

Nora jeta un coup d'œil à la carte d'état-major qu'elle avait dépliée sur le siège passager. Pour qui s'y rendait en voiture de Dublin, il était possible de rater le comté d'Offaly sans y mettre aucune mauvaise volonté : les deux autoroutes principales se débrouillaient pour le contourner. Les tourbières occupaient le tiers de la superficie du comté, qui passait pour être un trou perdu. L'usine de Loughnabrone – où elle se rendait – était figurée comme une série de bâtiments industriels sur une péninsule à sec, une avancée de terre ferme dans la tourbière. Le *Bord na Móna*, l'établissement public chargé d'exploiter la tourbe en Irlande, disposait de dizaines de sites semblables à travers les Midlands. La tourbière elle-même était représentée sur la carte par une série de zones vierges aux contours irréguliers, entre la rivière Brosna et quelques hectares de terre arable. Nora était cernée d'étendues de tourbe ; elle avait dû rater un tournant. Plutôt que de revenir sur ses pas, le plus simple moyen de s'orienter était sans doute de se diriger vers les deux tours de refroidissement en forme de cloche de la centrale électrique. Ce qui la mettrait à moins de cinq cents mètres de l'usine. On aurait dit une centrale nucléaire comme on en trouvait chez elle aux États-Unis, mais il y avait fort à parier que celle-ci n'avait jamais fonctionné qu'à la tourbe. Aucune fumée ne s'échappait plus des cheminées mais les deux tours demeuraient au milieu de cet étrange paysage, repères immobiles et silencieux. Ici, tout était à grande échelle : sillons d'une quinzaine de mètres de largeur, déblais de tourbe s'étendant sur un ou deux kilomètres, machines monstrueuses aux pieds desquelles les hommes faisaient figure d'insectes. De profondes tranchées, perpendiculaires à la route, étaient creusées dans la tourbière. Un peu plus loin, Nora aperçut un énorme tracteur équipé de très larges roues pour l'empêcher de s'enfoncer dans le sol spongieux. L'outillage, retenu à la cabine par de longs câbles, avait l'air de grandes ailes. De plus près, avec ses deux vitres étincelant sous le soleil, il ressemblait à une espèce de robot monstrueux en forme de libellule. Au loin, plusieurs de ces drôles d'engins disposés en épi projetaient d'énormes nuages de poussière brune. Nora continua de s'enfoncer au cœur de ce vaste désert marron. Le soleil était encore bas mais déjà éclatant. Elle apercevait devant elle la silhouette de sa voiture qui filait dans la luminosité matinale, ainsi que sa propre ombre étirée qui en était prisonnière. La route était déserte à perte de vue. Baissant son carreau, elle tendit la main dehors comme elle le faisait parfois dans son enfance, et eut l'impression que son bras remontait à contre-courant dans la fraîcheur matinale à la manière d'un saumon. Elle jeta un coup d'œil au siège passager et imagina que sa sœur Triona se trouvait là, encore petite fille, avec sa chevelure rousse qui lui dégringolait dans le dos et le bras dehors elle aussi. Elle serra fort la main de Triona, comme tant d'aimées auparavant, et elles volèrent ensemble quelques instants, se délectant de leur complicité espiègle, gagnées par l'ivresse d'avoir la sensation de flotter dans l'air. Soudain, la voix de leur mère résonna dans sa tête. *Voyons, Nora, ne fais pas ça. Tu sais bien qu'elle t'imite toujours*. Le visage rayonnant de Triona disparut et Nora ramena son bras dans la voiture. Ses souvenirs n'étaient qu'un piètre réconfort. Triona était morte, et ces images fugaces représentaient une sorte de denrée rare et précieuse.

Le revêtement de la chaussée était de plus en plus cabossé et Nora fut obligée de rouler au ralenti pour ne pas se cogner la tête au plafond. Les routes de tourbière étaient d'une solidité illusoire : de fins rubans d'asphalte, suffisamment légers et flexibles pour flotter sur le sol mouvant et détrempé en dessous. De plain-pied avec la tourbière, on percevait la nudité anormale de la terre, dépouillée année après année pour en extirper la moindre végétation. Forte de ce qu'elle savait du milieu naturel des tourbières, Nora était capable de noter ce qui manquait dans ce paysage, tout le foisonnement habituel, et de comprendre que les sombres tranchées s'étendant jusqu'à l'horizon et au-delà saignaient cette terre de l'eau qui lui donnait vie.

Elle songeait à ce que les tourbières devaient représenter pour les peuples anciens – une région mystérieuse, frontière entre l'eau et la terre. Pour eux, il s'agissait du centre du monde : lieu sacré, sépulture, cachette à trésors, refuge des esprits. Elle essaya de s'imaginer l'endroit plusieurs milliers d'années en arrière, quand d'énormes chênes s'élevaient toujours dans le ciel. Elle en avait vu les souches noueuses et trempées, exhumées de lacs tourbés, dont les troncs avaient servi à construire des lieux de culte ou des routes en bois permettant de traverser les marais les plus dangereux.

Elle n'arrivait pas à comprendre qu'on continue de sacrifier les tourbières, malgré leur rôle de transmission de la mémoire collective, pour assouvir un appétit croissant d'énergie électrique. Un siècle auparavant, on les considérait comme inutiles, comme des terres bonnes à rien. Et puis les hommes de science s'y étaient intéressés, concevant des techniques de plus en plus efficaces pour extraire la tourbe – avant de s'apercevoir, trop tard, que ces efforts étaient mal inspirés et qu'on avait sans doute fait le mauvais choix dès le départ. D'ici une vingtaine d'années, les centrales dépassées auraient disparu. Exploitée jusqu'à la marne du sous-sol, cette tourbière n'aurait plus qu'à entamer le long processus de retour à son état naturel... couche après couche, en cinq, huit ou dix mille ans. Sans même s'en rendre compte, les apôtres du progrès avaient sacrifié une encyclopédie du passé dont les pages recelaient de fabuleuses données couvrant plusieurs millénaires, sur le climat, la faune, la flore et les hommes. Tout ça pour une poignée d'emplois dans des trous perdus et quelques années de courant électrique.

Depuis l'époque préhistorique, les tourbières servaient de lieux sacrificiels ; ironie du sort, c'était maintenant elles qu'on sacrifiait. Nora se rappela les manuels d'archéologie qu'elle avait dévorés tout l'hiver. Elle éprouvait une sorte de fascination à lire les descriptions de trésors récupérés dans l'eau, notamment celles de bon nombre des objets qu'elle avait vus exposés au Muséum national. La plupart avaient été découverts par hasard. Elle était époustouflée par la beauté et la complexité de ces ouvrages très anciens. Certains avaient de toute évidence une fonction militaire : épées et dagues en bronze ornées de motifs recherchés, fers de lance, trompettes en serpentine dignes d'un conte de fées. D'autres suggéraient une utilisation cultuelle ou domestique : colliers et bracelets en or, superbes broches et fibules en forme d'oiseaux ou d'animaux, miroirs dont le cadre ciselé dissimulait quantité de visages abstraits. La raison pour laquelle ces objets s'étaient retrouvés au fond des lacs et des tourbières demeurait voilée de mystère, le secret tenace d'un peuple sans écriture.

Bien entendu, les tourbières ne recelaient pas uniquement des objets ; on y avait également retrouvé près d'une centaine de restes humains. À en juger d'après les données du recensement des cadavres de tourbière, qu'elle était chargée de mettre à jour, certaines personnes s'étaient simplement égarées avant de tomber dans le redoutable bourbier ; quant aux cadavres enterrés avec soin, il pouvait s'agir d'inhumations ordinaires, ou de suicidés, ou de femmes mortes en couches à qui l'on refusait une sépulture en terre consacrée. En revanche, une controverse animée existait au sujet de quelques cadavres plus anciens, dont certains prétendaient qu'ils avaient été les victimes de sacrifices humains. Et ce n'était pas le seul point qui faisait débat. Les études récentes remettaient en cause la précision des datations au carbone 14, et les experts se demandaient si les individus retrouvés s'étaient peint le corps en bleu avec du cuivre, ou bien si la coloration était due à la tourbe, sans parler de savoir qui avait été victime d'un meurtre et qui d'un accident sans pouvoir être secouru. Rien n'était sûr et certain. En guise d'éléments concrets, on ne disposait que de quelques points disséminés sur la carte : les emplacements des découvertes.

En franchissant la frontière du comté d'Offaly, elle avait eu le sentiment de se rapprocher de cette région que les anciens appelaient le Mide. Le centre. Un lieu auquel on attribuait de nombreuses vertus magiques, figuré par l'axe central des croix sur les cadrans solaires de l'âge du bronze, une époque où le monde se divisait en quatre quadrants – nord, sud, est, ouest – avec un lieu ténébreux au centre, qui ne se trouvait pas Ailleurs et devait donc se situer Ici. Et elle, où plaçait-elle son propre Mide, son centre, cet endroit où toutes les facettes de sa vie se croisaient en un point infime mais ô combien puissant ?

Pourtant bien décidée à évacuer Cormac de son esprit pendant le trajet, elle sentait sa résolution fléchir. Un peu moins d'un an auparavant, elle avait suivi quasiment le même itinéraire pour se rendre dans ce lieu où leurs deux vies s'étaient unies suite au décès prématuré d'une jeune rouquine dont on avait retrouvé la tête dans une tourbière. Trouver l'âme sœur n'était pas dans ses intentions, que ce soit Cormac Maguire ou un autre. Elle était venue dans ce pays pour y chercher refuge, fuir des sentiments trop violents. Cela ne s'était pas produit en un clin d'œil mais graduellement, comme un enveloppement progressif. Il ne faisait aucun doute qu'elle s'était imprégnée de sa chaleur avec tout l'empressement d'un être mort de froid, mais ces moments de bonheur intense tenaient-ils de la réalité ou d'une illusion ? L'année écoulée lui faisait l'effet d'un rêve. Au printemps, elle avait compris que cela ne pouvait pas durer. Cette certitude était comme un aiguillon planté dans son flanc, chaque jour plus douloureuse. Elle était tellement pressée de revoir Cormac, et pourtant son impatience était tempérée par une angoisse croissante.

Il était impensable qu'elle fasse sa vie en Irlande. Son séjour était temporaire, un moment de répit après s'être longuement battue pour obtenir un semblant de justice après la mort épouvantable de Triona. Il lui arrivait de voir dans ses rêves le visage tuméfié de sa sœur et de se réveiller en larmes, hébétée. L'image restait gravée en elle, occupant ses pensées, un poids dont son corps et son esprit mettaient parfois plusieurs jours à se libérer. Ou pire encore, elle rêvait que Triona était de retour, rétablie et indemne, comme si elle n'avait jamais disparu. Nora avait beau savoir que ces images nées dans son inconscient étaient chimériques, au réveil elle éprouvait de nouveau le choc et la douleur.

Quand elle avait décroché le téléphone deux jours auparavant, elle avait tout de suite entendu l'émotion dans la voix de sa mère. *Il revient dans le Minnesota. Et il va se remarier*. Nul besoin de poser la question : Nora savait qu'elle voulait parler de Peter Hallett. Le mari de Triona, et son assassin.

Se remémorant leur conversation, elle sentit son estomac se nouer. Sur le point de vomir, elle freina brusquement et descendit de voiture en laissant sa portière ouverte et le moteur en marche. Elle fit quelques pas sur la route dans la direction dont elle venait. Le tout était de se forcer à respirer lentement, pour lutter contre l'hyperventilation. Soudain, elle s'assit sur le bas-côté et inclina la tête entre ses jambes, sentant son pouls lui marteler les tempes.

Au bout d'un moment, apaisée par le bruit régulier du vent, elle sentit la nausée s'atténuer. Recevant une rafale plus forte que les autres dans le dos, elle releva la tête. La brise l'encercla et souleva ensuite une poignée de poussière de tourbe. Le modeste tourbillon voleta à la surface de la tourbière, tournoya vers l'est, dans les rayons bas du soleil matinal, puis se dissipa, simple bouffée d'air momentanément matérialisée et visible.

Elle demeura assise quelques instants supplémentaires, à écouter l'étrange musique du vent qui sifflait dans les ajoncs, à observer les petits drapeaux blancs des linaigrettes transmettre leurs messages cryptés à la façon d'un sémaphore. Prises dans un courant ascendant, quelques particules organiques s'élevaient. Le fond de l'air, étonnamment sec, recelait quelque chose de nouveau, un parfum minéral qu'elle n'arrivait pas à identifier. Quand elle se releva pour regagner sa voiture, Nora comprit immédiatement d'où venait ce goût métallique : un énorme mur de poussière brune de tourbe, distant d'à peine trente mètres, fondait sur elle à vive allure. Elle se figea, momentanément pétrifiée devant l'ampleur de la tempête, puis piqua un sprint vers la voiture, mais il était déjà trop tard. Le nuage de poussière l'engloutit, ainsi que la tourbière de part et d'autre de la route. La tourbe piquante lui obtura les yeux, les narines et la bouche. Incapable de jauger les distances, elle courut à l'aveuglette jusqu'à ce que son genou droit heurte le pare-chocs arrière de la voiture. La douleur vive lui coupa le souffle. N'osant pas ouvrir la bouche pour crier, elle se faufila vers l'avant et se précipita à l'intérieur en claquant la portière pour tenir la poussière à l'écart. Toute pantelante après avoir retenu sa respiration, elle fut prise d'une quinte de toux. Les carreaux bien fermés ne laissaient passer aucune poussière mais une certaine quantité s'était engouffrée par la portière restée entrouverte, et les particules se mirent à retomber, déposant une fine pellicule marron sur les sièges et le tableau de bord. Le monde extérieur avait complètement disparu et Nora agrippa le volant, se sentant comme une chenille dans son cocon, à la merci des éléments. Avec si peu de visibilité, il était trop dangereux de chercher à traverser la tourbière. Elle n'avait pas grand-chose à faire sauf attendre en écoutant le vent siffler sous la voiture et autour de l'antenne, marteler rageusement tout corps, animé ou inanimé, qui avait l'affront de se dresser sur son passage. Elle frotta son genou endolori ; voilà qui lui vaudrait un beau bleu.

Tout à coup, elle distingua une silhouette à quelques pas de la voiture. D'allure humaine, elle était affublée d'un visage étrange et épouvantable : un museau noir surmonté d'une énorme paire d'yeux exorbités. L'espèce d'insecte et elle se dévisagèrent l'espace d'une seconde irréelle, puis une nouvelle bourrasque balaya le paysage et la créature disparut. L'instant d'après, quelque chose frappa lourdement le carreau à quelques centimètres de l'oreille de Nora qui fut saisie de peur, avant de comprendre que ce monstre mutant n'était qu'un employé inoffensif du *Bord na Mône*, affublé d'un ancien modèle de masque à gaz. Il cherchait à lui dire quelque chose mais sa voix était étouffée par le masque et le vent. Il pointa un doigt ganté vers elle, puis sur lui-même et vers l'avant – il voulait qu'elle le suive. La tempête s'étant calmée, elle aperçut l'arrière d'un tracteur à une dizaine de mètres. Horrifiée, elle songea qu'elle aurait pu renverser son sauveteur si elle avait démarré. À travers les nuages de poussière balayés par le vent, elle le vit remonter dans la cabine et manœuvrer son engin. Elle le suivit.

Elle n'aurait su dire quelle distance ils parcoururent ; le temps et l'espace étaient altérés dans cet étrange brouillard foncé. Progressivement, le nuage de poussière se dissipa et le monde en émergea. L'air avait retrouvé sa pureté. Nora observa la vague brune s'éloigner vers l'est tout en suivant de près le tracteur cahotant, jusqu'au panneau du *Bord na Mône* à l'entrée de la tourbière de Loughnabrone. Une fois sur place, le conducteur de l'engin se gara devant une enfilade de hangars métalliques et descendit. Nora le rattrapa alors qu'il franchissait la porte grande ouverte d'un atelier où plusieurs employés en bleus de chauffe tachés de cambouis s'affairaient autour d'une énorme lame avec des torches à acétylène.

— Excusez-moi... dit-elle en lui effleurant le bras, au cas où il ne l'aurait pas entendue.

Les ouvriers relevèrent la tête pour voir ce qui se passait et son mystérieux sauveteur se retourna, retirant enfin son masque pour dévoiler un visage juvénile aux traits résolus et aux yeux d'un bleu éclatant.

— Excusez-moi... Je voulais juste vous remercier, dit-elle en lui tendant la main. Je suis Nora Gavin.

Il la fixa une fraction de seconde puis baissa les yeux, et elle se demanda si le jeune homme était embarrassé par ses yeux rougis, son visage crotté ou son accent manifestement américain, voire la combinaison des trois. Il lui serra furtivement la main.

— Moi, c'est Charlie Brazil, finit-il par dire en prononçant son nom de famille à l'irlandaise, en accentuant la première syllabe.

Il devint tout rouge et jeta un coup d'œil à ses collègues qui n'avaient toujours pas repris leur travail.

— Eh bien, merci Charlie. Je vous suis très reconnaissante. Elle sentait les regards braqués sur eux et devinait que Charlie Brazil ne demandait pas mieux que d'être débarrassé d'elle.

— Je crains de devoir vous demander un autre service, poursuivit-elle. Vous pourriez m'indiquer le bureau du directeur ?

— Là-bas, dit-il en montrant un petit bâtiment en crépi à une cinquantaine de mètres.

— Très bien. Merci encore.

Se dirigeant vers le bureau du directeur, elle entendit une voix railleuse demander :

— Tu lui as fait quoi au juste à la dame, Charlie ? Quelques ricanements désagréables retentirent en chœur et Charlie Brazil marmonna de sa voix profonde :

— Ta gueule et fous-moi la paix, d'accord ?

2

La réception était déserte. Nora envisagea d'appeler Cormac pour le prévenir qu'elle était bien arrivée mais n'en fit rien ; elle préférait repousser au maximum le moment de lui parler. Ses sentiments étaient trop confus. Apercevant sur le mur le plus proche un panonceau avec l'unique inscription « toilettes » et une flèche indiquant un petit couloir à gauche, elle y fit un saut pour se regarder dans la glace. Quel choc ! Ses yeux étaient épouvantablement rougis, et elle avait la sensation d'avoir le visage à vif. Elle avait de la poussière de tourbe dans les cheveux, les sourcils et sur les traces de larmes qui lui marquaient les joues. Rien d'étonnant à la mine ahurie de Charlie Brazil. Voilà qui présentait bien pour rencontrer le patron du site ! Elle s'épousseta les cheveux du mieux qu'elle put et s'aspergea la figure d'eau froide, ce qui lui piqua les yeux autant que la tourbe. Elle était en train de s'essuyer avec une serviette en tissu quand la porte s'ouvrit. Elle se retrouva nez à nez avec un homme d'une quarantaine d'années, robuste, à la tenue décontractée et dont l'expression trahissait de la stupéfaction et une certaine dose de méfiance. Se trouvait-elle par mégarde chez les « messieurs » ?

— Désolée si je me suis trompée d'endroit, s'empressa-t-elle de dire. J'ai été prise dans une tempête en traversant la tourbière et je voulais faire un brin de toilette avant d'aller trouver le directeur.

— Vous l'avez trouvé, dit l'homme.

— Vous êtes Owen Cadogan ?

— C'est ça. Et vous êtes... ?

— Nora Gavin. Je suis venue pour l'excavation du cadavre... Il devait bien être au courant de son arrivée.

—... Je crois que vous avez parlé à Niall Dawson du Muséum national. Il m'a dit qu'il vous avait expliqué tout ce qui était prévu.

Notant un changement subtil dans son expression, elle subodora qu'il ne s'attendait pas du tout à ce que le « Dr Gavin » soit une femme, américaine qui plus est.

— Ah, bien sûr... Vous êtes en avance, docteur Gavin. Il l'escorta dans le couloir.

— On attendait les gens du muséum plus tard dans la journée. Quoi qu'il en soit, désolé que vous vous soyez pris la tempête. Ça fait quinze jours qu'on a du temps sec et c'est un des rares risques du beau temps.

— Je n'ai jamais rien vu de pareil. Mais un de vos employés a veillé à ce que j'arrive ici en un seul morceau. Un certain Charlie Brazil.

— Oui, je vois, fit Cadogan avec une grimace qui semblait lui conseiller de soigneusement éviter le jeune homme.

— Je dois reconnaître que son masque à gaz m'a un peu surprise au premier abord !

— Oh, Charlie n'est pas un mauvais bougre. Tout de même, c'est un drôle d'oiseau... un peu excentrique.

Repassant par la réception, il la fit entrer dans une pièce exiguë et lui fit signe de s'asseoir. L'endroit rappela à Nora le local administratif de son garagiste américain – le côté pratique sans superflu, le bureau métallique, les fauteuils en plastique inconfortables.

— Je dois malheureusement me débrouiller tout seul aujourd'hui, expliqua Cadogan. Ma secrétaire est en arrêt maladie. Je peux vous proposer du thé... à moins que vous ne préfériez un café ?

Cadogan se donnait des airs d'homme débordé : gestes rapides, yeux qui se déplaçaient constamment. Sans savoir si c'était voulu, Nora avait le très net sentiment qu'elle le détournait de tâches plus importantes et plus urgentes. Néanmoins, son petit déjeuner remontait à plus de trois heures et elle s'aperçut qu'elle avait très faim.

— Une tasse de thé, ce serait parfait.

— J'en ai pour une seconde.

Il s'éclipsa et elle en profita pour mieux cerner l'impression qu'il lui faisait. Sec, professionnel, toujours aiguillonné par l'ambition... mais ayant franchi la quarantaine, un âge où beaucoup d'hommes éprouvaient les premiers relâchements de la maturité et ne comprenaient pas pourquoi ils se sentaient gagnés par une espèce d'anesthésie interne malgré leur poste à responsabilités, leur famille et leur nouvelle maison. Un âge périlleux.

Elle se leva pour examiner deux graphiques en noir et blanc exposés au mur. Le premier concernait les précipitations mensuelles à Loughnabrone au cours des quatre dernières décennies, avec certaines années des pics à mille millimètres. Comment la terre pouvait-elle absorber une telle quantité d'eau ?

Le second, un histogramme en colonnes, indiquait la production annuelle de tourbe en kilotonnes. Elle nota le rapport inversement proportionnel entre les deux séries de chiffres ; la production de tourbe déclinait depuis quelques années. Un autre poster montrait en photo les divers objets sur lesquels les employés étaient susceptibles de tomber au cours de l'extraction, avec une série de recommandations :

Dans cette tourbière, directement sous vos pieds
pourraient être enfouis des objets datant de dix mille ans.
Grâce au sol gorgé d'eau, la tourbière
a préservé quantité d'objets,
aussi bien du bois, du métal que des textiles,
et même des cadavres humains !
Une fois déterrés, ces vestiges commencent
immédiatement à se détériorer et,
faute de mesures appropriées, seront perdus à jamais.
Aidez-nous à retracer notre Histoire
en préservant ces trésors enfouis.

L'ignorance était bien évidemment l'ennemi numéro un ; un ouvrier ne sachant pas dans quels cas arrêter sa machine risquait fort de continuer à découper la terre. Toutefois, le vol était aussi une préoccupation majeure. Celui qui tombait sur un objet de valeur devait être tenté de le garder. C'était dans la nature humaine. Nora se demanda combien pouvaient gagner les personnes employées à extraire la tourbe. Vraisemblablement un salaire d'ouvrier – rien de mirobolant, à peine de quoi joindre les deux bouts quand on avait charge d'âmes.

Son attention fut attirée par une coupure de presse

encadrée. Une photo jaunie, datée d'août 1977. Deux hommes en bleu de chauffe, au visage sec, qui fixaient l'objectif sans sourire, du fond d'une tranchée. L'un d'eux brandissait ce qui avait l'air d'une lame d'épée rouillée. Une légende l'accompagnait :

Dominic et Danny Brazil, d'Illaunafulla, et leur butin de l'âge du fer, découvert la semaine dernière alors qu'ils travaillaient dans la tourbière de Loughnabrone. Les deux employés ont déterré de nombreux fers de hache, plusieurs colliers de perles d'ambre, un fourreau, une poignée d'épée, et douze trompettes en bronze. Une fois l'excavation terminée, les objets seront envoyés au Muséum national à Dublin.

Brazil. Comme son sauveteur. Un curieux nom de famille ; peut-être lié aux voyages d'un ancêtre, comme ces gens qui s'appelaient Spain[1]. À moins qu'il ne s'agisse d'un vieux nom irlandais, mal transcrit par les Anglais. Elle poserait la question à Cormac. En bordure du cliché, presque hors du cadre, un troisième individu se tenait au bord du trou, un genou à terre. Sa tenue n'était pas du tout appropriée pour la tourbière – veste en tweed, chemise, cravate. Seul un quart de sa tête figurait sur la photo.

— Une sacrée découverte, dit Cadogan dans son dos. Colossale. On n'a jamais rien vu de pareil, ni avant ni après. La rumeur a même couru qu'ils avaient aussi trouvé des objets en or, mais les gens racontent des tas de c..., de sottises.

— S'agit-il de la famille de Charlie Brazil ?

1. Signifie « Espagne » en anglais. *(N.d.T.)*

s'enquit Nora en prenant le mug de thé qu'il lui tendait.

Un breuvage gris et lavasse. Elle regretta de ne pas avoir eu la prudence de décliner l'offre.

— Son père et son oncle, répondit Cadogan en s'installant derrière le bureau. On a des tas de Brazil dans le coin. La plupart de nos gars viennent de familles qui sont installées dans la tourbière depuis quatre ou cinq générations. Avant, bien entendu, la découpe était manuelle, mais même après l'introduction des machines, on a continué d'avoir des familles entières qui faisaient la campagne d'été.

— Quels sont les débouchés pour votre tourbe ?

— Une partie est conditionnée en briquettes à l'usine de Raheny, mais l'essentiel de la production de Loughnabrone est réservé à la centrale, pour des raisons de qualité.

— Ce sont les deux tours qu'on aperçoit au bout de la route ?

— Dans le temps c'était là. Mais celle-ci a fermé depuis deux ans. Le matériel est obsolète. Ils vont la détruire d'ici quelques semaines. Maintenant, on livre tout à la nouvelle centrale de Shannonbridge.

Il la dévisagea, l'air d'estimer que ces questions ne regardaient pas les inconnus, et changea brusquement de sujet.

— Je comptais vous demander comment vous vous êtes débrouillée pour être prise dans la tempête. Vous n'êtes tout de même pas venue à pied ?

— Euh, non... répondit Nora en songeant qu'elle n'avait pas l'intention d'expliquer ce qui l'avait poussée à descendre de voiture. Je me suis arrêtée et je suis sortie pour observer... je ne sais même pas comment ça s'appelle. Une espèce de petit tourbillon. Je n'ai jamais rien vu de semblable...

Cadogan opina du chef, comme s'il voyait très bien de quoi elle voulait parler.

— Le vent des fées.

— Je vous demande pardon ?

Elle était persuadée d'avoir mal entendu.

— Ce petit tourbillon que vous avez vu. Les gars du coin appellent ça le vent des fées. On raconte aussi que ça n'annonce rien de bon... oh, c'est rien que des vieilles sornettes, mais que voulez-vous que j'y fasse ?

— Eh bien, dans mon cas c'était vrai. Quand je me suis retournée, j'ai découvert un énorme nuage de poussière qui fondait sur moi. J'ai à peine eu le temps de regagner ma voiture. C'est une vraie chance que Charlie Brazil soit passé à ce moment-là !

Une nouvelle fois, Cadogan la fixa d'un air sceptique, comme s'il ne croyait pas trop à sa fable. Pourquoi avait-elle le sentiment que quelque chose lui échappait ?

— Si vous m'accordez une seconde, je m'occupe de vous tout de suite...

Il s'empara de son portable et composa un numéro de mémoire, puis se tourna légèrement avec un petit sourire en jetant un coup d'œil en direction de Nora. Il tenait à se débarrasser d'elle, et rapidement. Elle commençait à l'agacer sérieusement.

— Ursula ? Owen à l'appareil. Le Dr Gavin est arrivée. Tu veux bien passer la...

Coupé au milieu de sa phrase, Cadogan écouta un instant. Soudain, il rougit et détourna la tête, comme si son interlocutrice venait de lui poser une question embarrassante. Sans en être conscient, il porta la main à son visage, comme pour se défendre.

— Écoute, je ne peux vraiment pas... Oui, elle est là dans mon bureau, précisa-t-il en regardant Nora.

Faisant mine de ne pas écouter la conversation, celle-ci porta de nouveau son attention sur la coupure de presse. Elle observa l'homme sans tête en tweed et bottes, et remarqua son épingle à cravate originale – une sorte de spirale à trois branches. On ne savait pas quoi faire d'elle parce qu'elle était en avance ? Si tel était le cas, elle était prête à se rendre sur place toute seule. Cela vaudrait mieux que de rester plantée là comme une idiote en attendant qu'ils règlent leurs différends. Elle chercha à croiser le regard de Cadogan.

— Je ne pense pas que ce sera nécessaire, dit-il à son interlocutrice. Mais si...

Ursula le coupa une fois de plus.

—... Bon, d'accord. Tout de suite.

Ordre ou reddition ? Nora se posa la question.

— C'était Ursula Downes, lui expliqua Cadogan. L'archéologue chargée de l'excavation de la route de tourbière. C'est elle qui est arrivée la première sur les lieux quand on a découvert le cadavre.

L'air vaguement contrarié, il se mit à brasser quelques feuilles posées sur son bureau, peut-être dans le seul but d'éviter son regard.

— Puisque vous êtes là, Ursula était prête à vous escorter sur place, mais elle est occupée en ce moment... alors elle m'a demandé de vous y accompagner.

Il voulut sourire mais ne put qu'afficher une grimace agacée.

— J'ai vraiment besoin d'un guide ? Je suis sûre que j'arriverais à me diriger, si vous m'expliquiez...

— Le problème, c'est que nous sommes responsables de votre sécurité, et il vaut mieux qu'une personne du *Bord na Móna* vous accompagne dans la tourbière. Moi-même, Ursula ou quelqu'un d'autre. L'endroit est plus dangereux qu'il n'y paraît. Si vous préférez prendre votre voiture, je veux bien que vous me suiviez... enfin, dès que vous serez prête.

Nora jeta un coup d'œil à son thé froid sur lequel s'était formée une fine pellicule.

— Tout de suite, alors.

Tandis qu'elle suivait Cadogan, lequel braquait et changeait de vitesse un peu plus sèchement que nécessaire, Nora se demanda quelle avait été la teneur de son échange avec Ursula Downes. Après le tortueux chemin bordé d'arbres conduisant aux bureaux, ils débouchèrent sur la longue route qui traversait la tourbière en ligne droite. Des rails faiblement écartés longeaient la chaussée, un peu en contrebas du fossé ; trois wagons rouillés y stationnaient, mais aucune locomotive à l'horizon. Plus loin, à l'endroit où la voie ferrée s'écartait de la route pour s'enfoncer vers le cœur de la tourbière, elle aperçut également des rails entassés et plusieurs grosses balles de plastique noir, à côté d'un grand monticule de terre découpée à la main et en face duquel se trouvait un vieux fauteuil à oreilles, comme si quelqu'un s'était installé pour observer la récolte de la tourbe. Un tableau qui lui rappela que, outre son rôle ancien de lieu de repos sacré, la tourbière servait plus récemment de décharge. Il régnait ici une atmosphère d'abandon qui ne devait pas du tout convenir à un Owen Cadogan, lequel se considérait toujours dans la force de l'âge. Nora n'eut pas trop le loisir de goûter au paysage ; la chaussée était cahoteuse et elle avait du mal à suivre la Nissan grise qui fusait devant elle.

À l'approche du lieu de la découverte, elle aperçut des silhouettes dans les tranchées, occupées à découper la tourbe sur les parois. Au loin, une grande tente blanche flottait légèrement dans le vent. Dans cet endroit sombre et désert, le spectacle avait quelque chose de médiéval. C'était là que reposait le cadavre, forcément. Cadogan freina sèchement en arrivant devant un car de la télévision et deux baraques qui semblaient avoir été abandonnées au hasard sur le bord de la route. Une blonde faisait les cent pas de l'une à l'autre, une cigarette à la main et son portable dans l'autre. Âgée d'une bonne trentaine d'années, elle portait une tenue adéquate pour la tourbière : vêtements costauds et imperméables, bottes de travail en caoutchouc.

En les voyant se garer sur les graviers devant la première baraque, elle ferma son téléphone et s'approcha de la voiture de Nora. Avec ses cheveux blonds hérissés et ses lèvres charnues, Ursula Downes ne passait pas inaperçue. D'autant que ses yeux d'un vert lumineux, mis en valeur par l'anneau doré qui lui transperçait la paupière gauche, conféraient à sa physionomie une note de sensualité peu subtile. Leur conversation téléphonique avait créé une tension que Nora sentit d'emblée, dès qu'Owen Cadogan descendit de sa voiture et les rejoignit, les bras croisés devant lui, décidé à faire valoir son point de vue. Il ouvrit la bouche pour dire quelque chose mais Ursula l'ignora.

— Vous devez être le docteur Gavin...

Nora fut surprise par son accent des faubourgs populaires de Dublin.

—... Je suis Ursula Downes. J'ai tellement entendu parler de vous que j'ai l'impression qu'on se connaît déjà.

Qui vous a tant parlé de moi ? lui aurait volontiers demandé Nora. Tandis qu'elles échangeaient une poignée de main, elle sentit le regard de l'autre femme l'examiner de la tête aux pieds, et eut la très nette impression d'être jaugée. Nora avait beau être habituée aux regards inquisiteurs (après tout, en tant qu'Américaine elle savait ce que c'était d'être jugée), la franchise d'Ursula n'était pas loin de s'apparenter à du mépris. Elle finit par relâcher la main de Nora et se tourner vers Cadogan, qu'elle dévisagea de ses yeux d'un vert d'eau vraiment saisissant.

— Salut, Owen. En général, M. Cadogan essaye de faire croire qu'il se fiche de ce que je fais ici, mais en fait il est très, très intéressé.

Alors que ces mots semblaient s'adresser à Nora, elle ne détacha pas son regard de Cadogan.

— Merci d'avoir déposé le Dr Gavin, Owen, dit-elle en jetant un coup d'œil vers le car de la télé. Ici, je dois courir dans tous les sens pour éviter à ces connards de journalistes de se vautrer dans les tranchées !

À en juger d'après ses yeux et sa bouche contractée, Owen Cadogan bouillait de rage.

— On peut se parler, Ursula ? Si le Dr Gavin veut bien nous excuser un instant...

— Je vais préparer mes affaires, dit Nora.

Elle alla jusqu'à son coffre pour sortir le matériel dont elle avait besoin et mettre sa tenue imperméable. Elle enfila son très large pantalon caoutchouté en s'efforçant de ne pas écouter leur conversation. Mais elle ne put s'empêcher d'entendre quelques bribes murmurées par-dessus le bruit du vent.

—... me traiter comme ton putain de domestique !

De sa main droite, Cadogan agrippait Ursula par le coude. Elle se dégagea de son emprise.

Après qu'il fut reparti en trombe au volant de sa voiture, elle revint vers Nora comme si de rien n'était.

— Je suis désolée si je vous ai attiré des ennuis, lui dit Nora. Je n'ai pas pu obtenir d'indications précises pour...

— Ne vous en faites pas. Owen est en pétard. Il a subi un coup dur récemment.

Elle n'entra pas dans les détails mais Nora eut la très nette impression que le coup en question avait dû être porté par Ursula Downes.

— J'étais au téléphone avec Niall Dawson quand vous êtes arrivés. Ils se trouvent à mi-chemin et devraient être ici dans une heure.

Une fois de plus, Nora eut l'impression d'être la cinquième roue du carrosse.

— Ça m'intéresserait beaucoup de voir vos fouilles en attendant que les autres soient là.

— Oui, pourquoi pas. Venez.

Ursula l'emmena sur une portion de terrain légèrement renfoncée, juste après le fossé, en suivant la trace d'une énorme roue de tracteur.

— C'est encore un peu mou dans les creux. Posez les pieds aux mêmes endroits que moi.

Nora la suivait précautionneusement, ses jambes ayant du mal à trouver leur appui dans la tourbe tendre. Sur leur droite s'étendait une mare rectangulaire, vraisemblablement le débouché d'un canal d'évacuation, où se reflétaient le ciel bleu et les nuages cotonneux. Au bord se trouvait la souche sinueuse d'un chêne fossile dont la surface striée d'un gris cendré présentait l'aspect fracturé, à moitié carbonisé, du charbon. Nora savait que ce n'était pas dû au feu, mais au contact inhabituel de l'air sec, après des siècles d'immersion.

— Le vent est assez mordant aujourd'hui, n'est-ce pas ? lança-t-elle en guise de conversation.

Ursula se retourna légèrement mais sans s'arrêter.

— J'aime autant vous prévenir : au bout d'une journée, on a l'impression d'avoir été récurée jusqu'au sang. On a de la tourbe partout : dans les cheveux, dans les yeux, et même dans les pores. C'est presque impossible à nettoyer, et en général ça n'en vaut pas la peine.

Nora regarda les mains d'Ursula et remarqua la tourbe noire sous ses ongles longs.

Sur la pente légèrement inclinée d'un champ arrondi, entre deux canaux d'évacuation, Nora retrouva une sensation familière sous ses pieds. Sans que cela soit totalement ferme, on avait l'impression de marcher sur des éponges sèches. La couche supérieure de tourbe était craquelée et gondolée sur une profondeur d'un centimètre, formant une sorte de puzzle aux morceaux irréguliers, comme la boue au fond d'un lac à sec. De toute évidence, la tourbe à cet endroit n'avait pas été découpée depuis plusieurs années. De la verdure poussait ici ou là. Nora reconnut de l'herbe et de la laîche, de la grassette et de la patience ; les lièvres qui s'étaient dissimulés derrière des roseaux y avaient laissé quelques petites billes blanchâtres.

— Votre gaillard se trouve là-bas, l'informa

Ursula en indiquant la tente blanche à une centaine de mètres des fouilles.

Un agent en tenue montait la garde, assis sur un seau en plastique blanc qui lui tenait lieu de siège. Le vent, qui soufflait toujours fort, agitait le ruban bleu et blanc délimitant la zone où l'on avait découvert les restes, comme sur les lieux d'un crime.

Difficile d'imaginer à quoi ressemblait cet endroit quelques milliers d'année plus tôt. On avait construit les routes qu'Ursula et son équipe avaient entrepris de mettre au jour au prix d'un grand effort collectif : abattre plusieurs centaines d'arbres, débiter des piquets, confectionner des claies en tressant des arbrisseaux. Des villages entiers avaient dû s'y atteler. Si les tourbières étaient effectivement des lieux sacrés, cet emplacement devait jouir d'une aura toute particulière. On y trouvait seulement quelques rares îlots de terre ferme, disséminés parmi l'étendue marécageuse. Quel rôle avait joué cet endroit ? Sanctuaire pour les offrandes ? Garde-manger ? Piège mortel ? Bourbier ? Lieu de guérison ? Nora essayait de s'imaginer l'époque où ces marécages sauvages étaient parcourus de routes flottantes, sous la menace des brigands et des bêtes sauvages. Elle fit défiler dans sa tête le film des cent derniers siècles, les glaciers cédant la place aux forêts et aux prés isolés, les lacs comblés progressivement, la tourbe s'accumulant sur trois ou quatre mètres d'épaisseur. Une matière morte mais préservée de la corruption. Peuplée d'étranges plantes carnivores, de délicates orchidées et de nuages de moucherons.

Quand elle releva les yeux, elle aperçut Ursula à plusieurs dizaines de mètres sauter aisément pardessus une tranchée de drainage pour rejoindre le talus suivant. S'approchant à son tour du fossé, elle sentit ses mains moites – parviendrait-elle à le franchir ? Ursula se retourna pour l'observer, avec une pointe de défi dans son expression. Qu'avait-elle fait pour mériter le mépris de cette femme ? Elles venaient à peine de faire connaissance et pourtant Ursula semblait déjà avoir une dent contre elle. Prenant son courage à deux mains, Nora sauta par-dessus le canal. Ouf !

— Qui a trouvé le cadavre ? demanda-t-elle.

— Moi, répondit Ursula. On avait commencé hier à dégager cette tranchée pour entamer une nouvelle découpe ici. Je supervisais Charlie Masqué, un des gars du *Bord na Móna*, qui opérait le Hymac, en essayant d'éviter qu'il ne balance les débris à l'endroit où on devait creuser. Il venait de vider une première pelletée quand j'ai aperçu quelque chose dans la tourbe. J'ai d'abord cru qu'il s'agissait d'un os d'animal, mais pas du tout : c'était le pouce de notre homme des tourbières. Et ça ne s'arrêtait pas là : la main, le bras et le torse... la totale ! Pauvre Charlie Masqué ! En voyant ça, il a failli se pisser dessus !

— Charlie Masqué ? Vous voulez parler de Charlie Brazil ?

— Ah, vous avez donc fait connaissance. Lui-même.

Quand elles arrivèrent devant la tente, Ursula ignora le salut timide du policier et se glissa sous le rabat. Nora la suivit. Après leur marche dans la tourbière venteuse, l'intérieur paraissait une oasis de lumière diffuse et de calme sublime. On avait l'impression d'avoir pénétré dans un autre monde, une autre dimension. Jetant un coup d'œil autour d'elle, Nora se sentit une nouvelle fois sous le regard d'Ursula qui attendit quelques instants, histoire de porter sa curiosité à son comble, avant de relever le coin d'une toile plastique noire retenue par des piquets sur un amas de tourbe humide. Scrutant le monticule détrempé, Nora finit par y distinguer une tache reluisante, marron foncé, reconnaissant là de la peau humaine. Comme des derniers restes qu'elle avait pu examiner, il s'en dégageait des reflets irisés, légèrement métallisés.

— Vous pensez que je peux...

Ursula la coupa.

— Faites comme bon vous semble. Monsieur n'est pas sous ma responsabilité. Niall Dawson me l'a bien fait comprendre.

Nora perçut soudain qu'elle avait mis les pieds dans une rivalité pleine de chausse-trappes. Les archéologues avaient leurs querelles de territoire, comme tout le monde, et la mauvaise humeur d'Ursula s'expliquait peut-être simplement par le fait qu'elle faisait partie de l'équipe du muséum. Peu lui importaient leurs bisbilles, elle se devait de rester neutre. Les problèmes des vivants étaient le cadet de ses soucis.

Elle s'agenouilla et s'aperçut qu'elle retenait son souffle. La tourbe était trempée et grumeleuse, comme un gâteau fibreux et spongieux à la fois. Elle en retira plusieurs poignées et vit que les dents monstrueuses de l'excavateur avaient découpé l'individu en biais juste en dessous du diaphragme, exposant les muscles et les organes rétrécis. Elle éprouva une bouffée de nausée à l'idée qu'un être humain, même mort depuis des siècles, ait subi une telle violence.

Personne ne lui avait précisé qu'il était si bien conservé. Miraculeusement, le buste était quasiment intact. Si c'était effectivement la tractopelle qui avait tranché le corps en deux, l'autre partie se trouvait certainement dans le talus, quelque part sous leurs pieds. La peau était marron foncé, la couleur de cuir tanné typique des cadavres de tourbière. Quelques mèches de cheveux sombres d'une longueur d'un centimètre rebiquaient sur le crâne, avec la teinte rougeâtre caractéristique des eaux de tourbière. En laboratoire, on pourrait déterminer à quand remontait sa dernière coupe, et le type de lame utilisé. Encore une fois, Nora parcourut les contours du visage. Elle tenait à ne rien laisser échapper de ce moment, du tableau sous ses yeux. Au cours des deux jours à venir, cet homme serait photographié sous tous les angles, puis extrait de ce lieu où il dormait depuis si longtemps. Il n'y avait aucune trace de vêtements, mais il avait un bracelet en cuir tressé au biceps gauche, et un fin lacet de cuir apparaissait derrière sa tête. Nora prit une loupe dans la poche de son blouson. À travers le verre épais, elle suivit le cordon jusqu'à un triple nœud sous l'oreille droite, et vit qu'il s'enfonçait dans le cou décharné. Se faufilant pour y regarder de plus près, elle remarqua une entaille profonde dans la gorge, directement sous la ligature. D'après la position de la coupure, dans un repli du corps, elle déduisit que celle-ci n'avait pas été faite par la lame d'une quelconque machine. Selon toute vraisemblance, quelqu'un avait étranglé cet homme et lui avait sauvagement tranché la gorge.

Redressant la tête, elle entendit un bruit sourd. Peut-être le même que celui perçu in extremis par cet individu : le vent en rafale, ou sifflant à travers les ajoncs épineux et la bruyère. À moins que ce n'ait été quelques mots chuchotés par son bourreau juste avant le coup fatal. Le bracelet avait-il une signification particulière ? Cet homme appartenait-il à la communauté qui l'avait mis à mort ? Peut-être était-il un chef de bonne naissance... ou bien un prisonnier, un otage, un banni. S'était-il rendu à sa mise à mort de son propre gré ou l'avait-on traîné jusqu'ici pieds et poings liés, malgré ses protestations ? Nora imaginait une exécution à la nuit tombée, avec la lune et les étoiles pour seuls témoins, mais cela avait pu se passer tout à fait autrement. Le supplice faisait peut-être partie de quelque mise en scène publique.

Soudain, elle sentit la présence d'Ursula Downes à côté d'elle.

— On dirait que quelqu'un tenait très fort à le tuer, fit remarquer celle-ci. Vous avez vu les pieux ? Regardez un peu les bras.

Nora aperçut plusieurs morceaux de bois de deux centimètres de diamètre, plantés dans les bras.

— Mieux vaut ne rien toucher avant l'arrivée de Niall Dawson, lui dit Ursula.

Elle contempla le torse et effleura le poignet recourbé du bout de sa botte, un geste qui hérissa Nora. Elle aurait voulu repousser Ursula loin de ce corps vulnérable, hors de la tente. Elle se contenta de remettre la tourbe en place par-dessus le cadavre, après quoi elles ressortirent dans le vent et la clarté aveuglante.

— Ça risque de prendre deux ou trois jours pour mettre ce bonhomme en caisse, dit Ursula. J'imagine que vous avez prévu où dormir ?

Les yeux verts lui décochèrent un rapide regard et Nora se sentit soudain très bête. Forcément, tout s'expliquait maintenant. Le fait qu'Ursula ait entendu parler d'elle, ces regards incessants qui lui faisaient sentir qu'on l'observait attentivement. Il n'était pas du tout surprenant qu'Ursula connaisse Cormac, ainsi que Niall Dawson. C'étaient sans doute de vieux copains. Quelle cruche elle faisait ! Elle aurait dû se souvenir que le milieu de l'archéologie était un microcosme en Irlande, et que Cormac y connaissait tout le monde. Manifestement, Ursula jouait avec elle depuis le départ, mais Nora n'avait aucune raison de lui dévoiler qu'elle l'avait enfin compris. Au prix d'un grand effort, elle afficha son expression la plus neutre.

— Oui, j'ai un ami qui m'héberge dans le coin.

Ursula porta le regard vers son équipe regroupée un peu plus loin.

— Qu'est-ce qu'ils fichent ? s'interrogea-t-elle en consultant sa montre. La pause-thé n'est que dans une heure.

Nora suivit son regard. Plusieurs personnes étaient attroupées devant une tranchée. À cause du vent on n'entendait pas ce qu'elles disaient, mais la posture de certaines d'entre elles semblait indiquer un désaccord quelconque. Une jeune femme s'écarta du groupe et se précipita dans leur direction.

— Ursula ! s'écria-t-elle.

Sa voix était étouffée par le vent, et elle accompagna son cri d'un mouvement du bras signifiant « venez ! ». Ursula se mit à courir et Nora la suivit.

Quand elles eurent rejoint l'équipe réunie en cercle, Nora vit l'expression de stupeur et d'incrédulité sur les visages frais, burinés par le vent. Une jeune femme aux cheveux sombres était accroupie au bord d'une tranchée, les bottes couvertes jusqu'à mi-mollet de boue encore humide.

— Bon sang, Rachel, pourquoi tu n'as rien dit ? s'emporta un jeune homme.

— Qu'est-ce qui se passe ? demanda Ursula. Quant à vous, lança-t-elle au cameraman qui s'était approché, dégagez avant que je m'occupe de vous !

Il esquissa un geste de soumission de sa main libre et regagna précipitamment son car.

— Maintenant, quelqu'un va m'expliquer vite fait quel est le problème, reprit Ursula.

Plusieurs membres de l'équipe lui répondirent en même temps.

— Rachel est tombée dans le canal...

— On a dû la sortir...

— J'étais concentrée sur mon travail, expliqua Rachel. Par mégarde, je suis tombée de la planche. Je n'ai pas demandé qu'on m'aide à remonter !

Ursula n'en croyait pas ses oreilles.

— Et vous vous mettez dans un état pareil parce que quelqu'un est tombé dans une tranchée ? Ma parole !

— Ce n'est pas ça, intervint la jeune femme qui leur avait fait signe. En donnant un coup de main à Rachel, on a failli marcher sur lui.

Elle s'écarta et indiqua un endroit de la tranchée. Nora y distingua les contours d'un visage difforme. Elle se mit à genoux pour l'examiner de plus près. Il fallut quelques instants pour que l'épouvantable tableau s'imprime. La peau était marron foncé, les traits légèrement aplatis, le nez écrasé d'un côté, mais les orbites oculaires, la voûte crânienne et le dessin de la mâchoire indiquaient clairement qu'il s'agissait d'un cadavre humain. Un poing squelettique, aux allures de serre, était brandi au-dessus de la tête, comme si la personne s'était retrouvée engloutie et avait cherché à s'extirper de là pour respirer.

— Vous vous payez ma tête ou quoi ? soupira Ursula d'un air exaspéré. Deux cadavres de l'âge du fer la même semaine !

— Je me garderais de toute conclusion hâtive, dit Nora en fixant les visages inquiets baissés vers elle. Cet homme m'a tout l'air de porter une montre au poignet.

3

L'inspecteur Liam Ward reposa le combiné et remarqua à cet instant les taches de sang sur sa chemise. Il s'était coupé le cou en se rasant ; le pansement avait dû se décoller. Ce n'était vraiment pas le moment : l'officier de permanence venait d'appeler pour lui annoncer la découverte d'un cadavre, le second en l'espace d'une semaine, dans la tourbière de Loughnabrone. Le premier datait officiellement d'au moins cinq cents ans, mais le nouveau semblait être contemporain. Quoi qu'il en soit, l'inspecteur chargé de l'enquête ne pouvait pas se permettre d'avoir l'air de sortir tout droit d'une bagarre. Il retira sa chemise et alla dans la salle de bains pour nettoyer la coupure et y appliquer un nouveau pansement. Quand il revint dans la chambre, il aperçut le vêtement taché, roulé en boule sur le lit – *tel un indice matériel sur les lieux d'un crime*, songea-t-il en boutonnant son col cette fois avec plus de précautions.

Lugh lui paraissait agité. Cela tenait peut-être à l'odeur de sang. Tout en faisant son nœud de cravate, Ward observa le setter qui allait et venait entre le vestibule et la cuisine, sa queue en panache dressée, ses griffes martelant anxieusement le carrelage.

Pour une raison ou pour une autre, ce son lui fit penser à sa mère. Il se souvenait de ses hauts talons claquant sur le même sol, le lendemain de l'enterrement de sa femme, quand elle cherchait à le convaincre de déménager. Il n'en avait rien fait, bien entendu. Il était resté, ancré par les souvenirs, par les pierres du jardin. Il savait qu'aux yeux de sa mère la mort d'Eithne l'avait soulagé d'un grand poids. Se pouvait-il que onze années se soient déjà écoulées depuis ce jour d'été où sa femme était descendue dans la rivière, les poches lestées de cailloux provenant de leur propre jardin, sans avoir l'intention de remonter à la surface pour respirer ? Il revoyait ces galets – noirs, gris, blancs, roses, de forme lisse et arrondie. Il les avait mis la semaine d'avant, pour empêcher les mauvaises herbes d'envahir les rosiers. Il imaginait Eithne agenouillée au bord de la pelouse, même si depuis longtemps aucune prière ne pouvait plus rien pour elle, remplissant peu à peu les poches de son imperméable vert foncé avec les pierres qu'elle choisissait une par une. Mais son imagination était incapable d'aller au-delà de ces gestes anodins. Les derniers moments d'Eithne restaient pour lui obscurs et inaccessibles. On lui avait remis les galets avec ses effets personnels, après l'enquête. Il n'avait pas pu se résoudre à les remettre dans le jardin. Cela ne lui semblait pas souhaitable, comme si ça risquait de porter malheur, aussi les avait-il rejetés dans la rivière à laquelle ils appartenaient.

Il avait rencontré Eithne au printemps dans un mariage. Un de ses collègues avait franchi le pas. Il se souvenait que le jeune sergent et ses amis s'étaient bien moqués de lui, vieux célibataire endurci. Jusque-là, il n'avait jamais rencontré personne qui l'émeuve suffisamment – avant d'apercevoir une merveilleuse créature qui jouait de la harpe pendant le dîner. D'emblée il avait été frappé par ses yeux chargés de mélancolie, mais surtout par son port très digne, sa manière élégante de se mouvoir. Elle dégageait de la majesté, un certain quant-à-soi, et il était homme à remarquer ces choses-là.

Cette jeune femme dont il ne savait rien, qu'il n'avait jamais croisée nulle part, avait piqué sa curiosité. Se renseignant discrètement le soir du mariage, il avait appris qu'elle vivait avec son père et une sœur cadette près de Loughnabrone. Considérablement plus jeune que lui, avec leurs quatorze ans d'écart, elle avait été stupéfaite, embarrassée par son intérêt, et lui avait témoigné une grande réserve. Il n'avait pas laissé faire l'amour, contrairement à ce qu'implore la chanson, mais lui avait fait sa cour avec une insistance qui ne lui était pas du tout habituelle, et avait fini par conquérir son cœur, même s'il lui arrivait aujourd'hui de penser qu'elle l'avait épousé plus par excès de compassion que par affection profonde. À l'époque, peu lui importait. Il n'avait jamais rien éprouvé de pareil, ce désir qui semblait posséder chacune des cellules de son corps, ce feu chimique impossible à refroidir ou à contenir. Ce besoin irrésistible d'être avec elle, de la posséder, paraissait suffisant pour les soutenir tous les deux. Mais bien évidemment, cela n'avait pas été le cas.

Il n'avait confié à personne qu'Eithne portait leur enfant quand elle était entrée dans la rivière.

Ça ne lui semblait pas convenable de partager un secret qui lui avait été dévoilé par la mort de sa femme. Elle devait être au courant de sa grossesse, mais était trop enfoncée dans la confusion et le désespoir pour que cette nouvelle vie puisse lever le voile noir. Cela n'avait fait qu'aggraver les choses. Elle avait fait sa valise avant de se rendre à la rivière ; son unique geste lucide, destiné supposait-il à lui épargner le tri de ses affaires après sa mort. Il avait renversé sur leur lit les jupes et les chemisiers soigneusement pliés, avait plongé son visage et pleuré dans les dessous de soie toujours imprégnés de son odeur.

Lugh entra dans la chambre et s'arrêta devant lui. L'animal redressa son museau grisonnant et renifla. Ward tenta de le rassurer en le grattant affectueusement.

— C'est bon, mon vieux. Détends-toi.

Il éprouvait beaucoup de tendresse pour ce compagnon vieillissant, qui n'était qu'un tout petit chiot à son arrivée dans la maison – un cadeau de ses collègues, juste après le premier anniversaire de la mort d'Eithne. Ils avaient fait un bon bout de chemin ensemble mais la pauvre bête aurait du mal à tenir jusqu'à la fin de l'année. Lugh avait atteint le stade de son existence où les systèmes majeurs tombaient en panne, comme cela arrivait sans doute à tout être vivant qui atteignait un âge aussi avancé. *Nous avons tous la même vulnérabilité*, songea Ward. *Des êtres mous et imparfaits, criblés de faiblesses*. Cela faisait longtemps qu'il avait admis son attirance pour la nature ténébreuse d'Eithne Scully, comme si elle avait pu compenser la part de lui-même qui refusait de vivre intensément le présent.

Il était fasciné par le côté sombre et chaotique de sa nature, capable de passion et de créativité, mais également en proie à des crises de paranoïa et de désespoir inconsolable. Il avait cru qu'il suffirait de l'entourer de calme et de stabilité, qu'elle en retiendrait quelque chose dans son for intérieur, mais une fois de plus il se leurrait. Elle n'avait jamais partagé sa faculté de se satisfaire de la vie. Eithne était toujours sur les nerfs, déçue dans ses moindres espoirs. La première fois qu'il l'avait amenée dans cette maison, après leur mariage, elle l'avait suivi comme pour en faire la visite, puis était rentrée chez son père où elle avait passé quinze jours avant qu'il parvienne à la convaincre d'habiter chez lui.

Avec le recul, bien sûr, il s'en voulait de ne pas avoir perçu les signes avant-coureurs. Au début, les changements étaient graduels, quasiment imperceptibles, d'infimes fêlures. Depuis la mort d'Eithne, il avait passé leur vie au crible, se souvenant de gestes et de regards, repensant à telle expression absente, comme si elle ne savait pas qui il était ni ce qu'elle faisait là. Au bout d'un certain temps, elle avait délaissé la harpe ; ses mains ne lui obéissaient plus. Un soir, il l'avait retrouvée assise devant son instrument sans cordes, un entrelacs de fils dorés sur les genoux. *Ça n'allait pas, Liam. Je suis sûre que j'arriverais à jouer si les cordes étaient mises correctement.* La harpe reposait dans un coin du salon, toujours sans cordes. Un jour, elle lui avait annoncé qu'elle se mettait à la marche à pied. Au début il avait trouvé cela encourageant, se disant qu'une activité physique quotidienne lui changerait les idées. Mais tout compte fait, cela avait mal tourné une fois de plus. En rentrant du travail, il lui arrivait parfois de la croiser sur la route, tête baissée, marmonnant une litanie silencieuse du bout des lèvres, écrasée par le poids des mots et des chiffres qui avaient commencé d'envahir son esprit. À la longue, elle s'était mise à compter le nombre de pas pour se rendre dans les commerces qu'elle fréquentait régulièrement : la poste, le marchand de journaux, la pharmacie. Il trouvait dans ses poches toutes sortes de bricoles qu'elle volait sans l'intention de s'en servir : foulards, gants, tubes de rouge à lèvres. Il les rendait discrètement. Personne n'avait jamais eu le cœur de la prendre sur le fait. Puis ses escapades s'étaient faites de plus en plus lointaines. Il se souvenait encore du terrible coup de fil du poste de police de Ballingar, à dix kilomètres, où on l'avait retrouvée en plein déluge, endormie au pied de la vierge dans la grotte. Quand il était venu la chercher, elle était complètement déboussolée, comme une enfant égarée. Il revoyait son regard absent quand il lui avait demandé ce qu'elle faisait à se promener sous la pluie. Après cet épisode elle n'était pas sortie pendant plusieurs semaines, et il s'était imaginé qu'elle était sur la voie de la guérison, ne percevant pas la nature du mal qui la tenaillait.

Ses collègues traitaient Eithne avec déférence et se montraient discrets envers lui, mais leur tact tenait plus de la pitié que de la compréhension. Il savait ce qui se disait dans son dos. *Pauvre Ward. On ne souhaiterait à personne d'être marié avec sa folle.* Elle s'enfonçait progressivement dans le néant et rien ne pouvait y changer quoi que ce soit. Il passait ses journées dans les limbes, redoutant le pire. Il n'aurait jamais dû la laisser seule, mais il savait au fond de lui qu'elle aurait trouvé le moyen de s'échapper. Aucune vigilance ne serait jamais suffisante. Et il devait bien se l'avouer, une part de lui-même voulait la laisser partir, la laisser obtenir ce qu'elle désirait ardemment.

Le dernier coup de téléphone l'avait amené au bord de la rivière. Son corps reposait dans l'eau transparente et ses longs cheveux sombres étaient déployés autour de son visage, ondulant dans le courant comme les herbes vert pâle qui flottaient à côté d'elle. La robe qu'elle portait sous son imperméable ondoyait. Elle était très belle et très paisible dans la mort, comme suspendue dans son univers liquide d'outre-tombe, ce chenal jamais vide qui se déversait à l'infini dans la mer. Tout à coup, il avait ressenti ce qu'elle avait dû éprouver quand l'eau froide l'avait engloutie – un soulagement proche de la communion. Mais, pour lui, il ne s'agissait que d'une sensation brève et passagère. Il se souvenait de ces instants où il se tenait sur le pont tandis que les ambulanciers rentraient dans l'eau peu profonde pour la sortir et disposer sur un brancard ce corps froid, pâle et lourd, de nouveau soumis à l'épouvantable gravité terrestre. Faisait-il partie de la pesanteur, de ce qu'elle n'arrivait plus à supporter ? Il essayait de se convaincre que rien de ce qu'il avait pu faire ou ne pas faire n'avait influencé l'ultime choix d'Eithne, et c'était en fin de compte le plus triste des héritages. Il pensait à elle chaque jour, lui était enchaîné à jamais, son cœur prisonnier des herbes vert pâle entrelacées.

Ward jeta un coup d'œil dans le miroir, rajusta son nœud de cravate et vérifia le pansement une dernière fois avant de quitter la maison. Ce nouveau cadavre dans la tourbière de Loughnabrone l'intriguait. Il s'était déjà rendu sur place quelques jours auparavant en compagnie de Catherine Friel, récemment nommée légiste adjointe, qui était venue évaluer d'autres restes humains. Il était ravi de la revoir. Il avait souvent affaire à Malachy Drummond, avec lequel il s'entendait bien, mais n'avait fait la connaissance de Friel que la semaine précédente. D'emblée, son regard chaleureux et pétillant d'intelligence l'avait enchanté, ainsi que sa façon de plisser légèrement le front quand elle était concentrée sur son travail. Il ne s'était pas senti comme ça depuis des années, ne savait même pas comment décrire la chose, sauf à parler d'une espèce d'élan de l'âme. Il marqua une hésitation sur le seuil de la chambre, puis retourna devant la commode et retira son alliance en or. Il la soupesa un instant, sentant sa tiédeur sur ses doigts, et la posa dans le vide-poches.

4

Distrait par le bruit du vent, Cormac détacha les yeux de son travail et vit que dehors les feuilles des marronniers étaient agitées par une bonne brise. Il espérait que tout se passait bien pour Nora dans la tourbière ; les bourrasques pouvaient avoir des effets redoutables avec toute cette tourbe en fragments. Il avait insisté pour qu'ils fassent le trajet ensemble, la veille du début de l'excavation, mais elle avait tenu à venir toute seule le jour même, en se levant de bonne heure. *Elle avait besoin de réfléchir*, lui avait-elle expliqué. Ces derniers temps, il avait noté chez elle une légère distance, du détachement dans le regard, et une pointe de tristesse inhabituelle dans les yeux. Quelque chose la travaillait, et ça le tracassait de ne pas savoir quoi.

Ils n'avaient jamais pris de véritables vacances ensemble, et le présent séjour n'en était pas vraiment. Quand il avait appris que Nora devait participer à l'excavation d'un cadavre récemment découvert, Cormac s'était arrangé pour qu'ils passent quelques jours dans le cottage des McCrossan, à deux pas du site. Le cadre isolé serait idéal pour terminer l'article qu'il devait bientôt rendre.

Mais il avait un autre mobile : faire le point avec Nora sur leur relation. Il comprenait ses réticences à s'engager dans une histoire sérieuse, et s'efforçait de ne pas se mettre martel en tête. Elle avait sans doute mille choses à faire, ce qui l'avait retenue à Dublin. Il y avait toujours les cours à préparer, ses travaux de recherche auxquels elle se consacrait le week-end. La vie de Nora était fortement marquée par le temporaire, à tous les niveaux – l'appartement, le boulot, même ses études. Et son comportement récent poussait Cormac à se demander dans quelle mesure lui-même ne faisait pas partie du provisoire. Les choses pouvaient aussi continuer comme ça, *ad vitam aeternam*. Mais était-ce vraiment suffisant ?

Il fit un tour dans la petite maison où Gabriel McCrossan, son professeur et mentor, avait passé tant d'étés. Vingt ans auparavant, chargé d'un nombre croissant de chantiers archéologiques dans la région et lassé des locations de fortune, Gabriel avait trouvé plus commode d'acheter un pied-à-terre, ne serait-ce que pour passer plus de temps avec Evelyn. Le petit cottage avait été entièrement rénové mais conservait une atmosphère d'ancienneté avec ses plafonds bas, son sol en ardoise et ses fenêtres profondément encastrées. L'emplacement n'avait rien d'exceptionnel. Pas de vue à couper le souffle – rien que la tourbière sauvage et des petites collines, vestiges probables d'anciens édifices depuis longtemps enterrés. Un lieu quelconque, aux yeux de la plupart des gens, et pourtant les plus fabuleux trésors d'Irlande reposaient sans doute dans ces tourbières. Gabriel avait été le premier à attirer l'attention du public sur ces richesses insoupçonnées. Il ne s'agissait pas de métal précieux mais de planches dégrossies à la main, véritables chroniques de l'âge du fer, grâce auxquelles émergeait le portrait d'une société, en dehors de toute trace écrite.

Depuis le décès de Gabriel, Evelyn ne venait quasiment plus au cottage. Le mois précédent, elle avait invité Cormac à dîner et lui avait annoncé qu'elle lui léguait la maison dans son testament. *Il pouvait d'ores et déjà s'y considérer comme chez lui*, avait-elle insisté en lui confiant la clé, celle-là même dont il s'était servi la veille au soir. Profondément touché par ce geste, il avait été pris au dépourvu.

— Dis-moi simplement que tu en feras bon usage, lui avait-elle suggéré. Je serais triste que la maison reste vide et abandonnée. Tu devrais y emmener Nora quelques jours.

Quand l'occasion s'était présentée à point nommé, il avait tout de suite appelé Michael Scully, le vieil ami et voisin qui s'était toujours occupé de la maison quand les McCrossan se trouvaient à Dublin. Evelyn avait prévenu Cormac qu'il n'était pas en bonne santé, sans entrer dans les détails. Il avait paru heureux d'apprendre qu'ils venaient passer quelques jours et avait confié à sa fille d'une vingtaine d'années le soin de retirer les housses des meubles, laver les carreaux, balayer les toiles d'araignée et les cendres froides. Cormac était tombé sur elle en arrivant. En le voyant entrer dans la cuisine, Brona Scully, une petite jeune femme toute frêle aux yeux de biche, s'était réfugiée dans l'angle à côté du buffet et figée, tel un lièvre persuadé d'échapper au prédateur en restant immobile. Il lui avait parlé sans obtenir de réponse, et quand il était revenu après un tour rapide du reste de la maison, elle s'était volatilisée sans faire le moindre bruit. Il ne savait pas grand-chose d'elle, juste l'histoire qu'on racontait, peut-être une simple rumeur ou légende locale – elle aurait été témoin, dans son enfance, du suicide de sa sœur. Quoi qu'il en soit, une chose était certaine : depuis ce jour-là, elle n'avait plus prononcé le moindre mot.

Cormac sentait fortement la marque imprimée aux lieux par ses amis : Evelyn pour les coussins brodés de couleurs vives et tout ce qui rendait l'endroit confortable, Gabriel pour le fauteuil en cuir usé devant la cheminée, et l'un comme l'autre dans les centaines de livres tapissant les murs. Gabriel était comme une ancre autour de laquelle tourbillonnait l'énergie de sa femme. Leur union avait toujours semblé à Cormac comme l'équilibre quasi parfait : deux individus à forte personnalité, mariés pour former une entité les dépassant, un mystère qu'eux-mêmes ne pouvaient pas expliquer. Le respect qu'ils se témoignaient constamment avait quelque chose d'apaisant, qui évacuait la tension. Cormac se souvenait de la façon dont Gabriel prenait la main d'Evelyn quand elle passait près de lui. Leur tendresse mutuelle l'avait toujours embarrassé et fasciné en même temps.

Il s'imaginait parfois que Nora et lui pourraient être unis par des sentiments similaires. Evelyn avait accepté de s'installer dans une région peu connue pour ses agréments, et su faire qu'ils se sentent chez eux au cœur de ces tourbières qui étaient toute la passion et toute la vie de Gabriel. Cormac ne se faisait aucune illusion : il n'arriverait jamais à la cheville de Gabriel, ni l'intellectuel, ni le savant, ni l'homme. Il ne pouvait pas demander à Nora de le suivre dans ce coin perdu. Elle avait son propre travail, centré ailleurs, et toute une vie qui n'avait rien à voir avec la sienne.

Le fait que Cormac fasse carrière en Irlande n'était qu'une partie du problème. Depuis un an, il essayait de renouer les liens avec son père, un vieillard longtemps absent qui vivait désormais retiré du monde dans son village natal du Donegal. Ce n'était pas chose anodine pour un homme de savoir d'où il venait. Nora l'avait encouragé à insister, malgré les difficultés passagères.

Il se rappela soudain que c'était dans cette maison qu'il avait entendu parler d'elle pour la première fois. Il passait le week-end en compagnie des McCrossan, et ce soir-là Evelyn s'était couchée avant eux. Ils avaient brassé des idées tard dans la nuit autour de quelques bonnes rasades de whiskey, et Gabriel avait gagné en sincérité. Alors que chez certains l'alcool entraîne un manque de coordination ou de l'agressivité, chez lui la parfaite franchise était le signe infaillible d'une légère ébriété. Il entendait encore la voix du vieux savant.

— J'aimerais te présenter une jeune femme. Elle s'appelle Nora Gavin. Je pense que vous pourriez vous entendre.

Cormac se souvenait d'avoir protesté, comme chaque fois qu'un ami prétendait jouer les entremetteurs. Mais Gabriel avait insisté.

— Elle est ravissante, très intelligente, et elle a très bon cœur. Et tu as besoin de quelqu'un, Cormac, une jeune femme à enlacer la nuit. Crois-moi, ça fait toute la différence.

Et bien entendu Gabriel avait vu juste, à son habitude. Nora était telle qu'il l'avait décrite, et qui plus est, mieux. La perspective de partager toute sa vie avec la même personne n'avait jamais effleuré l'esprit de Cormac. Une idée qui, maintenant, planait au-dessus de lui, légère et capricieuse comme un papillon. Pour l'essentiel, sa vie quotidienne n'avait pas changé depuis qu'ils étaient ensemble. Il continuait de se lever à sept heures du matin et d'aller à vélo à l'université pour y donner ses cours trois fois par semaine. Les mardis, jeudis et samedis, il se rendait au club d'aviron et s'offrait une séance matinale d'exercice sur la Liffey.

Quand l'eau était calme, on avait presque la sensation de voler. Il adorait l'odeur stagnante des berges, la mousse et les algues dégoulinantes sur les piliers des ponts, et l'image qui lui occupait toujours l'esprit quand il ramait – les eaux de la rivière se mêlant à celles de la mer, le marron se fondant dans le vert. Ces choses faisaient partie de la vie qu'il s'était construite, couche par couche, au fil de nombreuses années. Quant à Nora, elle était un saumon imprévisible, une tache argentée fugacement aperçue, qui remontait à contre-courant ces eaux apprivoisées. Qu'adviendrait-il s'il l'attrapait ?

Il se souvint de la dernière fois qu'ils avaient fait l'amour. Elle s'était mise à pleurer, en silence mais sans pouvoir s'arrêter, et quand il lui avait demandé s'il avait dit ou fait quoi que ce soit pour lui causer de la peine, elle avait simplement fait non de la tête. Sa tristesse muette l'avait bouleversé jusqu'aux larmes lui aussi, alors qu'il n'avait pas pleuré depuis des années – depuis le décès de sa mère, en fait. Il n'avait même pas versé une larme à la mort de Gabriel, son vrai père au sens profond du mot. Mais il s'était senti tellement démuni, tellement désemparé face au désarroi de Nora. Il aurait voulu la prendre dans ses bras comme une enfant, lui susurrer que ça n'était rien, que tout finirait par s'arranger, mais il n'en avait rien fait. Parce que ça n'allait pas, et que rien ne s'arrangerait jamais, avec ce vide qui avait pris la place de Triona, et englouti la vie de Nora. Combien de fois avait-elle repassé dans sa tête l'ultime conversation avec sa sœur assassinée, en altérant chaque fois ce qu'elle lui disait pour modifier l'avenir, reléguer l'horreur au rang des cauchemars ?

Il se demandait comment elle s'y était prise pour réunir des éléments à charge contre son beau-frère. Un soir où il était passé chez elle, il l'avait surprise plongée dans un dossier, mais elle s'était empressée de le cacher sous des papiers sans lui laisser voir de quoi il s'agissait. Plus tard, en dégageant la table, il avait aperçu l'intitulé : *HALLETT Catriona – Rapport d'autopsie*. Il essayait parfois d'imaginer comment ce genre de tragédie transformait forcément une famille. Il entendait souvent Nora au téléphone avec ses parents ; on percevait facilement l'affection qu'elle leur portait, mais il sentait comme une distance, une tension dans leurs relations. Cela tenait au ton de sa voix, à la durée des silences. Une enfance au sein d'une famille unie, voilà qui pour Cormac était aussi étranger que le pays dont elle venait. Mais quand tout volait en éclats de manière aussi épouvantable, sans espoir de recoller les morceaux, cela devait obligatoirement laisser des aspérités.

Délaissant un instant l'écriture, Cormac assembla sa flûte pour jouer un air et se changer les idées en espérant qu'ensuite il arriverait à se concentrer sur son article sans penser à Nora. Il porta l'instrument à ses lèvres et sentit la fraîcheur de l'ébène, cette matière tropicale vivante en son temps et désormais exilée sous d'autres latitudes, tout aussi pluvieuses mais quasiment dépourvues d'arbres. Il sentit la musique surgir d'un lieu inconnu et circuler en lui, jaillir de ses lèvres pincées et pénétrer dans ses doigts, traverser la flûte et s'envoler dans l'air, cette matière qu'il inspirait dans ses poumons pour la transformer en d'autres notes. L'existence, par bien des aspects, se résumait à ça : des cycles infiniment et inconsciemment répétés. La cour qu'il faisait à Nora – il envisageait vraiment la chose sous cet angle suranné – s'inscrivait dans le cycle de la vie humaine. Il se demandait comment cela se terminerait, s'ils trouveraient jamais un terrain d'entente suffisamment large. Mais il restait optimiste ; il n'avait pas le choix.

Il inspira et entama *The Dear Irish Boy*, le thème qu'il associait maintenant complètement à la *cailin rua*, cette rouquine à qui ils devaient de s'être rencontrés l'été précédent[1]. La pauvre femme avait subi une mort cruelle et injuste, mais son fils avait survécu et trois siècles et demi plus tard, à la suite d'une autre tragédie, ses descendants avaient découvert la vérité. Il aborda la partie B de la mélodie, une série de notes aiguës et tourmentées qui lui déchirait l'âme comme des ronces. Lentement, la mélodie se résolut, s'écoula de nouveau comme un

1. Voir *Le Chant des Corbeaux*.

ruisseau, avec seulement quelques courants plus sombres entraperçus par moments sous la surface.

Il reposa sa flûte et essaya de se remettre au travail. L'article qu'il avait tant de mal à écrire proposait une nouvelle approche concernant les objets en or des âges du fer et du bronze, provenant sans doute d'offrandes rituelles – la prudence était de mise, car la dimension rituelle, si séduisante qu'elle puisse paraître, était quasiment impossible à prouver sur la base des seules données archéologiques. Ces époques lointaines étaient truffées d'énigmes et de mystères pour lesquels on ne disposait que de réponses fragmentaires. Pourquoi avait-on retrouvé les objets les plus sensationnels dans le comté de Clare alors que les rivières les plus aurifères étaient situées à l'autre bout de l'île, dans les comtés de Wicklow et Tyrone ? Pourquoi n'avait-on aucune trace d'apiculture à l'âge du bronze alors qu'il était prouvé qu'on utilisait de la cire d'abeille pour la technique de moulage à la cire perdue ? Pourquoi retrouvait-on si peu d'objets en or dans les tombes : étaient-ils fondus, ou transmis au successeur en tant qu'attributs d'une charge ?

Il étudia une carte d'Irlande qui indiquait les lieux où l'on avait découvert des objets en or des âges du bronze et du fer. Combien de points manquait-il parce que tel ou tel avait gardé pour lui sa découverte, l'avait renterrée ou bien fondue et vendue, gagnant de quoi vivre confortablement le restant de ses jours ? Il y avait aussi des centaines d'histoires qui ne seraient jamais racontées, où l'or avait été source de conflits – vols et confiscations, forcément des meurtres, tout cela pour le métal jaune. Comment les anciens percevaient-ils l'or, eux qui avaient plus l'habitude de travailler le bronze et le fer, en proie à l'oxydation ? Pour des cultures plongées dans le monde naturel et ses dégradations permanentes, on devait y voir l'unique matière inaltérable, le métal parfait, solaire et immortel.

Un bruit le fit sursauter. Ce n'était qu'un oiseau niché sous l'avant-toit, mais Cormac se rendit compte qu'il attendait Nora nerveusement. En tout cas, il ne voulait pas revivre la mésaventure de la veille. Peu après son arrivée, quelqu'un avait frappé à la porte. Il avait ouvert machinalement, pensant qu'il pouvait s'agir de Brona Scully venue s'assurer que la chaudière fonctionnait. À sa grande surprise, il avait trouvé Ursula Downes sur le perron. Il repensa à la scène. Blonde et menue, elle avait un air de gamine un rien timide avec sa coupe de cheveux très dégagée sur les oreilles. L'anneau doré à sa paupière était une nouveauté depuis leur dernière rencontre, mais Cormac n'était pas plus surpris que ça. Pas mal de temps s'était écoulé.

— Je passais juste et j'ai aperçu la voiture, avait-elle dit. J'ai cru que c'était Evelyn, mais je suis ravie de te voir. De retour à Loughnabrone ? Tu ne vas pas me croire : je bosse sur nos vieilles fouilles. La baraque a été retapée, mais de temps en temps j'ouvre la porte en m'attendant à vous retrouver, toi et la bande, en train de faire la queue pour les toilettes.

— Le tout était de saisir l'occasion, si je me souviens bien.

Ils avaient passé plusieurs étés dans la région à travailler aux côtés de Gabriel, presque vingt ans auparavant, et en revoyant Ursula une foule de souvenirs lui étaient revenus : les logements rudimentaires des étudiants, l'odeur des pulls en laine séchant devant le feu, le thé trop infusé, les chambres glaciales, les lits tièdes. À l'époque, l'air lui-même paraissait chargé de toutes sortes d'appétits. À en juger d'après son expression, elle aussi n'avait pas oublié.

— Écoute, Cormac, avait-elle dit en baissant la voix. J'ai été très triste en apprenant la disparition de Gabriel. Ça a dû être un sacré choc. Je suis sûre qu'on avait tous l'illusion qu'il serait toujours là. Je voulais vous appeler, toi ou Evelyn, mais ce n'est pas mon fort.

Toujours sur le perron, elle lui avait semblé à cet instant très seule, vulnérable et méfiante.

— Tu veux entrer prendre un verre ? s'était-il surpris à lui demander.

Alors même qu'il avait formulé cette invitation, il avait espéré ne pas devoir la regretter par la suite.

— D'accord mais vite fait. Merci. Ça n'a pas trop changé, hein ? avait-elle remarqué en jetant un coup d'œil à la ronde après avoir franchi le seuil.

Ils s'étaient installés dans la cuisine.

— Qu'est-ce que je te sers ? Un verre de vin rouge ?

— À moins que ce ne soit pour les grandes occasions, avait-elle dit en posant son regard sur la demi-douzaine de bouteilles qu'il n'avait pas encore eu le temps de ranger dans le placard. Tu cherches à épater quelqu'un ?

— C'est juste histoire de varier les plaisirs.

Il avait débouché une bouteille et servi deux verres.

— Moi, je ne suis pas trop difficile en matière de vin, avait dit Ursula. Le gros rouge qui tache fait autant d'effet qu'un bon vin quand on est dans le bon état d'esprit. Et c'est généralement mon cas.

Elle s'était tournée pour lui faire face et lui avait pris le verre, ses yeux verts étincelants plus provocateurs que jamais. La lampe posée sur la table diffusait une lumière chaude et dorée qui marquait son teint et dessinait les contours de son visage anguleux, ses légères fossettes. Seules les pattes-d'oie aux coins de ses yeux trahissaient le passage du temps.

— Alors, qu'est-ce qui t'amène ici ?

— J'écris un article pour le Journal. *Sur les découvertes récentes concernant les objets en or de l'âge du bronze et de l'âge du fer.*

— Ah bon ? avait-elle dit en parcourant la documentation qu'il avait disposée sur la table.. Tu sais, les gens racontent que le trésor de Loughnabrone comportait des objets en or, mais les deux frères qui l'ont découvert juraient leurs grands dieux que non. Je peux te l'emprunter ? avait-elle demandé en prenant un livre dans une pile. Je promets de te le rendre dès que tu en auras besoin.

Jetant un coup d'œil au dos, il avait vu qu'il s'agissait d'un ouvrage de référence, pointu et détaillé, sur la métallurgie à l'âge du bronze.

— Tu peux le prendre, avait-il dit en esquissant un geste.

— Et ton cœur ? Je te poserais volontiers la question, mais je crois que la place est déjà prise.

Elle n'y allait jamais par quatre chemins, cette Ursula ! Il n'avait vu aucune raison de lui cacher la vérité.

— Je pense que tu devrais faire sa connaissance demain. Nora Gavin. Elle vient pour l'excavation de ton cadavre...

Il avait changé de sujet.

— Comment va le travail ?

— Oh, tu sais, c'est un gagne-pain. On a trouvé des choses, mais c'est un peu le fouillis, des trucs par-ci par-là : des plates-formes et des segments de chaussée en bois, deux belles claies en saule. On a déniché quelques échantillons de tourbe assez intéressants... ça pourrait t'amuser d'y jeter un coup d'œil. Mais le directeur régional est un vrai râleur, qui n'arrête pas de m'enquiquiner pour des bêtises, parce qu'il voudrait que ça aille plus vite pour réintégrer cette zone dans ses planifications de production ! L'apparition du cadavre n'est pas pour l'arranger, mais je dois dire que moi ça m'a mis du baume au cœur.

Elle avait jeté un coup d'œil à la bouteille de vin, mais apparemment préféré s'abstenir, au grand soulagement de Cormac. Elle s'était calée contre le dossier de sa chaise, et l'avait fixé d'un air pensif.

— Un de ces jours, je vais arrêter le travail de terrain et me trouver un boulot pépère dans un bureau. J'en ai ras le bol d'être dehors par tous les temps, d'avoir de la poussière de tourbe plein les cheveux, et dix bonnes semaines de cette cochonnerie... (Elle avait brandi ses mains aux doigts et aux ongles imprégnés de tourbe.) L'an prochain, je deviens consultante, même si je dois changer de boîte. Ces veinards ont à peine à se mouiller les pieds une fois par an ! Soit ça, soit j'arrête complètement.

En l'écoutant, Cormac avait eu l'impression de percevoir quelque chose de changé chez Ursula. Ils ne s'étaient pas vus depuis très longtemps, et elle semblait avoir perdu ce côté fil du rasoir dont il se méfiait tant à l'époque.

Elle avait avalé la dernière gorgée de vin et s'était levée.

— C'est l'heure de rentrer à la maison. Demain matin je commence encore de bonne heure. Je peux monter au petit coin avant de partir ? Je me souviens du chemin.

Cormac lui avait allumé la lumière de l'escalier. Ursula l'avait toujours mis mal à l'aise. Dès leur première rencontre, il avait senti une espèce de danger en sa présence, une énergie débordante et des sautes d'humeur qui avaient quelque chose d'usant. Force était de lui reconnaître une lascivité franchement assumée, comme Cormac avait pu l'éprouver de première main en un temps. Toutefois, ce n'était pas cette qualité en tant que telle qui l'inquiétait, mais l'usage qu'elle en faisait : elle s'en servait comme d'une arme. Ursula avait toujours eu une compréhension très poussée, scientifique serait-on tenté de dire, de l'attirance sexuelle sous toutes ses multiples formes. Sans aller jusqu'à qualifier son comportement de prédateur, elle tirait un plaisir manifeste du pouvoir de faire battre un pouls à cent à l'heure. Il l'avait vue à l'œuvre bien des années auparavant, jouer avec leurs condisciples étudiants puis universitaires à l'occasion de réceptions d'un ennui mortel. Elle adorait faire sensation et semblait tirer une énergie proportionnelle au malaise qu'elle parvenait à susciter en l'espace d'une soirée, par un regard ou des doigts s'attardant une fraction de seconde de trop. Elle avait un talent inouï pour attirer l'attention et faire comprendre aux gens qu'elle se fichait de leur opinion comme de l'an quarante. Cormac s'imaginait les conversations animées dans les voitures quand chacun rentrait chez soi. Sans aller jusqu'à rendre elle-même ces gens malheureux, Ursula agissait comme un catalyseur qui concentrait leurs rancœurs et les libérait.

Une fois, il avait tenté de lui expliquer que ces frasques ne faisaient de tort qu'à elle-même, mais ça n'avait l'air de lui faire ni chaud ni froid. Il avait aussi toujours senti chez elle une pointe de méfiance, de la souffrance et la peur d'être trahie. En se retrouvant dans la même pièce qu'elle, il se sentait gagné par une tristesse immense et inexplicable. En vingt ans, avait-elle rencontré quelqu'un qui soit prêt à tout risquer, à franchir ses nombreuses défenses pour atteindre son âme meurtrie ?

De retour dans la cuisine, elle s'était dirigée droit vers la porte ; il s'était levé pour aller lui ouvrir.

— Ça fait plaisir de te revoir, Cormac.

Elle s'était penchée vers lui, comme pour lui faire la bise. Mais quand il avait voulu en faire autant, elle lui avait pris le visage à deux mains, l'avait attiré vers elle et embrassé sur la bouche. Il avait senti sa langue surgir entre ses dents, puis avait eu un mouvement de recul. Ursula avait paru s'amuser de sa réaction stupéfaite.

— Allons, n'essaye pas de me faire croire que tu ne serais pas partant !

Avant qu'il puisse dire quoi que ce soit, elle avait franchi la porte et était montée dans sa voiture. Il avait fixé les feux arrière qui s'éloignaient, et quand il avait porté la main à sa bouche, il s'était retrouvé avec du rouge à lèvres prune sur les doigts. Il avait frotté ses mains l'une contre l'autre, puis sur son pantalon.

Déconcerté par le flot d'émotions que le souvenir de la scène avait libéré, Cormac gravit l'escalier et inspecta ses habits soigneusement rangés dans l'armoire, sa brosse à dents et son nécessaire de rasage sur la tablette au-dessus du lavabo dans la salle de bains adjacente. Il s'assit sur le bras du fauteuil en face du lit, pris d'un accès de mélancolie comme le jour où il avait fui sa maison pour rejoindre Nora dans son appartement, quatorze mois auparavant. À l'époque, il espérait une autre vie que son existence rangée et réglée, et sa décision du moment lui avait indubitablement fait franchir une étape. Avait-il atteint le point où il devait faire un nouveau choix, parce qu'il ne se satisfaisait plus de leur relation telle qu'elle était ? Il repensa aux larmes de Nora et se sentit très loin d'elle, coupé des passages secrets de son âme tels qu'il se les était un jour imaginés. Quelle pulsion le poussait à vouloir y accéder ? Et serait-il vraiment prêt à jouer la réciproque ? Était-il décidé à lui faire une offre : se mettre à nu, au sens figuré, et tendre un couteau à Nora ?

5

La mort déclenche tout un engrenage, d'autant plus quand un cadavre surgit là où on ne l'attend pas. Deux voitures de police arrivèrent sur place au bout de quelques minutes, éjectant un quatuor d'agents jeunes et efficaces. Ils repoussèrent tout le monde à l'écart de la tranchée et délimitèrent le lieu du crime – à supposer qu'il y ait bien eu crime – avec l'habituel ruban bleu et blanc. Les archéologues furent cantonnés dans leur baraque au bord de la route, mais en apprenant que Nora était médecin, les policiers lui demandèrent de rester pour certifier officiellement que l'individu retrouvé dans le fossé était bien décédé et ne requérait aucun soin. Une procédure de routine, mais qui en l'espèce paraissait plus que superfétatoire. L'équipe du coroner arriva peu de temps après. Le terrain accidenté ne permettait pas qu'on dispose une tente de plus, mais ils se débrouillèrent avec une bâche pour protéger le cadavre des regards indiscrets et des caméras.

Nora était sur le point de demander si on avait encore besoin d'elle quand un nouveau véhicule arriva, et deux personnes en descendirent. Un homme de grande taille, bien habillé, la mine sérieuse – Nora lui donnait une petite cinquantaine, à en juger d'après ses boucles foncées légèrement grisonnantes. Son imperméable impeccable et ses chaussures élégantes n'étaient pas très bien choisis pour la tourbière, mais l'attitude des policiers subalternes indiquait qu'il s'agissait de l'officier chargé de l'enquête. La femme qui l'accompagnait était forcément sa partenaire. Il salua ses collègues d'un hochement de tête et s'adressa à Nora.

— Docteur Gavin ? Je suis l'inspecteur Liam Ward. Et voici l'inspecteur Maureen Brennan. Vous participez aux fouilles ?

— Pas tout à fait. Je suis ici pour l'excavation du cadavre qu'on a retrouvé l'autre jour. Je suis arrivée en avance.

Elle remarqua le pansement marqué d'une tache de sang, en partie dissimulé sous le col de la chemise du policier.

— L'équipe du Muséum national est en route. Leur camionnette devrait arriver d'un instant à l'autre.

— On n'a aucun moyen de les prévenir ? Pour leur demander de décaler leur venue ?

— On pourrait les appeler mais ils ne sont plus très loin, et je crains que ça ne soit pas raisonnable de retarder les opérations. Le cadavre qu'ils viennent récupérer est dans un état très fragile, et il est urgent de le transférer au laboratoire le plus vite possible.

Ward se tourna vers Brennan.

— On va avoir besoin de quelques agents supplémentaires pour contrôler la foule. (Il fit signe à Nora de l'accompagner jusqu'à la tranchée.)

Qu'est-ce que vous avez à me dire ? Qui a trouvé le cadavre ?

— Une archéologue qui travaille sur le site. Une certaine Rachel, mais, désolée, je ne connais pas son nom de famille. Je suis moi-même arrivée depuis très peu de temps.

Il consulta la liste que lui avait remise un des agents.

— Briscoe, d'après ce que j'ai ici. Rachel Briscoe.

Ils étaient arrivés au bord de la tranchée. L'inspecteur resta impassible devant le bras marron qui sortait de la tourbe.

— Ursula Downes et moi étions en train de jeter un coup d'œil à l'autre cadavre quand on nous a appelées, expliqua Nora. Au début, on a cru toutes les deux qu'il s'agissait d'un autre spécimen ancien, avant de voir la montre.

Ward écarquilla les sourcils.

— Une montre-bracelet ?

— Oui... Je veux bien vous montrer, si vous permettez que je descende une seconde.

Il opina du chef. Elle creusa un appui dans la paroi du canal et descendit sur la planche disposée sur le fond boueux. Elle était obligée de se tenir au bord et de marcher délicatement, sous peine de faire basculer le plancher de fortune. Si elle tombait, elle en aurait tout de suite jusqu'aux genoux.

Avec sa loupe, elle examina la main repliée. Les doigts étaient longs, avec des ongles ovales bien formés. Elle nota la tourbe noire et fibreuse incrustée en dessous, et leurs extrémités crénelées, comme rongées. La chair délicate du dos de la main, très proche de la partie exposée de la tourbière, était flétrie et légèrement putréfiée, alors que la paume semblait merveilleusement intacte, les extrémités des doigts tout juste fripées comme après un bain prolongé. De ses mains gantées, Nora retira la tourbe humide de la montre. Le large bracelet en cuir n'enserrait plus qu'un poignet en décomposition dont l'os était à nu.

Ward s'accroupit et se pencha par-dessus l'ouverture pour mieux voir.

— Qu'est-ce que vous pouvez me dire de plus ?

Elle porta son attention sur le visage défiguré. L'homme était rasé. Les paupières étaient closes, sans que les yeux soient enfoncés dans leurs orbites. Les cils étaient roux. Impossible de lui donner un âge : immergée dans les eaux astringentes d'une tourbière, même la peau jeune rétrécissait et se patinait. Cet individu avait déjà pris un aspect de cuir tanné. Alors qu'il reposait là depuis quelques décennies tout au plus, ce cadavre était en moins bon état que l'autre spécimen plus ancien. Cela n'avait rien de surprenant ; la conservation en tourbière était un phénomène aléatoire, qui dépendait du degré d'humidité et d'éléments chimiques assemblés par la nature capricieuse. Il arrivait parfois que le liquide acide conserve la peau et les organes, tout en ayant l'effet inverse sur les os. Nora se souvenait d'un article sur un cadavre retrouvé dans une tourbière au Danemark, dont le squelette avait été complètement décalcifié, ne laissant qu'un sac aplati en peau tannée, de forme humaine. Que dire à Ward ? Le mort avait les narines et la bouche remplies de tourbe. Ce n'était qu'une impression, mais elle avait vraiment la sensation qu'il s'était figé dans la mort au moment précis où l'énergie frénétique de la vie avait cessé : les cellules interrompues en pleine division, le sang brusquement immobilisé, le cerveau soudain à plat.

Contrairement à Ward qui ne manifestait aucune gêne devant cet épouvantable spectacle, le jeune agent qui le rejoignit fixa le cadavre une seconde avant de se retourner précipitamment et de vomir tripes et boyaux sur ses beaux souliers noirs. Nora remarqua la main de Ward se poser brièvement sur l'épaule du jeune homme. Peut-être avait-il connu pareille mésaventure la première fois qu'il avait vu un mort dans le cadre de son métier. Sans un mot, il fit signe à un autre policier de s'occuper de leur collègue mal en point. Nora elle aussi ne pouvait que compatir avec le jeune homme aux traits blêmes. Pour sa part, la vue de la mort ne lui avait jamais rien fait. Par contre, la violence physique faite aux êtres vivants suscitait chez elle des réactions viscérales. À sa grande honte, elle avait failli ne pas tenir pendant son stage de chirurgie en fac de médecine.

— Voici le Dr Friel, annonça Ward en se glissant sous le ruban bleu et blanc.

Nora releva les yeux et aperçut une Mercedes argentée se garer au bord de la route. Malachy Drummond lui avait parlé de sa nouvelle collaboratrice, mais elle n'avait toujours pas fait la connaissance de Catherine Friel, alors qu'elles occupaient des bureaux voisins à Trinity College. La petite femme svelte aux cheveux argentés qui descendit de la voiture se déplaçait avec énergie et vivacité. On n'aurait pas dit qu'elle passait son temps à sillonner le pays sur les traces de la mort violente. Signe malheureux de l'époque, Malachy Drummond ne parvenait plus à écluser toutes les affaires à lui seul.

Nora observa Ward, la posture très raide et les manières déférentes, accueillir le Dr Friel et l'accompagner vers la tranchée. Avec ses gestes posés et sa voix douce, il ressemblait plus à un médecin de famille qu'à un flic. Pourquoi avait-il choisi la police ? Quel plaisir lui procurait un métier qui consistait, aux yeux de beaucoup, à exhumer les détails les moins ragoûtants de la vie des gens ? Nora essayait souvent de se mettre dans la peau d'un policier, quelqu'un qui devait fouiller dans les haies et les fossés, derrière les murs des maisons, arracher le voile de la bienséance et de la respectabilité pour découvrir une réalité trouble et désordonnée.

Quand Ward fit les présentations, Catherine Friel déclara :

— Nora Gavin ? Ce nom me dit quelque chose... Ça me revient ! s'exclama-t-elle, ravie. Malachy m'a montré un article que vous avez publié récemment dans une revue d'anatomie. À propos de la chimie des tourbières et de la préservation des tissus mous, n'est-ce pas ?

Nora fit oui de la tête.

— C'était passionnant, poursuivit le Dr Friel. Je l'ai lu avec beaucoup d'intérêt. À partir du moment où nous avons le Dr Gavin sous la main, dit-elle à Ward, il serait judicieux de profiter de son expertise, si elle est partante et que vous n'y voyez pas d'inconvénient.

— Aucune objection de ma part. Faites.

Nora avait le ventre qui gargouillait. Elle n'avait rien mangé depuis six heures du matin et il était presque une heure. Ce n'était pas le moment de penser à la faim. Les crampes d'estomac se feraient oublier.

Quelques instants plus tard, vêtue d'une combinaison blanche en papier, elle se trouvait de nouveau au fond de la tranchée, cette fois en compagnie du Dr Friel qui lui demanda ses premières observations. À ce stade, Nora n'avait pas grand-chose à lui soumettre.

— La position du corps, la présence de tourbe dans la bouche, dans les narines et sous les ongles : tout cela pourrait indiquer que cet homme a simplement chuté accidentellement dans une fondrière. Mais il y a une chose vraiment surprenante, dit-elle en prenant une poignée de tourbe noire qu'elle malaxa entre ses doigts. Regardez la texture autour du cadavre, comment ça s'effrite en petites mottes. Quelqu'un a manifestement rempli le trou. Même s'il y est tombé par hasard, on dirait bien qu'on s'est donné beaucoup de mal pour le dissimuler.

— Je me doutais qu'on avait tout intérêt à vous demander de rester, se félicita le Dr Friel. Voyons si on peut découvrir autre chose.

Délicatement, elles enlevèrent la tourbe qui recouvrait le cou et le haut du torse.

— C'est étonnant qu'il ne porte pas de chemise, fit remarquer le Dr Friel. Combien de personnes s'aventurent dans la tourbière à moitié dévêtues, même par beau temps comme aujourd'hui ? Et tenez, regardez là...

Nora se pencha et vit un lacet en cuir. Le Dr Friel en suivit la courbe qui disparaissait juste en dessous de l'oreille gauche.

— Il pourrait s'agir d'un garrot, suggéra-t-elle.

— Mais un garrot serait plus serré que ça, non ?

— Vous avez probablement raison.

Les doigts de la légiste tâtèrent doucement la

peau sous le menton. Elle écarta un pli de chair et Nora repéra l'extrémité d'une coupure, juste en dessous du maxillaire.

— Ça n'a pas l'air très profond, observa le Dr Friel, mais il se pourrait que ça ait beaucoup saigné... à moins qu'on ne l'ait d'abord étranglé, et que la coupure ait été infligée post mortem.

Nora s'aperçut qu'elle l'écoutait d'une oreille distraite. Son attention était retenue par les images qui se bousculaient dans sa tête : un nouveau lacet, une nouvelle blessure par arme blanche, un nouveau cadavre à quelques centaines de mètres du premier. Mais celui-ci portait une montre à son poignet. Ces deux morts ne pouvaient pas être liées ; plusieurs siècles les séparaient au bas mot.

— Le cadavre qu'on a retrouvé par ici il y a quelques jours... commença-t-elle à dire.

— Oui ?

— Eh bien, apparemment lui aussi avait été garrotté et égorgé.

— Vous pensez qu'il y a un rapport ?

— Je ne vois pas comment ça serait possible. Mais c'est tout de même une coïncidence étonnante que deux hommes soient assassinés de la même manière et au même endroit, à quelques siècles d'intervalle.

Le Dr Friel la fixa.

— Vous avez quelque chose de prévu demain matin, docteur Gavin ? Je me demandais si vous accepteriez de participer à l'autopsie. On dit neuf heures ?

Avant que Nora puisse répondre, elle s'adressa au jeune policier qui se tenait au bord de la tranchée.

— Vous voulez bien aller me chercher l'inspecteur Ward ? Je vais l'informer que je traite ce décès comme un homicide. S'ils sont prêts, les techniciens de la police scientifique peuvent se mettre au travail.

Nora aperçut Ward sur la route, où la camionnette du Muséum national venait de s'arrêter à proximité des véhicules de police. L'inspecteur était penché vers le conducteur, sans doute pour lui expliquer la situation. En se retournant, elle découvrit Charlie Brazil au bord du canal de drainage. Il avait dû arriver par la tourbière, et ça n'avait rien de surprenant que personne ne l'ait entendu : quatre mètres de tourbe vous étouffaient les sons mieux qu'une thibaude. Accroupi, il contemplait le mort avec une expression où se mêlaient la fascination et le dégoût.

— Un de plus, dit-il. Qu'est-ce qui lui est arrivé ?

— On ne sait pas encore, répondit Nora.

Elle vit qu'il venait de remarquer le lacet en cuir et la montre. Il comprit que ce cadavre était plus récent que celui qu'il avait découvert. Peu à peu, les détails faisaient leur chemin et agissaient sur lui. Quand Nora s'exprima, il sursauta.

— Ursula m'a dit que c'était vous qui aviez découvert le cadavre l'autre jour.

Il fit oui de la tête.

— J'aimerais bien que vous me racontiez comment ça s'est passé.

Le jeune homme porta subitement son regard vers le groupe qui venait en direction de la tranchée.

— Il faut que j'y aille, dit-il. Je ne suis pas censé être là.

Puis il tourna les talons et s'éloigna d'un pas rapide.

Maintenant que l'équipe du muséum était arrivée,

le moment était venu de quitter l'univers des enquêtes policières pour s'intéresser au premier cadavre retrouvé dans la tourbière de Loughnabrone. Nora alla saluer Niall Dawson qui disposait son équipe autour de la tranchée. Ils pouvaient se passer d'elle quelques minutes. Elle s'excusa et s'absenta pour faire une pause pipi trop attendue et manger un morceau. Elle prit son pique-nique dans la voiture et entra dans la baraque de chantier, mais celle-ci était déserte : on avait renvoyé les archéologues chez eux pour le reste de la journée. Deux bons centimètres de tourbe recouvraient le sol, comme si un troupeau de buffles venait de passer. Tandis qu'elle croquait dans sa pomme verte, un reflet métallique attira son regard et elle aperçut une voiture garée dehors, devant laquelle Ursula Downes et Owen Cadogan discutaient. Avec le sifflement incessant du vent qui étouffait leurs paroles, on aurait dit deux personnages de pantomime. Adossée contre sa voiture, Ursula ne relevait que rarement les yeux. Cadogan allait et venait devant elle et argumentait avec insistance, mais apparemment sans grand succès. Tout à coup, il s'arrêta et porta la main au cou d'Ursula. Impossible de dire à première vue s'il s'agissait d'une caresse ou d'une menace, mais quand Ursula voulut bouger, il la plaqua contre la carrosserie d'un geste rapide. Une poussée d'adrénaline fit bondir Nora de sa chaise. Ne sachant quoi faire, elle flanqua un coup de poing dans le carreau. Surpris par le bruit, Cadogan releva la tête, vit que quelqu'un se trouvait dans la baraque, laissa retomber sa main et recula lentement. Nora entendit la plainte de la boîte de vitesses quand il démarra.

Elle sortit et s'approcha d'Ursula qui se tenait à côté de sa voiture et se frottait le cou à l'endroit où Cadogan avait plaqué sa main.

— Ça va ? Je sais bien que ça ne me regarde pas, mais... Ursula la coupa d'un regard glacial.

— Tout à fait. Ce ne sont pas vos oignons.

Nora prit ça comme une gifle. Sidérée, elle regarda Ursula se retourner et s'éloigner.

6

Grâce aux indications de Cormac, elle trouva sans peine le cottage. Le portail était ouvert. Quand elle s'engagea dans l'allée, Nora sentit une bouffée tourbée et aperçut un ruban gris qui s'élevait de la cheminée. Evelyn n'était pas venue depuis plusieurs mois, mais l'endroit était bien entretenu. Quelqu'un veillait à nettoyer les conduits et à empêcher que l'humidité et le moisi ne s'installent. Les murs extérieurs étaient d'un banal ocre jaune et les huisseries d'un rouge sang tirant sur le rouille. Elle vit l'arrière de la jeep de Cormac, garée derrière la maison. Avec les péripéties qui s'étaient enchaînées au fil de la journée, elle n'avait eu aucune peine à ne pas réfléchir à leur situation. Maintenant, elle n'avait plus d'excuses – mis à part la faim, la soif, les brûlures du vent et la fatigue après le bol d'air de la tourbière. Elle avait surtout besoin d'une soirée tranquille, sans bouleversements affectifs. Elle prit son courage à deux mains et ouvrit la portière. En sortant son bagage du coffre, elle jeta un coup d'œil à la fenêtre du premier étage ; aucun mouvement, aucun signe de la moindre présence. Quand elle tourna à l'angle, son sac effleura le bac à fleurs sous une fenêtre, faisant voler des pétales cramoisis. Elle frappa trois coups.

La porte s'ouvrit et Cormac se trouva devant elle. Il l'observa un instant, comme pour deviner le déroulement de la journée d'après son apparence. Elle essaya d'imaginer le spectacle qu'il avait sous les yeux. Elle avait retiré sa combinaison, mais sa tenue de travail était en piteux état.

— Qu'est-ce qui t'est arrivé, Nora ? Tes yeux...

— Oh, j'ai commencé ce matin par me retrouver dans une tempête de tourbe. Pourtant, ça m'était quasiment sorti de la tête. J'ai vraiment passé une journée très étrange. On a retrouvé un autre cadavre dans la tourbière, mais moins ancien que le premier. La police est venue, ainsi que la légiste. Selon eux, il pourrait s'agir d'un meurtre.

Le visage de Cormac s'assombrit.

— Ça alors... Et tu étais sur place quand on l'a retrouvé ?

— Oui. Et je dois aussi assister à l'autopsie demain matin.

Il la fixa d'un air interrogateur, puis s'avança, lui prit son sac sur son épaule et lui effleura le visage du bout des doigts, comme il avait fait la première fois devant le pub à Stoneybatter. Ce geste simple et affectueux fit remonter à la surface l'agitation intérieure qu'elle avait contenue toute la journée. Les bras ballants, elle se laissa tomber en avant, épuisée, et appuya le front sur la poitrine de Cormac.

— Tu dois être claquée, lui dit-il. Tu devrais monter directement prendre un bain. Ensuite, tu me raconteras tout ça.

Il la prit par la main et l'entraîna dans le petit escalier, jusqu'à une coquette chambre mansardée et basse de plafond. Une fenêtre profondément encastrée donnait sur le verger. Il posa son sac sur le large lit double. Sachant ce qu'elle devait faire d'ici son départ, Nora se sentait en porte à faux à l'idée de dormir avec cet homme. Elle en éprouva une douleur à l'estomac qui n'avait rien à voir avec le manque de nourriture.

— La salle de bains est là, dit-il en indiquant une porte. Il y a des serviettes dans le placard, et tu trouveras peut-être des gouttes pour tes yeux dans l'armoire à pharmacie. Je suis vraiment très heureux que tu sois ici, Nora.

Il se pencha pour l'embrasser mais elle fut incapable de bouger. Elle avait l'impression que son corps était dur comme du bois. Il s'en rendit compte et recula. Elle aurait voulu le retenir, mais se contenta de dire :

— Je... je serai de meilleure humeur pour tout te raconter après un bon bain. Promis.

— Prends tout ton temps. Je vais nous préparer quelque chose à manger. Ça te dit, une omelette ?

Elle acquiesça d'un hochement de tête. Il se retourna et elle entendit ses pas s'éloigner dans l'escalier moquetté. Elle mit le bain à couler. Un peu de chaleur lui détendrait sans doute les membres. Elle ouvrit le premier flacon posé sur l'étagère au-dessus de la baignoire et jeta une poignée de sels de bain sous le robinet en observant la mousse se former. Retournant dans la chambre, elle posa son sac par terre, à côté de la table de nuit. Elle décida de ne pas déballer ses affaires ; elle n'était là que pour un bref séjour, et ne voyait pas l'intérêt de pendre ses tenues de travail.

Elle se déshabilla rapidement, laissant ses vêtements sales en boule sur le carrelage de la salle de bains, et grimpa dans la baignoire. L'eau était presque trop chaude mais elle s'y plongea néanmoins en entier pendant quelques secondes en fermant les yeux et en retenant sa respiration. La chaleur était insoutenable : elle s'extirpa de la mousse, haletante, la poitrine contractée comme avant de lâcher un sanglot. Broyée entre deux réalités discordantes et inconciliables, elle ne connaissait aucun répit. Elle se replongea dans l'eau et laissa les larmes couler sur son visage mouillé, jusque dans son cou.

Elle se souvenait des premiers pas maladroits que Cormac et elle avaient faits l'un vers l'autre. Sur le moment, elle se demandait déjà si c'était la chose à faire. Elle avait ignoré la petite voix dans sa tête, celle qui lui déconseillait de prendre ce chemin, qui soutenait que ce n'était pas raisonnable. Parfois elle se faisait l'effet d'une *selkie*, cette créature mi-femme mi-phoque qui vient à terre sous forme humaine tout en sachant qu'elle ne peut pas rester, qu'elle devra un jour retourner à la mer. Mais elle se sentait tellement fragile, et Cormac était la solidité même, une vraie force. Et maintenant, elle était sur le point de s'arracher de lui, auprès de qui elle se sentait tellement en sécurité. Elle ne savait pas comment elle supporterait cette nouvelle épreuve, ce nouveau deuil. Aurait-elle pu s'y prendre autrement pour que les choses tournent différemment entre eux ? Elle était certaine que Cormac s'était laissé surprendre comme elle par le retour du désir, cette chose difficile à décrire, une sorte de douceur sauvage et secrète, comme le goût fugace du nectar sur la langue. Il était beaucoup trop tard pour avoir des regrets. Mais chaque seconde qui passait les unissait davantage, et rendrait la séparation d'autant plus pénible.

L'avant-veille, en apprenant la découverte du cadavre de Loughnabrone, elle avait cherché sa combinaison imperméable (dont elle ne s'était pas servie depuis l'été) sur les étagères installées en hauteur dans la chambre. Un des montants devait être mal fixé : une boîte remplie de dossiers cornés avait basculé, la faisant tomber en arrière et éparpillant toutes sortes de papiers. Elle était restée assise un instant, sonnée par la chute, à contempler ce fatras. Il s'agissait du dossier qu'elle avait constitué sur le meurtre de Triona. Des documents qu'elle avait lus et relus à n'en plus finir, déchiffrant imprimés et notes manuscrites, à la recherche d'une hypothèse, du moindre indice susceptible d'aider la police à trouver l'assassin de sa sœur. Elle avait ressenti une pointe de culpabilité en se souvenant qu'à son arrivée à Dublin cette boîte occupait une place au milieu de la table dans la cuisine. C'était le rappel constant de ce qu'elle avait laissé en Amérique, de sa mission inachevée. On l'avait d'abord posée par terre, pour faire une place à Cormac. Quelques mois plus tard, elle l'avait reléguée dans sa chambre mais ne se souvenait pas du tout de l'avoir rangée sur cette étagère en haut du placard. Avait-elle pareillement écarté Triona de sa vie ? Elle avait remarqué le coin d'une photo en couleurs parmi les rapports de police, résultats d'autopsie et dépositions de témoins, et s'en était saisie. C'était un portrait de Triona de profil, prise dans un rare moment de contemplation, en train de regarder un bosquet d'arbres par une fenêtre. Nora l'avait photographiée au cours d'un voyage sur la rive nord du lac Supérieur. Elle avait longuement regardé ces traits ravissants, à jamais disparus, puis avait reposé la photo pour remettre les papiers en ordre. Elle avait mis presque quatre heures pour classer tous les dossiers. Combien de fois avait-elle lu ces notes et rapports ? Mais cette fois-là, un passage lui avait sauté aux yeux : « ... le cadavre ayant été déplacé, on ignore quel est le lieu initial du crime... » Le lieu initial. *L'endroit qui avait été témoin d'un crime sauvage. Ce qui ne s'oubliait pas. Mais où était-ce ? La police avait fouillé le garage et la cave dans la maison de Triona et Peter, sans rien trouver. Le bureau de Peter n'avait rien donné non plus. Et tout cela remontait à cinq ans. Quel espoir avait-on de retrouver des traces si longtemps après ? Cette phrase lui trottait dans la tête en permanence :* On ignore quel est le lieu initial du crime.

Ce soir-là, elle s'était réveillée, alors que Cormac dormait toujours à ses côtés, et avait compris qu'elle devrait le quitter dès qu'elle aurait terminé son travail dans la tourbière. Allongée dans le noir, elle avait observé les contours de son visage et éprouvé un désir violent et désespéré, mais sans oser le toucher. À la longue, il avait entrouvert les yeux et compris, puis lui avait répondu en silence. Elle savait que son ardeur du moment l'avait surpris ; elle-même aussi, d'ailleurs. Après qu'ils eurent fait l'amour, elle n'avait pu retenir ses larmes. Il avait dû se croire fautif, mais elle n'avait pas su trouver les mots pour lui expliquer.

Le bain refroidissait. Elle savonna un des gants accrochés aux robinets et se frotta le visage et les bras. Ursula avait raison de dire que la tourbe s'incrustait dans les pores. Elle prit une brosse pour se frotter les mains et repensa à la tourbe sous les ongles rongés du cadavre. Quelle en était la signification ? Cet homme travaillait-il dans une tourbière ? À moins qu'il n'ait été vivant, malgré ses blessures, au moment où il était tombé. L'autopsie du lendemain leur fournirait peut-être la réponse, et révèlerait les autres secrets enterrés avec lui dans la tourbe. Elle essaya de s'imaginer ce que ça ferait de chuter dans une fondrière – le froid, l'eau, l'odeur de terre humide, la sensation d'être engloutie, complètement paralysée. Elle avait lu des choses sur la dyspnée ; en cas de suffocation, la réaction instinctive face à la privation d'oxygène était en général de se débattre furieusement. Ce qui pouvait également expliquer la tourbe sous les ongles.

En sortant du bain elle se sentait déjà mieux. Elle s'habilla et secoua ses cheveux devant la glace, puis se coupa les ongles le plus court possible. Cherchant à se débarrasser des rognures, elle ouvrit le placard sous le lavabo. Un mouchoir en papier reposait au fond de la poubelle, marqué de deux parfaites parenthèses au rouge à lèvres violet. L'empreinte était récente et extrêmement précise, elle révélait jusqu'aux ridules d'une teinte atténuée. Nora n'avait jamais vu Evelyn porter cette couleur. Elle reposa la poubelle et referma rapidement le placard, refoulant une kyrielle de questions à moitié susurrées.

7

La cuisine était déserte quand Charlie Brazil rentra du travail, mais le vague murmure de la radio se faisait entendre. On ne l'attendait jamais pour dîner ; ça valait mieux. Il retira son blouson et sa chemise, puis s'approcha de l'évier pour se rincer le visage et la nuque encore maculés de poussière de tourbe. Il avait le pressentiment que quelque chose allait se produire avant le coucher du soleil. Il n'était pas plus superstitieux qu'un autre, mais tout le monde savait que les incidents bizarres venaient par trois. Cela avait commencé avec la tempête de tourbe, un phénomène vraiment très rare ; depuis six ans qu'il travaillait à Loughnabrone, il n'avait pas connu plus de deux jours de beau temps d'affilée, et il fallait que le vent soit juste comme il faut. Il n'avait jamais vu pareille tempête, un mur de poussière gigantesque qui avait oblitéré le ciel et la terre, et même la lumière du soleil. Il était en plein dedans quand il avait croisé cette femme au volant de sa voiture. Il aurait pu la tuer, mais avait arrêté le tracteur juste à temps. C'était forcément un signe – mais de quoi ? Ces rats de l'atelier l'avaient charrié toute l'après-midi, plaisantant du regard que l'Américaine lui avait réservé, lui demandant si c'était vrai que là-bas les nanas ne demandaient que ça. Il ne pouvait pas supporter ce genre de gaudrioles, et avait eu l'impression que son crâne allait se fendre en deux. C'était pareil tous les jours ; ils trouvaient toujours quelque chose de plus ou moins méchant pour se moquer de lui. À la longue, il s'y était presque habitué. Il savait qu'on parlait de lui dans son dos ; on disait qu'il lui manquait un shilling. Ce qu'ils ne comprenaient pas, c'est qu'il faisait exprès d'être bizarre pour se défendre, pour les tenir à l'écart.

Peu de temps après son retour à l'atelier, quelqu'un était venu leur annoncer que les archéologues chargés de l'excavation de la route de tourbière venaient de trouver un nouveau cadavre. À voir le nombre de véhicules de police, cette mort était jugée nettement plus suspecte. N'importe qui pouvait se douter de quelque chose, avec les voitures qui déferlaient sur place, visibles à plusieurs kilomètres à la ronde sur les routes désertes. La nouvelle s'était vite répandue. L'air était saturé de murmures stupéfaits, chacun se demandait de qui il pouvait s'agir – la gamine du village d'à côté, prétendaient certains, ou encore un cadavre très ancien. Il entendait leurs chuchotements et leurs messes basses, et sentait les regards braqués sur lui, qui tous posaient la même question.

Charlie enfila la chemise propre que sa mère lui avait laissée sur la chaise près du vestibule. Il sortit son dîner du four en se protégeant les doigts avec un torchon, et posa l'assiette brûlante à la place où son couvert était mis. Avec sa maladie, son père n'en avait plus pour très longtemps à vivre. Au début, ils avaient tous fait semblant de le nier, mais à quoi bon se voiler la face désormais, avec les tubes et la bouteille d'oxygène, et la crécelle de la mort qu'on entendait au fond de sa toux grasse ? En attendant, quelqu'un devait veiller à ce que tout ne parte pas à vau-l'eau. Même si ce n'était pas une grosse ferme, Charlie avait beaucoup à faire en rentrant le soir de la tourbière : nourrir les veaux, rentrer le foin, sans parler de l'entretien de la maison et du tracteur. Il s'effondrait tous les soirs dans son lit, épuisé, mais devait malgré tout se lever à six heures pour prendre son service à la tourbière. Cela ne s'arrêtait jamais. Son sort lui était insupportable, et pourtant il se reprochait de ne jamais en faire assez. Il engloutit son repas, pressé de combler le vide qui lui rongeait l'estomac et de passer à autre chose. Il lui restait une pomme de terre dans son assiette quand sa mère sortit du salon, portant un plateau avec le dîner auquel son père avait à peine touché ; chaque jour il se nourrissait un peu moins. La musique sirupeuse s'interrompit soudain à la radio, remplacée par un roulement de tambour pour annoncer le passage à des choses sérieuses.

« Et maintenant, voici les dernières informations sur Radio Midlands. La police a ouvert une enquête après la découverte d'un cadavre très bien conservé dans la tourbière de Loughnabrone cette après-midi. L'individu, de sexe masculin, a été retrouvé par des archéologues travaillant sur place. Une autopsie doit être pratiquée demain matin, et la police se penche sur les cas de disparitions dans la région. »

Le journaliste poursuivit son murmure rassurant, évoquant la baisse du chômage et le financement des infrastructures routières en milieu rural, mais

Charlie tourna son attention vers l'expression de sa mère qui transférait la vaisselle du plateau dans l'évier. Elle était ailleurs, loin de lui, loin de son père, loin d'ici. Il l'observait souvent, notant les différences et les similitudes entre leurs deux visages. Ils avaient le même teint pâle, marqué de quelques taches de rousseur. Les mêmes pommettes, le même nez, la même plantation de cheveux. Par moments, elle semblait comme illuminée de l'intérieur, alors qu'à d'autres moments comme ce soir-là elle était coupée de tout, comme une figure entraperçue derrière une fenêtre sombre qui ne réfléchissait que sa propre image dès qu'il s'en approchait. Peut-être était-elle comme lui, perdue dès qu'il s'agissait de rassembler des pensées fluctuantes et floues pour les traduire en mots. Soudain, il se revit dans la tourbière, en train de fixer la terre noire et humide sur laquelle reposait la tête difforme du mort.

— Je l'ai vu, dit-il.

Elle se tourna vers lui, comme tirée d'un rêve.

— Comment ?

— Le cadavre dans la tourbière. Il était tout noir et...

— Bon sang, Charlie ! Je ne veux pas en entendre parler !

— Ça va être à la télé, et dans tous les journaux demain. Mais ils n'ont même pas parlé du truc le plus bizarre. Moi, j'étais là-bas, j'ai vu. Il avait un lacet en cuir autour du cou, avec trois nœuds. Et il portait une montre.

Les mains de sa mère se figèrent soudain et elle les fixa, immobiles dans l'eau savonneuse. Elle s'exprima après un long silence.

— Quel genre de montre ?

— Je ne sais pas... une montre ordinaire avec un bracelet métallique. Je n'ai pas très bien vu, et elle était toute rouillée.

Qu'est-ce qui lui prenait de raconter ça ? Il avait l'habitude de sortir des mensonges à sa mère, juste pour provoquer une réaction. Ce récit ressemblait à une très grosse fable – sauf que tout était vrai. Et il ne lui avait rien dit de ce qui l'avait le plus troublé : le lacet que le mort portait autour du cou était quasiment identique au porte-bonheur qu'il s'était confectionné avec un cordon.

Charlie posa son assiette et ses couverts dans l'évier. Quand il sortit de la maison et se dirigea vers la clôture derrière la grange, il savait que sa mère l'observait par la fenêtre de la cuisine. Mais c'était plus fort que lui, il avait besoin d'aller dehors et de s'emplir les poumons de l'air pur de l'été. Parfois, il avait l'impression de suffoquer entre ces murs, écrasé par le silence. Il aurait voulu tout balancer, les attentes qui pesaient sur lui, et surtout la crainte morbide et désespérée du qu'en-dira-t-on. Il traversa le champ derrière la maison à longues enjambées, vers l'aubépine dans l'angle où il se faufilerait sous la clôture et prendrait le chemin jusqu'au sommet de la petite colline, où l'attendaient ses ruches.

Il avait beaucoup à faire ce soir-là, et il était déjà presque huit heures. Ce travail ne lui pesait pas franchement ; il aimait consacrer son temps aux abeilles. Par contre, les travaux de ferme étaient trop lourds pour un seul homme, même s'ils avaient considérablement diminué depuis qu'on avait loué la plupart des champs aux voisins suite à la maladie de son père. Les corvées incessantes lui pesaient de plus en plus. À ce rythme, il finirait comme son père, usé avant l'heure, et il ne comptait pas en arriver là. Il se souvenait, quand il était enfant, d'avoir vu son père travailler très dur, et pour quel résultat ? La décrépitude et une mort prématurée, à force de trop respirer la tourbe noire. Charlie sentait qu'il courait le même risque, avec le vent qui balayait la tourbière en permanence. C'est pour ça qu'il portait son masque. Tout le monde se fichait de lui, mais il n'en avait rien à faire. Ils rigoleraient moins quand le seul fait de respirer leur serait douloureux.

Il se demandait à quoi sa mère avait pensé quand il lui avait parlé du cadavre. C'était une femme intelligente. Il le percevait dans son regard, ou sa manière de se tourner vers lui quand il lui posait une question. Mais ensuite les portes se refermaient. Sans doute avait-elle aspiré, en d'autres temps, à un sort meilleur que le sien – des journées de labeur à n'en plus finir aux côtés de son terrassier de mari aux humeurs sombres, qu'une deuxième journée attendait à la ferme quand il rentrait le soir. Elle avait forcément eu des rêves et des ambitions dans sa jeunesse. Que s'était-il passé ? Charlie pensait connaître la réponse : son père, Dominic Brazil. Ses grands-parents maternels n'avaient rien trouvé à redire de cette union. À leurs yeux, Dominic était un garçon doté de quelques hectares, et d'allure plutôt agréable. Que demander de plus, pour une fille de son rang ? Charlie l'avait souvent perçu dans leurs voix – la vie n'était jamais qu'une sombre pénitence à endurer.

Que ses parents se soient choisis avait toujours été pour lui un mystère insondable. Il ne possédait qu'une seule photo d'eux, un cliché flou qu'il avait trouvé par hasard et conservait dans la boîte sous son lit. On y voyait son père adossé à un mur, la cigarette au bec, toisant l'appareil photo d'un air provocateur, quasi menaçant. Teresa était penchée vers lui, mais son visage était flou, tourné dans l'autre sens. Charlie croyait comprendre pourquoi elle prenait déjà ses distances à l'époque. S'il y avait bien une chose qu'il avait toujours sue, c'était que Dominic Brazil aimait son paquet de clopes et sa pinte de Guinness plus que tout être humain. Pourtant, elle continuait de laver ses chaussettes, faire son lit, lui préparer à manger. Et maintenant, elle devait changer la bouteille d'oxygène chaque fois qu'il en avait besoin.

Charlie avait passé une bonne partie de son enfance à se demander ce qu'il avait fait pour mériter l'animosité de son père. Sa colère ne s'exprimait jamais par des violences physiques, mais les regards auxquels il avait droit faisaient autant de dégâts que des coups. Chaque fois qu'il voyait un père chahuter avec son fils, il savait que son visage était dévoré par l'envie. Et la vue d'une main paternelle posée sur l'épaule d'un garçon lui serrait toujours le cœur. Ces choses ne le blessaient plus trop, mais il continuait d'y penser.

Un jour, il avait surpris une conversation entre sa mère et sa tante maternelle, à propos des complications de sa propre naissance. D'après ce qu'il avait compris, sa venue au monde avait failli tuer sa mère. *Le docteur dit qu'il n'est pas question d'avoir d'autres enfants*, avait-elle confié à sa sœur. Il se souvenait d'avoir été intrigué – cela avait-il quelque chose à voir avec le fait que ses parents fassent chambre à part ? À compter de ce moment-là, l'affreux soupçon de porter la responsabilité du fossé entre ses parents s'était logé dans les recoins les plus sombres de son esprit. Si jamais il se mariait, il se promettait que lui et sa femme dormiraient et se réveilleraient ensemble. Mais quel espoir avait-il de trouver quelqu'un ? Il avait toujours considéré les filles comme des créatures fantastiques, intouchables et inaccessibles, qui appartenaient à une autre dimension de la réalité. À la seule idée de croiser leur regard, son visage et ses oreilles passaient par toutes les nuances du rouge. Il ne pensait à aucune femme en particulier quand il cédait à la tentation et se touchait tard le soir, en éprouvant ce plaisir douloureux, ce moment de jouissance et de honte. En effet, quel espoir ? Il essaya de se souvenir comment il en était arrivé à la conclusion que sa mère était pour le moins aussi bizarre que lui.

Cela lui était venu en partie à force de la regarder s'occuper des moutons. Elle avait toujours les mains très douces, du fait de la lanoline de la laine. À la période des naissances, elle travaillait vingt-quatre heures sur vingt-quatre, la blouse et le pantalon maculés de sang et de placenta, et il savait qu'elle était beaucoup plus émue qu'elle ne le laissait transparaître. Une fois, il l'avait vue chasser une corneille noire qui s'attaquait à un agnelet. Profitant de ce que la brebis mettait bas un deuxième petit, l'oiseau s'était posé près du premier-né et lui avait arraché un œil. Il se souvenait du cri étranglé de sa mère qui s'était mise à courir après le volatile en agitant les bras comme une folle, puis avait pris l'agneau blessé dans ses bras. On n'avait pas pu le sauver.

À l'âge de quatorze ans, il avait découvert par hasard que sa mère s'absentait parfois. Un jour qu'il faisait l'école buissonnière, il était rentré chez lui en catimini, pour s'apercevoir qu'il n'avait pas besoin de se faire discret : elle n'était même pas là. Elle était rentrée environ deux heures plus tard, sans le moindre sac de commissions, ni rien qui puisse indiquer ce qu'elle avait fait de sa matinée. La semaine suivante, il avait de nouveau raté l'école et l'avait suivie, en se faufilant derrière les haies comme quand il jouait aux espions. Par une belle journée d'octobre, elle avait suivi le même itinéraire que celui qu'il prenait ce soir-là, à travers le pâturage derrière la maison, puis dans le chemin conduisant au vieux verger. Il s'y rendait de temps en temps quand il était petit, mais les abeilles avaient fini par l'en dissuader. Ça faisait des années qu'il n'y avait pas mis les pieds. Il avait observé sa mère se frayer un chemin parmi les mauvaises herbes et se diriger vers une petite bâtisse en pierre au toit de chaume pourrissant. Il n'y avait pas âme qui vive. Accroupi au bord de la route, le souffle court à l'idée de percer un secret, il l'avait vue pousser la vieille porte. Personne ne l'y attendait. Derrière les carreaux, il l'avait aperçue qui se déplaçait dans la petite pièce, tendant parfois la main pour toucher un objet posé sur le rebord d'une fenêtre ou accroché au mur. Au bout de quelques minutes, elle s'était assise sur le lit en face de la porte. Ayant ramené les jambes contre sa poitrine, elle était restée comme ça pendant une heure, seule et silencieuse dans la maison abandonnée. Il s'était balancé d'un pied sur l'autre pour lutter contre le sommeil et respirait en silence, redoutant que le moindre bruit, le moindre mouvement attire son attention. Accroupi là, il avait entendu un bourdonnement lointain ; il n'avait pas vraiment compris de quoi il s'agissait jusqu'au moment où une abeille s'était posée sur la manche de son blouson. Restant parfaitement immobile, il l'avait regardée se déplacer maladroitement sur les collines et les vallées de la toile marron. Au bout d'une minute environ, elle avait renoncé et s'était envolée. En relevant la tête il avait découvert le visage de sa mère qui se détachait de profil dans l'embrasure de la porte. Il se souvint soudain du sentiment qui avait gagné sa poitrine à cet instant précis, la compréhension progressive que toute créature vivante avait une vie intime et secrète. Cette idée l'avait saisi, s'était propagée jusqu'au bout de ses doigts comme un courant électrique. Il était subjugué. Et loin de se sentir trahi, il avait trouvé merveilleux que sa mère puisse se réfugier dans ses pensées, loin de lui et de son père, entièrement coupée d'eux. Il s'était assis dans les hautes herbes et avait continué de l'observer. Il ne savait pas ce que représentait ce lieu pour elle, et avait décidé sur-le-champ qu'il ne voulait pas le savoir.

Au bout d'une demi-heure, elle s'était relevée du lit et avait quitté le verger, en reprenant le même chemin qu'à l'aller. Cette fois, il s'était arrêté à la clôture derrière la maison. Quand il avait fait mine de rentrer, vingt minutes plus tard, il avait cherché le moindre signe trahissant qu'elle l'avait repéré. Mais elle était en train de mettre le couvert pour le dîner, silencieuse à son habitude, rien ne laissant supposer qu'elle venait de passer l'après-midi dehors. La culpabilité de l'avoir épiée avait été quelque peu atténuée par la joie de savoir qu'elle avait une autre vie.

Il avait décidé de ne plus jamais la suivre mais,

quelques jours plus tard, il s'était aventuré dans le chemin étroit pour explorer seul le verger. Il y avait découvert un rucher – neuf ruches en bois délabrées, disposées en cercle et à moitié englouties par les orties et les buachalâns[1] *qui avaient envahi les lieux. La première qu'il avait découverte était renversée et incrustée de miel cristallisé. La caisse comportait un large trou par lequel entraient et sortaient des abeilles. L'apiculteur les avait manifestement abandonnées mais celles-ci poursuivaient inlassablement leur labeur, sans être affectées par l'indifférence humaine. Il s'était penché pour essayer de jeter un coup d'œil à l'intérieur mais avait perdu l'équilibre et s'était rattrapé à la ruche, par l'ouverture de laquelle un essaim d'abeilles furieuses avait surgi. Il avait pris ses jambes à son cou, filant sous les branches d'aubépine jusqu'à les avoir semées. À compter de cette première rencontre, les abeilles lui avaient occupé l'esprit. Dévoré par la curiosité, il avait voulu savoir ce qui se passait à l'intérieur de la ruche, et comment les gens s'y prenaient pour récupérer du miel avec d'aussi redoutables gardiennes. À sa troisième visite, il avait trouvé dans le vieux cottage un manuel d'apiculture aux pages moisies. Il l'avait rapporté chez lui pour le lire, en prenant soin de le dissimuler sous une pile de cartes géographiques et de cahiers. Avec ses descriptions des reines, des ouvrières et des butineuses, des nourrices et des croque-morts, de leur vie ordonnée et des mystères de leur communication chimique, l'ouvrage n'avait*

1. Séneçons ou jacobées, plantes herbacées aux fleurs jaunes. *(N.d.T.)*

fait que lui aiguiser l'appétit. Il avait écumé les bibliothèques de Birr et Tullamore, rapportant à chaque visite un autre manuel d'apiculture caché sous son blouson, les mains moites à l'idée des nouvelles connaissances qu'il recelait.

Après avoir lu tout ce qui lui tombait sous la main, il s'était commandé une combinaison blanche et un voile d'apiculteur. Quand il avait enfin disposé du matériel requis pour retaper le rucher, il avait pu se mettre au travail pour de bon. Malgré quelques réticences à envahir le refuge de sa mère, il était trop emballé et s'était dit qu'elle pouvait très bien s'y rendre pendant les heures de classe. Il avait fait les choses par étapes : désherber à la faux, redresser les ruches, réparer les trous (ce faisant, il avait remarqué certaines planches visiblement détruites à coups de masse). Depuis douze ans qu'il s'en occupait, il avait transformé le rucher en une sorte de sanctuaire. Il espérait que sa mère continuait de s'y rendre. Quoi qu'il en soit, elle ne lui avait jamais parlé de ce secret partagé, même le jour où il lui avait rapporté son premier pot de miel.

Le cottage lui servait de remise, comme à son prédécesseur. L'automne précédent, il avait trouvé un carnet relié en cuir derrière la porte de la maisonnette, apparemment déposé là à son intention. C'était le journal anonyme d'un apiculteur. N'y figurait aucun détail sur la vie de l'intéressé, uniquement des notes se rapportant aux abeilles. Le relevé scrupuleux des opérations au quotidien, la succession des floraisons au fil des saisons, la météo, et le miel qui en découlait. Glissée entre les pages, il avait découvert une liasse de croquis réalisés par une personne formée au dessin technique, comme lui-même l'avait été. Il s'agissait surtout de représentations minutieuses d'épées et de poignards, mais il y avait également d'étranges objets en forme de « y », qui lui avaient fait penser à de vieux outils. Ravi de sa trouvaille, il les avait punaisés en rangées parfaitement alignées aux murs de sa remise d'apiculture. Leur provenance demeurait un mystère et il avait peu de chances de jamais l'élucider.

Cet endroit était un abri hors du temps, loin des corvées de la ferme et du boulot. Il approchait du rucher, foulant les ronces et les fleurs sauvages, conscient de leurs parfums et d'un léger bourdonnement. Tout comme les humains, les abeilles avaient leurs humeurs ; la température, et la luminosité les affectaient de différentes manières. Il avait passé du temps à étudier leur façon de se déplacer, qu'il s'agisse de la masse palpitante d'un essaim ou de leurs danses délicates et individuelles pour indiquer l'emplacement d'un champ de trèfle quelque part dans le voisinage. Il avait longuement observé leurs corps fragiles, émerveillé par le détail et la perfection de leurs ailes transparentes et de leur tenue rayée.

La sensation revint, l'appréhension d'un troisième événement curieux devant s'accomplir avant la fin de la journée. Le nombre deux vous laissait un goût d'inachevé. Il se sentirait mal à l'aise tant que la chose resterait en suspens. Il entendait le bourdonnement collectif et régulier des abeilles à son approche, la vibration rassurante, presque paresseuse de cent et quelque mille insectes aux pattes chargées de pollen, cette poussière d'or dont ils fabriquaient leur trésor sucré. Les abeilles n'étaient pas très douées pour voler ; parfois, surtout par temps froid, il sentait l'effort qu'il leur en coûtait pour s'élever dans l'air.

Charlie se fraya un chemin à travers les chardons et les ronces de mûrier qui débordaient sur le petit pré de son rucher. Ses doigts effleuraient les herbes barbues et les capitules du trèfle. Les abeilles auraient de quoi faire. Il adorait ce lieu protégé surplombant le lac, niché sous la crête de la colline, protégé du vent et des intempéries. Il avait disposé les ruches au même emplacement qu'avant, en arc de cercle au centre d'une petite cuvette ceinte d'aubépines et de pommiers. Quand l'éclairage s'y prêtait, on pouvait se méprendre et y voir un cercle de pierres dressées, un lieu sacré.

Par moments, il était pris de l'envie soudaine de mieux l'entretenir, mais cela disparaissait dès qu'il se retrouvait sur place, au cœur de cette végétation luxuriante. L'herbe ne vivait pas pour être fauchée. Bien au contraire, sa nature était de pousser, se flétrir et repousser. Chaque fois qu'il se tenait sur ce petit bout de terrain, il sentait son âme rebelle se ranimer. La Terre était vouée à être sauvage, débridée. Loughnabrone, où il travaillait, symbolisait le combat de l'homme pour façonner la nature à sa guise, mais la victoire n'était jamais acquise. Les tranchées se remplissaient, la végétation empiétait ; dès que les hommes seraient partis, la nature reprendrait ses droits.

Baissant les yeux, il aperçut une ouvrière sur son poignet, apparemment attirée par une gouttelette de miel sur sa chemise. Il regarda l'insecte qui tournait autour de la tache, enivré par l'arôme. Observant sa langue se dérouler sur le tissu, il se sentit aussi minuscule que cette abeille, comme porté par l'air grouillant de vie, par l'atmosphère chargée des senteurs de fleurs et de nectar, par l'univers qui déployait sa folle abondance. Ce brusque état de conscience disparut rapidement et il se trouva de nouveau dans son rucher, en train d'observer une abeille qui s'employait à prélever le nectar sur sa manche. Une fois satisfaite elle décolla, de manière peu assurée lui sembla-t-il, ivre du goût de son propre miel.

Quelqu'un se trouvait dans le rucher. Charlie jeta un coup d'œil entre les branches serrées et tordues des aubépines, s'attendant plus ou moins à voir sa mère. Mais il aperçut une silhouette frêle et pâle, au centre des ruches. Une jeune femme de son âge. Elle portait une espèce de robe-tube – il ne voyait pas d'autre nom pour décrire ce vêtement –, une robe toute simple dont le tissu transparent accrochait les rayons du soleil, de sorte que ses contours paraissaient illuminés. Sa tête sombre était ornée d'une couronne de fortune composée de brindilles tressées, de trèfles, de coquelicots et autres plantes du bord des routes. Comme hypnotisé, il la regarda tendre les bras et s'étirer avec une volupté animale. Une abeille se posa sur sa main, qu'elle baissa pour l'observer de plus près. Contrairement à ce qu'il craignait, l'insecte ne la piqua pas. La jeune fille l'observa qui avançait sur le dos de sa main. Loin d'être effrayée, elle paraissait intriguée.

Elle leva ses bras menus au niveau de ses épaules et pivota lentement sur elle-même en tournant son visage vers le ciel. Les yeux clos, elle ne semblait pas avoir remarqué sa présence. Il vit un essaim d'abeilles se former autour de sa tête, peut-être attiré par les fleurs. Il réprima l'envie de crier, redoutant que les abeilles ne paniquent et ne la blessent. Mais on aurait dit qu'elle espérait et cherchait l'attention des insectes. Il resta figé comme une statue, osant à peine respirer, tandis qu'ils atterrissaient sur elle par dizaines. Le cou et les épaules de la jeune femme avaient disparu sous une masse bourdonnante de petits corps ailés qui s'affairaient. Il imaginait leurs étranges langues en forme de paille sur sa peau, peut-être en quête du goût de la substance royale, le repère chimique qui les motivait. La formation d'un essaim, comme ce qui se passait sous ses yeux, était le principal danger qu'un apiculteur cherchait à éviter par tous les moyens. Pourtant, il ne voulait surtout pas importuner cette apparition enchanteresse. C'était une divinité, une force naturelle incarnée, et qui était-il pour la déranger en pleine communion avec ses sujets ? Elle semblait bel et bien les commander, et les abeilles étaient attirées vers elle, vers sa peau au goût irremplaçable. Pour sa part, elle semblait transportée, en extase.

Il n'aurait su dire combien de temps cela dura. Peut-être deux minutes, peut-être dix – cette vision extraordinaire bouleversait sa perception du temps. On aurait presque dit que ces milliers de petites ailes en train de battre étaient sur le point de la transporter dans les airs. Lui-même se sentait comme attiré vers la jeune fille aux abeilles, soulevé par la force d'un vœu. Il aurait juré qu'elle n'avait plus les pieds par terre, qu'un millimètre miraculeux, plus fin que l'épaisseur d'une aile d'abeille, la séparait du sol.

Quand les abeilles se furent rassasiées d'elle, sembla-t-il, elles repartirent peu à peu, comme elles étaient arrivées. La jeune fille demeura quelques instants les yeux fermés, comme pour conserver la sensation des milliers de pattes microscopiques sur sa peau. Elle eut un frisson et se pelotonna, puis exhala un soupir, telle une femme regrettant silencieusement le départ de son amant. Enfin, elle laissa retomber ses bras le long de son corps et ouvrit les yeux. Charlie fut stupéfait quand il reconnut celle qui retrouvait la réalité après ce mystérieux voyage. C'était Brona Scully, la fille du voisin d'à côté. Elle s'était fait couper les cheveux, ce qui pouvait expliquer qu'il ne l'ait pas reconnue plus tôt. Dans le coin, Brona était la seule personne qui attirait plus de pitié que lui. Les gens disaient qu'elle n'avait pas toute sa tête – et il savait bien qu'on racontait la même chose sur lui. Il aurait voulu se rapprocher d'elle, partager ce qu'elle venait d'éprouver. Mais, gagné par une douce tristesse, il comprit que cela n'arriverait jamais. Et il sut au même instant que c'était là le troisième phénomène bizarre de la journée, exactement comme il s'y attendait.

8

Faisant tournoyer le vin rouge dans son verre, Ursula Downes fixa le dépôt accumulé au fond tandis que le liquide ralentissait sa course et redevenait immobile. L'eau du bain était presque froide, et la bouteille bien entamée. L'attrapant par terre, elle se resservit ; il en restait moins d'un quart. Ses gestes n'étant pas très sûrs, le vin gicla dans le verre et quelques gouttes s'en échappèrent pour tomber dans l'eau. Elle observa les taches rouges s'effilocher puis disparaître. Sa tête lui semblait lourde à cause de l'alcool. Elle l'inclina en arrière, posant le verre entre ses seins savonneux.

Elle se souvint de l'expression d'Owen Cadogan. Il avait eu l'air tellement pitoyable qu'elle n'avait pas pu s'empêcher de rire. Il était persuadé que les choses reprendraient entre eux exactement comme l'été précédent, ces ébats fiévreux qu'il baptisait sans doute « leur liaison ». Elle devait bien reconnaître qu'elle s'amusait follement de sa mine chaque fois qu'elle lui proposait un truc en dehors de ses habitudes. Mais de quel droit tenait-il pour acquis qu'elle se remettrait tout bonnement avec lui ? Leurs relations, et c'était un bien grand mot, étaient basées sur un besoin physique, rien d'autre. On ne pouvait même pas dire qu'ils appréciaient d'être ensemble. D'ailleurs, avec la scène qu'il lui avait faite cette après-midi, on aurait juré qu'il ne pouvait pas la souffrir. Alors qu'est-ce qui lui prenait ? Owen ignorait que beaucoup de choses avaient changé pour elle. Elle avait d'autres visées, mieux qu'un de ces types mariés qui veulent de temps en temps s'envoyer en l'air avec une nana plus jeune et plus affriolante que leur femme.

À vrai dire, Cadogan était le cadet de ses soucis. Il s'était passé des choses bien étranges au cours de cette journée, et pas seulement la découverte d'un deuxième cadavre avec un lacet en cuir autour du cou. L'équipe avait du mal à se mettre au travail. C'était peut-être une idée qu'elle se faisait, mais elle avait vraiment l'impression que les promotions d'archéologues diplômés comptaient d'année en année un nombre croissant de cas psychologiques. Rachel Briscoe devenait chaque jour de plus en plus lunatique et imprévisible. Et que trafiquait Charlie Brazil, qu'elle avait surpris en train de fouiner dans ses plans de fouilles ? Revenue au bureau à l'improviste, elle l'avait pris la main dans le sac et il avait prétendu que c'était simplement de la curiosité, mais elle sentait qu'il y avait autre chose. Il se mêlait un peu trop de leurs affaires. Elle l'apercevait souvent en train de gravir la petite colline derrière chez elle ou de traîner dans les tourbières autour d'Illaunafulla. Dormait-il sur place, ou était-il attiré par autre chose ? Les gens du coin le trouvaient un peu simplet, mais Charlie Brazil était tout sauf ça. Elle découvrirait ce qu'il mijotait.

Pour ce qui était de Nora Gavin, la rencontre

n'avait pas manqué de piquant. Ursula devait reconnaître qu'elle avait éprouvé une pointe de malice au moment de lui serrer la main en se rappelant son bref tête-à-tête de la veille avec Cormac Maguire. C'était le genre d'homme qu'elle ne pouvait pas s'empêcher d'aguicher. Elle se demandait s'il regrettait parfois de ne pas avoir persévéré avec elle. Pour sa part, elle avait pris le parti depuis belle lurette de ne jamais rien regretter. Ce n'était pas avec des remords qu'on allait de l'avant.

Elle posa le verre par terre et se frotta les ongles avec une brosse, mais laissa tomber au bout de quelques secondes. Ça ne servait à rien ; tant qu'elle resterait ici, elle aurait les ongles noirs. Elle avait parfois l'impression que la tourbe se glissait jusque dans ses pores, s'infiltrait par les fissures microscopiques de sa peau, l'emplissait de noirceur. Elle en avait ras le bol des tourbières, de ces gens et de cette baraque de location déprimante. Qui l'eût cru ? Deux étés de suite dans ce taudis qu'elle avait connu tant d'années auparavant ! Elle avait espéré que la vie lui réserverait un meilleur sort que ça. Au moins, cette fois elle avait obtenu un logement à part – et pourquoi s'en priver, dès lors que c'était le *Bord na Móna* qui payait ? La vie en commun avec le reste de l'équipe, partager la cuisine et les toilettes, c'était plus qu'il n'en fallait pour la déprimer, peut-être à force d'avoir vécu comme ça tant d'étés. L'année prochaine, elle espérait bien se rendre dans un endroit où il ne pleuvait pas dix mois de l'année. Se laissant aller pour une fois, elle imagina le soleil et la chaleur, le sable fin, l'eau d'un bleu azur. Elle s'interdisait de trop y penser. Ça portait la poisse.

Elle trempa l'éponge, y versa un peu de savon liquide, le fit mousser et se frotta la nuque, les épaules et la poitrine. L'image du deuxième cadavre lui revint. L'immobilité, la vie depuis longtemps envolée. En même temps qu'elle revoyait ce tableau, elle comprit qu'elle devait bientôt quitter cet endroit, sous peine de laisser sa propre étincelle s'éteindre, noyée par la pluie incessante. Elle tenait à ce que la flamme brûle le plus longtemps possible. Elle n'éprouvait que pitié et mépris pour ceux qui étouffaient leur propre énergie vitale, par peur des conséquences – ou, pire encore, par moralité mal placée. Elle avait conscience d'être amorale, dans tous les sens du terme. La notion de moralité n'avait pas grande signification pour elle. Dès lors que l'univers était amoral, pourquoi les créatures soumises à ses lois seraient-elles différentes ? La gravité, par exemple, n'avait rien à voir avec le bien et le mal – elle existait, point. De même, les atomes n'exerçaient aucun jugement pour s'agréger et former des éléments. Comment décréter que tel ou tel assemblage de particules possédait intrinsèquement plus de valeur que tel autre avec un électron de moins ou de plus ? La froideur du monde, sa matérialité implacable, était pour elle quelque chose d'excitant. Tout le reste n'était que sensiblerie sous couvert de moralité.

Elle remit du savon et reprit sa toilette. Le contact de l'éponge rugueuse sur sa peau lui éveillait les sens. Elle effleura la cicatrice verticale qu'elle avait dans le dos. Divers amants lui en avaient demandé la provenance, signe qu'ils s'estimaient en droit de connaître les détails intimes de sa vie. Dès que la question était posée, elle mettait fin à la liaison.

C'était son unique règle. Elle ne tolérait pas les partenaires sexuels indiscrets ; un trait de caractère des plus répugnants. Une seule autre personne sur terre savait pourquoi elle ne mettait jamais les pieds dans un pressing et pourquoi l'odeur du perchlorate d'éthylène l'insupportait.

Bien des années auparavant, quand elle était encore une enfant, elle s'était confessée pour essayer de se débarrasser de ce sentiment de saleté qui ne voulait pas partir. Le prêtre avait exigé qu'elle lui raconte tout. Elle s'était exécutée, la gorge nouée au moment de décrire ce que lui avait fait son beau-père. Elle était restée agenouillée, attendant innocemment l'absolution, tandis que de l'autre côté la respiration du vieux curé se faisait de plus en plus saccadée. Elle avait mis du temps à comprendre qu'il était émoustillé par ce qu'elle lui racontait, imaginant les interdits, tirant un plaisir vicié de sa peur et de sa honte. Il l'appelait « mon enfant ». Salopard. Espèce de cinglé obsédé. Elle était sortie avant l'absolution. Elle ne croyait plus à la bonté, ni à la morale. Ces choses-là n'existaient tout bonnement pas, et les gens qui prétendaient le contraire se leurraient. Elle essuya la larme solitaire qui lui coulait sur la joue, effaçant par là même le souvenir du péché.

Ursula but une gorgée de vin et observa avec fascination le liquide qui épousait les contours du verre. Elle avait dit la stricte vérité à Cormac, elle se fichait pas mal de savoir ce qu'elle buvait. Mais cela changerait peut-être. Desmond Quill voulait lui apprendre à goûter le vin, et elle était tentée d'accepter. Elle devait reconnaître que Quill n'était pas du tout son genre. D'abord, c'était lui qui lui avait mis le grappin dessus. Quand ils s'étaient rencontrés au printemps à l'occasion d'un cocktail au muséum, elle avait été frappée par le dur éclat de son regard et par sa robuste poignée de main. Il n'avait pas cessé de la fixer à travers la foule et plus tard, la croisant devant le bar, il l'avait prise par la taille, entraînée vers la porte et fait monter dans un taxi qui les attendait. Elle ne lui avait même pas demandé où il l'emmenait et, quand le taxi s'était arrêté devant une demeure de style géorgien, elle l'avait suivi à l'intérieur, tout droit jusqu'à la chambre en haut de l'escalier. Ils n'avaient pas prononcé le moindre mot. Le souvenir de cette première rencontre ravissait toujours Ursula. Quill et elle étaient vraiment de la même trempe. Il devait avoir au moins trente ans de plus qu'elle, et n'avait pas le côté fiévreux, complexé de ses amants habituels. Elle se sentait transparente avec lui, ce qui ne lui était jamais arrivé avec personne d'autre – comme s'il pouvait tout voir en elle, jusqu'au cœur de ses os et des pensées les plus sombres qui lui occupaient la tête. Il ne lui avait jamais parlé de sa cicatrice mais parcourait souvent du doigt les contours de la peau flétrie, sorte de carte de son âme.

Ursula fut soudain tirée de sa rêverie par un bruit fracassant, qui se répéta à deux reprises. La peur tressaillit dans ses veines. On aurait dit que quelqu'un enfonçait la porte d'entrée. Elle bondit hors du bain, faisant clapoter l'eau derrière elle. Avec des gestes maladroits, elle s'enferma à clé. Puis elle se couvrit les oreilles et se laissa tomber par terre en se demandant ce qu'elle ferait si on s'attaquait à la porte de la salle de bains. Mais personne ne vint. La maison était plongée dans le silence.

Ursula n'aurait su dire combien de temps elle attendit – dix minutes, peut-être un quart d'heure. Elle n'entendit aucun mouvement, aucun signe de vie derrière la porte. Tout en sachant qu'il pouvait s'agir d'une ruse pour la faire sortir, elle n'allait tout de même pas rester éternellement cachée dans la salle de bains, et elle avait laissé son portable dans la cuisine. Elle trouva une paire de ciseaux qui pourrait lui servir d'arme, enfila son peignoir et tourna silencieusement la clé. Aucune silhouette ne surgit de l'ombre, aucune main ne lui empoigna les cheveux. Tout était calme. Elle en était presque à se dire qu'elle avait tout imaginé quand elle tourna à l'angle de la cuisine et aperçut l'inscription à la peinture rouge sur le carreau : SALOPE. Fixant les ciseaux à ongles dans sa main, elle réprima un haut-le-cœur.

En retournant dans la salle de bains, elle vit que la bouteille de vin s'était renversée. La flaque sombre miroitait sous l'éclairage électrique ; sa surface était agitée par les gouttes qui semblaient tomber du goulot au ralenti.

LIVRE DEUX

CRIMES DE SANG

Où sont l'honneur et la piété, je vous le demande, de ceux-là qui croient le mieux apaiser les dieux immortels par des crimes de sang ?

Cicéron,
auteur romain du Ier siècle avant J.-C.,
à propos des Gaulois.

1

L'autopsie du deuxième cadavre de Loughnabrone se déroula le lendemain matin. La morgue était située à une vingtaine de kilomètres, au centre hospitalier régional de Tullamore. Il s'agissait d'une pièce triste et anonyme avec des murs carrelés, des néons pâlots et deux tables en inox. Le Dr Friel était allée répondre au téléphone dans le bureau adjacent, laissant Nora seule avec le corps qui reposait sur une des tables, en partie recouvert d'un drap dans l'attente de l'examen préliminaire. Il n'y avait eu aucun vêtement à répertorier et à découper ; en l'extrayant de la tourbière, on s'était aperçu que le mort était entièrement nu, mis à part le lacet en cuir et la montre.

Nora souleva le drap et jeta un coup d'œil au bracelet toujours passé autour du poignet. Le métal avait pris une couleur noire et verte mais on arrivait à lire *Waterproof* sur le cadran incrusté de tourbe. Les faits avaient démenti cette allégation du fabricant. Les aiguilles indiquaient dix heures moins cinq. Au niveau du 3, la date était encore visible, en caractères rouges : *MAR 20*. Autour du cou se trouvait le lacet en cuir. Les trois nœuds étaient disposés régulièrement, à environ deux centimètres d'intervalle. Les Gardai auraient du mal à identifier la victime sur la seule base de ces deux indices. Nora observa la silhouette inerte en se demandant qui avait attendu en vain son retour, la peur au ventre, angoissé de ne pas avoir de nouvelles. Quelqu'un qui, peut-être, se morfondait toujours.

Le bras gauche, celui qui était tendu vers la surface de la tourbière, était maintenant relevé au-dessus de la tête. Un sachet en plastique enveloppait la main pour préserver d'éventuels indices matériels. Le Dr Friel ferait des prélèvements sous les ongles pour chercher la présence de peau ou de poils appartenant à quelqu'un d'autre – des signes de lutte, à supposer qu'il se soit débattu avant de mourir. Mais généralement le milieu acide de la tourbière détruisait l'ADN ; on aurait beau retrouver des résidus organiques, cela n'apporterait sans doute pas la preuve scientifique de l'identité de l'assassin.

Elle fit le tour de la table pour examiner de plus près la main droite, elle aussi protégée par du plastique. Son état de conservation était nettement meilleur, la paume et les extrémités des doigts superbement intactes.

Face à un cadavre contemporain, le premier réflexe de Nora était d'obtenir l'autorisation d'effectuer des prélèvements pour faire des comparaisons avec des spécimens plus anciens. Mais il faudrait d'abord identifier le défunt puis obtenir l'accord de la famille, ce qui exigerait un certain tact. Le Dr Friel serait peut-être de bon conseil.

À l'autre bout de la table, le pied droit offrait un spectacle saisissant : la peau marron déployée comme une tente sur un éventail d'os et de cartilages. Le pied fléchi était délicatement pointé, comme figé au milieu d'un pas de danse – les orteils qui avaient l'air d'un alignement de petits cailloux foncés, la plante ridée, le talon rebondi et la cheville délicate. *C'est étrange*, songea Nora, *que la vue d'un pied nu touche en moi une corde aussi sensible*. Mais le sentiment lui était familier ; à chaque nouveau cadavre elle éprouvait des moments semblables. La mort permettait une intimité inenvisageable dans la vie. Elle attendait tellement de cet homme dont la peau, les os et les cartilages esquissaient déjà certaines réponses à ses questions. Aussi loin que remontaient ses souvenirs, le corps humain avait été son sujet de prédilection, son instrument, sa fascination. La plupart des gens se méprenaient sur les motivations des légistes : ce n'était pas un intérêt pour la mort mais une profonde curiosité de la vie. Dans certaines morgues figurait une inscription latine qui résumait parfaitement leur philosophie : *Hic locus est ubi mors gaudet succurrere vitae* – « Voici le lieu où la mort est ravie d'aider les vivants ». Il y avait une procédure à suivre, une routine qui éloignait la mort de l'émotion et de la douleur, pour la faire entrer dans le monde de l'observation scientifique. Son esprit était soulagé, du moins dans un premier temps, par l'illusion de n'avoir affaire qu'à de la chair et des os, avec le réconfort des certitudes scientifiques plutôt qu'avec celui du monde trouble des relations humaines. Mais le détachement du savant ne durait qu'un temps. Tôt ou tard, il fallait admettre que toute personne étendue sur la table d'autopsie avait été vivante à un moment donné.

Catherine Friel, qui portait un tablier plastifié par-dessus sa blouse, franchit la porte battante en même temps qu'elle enfilait ses gants en caoutchouc.

— Désolée de vous avoir fait attendre. On y va ?

Elle alluma son petit magnétophone et se mit à décrire le défunt d'une voix posée et mesurée.

— Il s'agit d'un homme blanc de faible corpulence, au corps normalement développé. Difficile de déterminer l'âge, à cause de l'état de conservation...

Elle souleva un bras, puis l'autre, et ensuite chaque jambe.

—... Aucune rigidité, et pas de lividités visibles, mais la peau est d'un marron très foncé à cause du séjour en tourbière. La main gauche est desséchée et en partie réduite à l'état de squelette. Les os exposés sont en voie de décalcification et on note la présence généralisée d'adipocire. L'épiderme a bruni au contact de la tourbe mais conserve une élasticité surprenante. Le défunt porte au poignet gauche une montre avec un bracelet métallique...

Elle retira délicatement l'objet rouillé et le plaça dans un sachet.

—... le visage est glabre, et les cheveux sur le scalp semblent être noirs et ondulés. Les poils et cheveux ont une légère teinte rousse, qui provient certainement de l'immersion dans la tourbière.

Elle regarda Nora qui opina du chef.

—... Aucun signe de congestion sur le visage, et la coloration de la peau ne permet pas de repérer d'éventuelles cyanoses.

Elle posa le magnétophone et souleva tour à tour les paupières, examinant les yeux à la loupe.

— ... Les iris semblent être bleus, et les pupilles sont fixes et de taille égale. Pas de corps étranger, ni de lentilles de contact. Les globes oculaires présentent des hémorragies pétéchiales focales.

Les petites taches de sang étaient un des signes caractéristiques de l'asphyxie ou de la strangulation.

Le Dr Friel se concentra sur la tête et le cou, faisant l'inventaire des lésions externes avec son bistouri gradué.

— On note une incision de quatre centimètres sur la partie latérale gauche du cou. La dissection sera nécessaire pour en décrire l'itinéraire et déterminer s'il y a eu rupture de vaisseaux majeurs. Je ne sais pas si vous arrivez à voir ça, dit-elle en tendant sa loupe à Nora, mais il y a une ecchymose horizontale juste au-dessus de l'entaille. Presque certainement un signe de ligature... Vous voyez comment ça se prolonge autour du cou ? Quand ça forme une sorte de pic à l'arrière, cela indique généralement un point de suspension. C'est un des éléments qui permettent de distinguer la pendaison d'une strangulation postérieure.

Elle coupa le lacet en cuir, le retira du cou et le plaça dans un sachet qu'elle étiqueta. Puis elle ouvrit doucement la bouche et y pointa une petite lampe de poche pour jeter un coup d'œil aux dents et aux gencives, lesquelles étaient légèrement décolorées et tapissées de tourbe.

— Je vois qu'il a reçu quelques soins dentaires. Il a une couronne en or à la première molaire du maxillaire inférieur droit, et il manque la première pré-molaire au maxillaire supérieur gauche. Pas de lésion visible sur les gencives, les joues et les lèvres. Par contre, on dirait bien qu'il a bu la tasse dans la tourbière... On en saura plus après l'examen des poumons et de l'appareil respiratoire.

Elle inspecta les bras à tour de rôle.

— Les mains et les bras comportent ce qui

semble être des blessures défensives. La main droite a l'air en assez bon état : on obtiendra peut-être des empreintes correctes.

Relevant les yeux, Nora aperçut l'inspecteur Ward qui se tenait dans l'embrasure, et le Dr Friel le remarqua à son tour.

— C'est bon, Liam. Vous pouvez entrer.

Il les rejoignit autour de la table.

— J'ai peur que la cause du décès ne soit pas si simple que ça à déterminer, lui dit le Dr Friel. Il y a toutes sortes d'éléments, et ça risque de prendre un peu de temps pour faire la part des choses. J'en ai terminé avec ses effets, si vous souhaitez les prendre. J'étais sur le point de demander au Dr Gavin si, compte tenu de son expérience, elle voyait des éléments susceptibles de nous indiquer avec plus de précision depuis combien de temps le cadavre se trouvait dans la tourbière.

Nora se sentit gênée d'être l'objet de tant de déférence – en guise d'expérience, elle n'avait jamais eu affaire qu'à un seul spécimen en dehors de ceux préservés en musée. Ward hasarda une question.

— D'où vient exactement la coloration ?

— L'environnement de la tourbière provoque ce qui s'appelle une réaction de Maillard.

Le policier ne paraissant pas comprendre, elle tenta de lui expliquer.

— Pour faire simple, il s'agit d'une réaction de base entre un sucre et une protéine... en fait, c'est le même processus chimique qui fait que les aliments noircissent. Des études récentes, conduites avec des porcelets, ont mis en évidence une coloration très nette en l'espace de deux ans. En d'autres termes, je ne sais pas si la coloration en tant que telle nous apprend grand-chose...

Elle inspecta l'épaule du cadavre à la loupe.

— ... Il sera intéressant, quand on aura pratiqué les incisions profondes, de voir jusqu'à quelle couche de l'épiderme les pigments ont pénétré. La teinte marron m'a l'air moins dense et moins imprégnée que sur les spécimens plus anciens que j'ai pu examiner... mais je dois bien avouer que je n'ai pas examiné tant de cadavres de tourbière que ça, et pour être franche c'est un peu le cas de tout le monde. En plus, ils présentent tous de légères différences en fonction de l'environnement particulier...

Elle marqua une pause, consciente qu'elle était peut-être sur le point d'affirmer une contre-vérité, ce qui l'obligerait à faire marche arrière par la suite. Elle inspira profondément, en espérant qu'elle ne regretterait pas ce qu'elle était sur le point d'affirmer.

— Apparemment, cet individu était nu au moment où il est tombé dans la tourbière. Il a sans doute été étranglé avec un lacet en cuir, en plus d'avoir été égorgé. Sans la montre, on aurait probablement estimé qu'il était beaucoup plus ancien que ça.

— Pourquoi donc ? demanda Ward, l'air intrigué.

— Eh bien, il présente des similitudes avec le premier cadavre de Loughnabrone, et d'autres retrouvés en Angleterre, au Danemark, en Allemagne, et ailleurs. Les découvertes des cinquante dernières années ont été abondamment étudiées. Certains cadavres présentent des blessures similaires. Pendus ou étranglés, égorgés, enterrés ou empalés dans des lieux marécageux. Certains y voient la preuve qu'il s'agit de victimes de sacrifices rituels.

Cette interprétation semblait embêter Ward.

— Vous êtes en train de dire quoi ? Ce serait une sorte de meurtre rituel ?

— Je pense qu'on ne peut pas écarter cette possibilité. Quand on retrouve les mêmes éléments sur un cadavre plus ancien, c'est toujours une des hypothèses retenues. N'importe laquelle de ces blessures suffisait à le tuer, alors pourquoi cet excès de violence ? Si on avait affaire à un cadavre de l'âge du fer, ses blessures cadreraient avec les découvertes précédentes. Mais dès lors qu'il est de toute évidence contemporain, le mystère est de savoir pourquoi quelqu'un d'aujourd'hui aurait recours à ces trois formes de violence.

— En effet, pourquoi donc ? renchérit le Dr Friel en attrapant la cisaille de jardinier posée à côté de la tête du cadavre. Voyons ce que ce monsieur veut bien nous apprendre.

Apparemment, elle n'avait pas remarqué que l'inspecteur Ward avait déjà filé sans demander son reste.

2

Le poste de police de Birr étant situé à une quarantaine de kilomètres de la morgue, Ward eut tout loisir de repenser aux paroles du Dr Gavin pendant le trajet de retour. Les meurtres rituels n'étaient pas si fréquents que ça, mêmes s'ils étaient moins rares que le public ne se l'imaginait. Outre quelques occultistes autoproclamés, il arrivait aussi qu'un assassinat soit maquillé pour masquer d'autres mobiles. Ward avait connu plusieurs affaires où la mise en scène rituelle n'était qu'un leurre.

Avec la présente enquête, le premier défi serait d'identifier la victime. Il sortit son portable et composa un numéro.

— Maureen ? C'est Liam. Sois gentille, veux-tu, sors-moi tous les dossiers de disparitions. Tu penses qu'on en aura combien sur une fourchette de vingt ans ? Peut-être qu'on devrait remonter plus loin... Oui, tu peux les trier. Je suis en route. J'y jetterai un coup d'œil en arrivant, et je te raconterai l'autopsie.

Avec un peu de chance, le disparu était de la région. Sinon, on serait obligé d'éplucher les dossiers pour l'ensemble du pays. L'identification risquait de prendre un certain temps, sans même parler de celui nécessaire pour réunir les preuves d'un meurtre. Il y avait bien la date sur la montre, mais n'y figurait que le jour. Aucune indication de mois ni d'année, à moins que... Pour donner la date exacte, il fallait bien que la montre sache quel mois on était. Peut-être une affaire de réglage manuel, à moins qu'un mécanisme interne n'indique le nombre de jours pour chaque mois. Au pire, on obtiendrait peut-être la date de fabrication de la montre, ce qui permettrait d'éliminer les disparitions antérieures.

Était-il vraiment surprenant que la victime soit nue ? Il avait vu le cadavre *in situ ;* rien ne laissait croire à une inhumation ordonnée. C'était tout le contraire, en fait. Dans ce cas, comment l'homme s'était-il retrouvé nu, et pourquoi ? *A fortiori*, dans cette vaste tourbière exploitée. L'autopsie n'avait mis en évidence aucun signe de liens... enfin, à vérifier. Les victimes de meurtres rituels étaient rarement coopératives, et le plus souvent neutralisées d'une manière ou d'une autre. Le Dr Friel n'avait pas mentionné de coup porté à la tête, et on devrait attendre les résultats des analyses toxicologiques pour savoir si le mort avait été drogué. En revanche, la tourbe sous les ongles portait à croire qu'il n'était pas inconscient au moment de sa chute. Ward était justement en train de traverser une tourbière, sur une longue route droite dont la chaussée, trouée et parcourue de racines, s'effritait sur les bords. Soudain, il se fit la réflexion que c'était son moment préféré d'une enquête : quand tout était là devant lui, aussi complexe qu'un casse-tête chinois, attendant d'être résolu, de vous résister et de vous mystifier.

Il se gara devant le poste et passa par l'entrée principale une pièce confinée avec une réception vitrée, face à une rangée de fauteuils hideux en plastique moulé. L'officier de permanence n'était pas à son poste mais une femme attendait, assise sur une des mochetés. Elle lui jeta un petit regard anxieux, puis se retourna vers la vitre en se redressant, les bras croisés. Elle portait un sac à main en bandoulière, et deux sacs plastique pleins à craquer étaient posés par terre à côté d'elle. Elle passait dans la foulée des courses, après avoir hésité toute la journée à venir voir la police. Si personne ne s'occupait d'elle, elle n'attendrait pas une éternité. Traversant la salle d'attente en direction de la porte des bureaux, Ward se fit aussitôt une première impression. Il lui donnait le même âge que lui ; la cinquantaine, même si elle faisait plus jeune. Sans aller jusqu'à parler de beauté délicate, elle avait un certain charme. Sa mise était soignée et ses vêtements, sans être du dernier cri, étaient de qualité : tailleur élégant, chemisier blanc impeccable, une touche de maquillage. *Une femme de fermier, décréta Ward. Respectable. Un air préoccupé, sans doute à l'idée qu'on puisse l'apercevoir dans le poste de police, mais il y avait autre chose.* Au fil de ses années de service, Ward avait appris à repérer les diverses strates de souci et les degrés d'inquiétude. Il y avait l'agacement des parents venus récupérer leur progéniture après quelque délit somme toute mineur, du genre ébriété sur la voie publique ou course au volant d'un véhicule volé. Les gens venus se plaindre pour troubles du voisinage dégageaient souvent une suffisance écœurante. Rien de tout cela sur le visage de cette femme. Une idée lui vint soudain : était-elle là pour faire des aveux ? Mieux valait ne préjuger de rien. Il se retourna vers elle.

— Excusez-moi, quelqu'un s'occupe de vous ?

Elle releva les yeux, stupéfaite de cette soudaine attention.

— Non, personne n'est venu. Mais ça ne fait pas très longtemps que j'attends.

À cet instant, l'officier de permanence revint et referma la porte des bureaux, étouffant des rires et des murmures masculins. En découvrant la présence de Ward, il se redressa et prit l'air sérieux.

— Je vais m'occuper de madame, inspecteur.

Ward remarqua que le jeune homme avait des miettes de gâteau sur sa chemise.

— Non, pas la peine. Je vais la voir moi-même.

Il retourna à la porte de sécurité, composa son code, escorta la femme dans le couloir et l'escalier jusqu'à son bureau du premier étage qui donnait sur la rue devant le poste. Il eut un peu honte des murs beiges, de ce cadre triste et sans couleurs, du mobilier administratif et impersonnel.

— Je peux vous offrir une tasse de thé ?

Cette proposition parut la surprendre.

— Non, merci. En fait, j'ai besoin...

Elle fixa ses genoux, ne trouvant pas les mots pour s'exprimer. Peut-être n'avait-elle pas l'habitude de formuler ses desiderata aussi franchement, surtout à un étranger.

— Je vais tout de même aller vous chercher du thé. J'en ai pour une seconde.

Il sortit dans le couloir, referma la porte vitrée, et passa dans la kitchenette juste en face. Il mit une infusette dans un mug épais et versa l'eau sans regarder ce qu'il faisait parce qu'il observait la dame. Elle gardait le regard fixé droit devant elle, sans s'intéresser à ce qu'il y avait autour. Elle était entièrement focalisée sur le but de sa visite. Une fois de plus, Ward songea à des aveux mais écarta aussitôt l'idée.

Il appuya sur le sachet pour que ça prenne de la couleur, ajouta du lait et du sucre, puis retourna dans son bureau. Alors qu'il lui tendait le mug fumant, il remarqua ses mains. Il s'attendait à des doigts calleux et rougis par les travaux de ferme, mais ceux-ci étaient longs, effilés, roses comme ceux d'une jeune fille. Elle se mit à parler sans lui laisser le temps de sortir un formulaire de déposition, alors il se cala dans son fauteuil et l'écouta.

— Je m'appelle Teresa Brazil. Je suis venue parce que je pense que le cadavre qu'on a retrouvé hier à Loughnabrone pourrait être quelqu'un que je connais... enfin, que je connaissais. Le frère de mon mari. Danny Brazil.

Elle avait tout sorti d'un trait, comme si elle craignait de se taire avant d'avoir vidé son sac. Maintenant qu'elle avait raconté ce qu'elle était venue dire, elle se tut et le fixa, ne sachant pas trop ce qui allait s'ensuivre.

Ward réfléchit un instant. Aucun détail n'avait été fourni à la presse, mis à part qu'il s'agissait d'un homme. Dans ce cas, qu'est-ce qui lui faisait croire que c'était son beau-frère ? Il repensa au cadavre tanné qu'il venait de quitter à la morgue, et se demanda dans quelle mesure cette femme n'était pas venue simplement à tout hasard. Chaque fois qu'on retrouvait un cadavre, les proches de personnes disparues se présentaient en se préparant au pire, au cas où. Le nom de « Brazil » lui disait vaguement quelque chose ; il était certain d'avoir déjà croisé cette Teresa Brazil. Quant à savoir où et quand, cela risquait de mettre un certain temps à lui revenir.

— Nous n'avons même pas eu le temps de lancer un appel à témoins. On comptait passer en revue d'anciennes disparitions, dit-il en indiquant la pile de dossiers que Maureen avait laissée sur son bureau, pour voir si quelqu'un correspond au signalement.

— Vous n'y trouverez pas Danny Brazil, déclara-t-elle.

— Pourquoi donc ?

— On croyait tous qu'il était parti, qu'il avait émigré en Australie. Il n'arrêtait pas d'en parler. C'est pour ça qu'ils n'ont jamais signalé sa disparition. Il avait filé en douce, sans dire au-revoir, comme il avait toujours dit qu'il le ferait.

— Et vous, quand l'avez-vous vu pour la dernière fois ? Sa réponse fut à peine audible.

— Il y a vingt-six ans, au solstice d'été.

Très précis, songea Ward. Teresa Brazil semblait mal à l'aise sur la chaise en face de lui, mais se sentait manifestement tenue d'être là et de dire ce qu'elle savait.

— Vous êtes en train de m'expliquer qu'il n'a jamais écrit, qu'il n'est jamais revenu, et que personne ne s'en est inquiété ? Sa famille n'a pas cherché à le retrouver ?

— À quoi bon, s'il ne le souhaitait pas ? murmura-t-elle.

— Je ne vois pas très bien ce qui vous fait penser qu'il puisse s'agir de votre beau-frère.

Quittant l'ailleurs où ses pensées l'avaient entraînée, elle le regarda.

— On a retrouvé des objets sur lui. Mon fils était là, c'est lui qui me l'a dit. Un lacet en cuir, une montre avec un bracelet métallique. Je peux vous la décrire, si vous voulez. Il l'avait reçue pour son anniversaire cette année-là.

Ward sortit les deux sachets plastique de la poche de son blouson et les posa simplement sur le bureau devant elle. Celui de la montre était un peu poussiéreux mais les yeux de Teresa Brazil s'altérèrent à mesure que le souvenir y opérait sa magie. Puis son regard bascula vers le lacet de cuir qui conservait la forme prise autour du cou.

— Ce lacet... dit-elle.

— Oui ?

— Il le portait toujours. Je peux le sortir ?

— Non, malheureusement. C'est une pièce à conviction dans une enquête pour meurtre.

— Pour meurtre ? murmura-t-elle, le visage livide.

— Oui, j'en ai peur. Je ne peux pas vous en dire plus pour l'instant.

— C'est bien Danny, dit-elle d'une voix dépourvue du moindre doute. Je ne connaissais personne d'autre à porter ce genre de collier. Il disait que ça le protégeait. Un porte-bonheur.

Elle se détourna et Ward vit qu'elle cherchait à maîtriser ses nerfs. Quand elle le fixa de nouveau, son visage était calme.

— Madame Brazil, croyez bien que je ne mets pas en doute vos affirmations, mais cela vaudrait mieux si nous avions des éléments physiologiques pour corroborer l'identification. Votre beau-frère avait-il des signes distinctifs, comme une cicatrice ou une tache de naissance ?

— Il avait une cicatrice au-dessus du sourcil

gauche, qu'il s'était faite en jouant au hurling[1]. Pour les taches de naissance, je ne sais pas.

— Avait-il un dentiste ? Ici ou ailleurs ?

— La famille de mon mari allait chez le Dr Morrison, juste à côté d'ici. Le vieux Morrison est décédé il y a quelques années, mais son fils a pris la suite.

— Si l'identification devait se confirmer, nous aurons bien sûr d'autres questions à vous poser, ainsi qu'à votre mari et aux autres membres de la famille.

Teresa Brazil acquiesça d'un hochement de tête puis se leva, et il la raccompagna jusqu'à l'escalier.

— Merci d'être venue. Je vous tiendrai au courant, quoi qu'il en soit. Tenez : voici ma carte, au cas où vous penseriez à autre chose.

Elle la prit sans commentaire et la mit dans son sac à main. Elle venait de s'engager dans l'escalier quand Ward ajouta :

— Une dernière chose, madame Brazil : je suis étonné que ce ne soit pas votre mari qui soit venu.

Son expression lui indiqua qu'elle s'attendait à cette question.

— Mon mari est mal portant. Il sort très peu.

Ward se contenterait pour l'instant de cette réponse ambiguë. Il retourna dans son bureau et observa par la fenêtre Teresa Brazil qui quittait le poste. Pourquoi ce visage lui était-il à ce point familier ? Il la vit se fondre parmi un groupe d'adolescents vêtus de leur uniforme scolaire bleu. Ils ne réagirent pas en la voyant passer – une mère de

1. Le football gaélique ou « hurling » est un sport très populaire en Irlande. *(N.d.T.)*

famille comme les autres, chargée de ses commissions, qui rentrait en vitesse préparer le dîner.

Quand elle tourna à l'angle, Ward alla s'asseoir à son bureau et composa le numéro du portable du Dr Friel. En attendant d'obtenir la communication, il s'adressa à sa partenaire qui venait d'entrer.

— Maureen, tu connais le Dr Morrison ? Le dentiste qui est juste à côté ? Apparemment, on va devoir lui demander le dossier d'un ancien patient de son père. Un certain Brazil. Danny Brazil.

3

Tandis que Nora regagnait le site des fouilles, le cadavre de la morgue n'arrêtait pas d'empiéter sur ses pensées. Elle avait la fâcheuse impression d'avoir de nouveau l'esprit obnubilé, comme avec la mystérieuse rouquine dont Cormac et elle avaient extrait la tête d'une tourbière l'été précédent. C'était plus fort qu'elle : elle s'imaginait cet homme de son vivant, l'électricité crépitant à travers son système nerveux, le sang charriant l'oxygène de ses poumons, tous les cycles répétitifs et automatiques de la vie brusquement interrompus dans la violence. Pourquoi ? Qui était cet homme, et pourquoi l'avait-on supprimé avec une cruauté qui évoquait l'âge du fer ? Avait-on cherché à maquiller sa mort en sacrifice rituel ? Dans ce cas, qui avait une connaissance suffisante de ces pratiques pour monter un tel simulacre ? Mais peut-être l'avait-on supplicié à dessein ; la pègre, pour le punir de quelque chose ? Difficile de concevoir faute méritant triple châtiment. Elle imagina la victime au bord d'une fondrière, le garrot serré autour du cou, l'épée brandie. Une lame émoussée, qui n'avait pas suffisamment tranché ? Le malheureux qui se débat ? Le bourreau qui vise mal ? L'avait-on drogué ? Les analyses toxicologiques et gastriques pouvaient prendre plusieurs semaines, mais elles révéleraient peut-être jusqu'où l'assassin avait poussé sa quête d'authenticité, s'il s'agissait bien d'une sorte de sacrifice rituel.

En arrivant sur place, elle trouva le parking envahi par les voitures de police. La camionnette de la police scientifique sortait du lot, ainsi que deux cars télé avec leur parabole. Cela tournait au cirque, avec des gens un peu partout. Elle dut se garer sur le bas-côté à une cinquantaine de mètres de la baraque. Apparemment, l'accès à la tourbière était restreint : les agents ne laissaient passer que les personnes figurant sur une liste. Aucun signe de Ward. Elle tenait à lui préciser que le scénario du triple châtiment, qui avait visiblement retenu son attention, reposait sur peu d'éléments concrets, contrairement à ce qu'elle lui avait prêté à croire. Tandis qu'elle allait prendre ses bottes et sa combinaison dans le coffre, elle aperçut Rachel Briscoe, la jeune femme qui avait retrouvé le deuxième cadavre, assise en tailleur à l'entrée de la remise – une sorte de container posé sur des parpaings où l'on rangeait le matériel, à côté de la baraque où les archéologues prenaient leurs pauses. Elle avait un carnet à croquis sur les genoux, où elle dessinait les extrémités de poutres ouvragées qu'on avait récupérées dans les tranchées. Cela faisait partie du travail des fouilles : décrire le moindre coup de hache. Chaque encoche ou facette constituait un lien direct avec le travail des mains d'autrefois.

Owen Cadogan se gara derrière elle alors que Nora enfilait sa combinaison. Il passa devant elle sans daigner lui adresser la parole et se dirigea d'un pas décidé vers la baraque. Il était presque arrivé quand Ursula Downes en sortit, prête à en découdre. Il s'approcha pour lui parler mais elle fit un pas en arrière et le gifla violemment. Il eut un mouvement de recul et s'indigna, puis elle le repoussa des deux mains, tourna les talons et le laissa planté là, les bras ballants. Quelques mètres plus loin, Rachel s'était interrompue pour observer la scène attentivement, et ne se remit à dessiner qu'après le départ furieux de Cadogan qui se tenait toujours la joue. Nora se demanda si elle ne s'était pas méprise à propos de Cadogan et d'Ursula. Avait-elle mal interprété la scène de la veille ? En tout cas, ce n'était plus lui qui avait le dessus. Ursula avait l'air de savoir se défendre. Son intervention n'était peut-être ni requise ni souhaitée.

Pendant que Cadogan remontait dans sa Nissan et démarrait en trombe, la porte de la baraque s'ouvrit à nouveau et Charlie Brazil sortit. Il s'assura que personne ne l'avait vu, puis se dirigea lentement vers le poste de contrôle et contourna la foule des journalistes pour se faufiler à l'avant.

Une fois en tenue, Nora se fraya à son tour un passage parmi le petit groupe de journalistes tenaces et montra ses papiers au jeune policier.

— Mon nom doit être inscrit. Gavin... Nora Gavin. Il parcourut sa liste et fit une croix à côté de son nom.

— C'est bon, docteur Gavin. Vous pouvez passer.

Il lui fit signe d'y aller et tendit les bras pour retenir les journalistes qui se faisaient insistants, massés autour de lui. Nora aperçut Charlie Brazil quelques mètres en arrière ; lui aussi eut le droit de passer. Le bourdonnement de la foule s'atténua à mesure qu'elle avançait dans la tourbière, consciente de la présence du jeune homme dans son dos. Elle reconnut la tête ébouriffée de Niall Dawson parmi les gens regroupés devant la tranchée, et fut réconfortée à l'idée que l'équipe du muséum ait pu se mettre au travail en dépit de l'agitation.

À côté de Dawson, une autre silhouette bougea légèrement et elle crut une fraction de seconde qu'il s'agissait de Cormac. Mais elle comprit dans le même souffle que ce n'était pas lui et se demanda comment elle pouvait en être aussi sûre en un éclair. Elle sentit également que ce genre d'incident risquait de se reproduire, peut-être toute sa vie, dès lors qu'elle choisirait de le quitter. Dans les années à venir, elle apercevrait un homme de dos, une épaule se tournant vers elle, et l'image de Cormac lui apparaîtrait comme un fantôme. Les vivants avaient-ils le pouvoir de se hanter les uns les autres ? Quelque chose d'aussi peu tangible que le souvenir d'un geste pouvait-il se loger tout seul dans l'inconscient et y demeurer en attendant d'être libéré par l'étincelle d'une synapse ou une quelconque clé chimique ? Elle avait observé Cormac avec le regard de l'anatomiste – la disposition du squelette, la façon unique dont les couches de cartilages et de muscles s'y disposaient pour former le visage et les formes qu'elle aimait. Oui, elle l'aimait. Cette certitude l'envahit soudain, comme une bouffée d'air. Elle avait lutté contre, avait cherché à nier la chose par peur et par culpabilité, mais ne pouvait plus résister à la force de ses sentiments. C'était curieux comme les moments d'illumination avaient le don de se produire quand on s'y attendait le moins.

Elle ne pouvait rien y faire dans l'immédiat. Elle remonta la sangle de son sac sur son épaule et essaya de consacrer son esprit au travail.

Tout le monde portait des parkas à cause du vent, particulièrement frais ce jour-là. À chaque passage d'une colonne de nuages dans le ciel, tout était plongé dans la pénombre ou bien prenait un relief étonnant. La tente blanche était toujours là pour protéger le cadavre. Ses parois se gonflaient et se dégonflaient au rythme des bourrasques – c'était miraculeux qu'elle ne soit ni arrachée ni envolée. Niall Dawson, qui dirigeait l'équipe chargée de construire la caisse dans laquelle on transporterait les restes, releva la tête en la voyant approcher.

— Salut. Comment s'est passée l'autopsie ?

— C'était très intéressant. Une coïncidence bizarre... enfin, bizarre c'est sûr, mais pour ce qui est de la coïncidence, ça reste à prouver. Il semblerait qu'il ait été assassiné quasiment comme celui-ci : étranglé avec un garrot, égorgé...

— Vraiment ? Et tu penses qu'il se trouvait dans la tourbière depuis combien de temps ?

— C'est là que ça devient bizarre. D'après la montre qu'il portait au poignet, je dirais vingt, trente ans maximum. Peut-être moins.

Elle aperçut Charlie Brazil se retourner vers eux. Il avait peut-être entendu ce qu'elle venait de dire au sujet des causes probables du décès ; elle aurait mieux fait de se taire.

— Dis-moi, Niall, tu gardes ça pour toi, d'accord ? Une enquête pour meurtre a été ouverte et je n'ai envie d'attirer des ennuis à personne.

— Tu me connais, Nora : je suis la discrétion personnifiée. On était sur le point d'entamer les choses, si tu es prête.

Il souleva le pan de toile rabattable pour se faufiler sous la tente. À l'intérieur, elle prit le temps d'enfiler des gants en caoutchouc. Elle avait du mal à croire à sa chance. Tant d'heures passées à éplucher de vieux dossiers dans les archives poussiéreuses du muséum en essayant d'agencer les connaissances établies pour faire émerger de nouvelles idées... Tant d'heures penchée sur d'anciennes descriptions au style suranné, en s'efforçant d'imaginer à quelle réalité devaient faire face les premiers découvreurs de cadavres de tourbière... Et voilà que lui échoyait une nouvelle mine de renseignements, en chair et en os.

La première étape serait une excavation partielle afin de photographier les restes *in situ*, avant leur transfert à Dublin dans les Collins Barracks, au laboratoire de conservation du muséum. Le cadavre ayant été retiré de son emplacement d'origine, il était d'autant plus urgent de le transférer en milieu protégé. Ce jour-là, on commencerait par exposer les bras et l'on noterait ce qui risquait d'être altéré pendant le transport, de même façon que la police photographiait les lieux d'un crime – un outil de mémoire, pour fixer les traces matérielles. L'équipe avait déjà pris quelques clichés montrant la présence indubitable d'un cadavre, avec des indications d'échelle. Le moment était venu de retirer la couverture de tourbe et de découvrir toute l'étendue du spectacle horrifiant dissimulé dessous.

Nora dégagea d'abord le sommet du crâne, nu mis à part un entrelacs de cheveux et de peau. Elle se souvint d'un article faisant état d'ouvriers jouant au ballon avec ce qu'ils appelaient un « œuf de dinosaure », avant de s'apercevoir qu'il s'agissait d'une tête très endommagée, où s'étaient logés en un temps des souvenirs, des sensations, des peurs, l'étincelle d'un individu. Elle exposa ensuite un front profondément plissé, une oreille gauche quasiment pliée en deux, un œil gauche fermé, la paupière serrée très fort. Elle jeta un coup d'œil à Dawson ; lui s'occupait de l'avant-bras droit, tendu à l'horizontale, et retirait la tourbe fichée entre les doigts pour que les os ressortent bien sur les photos.

Sous la peau de la tempe droite, Nora fut stupéfaite de voir le dessin des veines alors que le pouls avait cessé d'y battre depuis des siècles. Les paupières, fines comme du papier, étaient également bien conservées, et un sillon très marqué reliait les sourcils, dénotant une expression de profonde concentration. La lèvre inférieure était charnue, et la barbe naissante sur le menton avait la couleur d'une fourrure de renard.

Étant donné que tout avait la même teinte marron et que la tourbe s'était nichée dans les moindres plis, il n'était pas aisé de repérer des détails. Les observations seraient plus fructueuses au laboratoire. Le lacet noué autour du cou semblait être en cuir mais Nora savait, d'après ses lectures, qu'il serait sans doute difficile d'en déterminer l'origine exacte. Les nœuds seraient soumis à un spécialiste mais paraissaient rudimentaires : deux servaient de points d'arrêt aux extrémités, et le troisième à les joindre. Ce qui constituait une première différence entre ce cadavre et le plus récent.

La peau flétrie du cou formait des plis mais avec

l'aide d'un miroir de poche Nora put voir que la coupure était encore nettement marquée, avec une couche d'adipocire sur les lèvres. Un examen approfondi serait nécessaire pour déterminer si la blessure provenait d'un geste visant à trancher ou à transpercer ; ce qui permettrait peut-être d'établir si le coup avait pour but de tuer la victime ou simplement de verser son sang – un distinguo essentiel pour l'analyse d'éventuelles significations rituelles. Il était tentant d'imaginer qu'un tel excès de violence s'inscrivait dans un rituel complexe, mais ce qui semblait de l'acharnement meurtrier pouvait aussi correspondre à des châtiments multiples pour des crimes multiples.

Quand ils eurent terminé d'exposer le haut et les flancs du cadavre, les photographes vinrent sous la tente et se mirent au travail. Nora sortit et s'assit par terre. Fermant les yeux, elle essaya d'imaginer cet endroit vingt siècles plus tôt. Une épaisse couche de tourbe, quelques bosquets de bouleaux, des mares. Pourquoi l'eau – rivières, lacs, tourbières – suscitait-elle tant d'offrandes ? Les anciens considéraient peut-être la surface liquide comme un autre monde, l'image du nôtre à l'envers, un lieu où résidaient les ombres et les esprits. Cormac lui racontait souvent que les Celtes voyaient la vie et l'esprit partout, un regard dans les feuilles d'un arbre, un visage souriant dans un motif abstrait de spirales ou de lignes courbes. Certes, les Romains avaient décrit les habitants de la région comme des sauvages sanguinaires, mais n'était-ce pas l'habitude pour des envahisseurs de décrier ainsi les peuples qu'ils souhaitaient soumettre ?

Peut-être la communauté s'était-elle réunie au

grand complet pour voir cet individu saigné à mort, à moins que cela ne se soit déroulé en cachette, pour bien garder le secret. Certains cadavres retrouvés dans des tourbières étaient faméliques, ce qui semblait indiquer qu'il s'agissait de personnes de basse extraction, alors que d'autres étaient très bien nourris. Quel était le statut de cet homme ? Exilé, bouc émissaire, veau gras ? S'était-il rendu dans la tourbière de son plein gré en sachant qu'il allait mourir, conscient que son sang était le prix de la survie des siens, ou bien l'avait-on amené contre sa volonté, inconscient ou drogué ? *L'idée de sacrifice se retrouvait dans toutes les religions*, songea Nora, *y compris contemporaines ; les chrétiens modernes continuaient de boire le sang et de manger la chair de leur Dieu, quand bien même de manière symbolique. Et ils n'étaient pas les seuls : dans quasiment toutes les cultures et toutes les activités humaines, qu'il s'agisse de sport, de politique ou de show-business, on retrouvait la désignation de boucs émissaires endossant un châtiment à la place du groupe.*

Sentant le vent éternel sur son visage et observant le soleil toujours haut dans le ciel au sud-ouest, Nora avait l'impression qu'elle venait de mettre la main sur une clé pour déverrouiller la porte d'un lointain passé. Elle ne savait pas très bien s'il était rassurant ou troublant de franchir ce seuil pour s'apercevoir que les humains n'avaient pas véritablement évolué dans l'intervalle. Changeraient-ils jamais ?

Elle consulta sa montre – bientôt six heures. Ils en avaient presque terminé pour la journée ; on ne tarderait pas à recouvrir le cadavre en attendant son transport le lendemain. Elle se releva et commença à nettoyer ses outils.

Niall Dawson s'approcha derrière elle.

— C'est bon pour notre bonhomme. Pour les débris, on verra ça demain, si ça te va.

Il parlait des monticules de tourbe détrempée que Charlie Brazil était en train de dégager de la tranchée quand il avait découvert le cadavre. On allait devoir les fouiller à la main, à la recherche d'indices supplémentaires sur le sort du buste de Loughnabrone.

— C'est bon que tu te salisses les mains, Nora. En ayant participé à toutes les étapes d'une excavation, ta thèse sera beaucoup plus forte et crédible. Qui sait, dit-il avec un sourire, tu pourras peut-être en tirer un livre ? Au fait, on est quelques-uns à se rendre tout à l'heure au *Gough's*, à Kilcormac. Le mardi, c'est la soirée danse traditionnelle. Cormac et toi n'avez qu'à passer boire un verre, si ça vous chante. Tu dois au moins connaître le *Clare Set*, non ?

— Tu plaisantes ? Et comment !...

Elle prit l'accent de l'ouest du comté de Clare.

— Si j'te disais que j'passais tous mes étés chez ma granny à Inagh ? Tu crois qu'on s'occupait comment l'dimanche soir ?

— Bravo ! s'esclaffa Dawson.

Nora sourit à son tour et reprit son accent américain.

— Mais ça remonte à un certain temps. Je dois être assez rouillée. Merci pour l'invitation, Niall. On passera peut-être.

Au parking, Nora aperçut Charlie Brazil qui rangeait des grilles métalliques dans la remise. Son masque à gaz ne lui avait pas servi depuis deux jours, mais il le portait toujours autour du cou, dans son dos. De profil, il avait l'air d'un Janus à deux visages. Il posa sa lourde charge et vérifia une soudure.

— C'est vous qui les avez fabriquées ? lui demanda-t-elle. Il sursauta.

— Oui, exact.

— Ça sert à quoi ?

— Des cadres à dessin. Les archéologues s'en servent pour dessiner les coupes. (Ses oreilles étaient toutes rouges.) J'ai le droit de les aider, à partir du moment où j'ai terminé le reste de mon travail.

— Je voulais vous parler d'une coupure de presse que j'ai aperçue hier dans le bureau d'Owen Cadogan. C'était la photo de deux hommes qui ont fait une grosse découverte ici, il y a pas mal d'années. Ils s'appelaient tous les deux Brazil. M. Cadogan m'a dit que c'étaient des gens de votre famille, c'est bien ça ?

— Mon père et son frère, répondit-il doucement.

— Et comment sont-ils tombés sur ce butin ? Vous le savez ? L'expression de Charlie Brazil lui indiqua qu'elle n'était pas la première à lui poser la question.

— Désolée, reprit-elle. Vous devez en avoir assez que les gens vous parlent de ça.

— Non, j'ai l'habitude. Ce qui m'agace, c'est quand on me demande où ils ont caché l'or.

— Quand même pas... Vraiment ?

Elle se demanda s'il plaisantait et le dévisagea. Non, apparemment, mais il arrivait à en rire. Ce Charlie Brazil était vraiment un drôle d'oiseau, pour reprendre l'expression d'Owen Cadogan.

— Votre père et votre oncle travaillent toujours dans la tourbière ? s'enquit-elle.

Il repassa aussitôt sur la défensive.

— Pourquoi vous voulez savoir ça ?

— C'est juste que je voudrais peut-être les interviewer pour mes recherches.

Il détourna le regard, puis fixa le sol.

— Mon père a pris sa retraite l'hiver passé. Il a été forcé... ses poumons ont lâché.

À voir sa mâchoire crispée, elle devina une brouille entre le père et le fils.

— Je suis désolée.

— Vous n'y êtes pour rien, non ?

— Et votre oncle ?

— Je ne l'ai pas connu. Il a émigré avant ma naissance, dit-il en rentrant deux grilles de plus par la porte. C'est bien dommage. Je m'occupe de ses abeilles depuis quelques années et j'aurais eu des questions à lui poser.

Son ton semblait indiquer qu'il se voyait comme une sorte de gardien intérimaire des insectes, ce qui n'était pas pour surprendre Nora – tous les apiculteurs qu'elle avait eu l'occasion de croiser étaient pareils.

— Mon grand-père avait lui aussi des abeilles, dit-elle. Pas loin de la tourbière du Clare. Des fois, j'avais le droit de m'en occuper. Mais il ne me laissait jamais marquer la reine, et pourtant j'en avais très envie. Il disait que c'était trop dangereux, trop délicat.

Il la regarda d'un air différent. Il devait être de ces apiculteurs qui ne vivaient que pour leur ruche et se seraient volontiers métamorphosés en abeille. Elle l'imagina soudain avec son masque, ganté de blanc, en train de fouiller parmi la masse bourdonnante, écartant doucement les courtisanes pour capturer la reine dans sa petite cage et lui faire la marque qui en faisait l'indispensable mère de répliques identiques, un être à part dans un univers de clones.

Son grand-père lui avait tout expliqué : choisie au hasard, la reine était celle qui avait reçu l'onction, la première à pondre. Son premier devoir royal était de liquider ses sœurs, jusqu'à la dernière. Pas de sentiments, un rapide coup de dard à la tête.

— Si près de la tourbière, dit-elle, vous devez obtenir du miel de bruyère. Il ne vous resterait pas un pot de la récolte de l'an passé ?

Elle avait soudain très envie d'en sentir le goût dans la bouche – ce miel foncé, presque musqué, jamais liquide. Ça rappelait les fruits de la fin de l'été, sucrés et à deux doigts d'être trop mûrs, comme une dernière bouffée de soleil intensément concentrée.

— J'aimerais beaucoup voir le rucher. Je pourrais passer...

— Non !...

Lui-même parut surpris de sa véhémence.

—... Je peux vous en apporter.

L'endroit était peut-être éloigné, difficilement accessible. Sans compter qu'un rucher pouvait être dangereux pour une personne sans la moindre expérience des abeilles. Malgré tout, le ton alarmé de Charlie Brazil semblait quelque peu exagéré. À moins qu'il n'ait quelque chose à cacher dans son rucher...

4

— Une soirée de danse folklorique ? répéta Cormac en écarquillant les sourcils.

Il avait sans doute prévu un tout autre programme.

— Tu sais que le *Gough's* a la réputation d'être le pub le plus sale d'Irlande ? lui demanda-t-il.

— Euh, non... je ne le savais pas. Pour le coup, je ne veux surtout pas rater ça. Allez, Niall Dawson y sera avec une partie de son équipe. Il dit que tu peux te joindre aux musiciens, si ça ne te dit rien de danser.

En franchissant la porte du pub, Nora comprit d'où lui venait sa réputation mais la trouva exagérée. Certes, le sol en ciment aurait eu besoin d'un bon coup de balai. Mais la célébrité de l'établissement devait surtout tenir à la déco très bohème : ici, point de tabourets ni de bancs joliment tapissés mais de vieux canapés au brocart élimé, comme si les propriétaires avaient l'habitude de faire les brocantes dans de vieux manoirs pour y récupérer les rebuts d'une aristocratie sur le déclin. Au-dessus du bar, une vieille horloge faisait la publicité des engrais Golding. Derrière la première salle, on accédait par quelques marches à une pièce de construction plus récente : un grand espace libre au centre, une cheminée, des murs blanchis à la chaux devant lesquels s'alignaient bancs et tables. Plusieurs groupes de huit danseurs occupaient déjà la piste en pin robuste. Pendant qu'ils attendaient leurs consommations au bar, Nora jeta un coup d'œil en l'air aux rubans verts, jaunes et blancs qui formaient une étoile au-dessus des clients. La saison de hurling battait son plein, et l'équipe d'Offaly suscitait tous les espoirs. Comme le lui avait expliqué Cormac, dans cette partie du comté le hurling était beaucoup plus qu'un sport. C'était une sorte de religion locale, à vrai dire. Parmi tous les sports auxquels Nora s'était jamais intéressée d'un œil distrait, c'était un des plus beaux à regarder. On le pratiquait depuis les temps immémoriaux des légendes – le héros Cûchulain y excellait, mais à son époque l'équipe perdante était généralement mise à mort. D'ailleurs ce spectacle conservait quelque chose de primitif – de sveltes jeunes gens remontant le terrain à vive allure, attrapant la balle en cuir avec leur crosse, se la passant sans ralentir, la projetant par-dessus la barre pour marquer à plus de cent mètres. Pendant le match du dimanche après-midi, on oubliait la danse et tout le reste.

Leur verre enfin à la main, ils se dirigèrent vers la salle du fond et aperçurent Niall Dawson et sa bande de l'autre côté de la piste de danse. La clientèle présentait un curieux mélange de vieux et de jeunes. Installés dans un coin à côté d'un piano droit, les musiciens jouaient avec entrain. Quatre couples de danseurs étaient disposés en carré, les dames tournoyant d'un pas cadencé autour de leur partenaire. Puis les couples se firent face et dansèrent tout autour du carré en tapant du pied à chaque coin. La figure fut terminée quand tout le monde revint à son point de départ. Les danseurs regagnèrent leur place, en nage et essoufflés, tandis qu'on enchaînait sur un autre air.

— On poursuit avec un *plain step !* tonna l'organisateur, un homme énergique en bras de chemise, le cheveu blanc et la cravate dénouée. Des volontaires ?

Nora posa son verre sur la table devant Niall Dawson, puis débarrassa Cormac de son étui à flûte et de sa pinte, et l'entraîna sur la piste.

— À tout de suite, Niall !

— Oh, Nora, je ne sais pas si... protesta Cormac en traînant les pieds. Ça fait trop longtemps.

— Ne t'en fais pas, je vais te guider !

Elle prit la main droite de Cormac et se la plaqua sur la hanche, puis lui fit lever le bras gauche sur lequel elle posa délicatement sa main. Deux accords de piano lancèrent la mélodie et tous deux se mirent naturellement à frapper alternativement du talon et du bout du pied, comme dans le *Clare Set*. Ils avancèrent et reculèrent en tandem, puis Cormac l'attrapa par la taille et la fit danser autour du carré. Visiblement, ce n'était pas la première fois qu'il mettait les pieds sur une piste de danse.

— Avec toi, on n'est jamais au bout de ses surprises, fit-elle remarquer.

Il se pencha vers elle pour lui parler à l'oreille.

— J'ai arrêté quand je me suis mis à jouer de la flûte, mais c'est comme le vélo : une fois qu'on a appris, on n'oublie jamais.

À la fin de la danse, ils rejoignirent Dawson qui

était en pleine conversation avec des gens installés à la table voisine. Il leur fit signe de s'asseoir et les présenta à Joe et à Margaret Scanlan, un couple âgé qui se reposait le temps d'une danse. Le mari, un type costaud et renfrogné qui bourrait sa pipe, esquissa à peine un hochement de tête mais sa femme se pencha pour leur serrer la main, le regard pétillant.

— Vous voulez bien raconter à ces bons amis ce dont vous venez de me faire part, madame Scanlan ? suggéra Dawson.

— On s'est mis à bavarder, dit Margaret, et quand j'ai appris que M. Dawson travaillait aux fouilles de Loughnabrone, je lui ai demandé s'il connaissait la dernière nouvelle au sujet du type assassiné. Tout le monde dit que ça serait un gars du coin, un certain Danny Brazil.

— La chose bizarre, intervint Dawson, c'est que d'après la famille de Brazil...

— Celui-ci aurait émigré, le coupa Nora.

— Tout à fait ! Comment es-tu au courant ?

— J'ai parlé à son neveu pas plus tard que cette après-midi...

Joe et Margaret Scanlan échangèrent un regard entendu.

— Je lui ai parlé du butin que Danny et son père avaient découvert, et il m'a confié que les gens lui demandent encore où l'or est caché.

— On n'a donc rien à t'apprendre, dit Dawson en feignant d'être déçu.

— Pas du tout : je ne savais pas qu'on racontait que le cadavre était celui de Danny Brazil. Qu'est-ce qui fait dire ça aux gens, madame Scanlan ?

— Eh bien, Joe a sa nièce Helen qui travaille au

cabinet dentaire Morrison, juste à côté du poste de police à Birr. Hier matin, elle a vu Teresa Brazil, la mère de Charlie, entrer dans le poste et repartir quelques minutes plus tard. Et la police est passée l'après-midi même au cabinet en demandant le dossier de Danny Brazil.

— Loin de moi l'idée de vous contredire, madame Scanlan, mais sa famille est tout de même bien placée pour savoir s'il a émigré ou non. Comment voudriez-vous qu'il ait disparu pendant vingt-cinq ans sans que la famille soit au courant ? Ça n'a pas de sens.

— Tout dépend quelle famille, dit Dawson.

— En effet, renchérit Margaret Scanlan en se penchant en avant. Pour qui connaît les Brazil, ça n'a rien de surprenant. Ils fuient tous un peu de la cafetière, si vous voyez ce que je veux dire. Tous sans exception.

— A-t-on des hypothèses pour expliquer son meurtre éventuel ? demanda Cormac.

— Les gens se disent que ça doit avoir un rapport avec l'or, répondit Mme Scanlan. Ça fait des années qu'on raconte toutes sortes de choses.

— Tout le monde a toujours cru... enfin, supposé... que le trésor de Loughnabrone était incomplet, renchérit Dawson, que les Brazil n'avaient pas tout remis au muséum. J'imagine que les gens pensent toujours ça dès qu'on trouve quoi que ce soit, même quand ce n'est pas vrai. C'est excitant de se dire qu'un trésor reste caché là, quelque part.

— Et maintenant qu'on a retrouvé le cadavre, ajouta Mme Scanlan, tout le monde recommence à s'interroger sur son frère et sur l'or.

— Mais rien ne prouve que les Brazil aient

vraiment détourné une partie du butin ? s'enquit Nora.

— Pas à ma connaissance, lui répondit Dawson. Sans doute qu'on ne le saura jamais avec certitude.

— En tout cas, dit Mme Scanlan en buvant une gorgée de sherry, ce n'est pas la première fois que ces gens-là ont affaire à la police.

Son mari se cala contre la banquette et tira sur sa pipe en opinant du chef, prêt à écouter le récit de son épouse.

— Ça remonte à une dizaine d'années, reprit-elle. On a eu un scandale épouvantable avec des moutons et un chevreau qui avaient subi des atrocités... c'est tellement horrible, je ne peux pas vous en dire plus. Rien que d'y penser... Tout le monde disait que Charlie Brazil était responsable, mais on n'a rien pu prouver, alors il n'a jamais été jugé. Vraiment épouvantable. Très choquant. Et vous connaissez le dicton : « La pomme ne tombe jamais très loin du pommier. »

5

Quand Nora arriva sur le site le mercredi matin, l'homme de Loughnabrone était déjà dans sa caisse, prêt à traverser la tourbière d'Allan en direction de Dublin. Elle sentit une vague mélancolie à l'idée qu'il quitte le lieu où il reposait depuis si longtemps. Malgré tout, elle était appelée à le revoir et apprendrait à mieux le connaître à travers les secrets que sa chair, ses os et sa moelle épinière voudraient bien lui dévoiler.

Quand la camionnette du muséum s'éloigna, elle se tourna vers Dawson qui restait pour diriger les étapes suivantes de l'excavation. Au cours des semaines à venir, on fouillerait l'ensemble du site, au cas où d'autres restes seraient enfouis sous la tourbe. Ce jour-là, ils commencèrent par les déblais, à la recherche de fragments d'os, de morceaux de peau, et du moindre objet pouvant être rattaché au cadavre. Une tonne et demie de tourbe détrempée serait inspectée à la main, dans l'espoir d'y retrouver quelque chose de la taille d'un ongle. On avait divisé le monticule en sections, pour qu'à chacun soit affectée une quantité gérable et que toute découverte soit indiquée sur un schéma. Nora se retrouva aux côtés de Niall Dawson.

Un ongle du cadavre fut découvert au bout de trois quarts d'heure, mais c'était un travail lent et minutieux. Nora venait de terminer son quatrième seau de tourbe et de changer de position pour éviter de s'engourdir, quand elle ressentit une douleur vive sous le genou. Elle poussa un cri et roula sur le flanc pour regarder ce qui lui avait fait ça. Étirant la jambe, elle aperçut un objet très pointu qui avait transpercé son pantalon et s'était enfoncé d'un bon demi-centimètre dans la chair. Elle le retira.

À genoux, Dawson jeta un coup d'œil par-dessus son épaule.

— C'est quoi ? lui demanda-t-il.

— Je ne sais pas. On dirait que ça vient d'un fermoir.

Elle se frotta le tibia en essayant de se souvenir si elle était à jour dans ses rappels antitétaniques. Elle tendit l'objet à Dawson qui eut un sifflement admiratif.

— Qu'est-ce que c'est ?

— Une fibule, répondit-il. Tu en as certainement vu au muséum. L'épingle à nourrice, version âge du fer.

Elle fit tourner l'objet dans sa paume. La plupart de celles qu'elle avait vues étaient en bronze, alors que celle-ci, d'un métal doré que l'humidité n'avait pas oxydé, était manifestement en or. C'était un bijou somptueux : un oiseau stylisé aux serres refermées, ses yeux de part et d'autre d'un long bec qui formait la branche fixe. Malgré la présence de Dawson, sa première envie fut de refermer la main et de glisser l'objet dans sa poche. Un peu comme quand elle était petite fille et qu'elle avait le réflexe de se cacher dès qu'une grande personne entrait dans la pièce. Observant Dawson qui indiquait l'emplacement sur le schéma et plaçait la fibule dans un sac plastique portant le numéro du secteur, elle sentit qu'une partie d'elle-même était réfractaire à l'idée de fouiller, de répertorier et d'archiver. Sa main gardait le souvenir du poids délicieux du bijou. Ç'aurait été un jeu d'enfant que de l'empocher sans rien dire à personne. Elle se rappela le poster dans le bureau d'Owen Cadogan, incitant les ouvriers à déclarer toute découverte. Une idée commença à germer dans son esprit.

Au moment où ils retournèrent à la baraque pour la pause-thé, elle rattrapa Dawson.

— Niall, mettons que je trouve quelque chose de précieux dans la tourbière et que je décide de le garder...

Il n'avait pas l'air très ravi d'aborder le sujet.

— Si tu te faisais prendre, tu écoperais d'une grosse amende. Et probablement d'une peine de prison, dans le cas d'un pillage délibéré, et sans l'excuse d'ignorer les règles. La loi sur les monuments historiques est très sévère et précise.

— Qu'est-ce qui m'interdit de venir ici avec mon détecteur de métaux ?

— À part le fait que ce soit illégal et contraire à l'éthique professionnelle ? Même pour un archéologue faisant des fouilles, il faut un permis pour se servir d'un détecteur. Malheureusement, la réponse à ta question est : pas grand-chose.

— Et si je ne me faisais pas prendre ?

— Tu aurais de la chance, dit-il en lui jetant un regard en coin. La contrebande d'antiquités marche bien, mais ça finit souvent par se savoir. Deux cousins ont été poursuivis il y a quelques années. La police les a pincés grâce à une dénonciation, et on a retrouvé plus de quatre cents objets chez eux... et ils avaient dû en écouler des centaines d'autres. Il y a aussi cette femme de Wexford qui a porté une broche viking très rare au revers de son tailleur pendant trois ans avant que quelqu'un s'aperçoive qu'il s'agissait d'une pièce de musée.

— Comment s'y prend-on pour que les gens résistent à la tentation ?

— Chez d'honnêtes citoyens, la peur d'être condamné est suffisante comme motivation.

— Et les récompenses ou dédommagements ?

— Oh, c'est également prévu ! Les découvertes ne sont pas soumises tout à fait au même régime suivant qu'elles surviennent sur une propriété privée ou sur le domaine du *Bord na Môna*. Mais la loi laisse le dédommagement à la discrétion de l'État... plus précisément, au directeur du muséum.

— Cette fibule, par exemple : elle m'aurait valu combien si je l'avais trouvée en toute légalité dans mon jardin ?

— Tu veux savoir sa valeur ou combien le muséum t'aurait versé ?

— Quelle est la différence ?

— La récompense ne représente en général qu'une fraction de la valeur. Les négociations sont parfois délicates, surtout quand quelqu'un propose quelque chose qui nous intéresse, mais qu'on ne sait pas qui est précisément cette personne, ce qu'elle détient exactement, ni même si elle acceptera de s'en dessaisir.

— Ça arrive souvent ?

— Plus qu'on ne veut bien l'admettre.

— Alors, quelle est ton estimation ?

— C'est difficile à dire sans un examen approfondi. Je ne dis pas ça pour me défiler, Nora. C'est la vérité. Cela dépend de la valeur de l'objet, d'un point de vue archéologique et historique, et des récompenses précédemment versées pour des pièces comparables. Et comme l'argent sort des deniers publics, ça se chiffre en milliers au maximum, pas en millions. Pour te donner un exemple, quand on a trouvé le trésor de Derrynaflan à Tipperary en 1990, la personne qui a fait la découverte et le propriétaire du terrain ont chacun touché environ vingt-cinq mille livres... Et il s'agissait d'un gros butin, comprenant notamment un calice en argent damasquiné.

— Mais en fonction des trouvailles, ça peut donc représenter de coquettes sommes.

— Oh oui, bien sûr... à condition que la découverte soit légale et déclarée en bonne et due forme. Pourquoi cette curiosité brûlante ? Rassure-moi : tu ne vas tout de même pas te damner pour avoir touché un peu d'or ?

— Ne t'inquiète pas, je n'ai pas du tout l'intention de me lancer dans la chasse aux trésors. Merci, Niall.

Derrière eux, quelqu'un du groupe appela Dawson, et Ursula Downes prit sa place à côté de Nora.

— Ça va, vous êtes bien logée ? lui demanda-t-elle. Son ton innocent mit Nora sur ses gardes.

— Ça va, répondit-elle prudemment en se demandant où elle voulait en venir.

— Vous vous plaisez à La Croisée ?

— C'est une maison merveilleuse.

— Vous ne vous y trouvez pas... enfin, je ne sais pas... un peu à l'étroit ? Quand j'y logeais, je me sentais toujours confinée. Les maisons anciennes sont toutes comme ça, j'imagine. Certaines personnes aiment les vieilleries. Pour ce qui me concerne, j'ai toujours donné dans le neuf...

Elles étaient arrivées devant la baraque et Ursula jeta un regard ouvertement lubrique à Charlie Brazil, lequel était en train de fabriquer des marches pour la remise avec quelques vieilles planches. La chemise débraillée et déboutonnée à cause de la chaleur, il se trouvait à une dizaine de mètres d'elle et n'avait pas pu entendre la remarque d'Ursula. Malgré tout, Nora rougit pour son compte, voire pour le sien. Margaret Scanlan avait-elle raconté la vérité, la veille au pub ? Nora n'était pas curieuse de savoir quelles « atrocités » au juste avaient subi les bêtes. Par contre, ce Charlie Brazil l'intriguait pour de bon : était-ce un vrai marginal, ou simplement un de ces individus dont le comportement original attire inévitablement la suspicion, autrement dit un bouc émissaire ?

Le travail se poursuivit l'après-midi, lentement et chaudement. *C'était comme de bêcher*, songea Nora – *mieux valait ne pas relever la tête.* À trois heures et quart, elle fit une pause et se dirigea vers les toilettes les plus proches, une cabine sans eau courante. L'endroit grouillait de mouches bleues et le sol était incrusté de tourbe sèche. Elle venait de refermer la porte quand elle entendit du bruit dehors, à gauche sous le ventilateur. Soudain, la cabine vacilla quand quelqu'un se trouva projeté contre la paroi, puis on se débattit comme si deux personnes se bagarraient. Un homme et une femme, à en juger d'après les silhouettes derrière la paroi en fibre de verre. Agression ou accouplement ? Même d'aussi près, c'était difficile à dire. Le corps-à-corps cessa enfin, et Nora reconnut la voix – Ursula Downes, à bout de souffle.

— Ne t'en fais pas, tu ne vas pas me faire mal. C'est ça qui t'embête, hein, Charlie ? Pour être franche, j'aime bien les rapports musclés. Et toi ?

Charlie Brazil ne répondit pas mais Nora entendait sa respiration saccadée. Par les persiennes de la bouche d'aération, elle les aperçut à terre : Ursula se trouvait sur Charlie et lui bloquait les bras. Il ne pouvait pas bouger, sauf à se dégager de force. Elle se pencha en avant et sortit quelque chose de l'encolure de la chemise du jeune homme.

— Tiens, qu'est-ce que c'est que ça... Un porte-bonheur ? Ça ressemble beaucoup à celui que portait ton oncle Danny quand on l'a retrouvé. Sauf que ça ne lui a pas trop porté chance, hein ?

— Je ne vois pas de quoi vous voulez parler. Qu'est-ce que vous me voulez ?

— Pourquoi tu t'imagines que je veux forcément quelque chose, Charlie ? C'est peut-être moi qui ai quelque chose à t'offrir. Ça ne t'a jamais traversé l'esprit ?

— Peu m'importe. Je n'en veux pas.

— Tu crois qu'on parle comme ça aux dames, Charlie ? Tu ne sais même pas ce que je vais te proposer. Je suis passée voir ton coin... là où tu as tes abeilles. On m'a raconté qu'avant c'était Danny qui s'en occupait.

— Et alors ?

— C'est de sacrées obsédées, les abeilles, non ? J'ai entendu dire que les faux-bourdons se tapent la reine en plein vol : c'est ce qu'on appelle s'envoyer en l'air ! C'est vrai ?

— Je n'en sais rien. Laissez-moi partir.

Il se débattit mais elle ne relâcha pas son étreinte.

— Moi, je pense que tu le sais très bien, Charlie. Et à mon avis, tu connais bien d'autres choses. Tu sais, je t'ai beaucoup observé. Je sais ce que tu caches.

Il se tortillait de plus belle mais elle se pencha et lui chuchota à l'oreille :

— Ce ne serait pas sans contrepartie, tu sais. D'abord, je n'en soufflerai mot à personne. Et je suis très inventive, Charlie. Tu n'as pas idée. Je peux me montrer très douce, et je sais que la douceur ça compte pour toi. Je le sens. Par contre, j'ai une remarque à te faire. Ta petite amie, cette Helen Keller...

Charlie laissa échapper un râle de désespoir puis, dans un rugissement, il repoussa Ursula, se releva précipitamment et s'enfuit. Elle ne résista pas à la tentation de lui lancer une dernière provocation.

— Passe me voir un de ces soirs, Charlie. Mais attends qu'il fasse nuit, tu sais que les gens jasent pour un rien.

Après son départ, elle s'assit par terre et se mit à rire toute seule, un son rauque dans lequel Nora crut repérer une note triomphale. Ursula finit par se relever, s'épousseta et repartit derrière la remise. Nora resta immobile un instant en essayant de mettre de l'ordre dans ses pensées. Elle se sentait comme salie d'avoir assisté à cette scène. Le rire d'Ursula se répétait en boucle dans sa tête, et libérait toute la noirceur qui s'y accumulait parfois, telle une vague déferlante. Elle avait l'impression que son sang en devenait plus foncé, et sa seule volonté était impuissante à le faire taire.

Quelques minutes plus tard, quand elle regagna sa voiture au parking, elle trouva un pot de miel de bruyère posé sur le capot. Une abeille l'avait également repéré et décrivait des cercles autour du couvercle, dans l'espoir de s'y introduire.

6

Owen Cadogan détestait la gare – le carrelage froid, l'énorme horloge et son tic-tac, la cendre grise sous les rails. L'aversion remontait peut-être à son enfance, quand ils venaient en famille chaque fois que son père repartait travailler en Angleterre. Les faux espoirs, les effusions, les larmes... c'était épouvantable. Au début, leur père rentrait tous les deux ou trois mois, puis simplement à Noël, et enfin plus du tout. *Il cherchait du travail*, leur avait-il expliqué, et on en trouvait en Angleterre, mais à la longue tous avaient compris qu'il avait dû y trouver autre chose. Owen savait qu'il était mal placé pour le juger, étant donné la manière dont lui-même conduisait sa propre vie, mais ça n'excusait pas son père pour autant.

Tout en faisant la queue au guichet, il jetait de temps en temps un regard à Pauline, assise avec les enfants sur un banc en bois devant un mur. Comme chaque été, sa femme les emmenait passer quinze jours chez sa mère dans le comté de Mayo. Sans lui. Des vacances au bord de la mer faisaient le plus grand bien aux enfants, comme disait Pauline. Et elle avait sans doute raison, comme toujours. Le pire, ce n'était pas qu'elle ait toujours raison, mais qu'elle le sache. Cette femme était voilée dans le sentiment de sa propre supériorité comme dans un nuage étouffant. Il ne comprendrait jamais rien aux femmes. Elles commençaient par vous tendre des pièges, avec leurs minauderies, leur parfum et leur peau agréable à toucher, et une fois que vous aviez mordu à l'hameçon, c'était trop tard : vous vous retrouviez avec la bague au doigt sans la moindre voix au chapitre. Sitôt qu'elle avait eu les deux enfants qu'elle désirait, Pauline s'était subitement désintéressée de lui. Accès interdit, la porte au nez chaque fois qu'il s'approchait d'elle. Elle ne tenait pas à faire chambre à part, vis-à-vis des enfants avait-elle expliqué, mais s'y résoudrait s'il insistait.

Son rôle était de subvenir à leurs besoins. Banquier, portefeuille et tirelire – sur ce plan-là, il n'avait jamais démérité. Pour tout le reste, en revanche, il n'était jamais à la hauteur. Personne ne comprenait vraiment sa position, pas plus au boulot qu'à la maison. Il songea à tous les ouvriers qui perdraient leur emploi en fin de saison. Ils étaient incapables de penser à leur avenir, et ne faisaient même pas l'effort. Ils se contentaient de courber l'échine et de venir bosser tous les jours en espérant surtout que personne ne les oblige à réfléchir aux choix qu'ils avaient faits. Par bien des aspects ils ressemblaient à de grands enfants, et ne demandaient pas mieux que d'être pris en main pour le restant de leurs jours. Et c'était à lui, Owen Cadogan, qu'il appartenait de leur expliquer que le monde ne marchait plus comme ça.

Il jeta un nouveau coup d'œil aux siens. Sa famille. Pourquoi se sentait-il comme un étranger parmi eux ? Il observa la longue chevelure foncée dans le dos de Deirdre, et se demanda ce que sa fille pensait de lui. Les enfants étaient très sensibles à ces choses-là. Le voyait-elle comme le raté qu'il était ? À cet instant Stephen releva les yeux, et Cadogan se sentit rapetisser sous son regard. Ce visage rond, ces épaules carrées, cette confiance juvénile... Il avait soudain envie de fondre en larmes devant son fils. De toute évidence, ils l'avaient percé à jour. Ils avaient toujours été les enfants de leur mère, jamais les siens. Il fixa les mains de sa fille, agrippées à sa petite valise. Ses poings conservaient quelques rondeurs de bébé – touchant, mais il se sentait déjà coupé d'elle. Ils auraient pu ne jamais revenir du Mayo sans qu'il leur manque. Il aurait voulu monter dans le premier train et disparaître pour toujours, afin de ne plus jamais les revoir ni penser à eux. Mais la dame devant lui s'en alla et l'employé lui demanda derrière la vitre :

— Quelle destination, monsieur ?

— Trois billets aller-retour pour Westport. Un tarif adulte, deux enfants.

— L'épouse emmène les gamins en vacances, c'est ça ?

— Oui.

— Belle famille.

— Oui.

Cadogan se hérissa en voyant l'homme contempler sa progéniture une fois de plus ; les yeux gris pétillaient, et un bout de langue rose sortit pour humecter des lèvres desséchées. Mais quand il lui tendit les billets entre ses doigts tachés de nicotine, Cadogan le vit pour ce qu'il était : un vieux bougre inoffensif, coincé derrière son guichet depuis quarante ans. Qu'est-ce qui lui prenait ? S'il se mettait à projeter ses propres iniquités sur le premier venu, c'est que ça ne tournait plus rond dans sa tête. Saisi d'écœurement, il s'éloigna sans remercier le guichetier.

Les enfants furent les premiers sur le quai. Ils avaient quelques minutes à perdre avant l'arrivée du train, et Stephen se pencha au-dessus de la voie pour le guetter.

— Ne t'approche pas du bord, Stephen ! le sermonna sa mère.

Cadogan reconnut le ton qu'elle employait souvent avec lui.

— Arrête de m'enquiquiner...

Cadogan trouva que son fils avait la même voix que lui. Quand Stephen fut hors de danger, Pauline se retourna vers son mari, tout en gardant ses distances.

— Tu connais la date de notre retour. En attendant, il faudra te débrouiller tout seul.

Non mais, pour qui le prenait-elle ? Un écolier ? Il avait mis beaucoup trop de temps à comprendre qu'elle le traitait exactement comme un gamin entêté.

Le train entra enfin en gare. Pas de larmes, pas d'effusions, pas de faux espoirs. Cadogan se sentit soulagé en les voyant gravir les marches du wagon.

— Je n'attends pas, si ça ne te fait rien. J'y vais.

— Comme tu veux, répondit Pauline. Je t'appellerai de chez maman. Sois sage.

Sur ce, elle rejoignit les enfants qui se disputaient déjà pour savoir lequel s'assiérait dans le sens de la marche.

Cadogan fit demi-tour et navigua entre les groupes de voyageurs qui venaient de descendre ou attendaient de monter. La liberté lui tendait les bras, quinze jours au cours desquels il se garderait bien de suivre la consigne de sa femme. Échapper au joug familial l'espace de quelques jours était une bénédiction, et il se demanda brièvement ce que ça ferait d'être débarrassé d'eux à jamais. Il préférait ne pas y penser – du moins, avant d'avoir mis son projet à exécution, avant d'avoir découvert ce dont étaient capables les pires instincts de sa personne.

À peine sorti de la gare, il estima avoir franchi une espèce de seuil et se permit de penser à Ursula Downes. Quand il était arrivé le matin sur le site des fouilles, elle l'avait accusé d'avoir voulu lui faire peur la veille au soir. Il n'avait rien dit et s'était contenté de l'écouter vitupérer et fulminer. De telles accusations ne méritaient pas d'être démenties. Pour qui se prenait-elle, avec ses grands airs, pour oser le repousser après ce qu'ils avaient fait quasi quotidiennement l'été précédent ? Elle pouvait toujours attendre pour qu'il lui dise quoi que ce soit. Qu'elle mijote un peu, la salope !

7

Le surlendemain de la découverte du deuxième cadavre de Loughnabrone, Liam Ward était installé à son bureau pour régler la paperasse de quelques affaires récentes. On venait de boucler l'enquête sur un fermier de la région qui fabriquait et vendait des remèdes miracles pour bétail ; il ne manquait plus que la décision du ministère public sur la nature des charges retenues. Et la semaine précédente, ils avaient élucidé un vol de véhicule sur un coup de chance ; alors qu'ils se rendaient chez un suspect pour l'interroger, ils l'avaient surpris qui tentait d'enterrer la voiture dans la tourbière avec une pelle rétrocaveuse. Loin d'être sporadique, même en milieu rural, l'activité policière était en général soutenue mais banale. Maureen et lui n'avaient pas traité d'homicide depuis plusieurs années et, étant donné les circonstances peu communes, il n'était pas exclu que la hiérarchie intervienne.

— Le rapport préliminaire d'autopsie pour l'enquête de Loughnabrone, annonça Maureen en entrant dans le bureau avec une enveloppe en papier kraft. Il t'est adressé.

Ward y jeta un coup d'œil. Il reconnut l'écriture

régulière, vaguement féminine de Catherine Friel. Toujours pas de nouvelles concernant le dossier dentaire de Danny Brazil ; ça risquait de prendre encore quelques jours. Il décacheta l'enveloppe et sortit le rapport. Un mot l'accompagnait.

Cher Liam,

J'espère que ce rapport préliminaire vous sera utile. Les analyses toxicologiques et sérologiques pourraient prendre une ou deux semaines, mais n'hésitez pas à m'appeler si vous avez des questions. Les conclusions sont assez claires, et je reste à votre disposition pour toute précision. Je souhaite faire tout mon possible pour faciliter l'enquête.

Catherine

Ward sentit un tressaillement inhabituel, sous le plexus solaire, en posant la carte de visite sur le côté. Il survola les premiers paragraphes, à la recherche d'un mot-clé, de la phrase qui lui permettrait à elle seule de résoudre l'énigme.

LÉSIONS MISES EN ÉVIDENCE :

1. Lésion sur la partie latérale gauche du cou, due à un coup violent. Il s'agit d'une blessure complexe, une incision pénétrante. La lésion initiale se trouve sur la partie gauche du cou, au-dessus du sterno-cléido-mastoïdien, 6 cm en dessous du canal auditif gauche. Elle est orientée en diagonale et, compte tenu des lèvres, mesure approximativement 2 cm. L'autopsie complémentaire montre que la lésion transperce le derme et s'enfonce dans le tissu sous-cutané, sans endommager d'artère ni de veine majeure. Blessure violente mais non mortelle.

2. Contusion latérale mesurant 3 mm de large, autour du col supérieur de l'hyoïde, et traversant la C4 à un angle de 10°, ascendant antérieur-postérieur. Un motif de ligature en croix est visible à 3 cm de l'apophyse de C4, ce qui pourrait indiquer une strangulation postérieure légèrement désaxée. Lésion non mortelle.

3. Lacération oblique, légèrement incurvée, sur la partie antérieure gauche de la tête, située à 12 cm du sommet du crâne et 6 cm de la colonne vertébrale. La plaie pénètre sous le cuir chevelu, avec hémorragie sous-galéale. Aucune fracture du crâne. Lésion non mortelle.

4. Incisions multiples au cuir chevelu, au visage, dans le cou, au torse et à la main gauche (blessures défensives).

5. Éraflures multiples aux mains et aux extrémités supérieures (blessures défensives).

6. Présence de particules de tourbe dans la trachée et les deux poumons.

7. Multiples contusions légères aux mollets, aux chevilles et aux talons.

Le Dr Friel se livrait ensuite à une description détaillée de chaque blessure. Ward les survola, puis sauta l'examen interne pour lire directement la dernière page où figurait un résumé des conclusions.

Il ressort de l'examen anatomique et des circonstances propres que la noyade constitue la cause première du décès. Cependant, compte tenu du nombre et de la nature des lacérations, contusions et autres blessures défensives, le trauma infligé résulte manifestement d'une agression homicide.

Mort par noyade. Malgré tout le reste, il était donc mort d'asphyxie dans une fondrière. Les blessures défensives montraient qu'il n'avait pas trouvé la mort de son plein gré. Les coupures aux mains et aux avant-bras indiquaient qu'il était conscient au moment d'une agression à l'arme blanche. Le combat avait dû être féroce.

Ward tenta de se mettre à la place de la victime pour reconstituer la chronologie des événements. Il ouvrit la boîte des pièces matérielles et en sortit le lacet en cuir. Quelqu'un l'attaque par surprise. Il cherche forcément à s'échapper, alors l'agresseur attrape ce cordon, le serre autour du cou et tire en arrière pour le retenir, sans doute de la main gauche. Ce qui expliquerait la trace de ligature légèrement excentrée. L'assassin tente de l'égorger en passant le bras droit de l'autre côté, mais, comme il se débat toujours, le coup ne porte pas. La blessure est superficielle. La victime continue de lutter, se contorsionne et tombe. Sa tête heurte quelque chose de dur, d'où la lacération incurvée, et il perd connaissance. Peut-être même semble-t-il mort. Son meurtrier le traîne jusqu'à la tourbière et le balance dans une fondrière. Mais il n'est pas encore mort, simplement inconscient. Il revient à lui et trouve encore la force de se débattre alors qu'il s'enfonce dans la pénombre bourbeuse, essaye de s'en extraire mais finit par couler pour de bon, et l'assassin comble le trou avec un tas de tourbe déblayé.

Ward était épuisé rien que d'avoir imaginé ce scénario. Mais quels en étaient les points faibles ?

Car il y en avait toujours. Cela faisait tout de même beaucoup : le garrot, l'arme blanche, la noyade. À quoi bon tuer trois fois la même victime ? Mais s'agissait-il d'un geste prémédité ? Une victime récalcitrante avait le don de faire cafouiller les plans les mieux élaborés.

Et il y avait toujours le mystère des vêtements. Si la victime était habillée au moment de l'agression, pourquoi se donner la peine de la dévêtir ? Et si le but était de compliquer l'identification, pourquoi ne pas avoir pris tous les effets : la montre, le collier en cuir ? D'après le Dr Gavin, les cadavres vraisemblablement sacrificiels étaient le plus souvent retrouvés nus.

Il y avait un autre problème. Le scénario qu'il venait d'échafauder ne comportait qu'un seul agresseur, alors qu'ils étaient peut-être plusieurs. Une conspiration ? Dans le genre bizarre, on en avait vu d'autres. La célèbre affaire du facteur disparu, par exemple, dans laquelle plusieurs citoyens honorables avaient agi de concert pour dissimuler une mort accidentelle, transportant le cadavre et le cachant au fond d'un puits.

Maintenant qu'on connaissait la cause du décès, il fallait attendre de savoir s'il s'agissait bien de ce Danny Brazil. Une fois de plus, ce nom intrigua Ward. Depuis le passage de Teresa Brazil la veille, il se demandait pourquoi ça lui disait quelque chose, sans arriver à mettre le doigt dessus. Pas une affaire récente ; plutôt une histoire ancienne, non résolue.

Il se tourna vers l'ordinateur disposé sur le côté du bureau, tapa « Brazil », lança une recherche et parcourut la douzaine de résultats. Courses au volant de voitures volées, petits larcins, ébriété sur la voie publique... Non, les prénoms ne correspondaient pas. Soudain, il aperçut ce qu'il cherchait et ça lui revint. Il s'agissait d'une enquête remontant à huit ans, dont il s'était chargé lui-même avec Eugene Larkin, son ancien partenaire. Un facteur qui effectuait sa tournée entre Kilcormac et Loughnabrone était tombé sur un agneau pendu par le cou à un gros buisson au bord de la tourbière. On avait également égorgé l'animal et dessiné sur le sol trois cercles avec son sang, disposés en triangle. Au sein d'une petite communauté rurale, c'était le genre d'incident qui attisait les flammes de la panique et de l'intolérance. On avait retrouvé la bête mutilée juste après la pleine lune, et une espèce d'hystérie collective s'était emparée de la région. L'air était lourd de rumeurs sur des cultes sanguinaires et des cérémonies occultes. Les activités les plus innocentes devenaient suspectes. Après la découverte d'un deuxième agneau immolé, sur la même route et avec une mise en scène similaire, les dénonciations anonymes avaient abondé. Ward, qui avait pris lui-même certains appels, n'avait pas oublié ces voix. *Vous feriez bien de vous intéresser au gosse Brazil. Ce Charlie est fichtrement bizarre. C'est... un individu très louche. Il lui manque un ou deux shillings, pour se trimballer comme ça dans la tourbière à pas d'heure. Qu'est-ce qu'il y fricote ? Rien de bon, j'vous l'dis*.

Après le deuxième incident, ils avaient décidé d'interroger le garçon, ne serait-ce que pour l'écarter de l'enquête. Quant à comprendre pourquoi la communauté tout entière s'était retournée contre lui, c'était un vrai mystère. Rien ne le distinguait, mis à part un caractère solitaire, un désintérêt total pour le foot, le hurling et les filles, deux années d'absentéisme à la messe, et ses balades dans la tourbière à toute heure du jour et de la nuit.

Mais la visite de la police n'avait fait qu'attiser les soupçons et les murmures. Encouragées par leurs voisins, d'autres personnes avaient joint leurs voix au concert des condamnations. Quelqu'un avait prétendu que la cousine de sa fille avait aperçu Charlie en train de danser en costume d'Adam autour d'un feu de joie. Mais dès que les enquêteurs cherchaient à creuser davantage, les accusateurs anonymes s'évaporaient comme le brouillard – impossible de réunir la moindre preuve, un quelconque élément matériel, un témoignage déclarant que le garçon se trouvait dans les parages un des soirs en question. Tout le monde avait entendu parler des rituels nocturnes de Charlie, au pub ou par un voisin. Les bêtes égorgées appartenaient à la mère de Charlie, et certains n'avaient pas besoin d'autres preuves ; forcément que celle-ci n'allait pas porter plainte contre son propre fils.

Le dernier incident, et le plus violent, concernait un chevreau. On avait soumis Charlie à un troisième interrogatoire, sans succès, et Larkin avait tenté de lui montrer quelques photos prises sur place. Mais le garçon avait refusé d'y jeter un coup d'œil, de même qu'il évitait de croiser le regard des policiers. Devant les clichés éparpillés sur la table devant lui, il était demeuré impassible, avait détourné les yeux et continué de répondre à leurs questions. Ward se souvenait que pour Larkin, l'absence de réaction était la preuve de sa culpabilité. Pour sa part, il était loin d'en être convaincu.

Les Brazil formaient une curieuse famille ;

impossible de prétendre le contraire. Quand il s'était retrouvé avec eux dans la même pièce, Ward avait senti un profond fossé – trois individus complètement indépendants les uns des autres, chacun consumé par le besoin de garder ses distances. Il se rappelait le père à la mine sombre, qui était resté près de la porte pendant qu'on interrogeait son fils, comme pour détaler à tout moment. Une force de la nature, ce Dominic Brazil, avec de véritables bêches en guise de mains. Ward avait eu affaire à des dizaines de pères comme lui, des hommes rongés par le silence, dont les propres pères, trop rigides, ne pardonnaient aucune faiblesse à leur progéniture. Chez la mère, on sentait au moins de la préoccupation pour son fils. Teresa Brazil avait regardé les épouvantables clichés sans sourciller. Il était surpris de ne pas s'être souvenu d'elle, qui lui avait fait forte impression en soutenant son fils envers et contre tous. Après l'examen des photos, elle s'était tournée vers Larkin et lui, et s'était exprimée lentement en secouant la tête. « Mon fils n'a pas pu faire une chose pareille. » *Comme pour s'en convaincre elle-même*, avait songé Ward. Comme s'il suffisait de nier la chose ! Il était possible, bien entendu, que le garçon soit coupable. Tout était possible.

Au bout du compte, faute de pouvoir réunir la moindre preuve matérielle établissant un lien entre Charlie Brazil et les incidents, aucune charge n'avait été retenue à son encontre. D'ailleurs, les mutilations avaient cessé après le chevreau, et le dossier avait été classé sans suite. Ward n'avait jamais revu le gamin. Il devait avoir vingt et quelques années, travaillait probablement pour le *Bord na Môna*, comme son père.

Ward se souvint qu'à l'époque lui-même traversait une passe difficile, après le suicide d'Eithne. Les suées en pleine nuit, les cauchemars dans lesquels il se noyait ou voyait la tête de sa femme sous l'eau et se figeait d'horreur, incapable d'esquisser le moindre geste. Sans doute qu'il s'était montré trop coulant avec le gamin. Mais faute de preuve... Faire souffrir inutilement n'était pas ce qui le motivait à être policier.

Détail curieux autant que troublant : dans le cas des bêtes massacrées comme dans celui du meurtre de Loughnabrone on semblait avoir affaire à des saignées à connotation rituelle. Mais s'agissait-il d'un lien ou d'une pure coïncidence ? Quel âge avait Charlie... vingt-deux, vingt-trois ans ? Donc, il n'était même pas né quand Danny Brazil était parti de chez lui.

Dans l'affaire de Loughnabrone, la clé était de savoir depuis combien de temps le cadavre se trouvait dans la tourbière. À ce stade, rien ne permettait de corroborer les allégations de Teresa Brazil concernant la date de disparition. Danny n'était peut-être jamais parti. Ou bien il était revenu au bout d'un certain temps, et avait pris contact avec quelqu'un qu'il aurait mieux fait d'éviter. Ward jeta un coup d'œil à la liste qu'il avait commencé d'établir – les personnes ayant connu la victime, qu'on devrait peut-être interroger au cours des prochains jours. La famille Brazil, bien évidemment. Les collègues de Danny à l'usine. Ses coéquipiers de hurling (héros d'un jour qui avaient maintenant passé la quarantaine et qui s'étaient reconvertis en boucher, électricien ou tenancier de pub). Danny Brazil avait-il fait le projet d'émigrer en Australie de son plein gré, ou l'y avait-on banni ? Mais alors qui ?

Maureen était au téléphone avec son mari, le combiné coincé contre son épaule gauche. Ward se demanda s'il entendrait à nouveau une femme prendre avec lui sa voix douce au bout du fil. Il songea à appeler le Dr Friel. Si elle était toujours dans le coin, elle accepterait peut-être de dîner avec lui. Rien de plus, un repas et une conversation agréable. Il feuilleta son carnet et était sur le point de composer le numéro de son portable quand le Dr Friel arriva en personne dans le bureau. Elle était impatiente de lui dire quelque chose, et la nouvelle avait tout l'air d'être bonne.

— Bonjour, Liam. J'espère que vous ne m'en voudrez pas de passer à l'improviste, mais on a identifié le second cadavre. Il s'agit bien de Danny Brazil, sans l'ombre d'un doute. J'ai fait un examen préliminaire, et le stomatologue vient de le confirmer. Avec tant de points de comparaison, il dit que c'est forcément le même individu. J'ai apporté les deux séries de radios, si vous voulez y jeter un coup d'œil.

Maureen, qui avait entendu, raccrocha et les rejoignit devant la fenêtre. Sur les clichés fantomatiques tendus à la lumière, les dents apparaissaient d'un blanc éclatant, les plombages et les bridges d'un gris opaque.

— Vous voyez la prémolaire qui manque ici à gauche ? Et la couronne en or est vraiment très repérable sur les deux. Chaque personne a une dentition bien particulière, avec des signes distinctifs sur l'émail et les racines.

Ward repéra en effet certaines similitudes, et se félicita d'avoir des experts dont la passion était au service de l'intérêt général.

— Et voici un bonus, annonça le Dr Friel en sortant deux nouvelles radios qu'elle tint devant la fenêtre. Il s'avère que Danny Brazil s'était fait soigner pour un coup au visage pendant un match de hurling... on me dit qu'il jouait milieu de terrain dans l'équipe d'Offaly. Ces radios ont été prises suite à la blessure et figuraient dans son dossier au cabinet dentaire.

Ward examina les clichés un peu flous du crâne de Danny Brazil. Sur l'un, on distinguait le lacet de cuir autour du cou. Les tissus mous – yeux, oreilles, langue – avaient disparu. Ces orbites rondes qui semblaient vous fixer... *Mieux valait ne pas s'imaginer tout ce qu'on avait dans le corps*, songea Ward. *Du moins, inutile de s'appesantir dessus.* Et pourtant, le Dr Catherine Friel, elle, y pensait sans cesse. Elle y consacrait sa vie, de la même façon qu'il passait son temps à explorer ce que les gens avaient en eux, mais d'une manière un peu moins littérale et viscérale. Pareillement, certaines personnes préféraient ne pas trop songer à ces choses-là. Il la sentait, juste à côté de lui, le bras tendu vers la fenêtre. Pas d'alliance.

— Merci beaucoup d'être passée, lui dit-il.

— Je dois avouer que j'avais un autre mobile.

Maureen se racla la gorge et s'excusa, lançant à Ward un regard qui lui conseillait de bien ouvrir les oreilles. Son attirance pour le Dr Friel se voyait-elle à ce point ? Dès que Maureen fut sortie, le Dr Friel se tourna vers lui.

— Je me demandais si vous accepteriez de dîner avec moi ce soir. J'ai une autre autopsie demain à Athlone, ce qui m'oblige à rester ici au moins une journée de plus. J'aimerais bien discuter un peu plus de l'enquête... si vous êtes libre.

C'était à croire qu'elle savait quelles idées lui trottaient dans la tête depuis leur première rencontre dans la tourbière. Bien entendu, avant toute chose il devait prévenir en personne la famille de Danny Brazil.

— En fait, je dois...

— Peut-être une autre fois, alors...

Il sentit qu'elle prenait son hésitation pour de la réticence, et tint à la détromper.

— Non, c'est simplement que je dois prévenir la famille dès ce soir. Et demain, ça serait possible ?

Il sentit ses mains moites et fut soulagé de la voir sourire.

— Je suis aux *Moors*, sur la route de Banagher... Vous connaissez ? Le restaurant de l'hôtel est très agréable, si ça vous convient. Huit heures, ça ne fait pas trop tard ?

— Parfait. Je vous y retrouve demain soir à huit heures.

Tenu de rendre visite aux Brazil pour leur annoncer la triste nouvelle qui les plongerait dans le deuil, Ward n'eut pas le temps de penser à son dîner avec Catherine Friel ; et il se fit la réflexion que cela valait sans doute mieux. Quelle signification devait-il attacher au fait que Teresa Brazil se soit présentée si vite pour identifier le cadavre ? Il prit le parti de rester neutre et de ne pas en faire état pour l'instant. Mieux valait garder ça sous le coude, en attendant de voir s'il pouvait s'en servir.

Une voiture était garée dans la cour. C'était une petite ferme semblable à tant d'autres de la région, qui justifiait à peine les efforts nécessaires pour son exploitation. Le bout de potager accolé à la maison n'avait pas un centimètre carré de libre – trois rangées de petits choux verts, une douzaine de semis de pomme de terre, des haricots grimpants et quelques autres variétés de légumes. Deux remises au toit arrondi étaient disposées perpendiculairement au jardin ; l'une servait à stocker de la tourbe et l'autre abritait un petit tracteur. Des traces de sabots boueux traversaient un angle de la cour, trahissant la présence de bétail. Du linge claquait sur un fil, mais Ward savait d'expérience que tout se salissait à proximité de la tourbière. La poussière de tourbe se mettait partout : sur les draps, sur les meubles, sur les gens. Et pour ces derniers, ça leur pénétrait aussi dans le corps, étouffant leur voix et leurs idées.

Une grande fenêtre donnait sur le jardin, derrière laquelle il aperçut Teresa Brazil qui épluchait expertement des pommes de terre avec un économe. Ses gestes étaient rapides et sûrs. À mesure que les longues épluchures en spirale tombaient, les pommes de terre nues et reluisantes atterrissaient dans un faitout rempli d'eau. Elle releva les yeux et comprit immédiatement la raison de sa visite. Elle s'agrippa à l'évier et inclina la tête. Elle savait bien qu'il s'agissait de Danny ; ce qui, après tout, expliquait qu'elle soit venue trouver la police. Mais ça faisait tout de même un choc d'en obtenir la confirmation, et si rapidement. Elle vint lui ouvrir et attendit qu'il ait fait quelques pas dans la pièce avant de lui faire face.

— C'est Danny, dit-elle.

Ce n'était pas une question.

— Oui, malheureusement. L'identification vient

de nous être confirmée grâce au dossier dentaire. Je suis sincèrement désolé.

Elle jeta un coup d'œil à la porte du salon et s'exprima à voix basse.

— Il ne sait pas que je suis passée chez vous. Il n'est même pas au courant pour le cadavre. Vous ne pourriez pas lui dire simplement... je ne sais pas, que vous avez reçu un appel anonyme.

— Si vous voulez.

Ward était prêt à jouer le jeu dans un premier temps, histoire de voir la tournure que prendraient les choses avec cette légère omission. Après tout, le mari de Teresa serait l'un des principaux suspects. En matière de meurtre, toujours s'intéresser de près à l'entourage – une règle de base.

Teresa Brazil termina de se sécher les mains.

— Laissez-moi lui parler d'abord, dit-elle. Je reviens de suite.

Elle disparut dans le couloir, la moquette étouffant ses pas.

Ward se retourna et examina la pièce derrière lui, qui tenait lieu à la fois de cuisine et de salon. De la porcelaine de Delft était exposée dans un vaisselier contre un mur. Deux couverts étaient mis à table. Outre les pommes de terre qu'elle était en train d'éplucher, les ingrédients d'un dîner copieux étaient disposés à côté de la cuisinière. La pièce respirait l'ordre et la propreté, le genre d'existence où l'on connaît à l'avance le menu du soir, sept jours sur sept. La radio, réglée sur la station des Midlands, murmurait en bruit de fond. Dans le coin le plus éloigné de la cuisine se trouvaient trois bouteilles à oxygène, avec leurs étiquettes brillantes prescrivant de les tenir à l'écart du feu.

— Vous pouvez y aller maintenant, dit Teresa Brazil en le faisant entrer dans le salon.

Son mari était assis, droit comme un i, dans un fauteuil trop rembourré. Mis à part son torse massif, on aurait dit que la tête de Dominic Brazil disparaissait progressivement dans ses habits. Un tube en plastique transparent serpentait jusqu'à son visage, dont les yeux creusés et le teint bleu-gris trahissaient des poumons malades. Il devait avoir dans les soixante ans mais paraissait beaucoup plus âgé, avec ses mains veinées de bleu qui émergeaient des manches et ses cheveux d'un gris terne, jadis foncés. Des éclats de voix et des rires s'échappaient du téléviseur dans l'angle, mais un sifflement encore plus fort résonnait dans la pièce, comme de l'air s'échappant d'un pneu crevé, et Ward comprit que cela provenait de la bouteille à oxygène posée à côté du fauteuil de Brazil. Qu'avait-il sous les yeux sinon un homme en train de se noyer, de mourir un peu plus chaque jour ?

Teresa demeura dans l'embrasure, ne sachant pas si elle devait rester ou regagner sa cuisine.

— Si ça ne vous dérange pas, lui dit Ward, je préfère autant que vous soyez là.

Elle prit place sur une chaise à côté de la porte. Ward s'installa sur le canapé, en face de Dominic Brazil ; en chemise cravate, il se faisait l'effet d'un prétendant dans ses petits souliers. La respiration sifflante de Dominic Brazil s'accéléra ; il inspirait par le nez et expirait par la bouche, et chaque nouvelle bouffée semblait sortir avec une difficulté croissante.

— Permettez que je me présente, monsieur Brazil. Je suis l'inspecteur Liam Ward.

Le malade hocha la tête, soucieux d'économiser son souffle quand chaque millimètre cube d'oxygène lui était précieux.

— Je suis venu vous informer que des ouvriers ont découvert un cadavre dans la tourbière de Loughnabrone, il y a deux jours. J'ai le regret de vous annoncer que le corps a pu être identifié grâce à un dossier dentaire, et qu'il s'agit de votre frère Danny.

Brazil resta silencieux mais ferma les yeux et se concentra sur chaque respiration. Il semblait être sur le point de dire quelque chose quand il fut pris d'une quinte de toux qui le plia en deux, un déchirement rauque surgi des tréfonds de son corps. Sa femme se précipita à ses côtés et lui redressa les épaules. Encore une fois, Ward remarqua ses mains lisses et juvéniles. Dominic serra très fort le bras de son épouse, sans doute au point de lui faire mal ; Ward vit la souffrance sur le visage de Teresa mais celle-ci ne protesta pas. Son mari finit par se laisser retomber contre son dossier, épuisé et le visage ruisselant de larmes – impossible de dire si elles étaient dues à la quinte de toux ou à la nouvelle du décès de son frère.

— J'ai également le regret de vous apprendre que la mort de votre frère ne semble pas être accidentelle. Je vais devoir vous poser quelques questions. Si vous vous en sentez capable, nous pouvons faire ça maintenant. Sinon, je veux bien repasser à un autre moment.

— Vous voulez savoir quoi ? siffla Dominic Brazil. Il est parti. En Australie, qu'on croyait...

Comme le fait un jouet d'enfant qui se remonte avec une clé, sa voix s'épuisait progressivement. Il avait toujours la main posée sur l'avant-bras de sa femme, mais celle-ci se dégagea doucement et frotta l'endroit où il l'avait tenue. L'avait-il empoignée par réflexe, de manière spasmodique, ou était-ce une façon de communiquer ?

— Monsieur Brazil, quand avez-vous vu votre frère pour la dernière fois ?

— C'était à la Saint-Jean, répondit-il après un temps de réflexion. Quant à l'année... C'était quelle année ?

Sa femme vint à son secours.

— Ça fera vingt-six ans demain.

— Vous dites que vous pensiez qu'il avait émigré. Avez-vous reçu des nouvelles après son départ ?

Dominic Brazil secoua imperceptiblement la tête.

— Personne ne s'est inquiété qu'il coupe comme ça les liens avec sa famille ?

— C'était une vraie tête de mule.

— Pourquoi voulait-il partir ?

— Le coin lui plaisait pas. La tourbière le rendait malade.

— J'ai appris qu'il jouait au hurling, dans l'équipe d'Offaly. Mais il s'est blessé, c'est bien ça ?

Brazil opina du chef.

— Après ce coup à la tête, il a dû arrêter. Il avait de fichues migraines. C'est là qu'il s'est mis à parler de foutre le camp en Australie.

— Comment avait-il les moyens de se payer le voyage ?

— Il avait la récompense.

Brazil le dévisagea, comme si tout le monde était au courant. Teresa intervint.

— Le trésor qu'ils ont découvert dans la tourbière. Ils ont touché une récompense.

— Ça vous dérange si je vous demande combien ?

— Vingt mille... des livres, à l'époque.

Ward essaya de s'imaginer deux ouvriers du *Bord na Móna* touchant une pareille somme.

— Vous vous êtes réparti l'argent moitié-moitié ?

— Je lui ai racheté ses parts... dans cette ferme. Il avait largement de quoi s'offrir un billet pour l'Australie.

— Et personne ne s'est étonné de ne pas recevoir de lettres ? Personne n'a essayé de le contacter ?

— À quoi bon ? S'il voulait pas qu'on le trouve ?

Ward fut surpris – Teresa Brazil lui avait fait exactement la même remarque dans son bureau.

— Qui étaient ses copains ? Vous ne voyez aucun collègue de la tourbière dont vous pourriez m'indiquer le nom ?

— J'ai jamais fait trop attention. Il avait deux potes dans l'équipe, mais quand il a arrêté de jouer, ils se sont fâchés. En fait, il s'intéressait surtout à ses abeilles.

— Ses abeilles ?

— Il avait des ruches dans la colline. Il y passait des heures entières.

Teresa Brazil se leva brusquement et quitta la pièce.

— Et les filles ? Est-ce que Danny avait une petite amie ? Dominic fit non de la tête, pour économiser son souffle.

— Se serait-il fâché avec quelqu'un ? Au travail, par exemple ? Vous dites qu'il s'était disputé avec d'anciens coéquipiers ?

Il secoua de nouveau la tête, sans émettre le moindre son. Il fut pris d'une nouvelle quinte et cette fois Teresa n'était pas là pour le soutenir en attendant que ça passe. Ward se sentait désemparé de le voir souffrir et comprit qu'il ne tirerait plus rien de Dominic Brazil ce jour-là. Il repasserait quand la nouvelle aurait fait son chemin. C'était toujours la même chose quand on apprenait aux gens un drame de ce genre : ils ne voyaient personne avec des raisons suffisantes de commettre un meurtre. Comme si la raison y était pour quoi que ce soit. Il attendit que la crise soit passée pour se lever.

— Je vais vous laisser. J'aurai peut-être d'autres questions à vous poser dans les prochains jours.

Le visage livide, Dominic Brazil acquiesça d'un hochement de tête.

Ward trouva Mme Brazil dans la cuisine. De retour devant son évier, elle épluchait vigoureusement une carotte, l'air parfaitement concentrée.

— Madame Brazil ? Vous n'auriez pas, à tout hasard, une photo de Danny ? Ça pourrait nous être utile au cours de nos investigations.

Elle le fixa sans la moindre expression, comme si elle ne le connaissait ni d'Ève ni d'Adam, puis sembla sortir de sa légère transe.

— Bien sûr. Je vais voir ce que je peux vous trouver.

Elle le laissa et se dirigea au bout du couloir. Par la porte entrebâillée, il vit qu'elle était dans une chambre et fouillait, sans doute au fond d'une armoire. Elle revint avec une vieille valise en carton.

— Si j'ai quoi que ce soit, ça se trouve forcément là-dedans...

Elle souleva les fermoirs et dévoila un fatras de photos en couleurs et de vieux portraits, des bouts d'histoire familiale : des dames corsetées et des messieurs moustachus dans leurs tenues du dimanche bien élimées, un enfant décédé dans un berceau... Ward regarda par-dessus l'épaule de Teresa Brazil qui fouillait parmi des ancêtres dont les mille et un détails des gloires et misères étaient depuis longtemps oubliés.

— Dans la famille de mon mari, on n'a jamais été très porté sur les photos, et après que Danny...

Elle marqua un temps d'arrêt.

—... après le départ de Danny, sa mère a jeté au feu les quelques photos qu'elle avait de lui. Ce n'était plus son fils, qu'elle disait.

Elle détourna le visage, apparemment troublée par ce souvenir vivace. Ward imagina un jeune homme robuste sur un cliché aux couleurs passées, suspendu une seconde dans les flammes orangées d'un feu de tourbe, avant de se gondoler et de se réduire en cendres.

Elle continua de farfouiller et trouva une coupure de presse tout au fond de la valise.

— La *Tribune* a publié ça, expliqua-t-elle, quand les gars ont fait leur découverte dans la tourbière.

Ward contempla le cliché grossier, qui avait pris un flou jaune et grisâtre avec l'humidité et les années. Malgré tout, le visage de Danny Brazil restait parfaitement net, ainsi que l'épée qu'il tenait à la manière d'une offrande, tandis que derrière lui son frère levait les yeux vers l'objectif. C'était sidérant de penser qu'un de ces deux hommes était le cadavre ambulant de la pièce d'à côté. Et l'autre, ce corps tanné aperçu sur la table métallique à la morgue. Il glissa la coupure dans sa poche, remercia Mme Brazil et prit congé.

Regagnant le poste en voiture, Ward essaya de mettre le doigt sur le sentiment qu'il avait éprouvé chez les Brazil. C'était comme de traverser la tourbière : il fallait faire extrêmement attention où l'on mettait les pieds, sous peine d'être englouti. Rien à craindre pour celui qui s'en tenait aux sentiers battus, il était sûr d'arriver sain et sauf de l'autre côté. Mais comment Danny Brazil s'était-il fourvoyé ? Quel faux pas avait-il commis pour finir comme ça ?

8

— On est invités quand on veut à boire un verre chez Michael Scully, annonça Cormac quand ils eurent terminé de dîner. On pourrait y passer ce soir, si tu te sens d'attaque. Michael a un *single malt* Tyrconnell qu'il réserve pour les grandes occasions, et j'ai cru comprendre que notre venue en faisait partie. Il a très envie de faire ta connaissance.

Nora savait que Michael Scully était un très bon ami de Gabriel McCrossan, ce qui lui suffisait comme motivation.

— Je serais ravie d'aller boire un verre chez lui, mais je ne vois pas pourquoi il a envie de me rencontrer.

— Gabriel lui avait parlé de ton projet de recherche. Il est sans doute curieux de découvrir quel esprit se cache derrière. C'est quelqu'un qui devrait beaucoup t'intéresser. Ça fait plusieurs années qu'il a pris sa retraite de l'Institut du patrimoine, mais il a toujours poussé la curiosité beaucoup plus loin que ne l'exigeait son travail. Pour qui s'intéresse aux tourbières, à l'archéologie, aux antiquités, ou encore à l'histoire de cette région, Michael Scully est l'homme à rencontrer. Il a consacré des années à éplucher les annales et les vieux manuscrits, surtout ceux où il est question de cette partie du comté. Je ne sais pas si tu as déjà entendu parler des historiens héréditaires, ces familles dont le métier était de mémoriser toute l'histoire d'une région. C'est un peu son cas. Un personnage étonnant, en grande partie autodidacte, très imprégné de culture ancienne. Tellement de gens ont tout perdu de leurs racines. Lui, il parle couramment le gaélique, et lit le latin et le grec ancien dans le texte. Un trésor méconnu, perdu dans la tourbière.

En arrivant chez Michael Scully, Nora fut d'abord frappée par la quantité de volailles qui envahissaient les lieux, notamment des pintades aux crêtes étonnantes, des poules jaune paille aux airs de matrone, et de nombreuses poulardes rayées noir et blanc. Tout ce petit monde avait l'œil brillant, était attentif au moindre mouvement et picorait par terre de quoi se nourrir. L'unique mâle, un coq nain à la mine hargneuse qui paradait entre elles en agitant sa superbe queue noire, marron et violette, jeta un regard méfiant aux nouveaux venus qui s'avançaient dans l'allée gravillonnée.

C'était une grande maison quelconque, comme le sont souvent les fermes d'une certaine époque, flanquée d'un jardinet. En passant devant une fenêtre, Nora crut déceler un mouvement dans les rideaux, mais ne vit rien en se retournant ; c'était sans doute son imagination. On avait tondu la pelouse mais il n'y avait guère de plantations ni aucune touche de fantaisie d'ailleurs, mis à part le gros heurtoir en cuivre de la porte, peint en rouge cornaline. Personne ne se manifesta à l'intérieur.

Cormac frappa bruyamment puis recula d'un pas.

— Fais attention, murmura-t-il à Nora.

Elle jeta un coup d'œil sur le côté et aperçut un chien de berger noir et blanc qui approchait en contournant la voiture, tapi contre le sol.

— C'est une sale bête, lui expliqua-t-il. Il va essayer de te mordre. Reste bien à côté de moi.

Le chien continua d'avancer, comme si son regard innocent et sa posture soumise le plaçaient au-dessus de tout soupçon.

Une silhouette humaine apparut derrière le verre dépoli de la porte d'entrée et le cabot battit silencieusement en retraite, au grand soulagement de Nora. La porte s'ouvrit et dévoila un homme qui devait avoir dans les soixante-dix ans, aux cheveux gris et raides. Ses épais sourcils avaient l'air de chenilles au-dessus de ses yeux foncés au regard intense. Sa tenue – pantalon de flanelle, pull en V, chemise et cravate – était un peu formelle, comme si le rituel quotidien lui procurait un minimum appréciable de discipline. Scully avait un peu de mal à se déplacer et son col de chemise parfaitement repassé faisait deux tailles de trop, donnant l'impression qu'il rapetissait, lentement mais sûrement.

Quand Cormac fit les présentations, Scully prit la main de Nora dans la sienne et la dévisagea d'un air curieux et approbateur.

— Ah, Nora. Ravi de faire votre connaissance. Gabriel parlait de vous avec beaucoup de tendresse. Depuis son décès, les bonnes conversations se sont faites trop rares dans cette maison.

Le regard que lui et Cormac échangèrent portait à croire que cette remarque cachait autre chose, mais Nora ne releva pas.

Scully les fit entrer dans un grand salon qu'on aurait pu trouver tel quel au XIXe siècle. De gros meubles victoriens occupaient le sol et des photos de famille encadrées étaient accrochées sous la cimaise des murs au papier peint fleuri. Un Gramophone et une prodigieuse collection de soixante-dix-huit tours monopolisaient un mur entier. À l'autre bout de la pièce se trouvait un bureau croulant sous les livres et les documents, comme Nora en avait vu chez beaucoup d'universitaires, une sorte de représentation visuelle de l'esprit encombré de l'érudit. Pourtant, on n'avait pas l'impression d'un taudis mais d'un lieu propre et ordonné, comme si l'esprit au capharnaüm insoucieux était épaulé par un autre qui s'occupait de faire la poussière et les toiles d'araignée. Quelqu'un, et visiblement pas l'archiviste désordonné, se donnait la peine de nettoyer, faute de ranger.

— Je vois que vous êtes toujours en plein travail, dit Cormac.

— C'est impossible d'y mettre le holà ! Certaines personnes collectionnent les timbres, d'autres c'est les mélodies. Moi, je collectionne « la musique du temps qui passe », pour reprendre l'expression de Fionn MacCumhaill. Et depuis que je suis à la retraite, les gens insistent pour me confier tout ça. Soi-disant pour me faire plaisir, mais en fait ils n'ont pas très envie de s'en occuper eux-mêmes... ces boîtes remplies de lettres et de coupures de presse, qu'on retrouve au fond d'une armoire chez la grand-mère. Certains documents sont vraiment irrécupérables. Sous notre climat, il suffit parfois de quelques semaines pour que le papier pourrisse. C'est impossible de lutter contre. Je me sens tout de même obligé d'y jeter un coup d'œil : on ne sait jamais quand on va tomber sur quelque chose d'intéressant.

— Cormac m'a dit que vous connaissiez des tas de choses sur la région, dit Nora.

— Et pas simplement des connaissances livresques, renchérit Cormac. Michael a arpenté tous les tumulus et toutes les ruines celtes à quatre-vingts kilomètres à la ronde. Il est capable de te citer la moindre inscription figurant sur tel rocher ou tel mur de château, et même de t'indiquer l'endroit où, d'après la légende, les corbeaux chantaient sur la tombe d'un roi. Le digne héritier d'O'Donovan.

— Ce ne sont que des flatteries et tu le sais bien ! objecta Scully qui se tourna vers Nora. Il est toujours comme ça quand il espère avoir de mon fameux whiskey ! Vous nous accompagnerez, j'espère ?

Il se dirigea vers un meuble ouvragé à côté de la cheminée et manipula maladroitement quelques bouteilles avant de trouver celle qu'il cherchait.

— Cormac, je n'ai pas besoin de te rappeler qu'O'Donovan n'a jamais porté notre région dans son cœur. Quel est ce vers du *Dinnseanchas* qu'il cite ?

Mornes tourbières, tourbières et bois,
Bois et tourbières, tourbières mornes !

Nora les dévisagea à tour de rôle, l'air perdue, en espérant que l'un d'entre eux prendrait pitié d'elle et lui expliquerait.

— *Dinnseanchas* signifie « histoire du lieu », lui dit Cormac. Il s'agit en fait d'une série de fragments de la vieille tradition orale, transcrits sur manuscrits à partir du XIIe siècle. Parfois, on emploie aussi le nom de *Seanchas Cnoc* : « l'histoire des collines. »

— Et qui est cet O'Donovan ?

— John O'Donovan, répondit Michael Scully. Un grand érudit gaélique du XIXe siècle. Lui et son beau-frère Eugene O'Curry travaillaient pour l'Institut de topographie dans les années 1830. O'Donovan sillonnait le terrain pour étudier les sites anciens, comparer les cartes contemporaines avec de vieux manuscrits. Il écrivait presque quotidiennement au siège de Dublin une sorte de compte-rendu en feuilleton de ses observations, et il parsemait ça de vers, d'extraits de chansons, de citations... Ces lettres sont d'une lecture passionnante. Et son érudition donne le vertige. Mais il n'a pas été très inspiré de parcourir cette région en plein hiver. Il pleuvait à verse quasiment tous les jours, et il se plaignait fréquemment des chambres humides où il devait loger. D'ailleurs, son travail a fini par l'achever, le pauvre homme. Il est mort d'une fièvre rhumatismale avant d'avoir soixante ans.

Scully finit de les servir et leur tendit chacun un petit verre qui dégageait un parfum doux et fumé comme un feu de tourbe. Nora imaginait bien Michael, Gabriel et Cormac percer la nuit en vidant un flacon de ce nectar jusqu'à la dernière goutte.

— Comme disait Gabriel, déclara Scully en levant son verre, *Go mbeirimid beo ag an am seo aris !* « Puissions-nous être tous en vie dans un an. »

Son ton résolu se voila de tristesse en prononçant la formule de son vieil ami. Ils burent en silence à la mémoire de Gabriel. Scully finit par sortir de cette rêverie passagère et alla s'asseoir devant la cheminée en leur faisant signe d'en faire autant.

— Je vois que tu es venu avec ta flûte, dit-il à Cormac.

— J'ai un nouvel air à vous faire entendre, Michael. Une mélodie du cru. Une danse recueillie par Petrie dans les environs de Kilcormac.

— George Petrie est un contemporain d'O'Donovan, expliqua Scully à l'intention de Nora. Avec O'Curry, ils ont collecté plusieurs centaines d'airs et toutes sortes de renseignements sur la musique traditionnelle.

Tandis qu'il parlait, Cormac prit place sur une chaise devant la cheminée et se mit à assembler sa flûte. En le regardant aligner adroitement les trous et s'humecter les lèvres à l'idée de jouer devant Scully, Nora comprit qu'il s'agissait d'un cadeau au même titre que des fleurs ou une bouteille de whiskey – une véritable offrande. Elle voyait bien que Cormac gardait ce présent en réserve depuis longtemps. Les notes semblaient sortir de la flûte au ralenti, avec la quasi-solennité d'une danse de cour. Tandis qu'il écoutait, Michael Scully bourra sa pipe et l'alluma ; des volutes de fumée lui enrubannèrent la tête et les épaules. De temps en temps, ses traits se tiraient et prenaient une pâleur grisâtre, comme s'il souffrait beaucoup sans vouloir le montrer. À la longue, la douleur sembla disparaître et un air de contentement réapparut sur son visage alors que reprenait le thème principal du morceau. Le whiskey était délicieux et réchauffait le corps ; Nora sentait sur son visage les effets de ces quelques jours passés dans la tourbière venteuse. Quand il eut terminé, Cormac posa sa flûte et prit son verre.

— Petrie l'a intitulé *Les Joueurs de hurling*. D'après lui, c'était un air très populaire dans le comté du Roi vers 1860. C'est sans doute une vieille danse, mais ça a quelque chose de très majestueux... on dirait presque une marche pour défiler.

— Oui, n'est-ce pas ? acquiesça Scully. Ça me fait penser à un autre air, dit-il en se mettant à fredonner.

Il avait du mal à atteindre les notes les plus aiguës mais dans les registres graves sa voix était riche et ample. Nora, qui n'avait jamais appris à fredonner ainsi, admirait les gens capables de faire de la musique avec trois fois rien. On aurait dit qu'ils entendaient des mélodies en permanence. Ils baignaient dedans, en étaient transformés jusqu'au tréfonds de leur âme.

— Je n'ai jamais appris à jouer d'un instrument, dit-il en regardant Nora, et je le regrette maintenant. Mais la musique est là, dit-il en se touchant juste en dessous du sternum. Cormac m'a dit que vous étiez musicienne vous aussi.

— Oh, je ne sais pas. Mettons que je chante à longueur de temps.

— Tu veux bien nous chanter un air, Nora ?

L'expression de Cormac lui fit comprendre qu'elle faisait partie de l'offrande apportée à Michael Scully ce soir-là. Sans qu'il soit près d'elle, elle avait l'impression de sentir la main de Cormac qui la poussait gentiment dans le dos, comme une enfant qui offre un bouquet de fleurs. Elle pouvait difficilement refuser. Avec un pincement au ventre, elle inspira et ouvrit la bouche sans savoir quelle chanson allait en émerger.

'S a Dhómhnaill Óig liom, má théir thar farraige
Beir mé féin leat, is nâ déan dhearmad ;
Beidh agat féirin lá aonaigh 'gus margaidh,
'Gus inion ri Gréige mar chéile leapa 'gat.

Ô, tu vas traverser les mers ?
Emmène-moi, je serai ta partenaire ;

Sur les marchés et les foires je saurai y faire, Et tu dormiras avec la fille du roi de Madère.

Ô Donal Óg, je suis dure à la peine,
Pas comme ces dames bien nées avec leurs airs de reine ;
J'allaiterai ton enfant, et je tondrai la laine
Et je me battrai vaillamment avant qu'on t'enchaîne.

Plus de passé ni d'avenir pour moi ;
Par monts et par vaux tu t'éloignas de moi. Le soleil, la lune et les étoiles tu m'as pris, Et Dieu aussi, si j'ai bien compris.

Le dernier vers était d'une tristesse déchirante, et Nora éprouva une douleur familière à chanter ces mots où il était question d'un cœur malmené et brisé.

Tá mo chroi-se brúite briste
Mar leac oighre ar uachtar uisce,
Mar bheadh cnuasach cnó tar éis a mbriste
Nó maighdean óg tar éis a cliste.

— C'est très beau, lui dit Michael Scully. Je vous remercie, Nora.

Elle rouvrit les yeux et sentit la fraîcheur des traces de larmes sur ses joues.

— Je ne sais pas très bien d'où cet air m'est venu.

C'était la stricte vérité. Elle connaissait cette mélodie depuis toujours, sans l'avoir jamais chantée particulièrement bien. Mais ce soir-là, il y avait quelque chose de différent – le whiskey y était peut-être pour quelque chose. Au fond d'elle, elle savait que c'était plus profond que ça. En chantant, elle avait eu le sentiment de n'être qu'un instrument, le simple véhicule de la plainte désespérée de cette jeune femme anonyme. Et maintenant que la chanson était terminée, elle se sentait gênée et mal à l'aise.

Cormac vint à sa rescousse.

— Michael, dit-il en la regardant, vous avez aussi quelque chose pour Nora, n'est-ce pas ?

— Mais oui, tout à fait...

Scully se leva lentement et s'approcha de son bureau où il extirpa un petit volume en cuir enfoui sous une pile de documents, délicatement pour éviter de provoquer une avalanche de papier.

— Ça fait des mois que je l'ai mis de côté, alors il s'est retrouvé enfoui sous ce fatras. Quand Cormac m'a appelé pour me prévenir que vous veniez dans le coin, j'ai entamé quelques fouilles. Il y a de cela environ un an, parmi un lot récent de vieux papiers et de photographies, je suis tombé sur le journal d'une certaine Anne Bolton, dame de compagnie de Mme William Haddington de Castlelyons. Mlle Bolton a commencé son journal le 1er janvier 1835...

Il tendit le petit ouvrage à Nora et lui indiqua un passage d'un doigt effilé.

— Lisez ce qu'elle note le 2 mai, dit-il, le regard pétillant de lui faire partager sa découverte.

Elle lut à voix haute.

Ce matin, comme il faisait particulièrement beau et que Mme Haddington jouissait d'un rare moment de bonne disposition, nous décidâmes d'une promenade dans la campagne pour admirer le paysage. Nous gravîmes la crête sédimentaire qui fait face à la maison de garde du manoir de Castlelyons, descendîmes par le versant opposé puis marchâmes à travers la lande qui délimite le domaine au sud-ouest. Par temps clément et pourvu d'avoir la tenue convenable, la tourbière est un lieu très agréable où prendre l'air, surtout pour qui s'intéresse à la botanique (ce qui est mon cas) et rarement promenade ne donne l'occasion de débusquer quelques lièvres et faisans. Toutefois, nous venions à peine d'entamer notre périple quand nous entendîmes quelques paysans en plein labeur donner l'alarme. Les gens du coin ont coutume de venir dans la tourbière récolter la tourbe qu'ils font, une fois séchée, brûler dans l'âtre en guise de bois. Quand Mme Haddington s'arrêta et s'enquit de la cause de tant d'émoi, ils lui montrèrent ce qu'ils avaient découvert, le cadavre d'un homme parfaitement conservé dans la tourbe...

Nora sentit une pointe d'excitation dans le ventre. Au cours de ses recherches, elle n'avait jamais lu aucune référence ni à ce cadavre ni à ce lieu. Elle avait sous les yeux un nouveau « cadavre de papier », le nom donné aux restes humains retrouvés dans des tourbières mais dont on ne conservait qu'une trace écrite. Elle dévora les paragraphes suivants, où Mlle Bolton faisait montre d'un sens aigu de l'observation et décrivait la peau marron et reluisante, la tresse de brins de saule qu'il avait autour du cou, sans parler de sa nudité choquante, que les paysans avaient eu la décence de leur cacher. Elle décrivait également en détail le bracelet de cuir noué autour du bras, et le prodigieux état de conservation du visage et des mains. Concernant le choix de la tourbière comme sépulture, Mlle Bolton écrivait :

Mme Haddington a fait prévenir le vicaire, afin que cette pauvre âme soit enterrée dans la fosse commune à la sortie du village. Cette découverte pose une énigme des plus intrigantes : comment la tourbe et l'eau peuvent-elles conserver la chair et les os ? Le froid joue peut-être un rôle, à moins qu'il n'y ait une autre explication. J'ai souvent entendu les indigènes prétendre que l'eau de la tourbière locale, et la tourbe elle-même constituaient d'excellents remèdes pour les plaies et maladies de peau, et je me demande dans quelle mesure elle ne contiendrait pas quelque substance qui contribuerait à cette étonnante suspension de la décomposition.

Nora détacha son regard du livre, éprouvant un frisson d'excitation intellectuelle et un élan de sympathie pour Mlle Bolton. Soudain, elle s'aperçut qu'elle s'était mise à lire dans sa tête après le premier paragraphe, oubliant les deux hommes qui attendaient impatiemment un quelconque signe de réaction.

— Excusez-moi, mais c'est... c'est vraiment fantastique. Je suis presque certaine qu'il s'agit d'un nouveau cadavre de papier, qui ne figure nulle part. Tomber là-dessus, et avec une description à ce point détaillée... Quel cadeau !

— J'éprouve un grand plaisir de pouvoir le partager avec celle qui est le mieux placée pour l'apprécier à sa juste valeur.

— Je me demande : serait-il possible que je vous emprunte cet ouvrage ? Je promets de vous le rendre très vite.

— Il est à vous. J'ai lu Mlle Bolton jusqu'au bout, et d'autres passages devraient vous intéresser.

Je trouve cette jeune femme très cultivée et pleine de curiosité. Que pensez-vous de sa théorie sur l'eau des tourbières ?

— C'est d'une pertinence stupéfiante. Vous n'auriez pas une carte, pour que je voie précisément de quel endroit elle parle ?

— Mais si. Cormac, tu sais où sont rangées les cartes ? Dans le placard là-bas...

Scully avait l'air fatigué et Nora sentait que le moment était venu de prendre congé, mais elle était trop curieuse d'en savoir plus sur ce nouveau cadavre. Cormac sortit un grand atlas comme le sien et l'ouvrit sur la table devant eux.

— Voici les cartes sur lesquelles O'Donovan travaillait, dessinées en 1838 et revues en 1914. Le domaine de Castlelyons se trouve ici, indiqua Scully. Et la crête sédimentaire dont parle Mlle Bolton. Il s'agit d'une moraine laissée par le dernier glacier, baptisée Eiscir Riada par les anciens. Ce qui signifie « la Grand-Route ». Pendant des siècles, c'était la voie de communication principale pour les gens qui traversaient l'Irlande d'est en ouest. Elle s'interrompt en plusieurs endroits, mais c'était malgré tout une voie très praticable. Voyez-vous, elle avait le mérite de surplomber le terrain environnant : ce qui est très appréciable dans un « comté de tourbières et de marais », pour reprendre l'expression d'O'Donovan. Si ces dames ont quitté le manoir à pied en direction de la tourbière, elles devaient se trouver par ici quand elles ont croisé les paysans.

Nora avait remarqué les ruines d'un manoir du XVIIIe, près d'un carrefour où elle passait tous les jours en se rendant aux fouilles. Elle essaya de trouver des repères sur la carte qu'elle avait devant les yeux, des noms et des sites familiers.

— Nous nous trouvons ici, lui indiqua Cormac en lui montrant une longue bande de terre aux contours irréguliers, qui semblait perdue au milieu d'une tourbière.

— En fait, nous sommes donc sur une sorte d'île ?

— Tout à fait, acquiesça Scully. On a construit un pont il y a cent cinquante ans, pour franchir la tourbière. Aujourd'hui on dirait une péninsule, mais à l'origine c'était un îlot de terre ferme. Il y en avait plusieurs centaines, parsemés dans la tourbière. On en retrouve la trace dans de vieux noms de lieux.

— Et où se trouve le site d'excavation ?

Cormac lui indiqua l'endroit, à trois centimètres à peine, et l'image commença à prendre un sens. Sur la carte de Nora, l'usine figurait là, ainsi que les parcelles de tourbière asséchée, parfaitement délimitées.

— C'est ici qu'on a découvert le trésor de Dowris, dit Scully.

Le trésor de Dowris, l'une des plus célèbres découvertes de l'âge du fer jamais faites en Irlande, qui comportait des centaines de crotales, de trompettes et autres objets votifs, provenait d'une tourbière à une vingtaine de kilomètres.

— Et celui de Loughnabrone ?

L'index de Scully indiqua précisément l'emplacement, à moins de cinq cents mètres d'où ils étaient.

— Ce qui nous fait deux trésors majeurs de l'âge du fer et deux cadavres qui pourraient bien être des victimes de sacrifices, conformément au rituel de la triple mort... tout ça dans un périmètre réduit. Je ne sais pas si vous êtes au courant, dit-elle en s'adressant à Scully, mais un autre cadavre a été retrouvé à Loughnabrone avant-hier. Pas du tout ancien, contemporain.

— Je ne le savais pas, mais je me tiens moins au courant depuis que je n'ai plus trop l'occasion d'aller en ville. L'a-t-on identifié ?

— Pas officiellement, mais tout le monde dit qu'il s'agit d'un homme du coin... un certain Danny Brazil, qui est censé avoir émigré il y a vingt-cinq ans et que personne n'a jamais revu depuis. C'est étrange, ce nom : Brazil. C'est d'origine irlandaise ?

— Oui, répondit Scully. Cela vient du gaélique *Ó Breasail.* D'après les sources historiques, on en trouvait surtout à Waterford, mais il existe depuis longtemps une poche de Brazil dans le comté d'Offaly.

— Vous n'auriez pas connu ce Danny Brazil ? s'enquit Nora.

— Ce sont nos plus proches voisins. Danny s'occupait d'abeilles, dans la colline derrière la maison. S'agit-il d'une mort accidentelle, ou bien...

— La police n'est pas de cet avis. Ils ont ouvert une enquête pour meurtre. Mais je ne peux pas trop vous en dire plus.

— Eh bien, je suis abasourdi. Qui aurait voulu tuer Danny Brazil ? C'était un héros local, un champion de hurling. Sa blessure est survenue au pire moment pour l'équipe d'Offaly. Cette année-là, ils avaient leur chance, mais quand il s'est blessé... eh bien, la chance s'est tarie, envolée aussitôt. Sacrément dommage.

— Vous ne pensez tout de même pas que sa mort soit liée à ça ? lui demanda Nora.

— Le fait d'avoir quitté l'équipe en plein championnat ? Oh, non. Il s'est très grièvement blessé.

J'ai assisté à l'accident, tout comme plusieurs milliers de spectateurs. Personne n'a imaginé une seconde qu'il ait simulé la chose... et quelle raison aurait-il eue de le faire ? Il aurait voulu les voir gagner autant que nous tous, mais, sans lui, ils n'ont pas réussi.

Nora avait la tête qui bouillonnait de questions sans réponses. D'après les quelques cas de triple mort étudiés, il semblait que les victimes aient été sacrifiées pendant des périodes de tension sociale, notamment de disette. Se pouvait-il que certaines personnes continuent de croire que seule une immolation sanglante était susceptible de dissiper le mauvais sort ou l'adversité affligeant une communauté ? Elle écarta cette pensée. Il y avait forcément une autre raison, plus logique, pour expliquer la mort bizarre, ritualisée, de Danny Brazil.

Cormac, qui ne s'était pas exprimé depuis un certain temps, interrogea Scully.

— Michael, vous n'auriez rien lu chez O'Donovan, ou dans des manuscrits anciens, où il serait question de cette région comme d'un lieu traditionnel d'offrandes votives et de sacrifices ?

— Non, je n'ai aucun souvenir spécifique. Les auteurs médiévaux n'en savaient peut-être rien, à moins qu'ils n'aient choisi de le taire. En tout cas, cela éclaircirait l'ancien nom de ce lieu. D'après O'Donovan, cette bande de terre sur laquelle nous nous trouvons s'appelait Illaunafulla... « L'île du sang ». Il ne fournit aucune explication, se contente d'indiquer qu'il a relevé le nom dans les annales.

Nora avait la sensation d'un doigt glacé remontant le long de sa colonne vertébrale.

— Et Loughnabrone ? demanda-t-elle. Je comptais interroger Cormac. Je sais que « lough » veut dire « lac ». Et le reste ?

— C'est un nom d'une poésie majestueuse, déclara Scully. Le prénom de ma fille vient de la même racine : *brón*. Loughnabrone signifie « le lac aux chagrins ».

9

C'était le solstice d'été, le jour le plus long de l'année, et Nora commençait à le sentir. Huit heures à retourner la tourbe, et sans y dénicher la moindre rognure d'ongle ! Elle jeta un coup d'œil envieux à l'équipe d'Ursula, pour qui l'excavation de la route de tourbière progressait bien, et soupira. La journée terminée, ils rassemblaient leurs outils, balançaient truelles et genouillères dans les seaux, pelles et râteaux dans les brouettes avant de regagner la baraque. Certains se chargeaient de protéger les trous avec du plastique noir.

Nora remballa également ses affaires, salua ses collègues du muséum et se dirigea vers sa voiture, croisant au passage l'équipe d'Ursula. L'air agitée, Rachel Briscoe fouillait un des seaux.

Elle apostropha la première personne venue, une jeune femme qui dégageait des débris à proximité.

— Où sont-elles ?

— Qui ça ? rétorqua l'autre, agacée. De qui tu parles ?

— Mes jumelles. Je les avais posées sur ce seau.

— Écoute, Rachel, qu'est-ce que tu veux que j'en sache ? Je n'y ai pas touché.

Un jeune homme s'approcha dans le dos de Rachel.

— Les voilà, lui dit-il. J'étais juste en train d'admirer la faune.

— Donne-moi ça tout de suite, ordonna Rachel en tendant la main.

Mais il fit un pas en arrière et garda les jumelles hors de sa portée, pour la taquiner. Elle lui décocha un regard haineux et parla en articulant lentement.

— J'ai dit : rends-moi ça.

— T'as encore l'intention d'aller observer les petits oiseaux ce soir ?

Ils n'avaient pas remarqué qu'Ursula les avait rejoints.

— Bon sang, vous pourriez grandir un peu ! lança-t-elle d'un ton cinglant en s'emparant des jumelles.

Elle les tendit à Rachel, qui la fixa longuement avant de les prendre et de s'en aller sans un mot. Se trouvant assez proche pour distinguer les traits de la jeune femme, Nora perçut un violent bouillonnement sous la peau pâle.

Elle avait beau n'être là que depuis quelques jours, Nora sentait que Rachel Briscoe n'était pas bien intégrée au sein de l'équipe d'archéologues. La situation ne devait pas être facile à vivre : se sentir rejetée par des collègues avec qui elle était condamnée à travailler, manger et habiter tous les jours pendant des semaines. Il n'y avait aucune raison que ce chantier soit différent des autres activités humaines ; alliances et inimitiés s'y formaient sans que quiconque le cherche ou contrôle quoi que ce soit. Un groupe d'individus s'apparentait à une sorte d'organisme primitif, soumis aux humeurs, à l'atmosphère et même à la météo, résistant au changement. Et chacun y tenait un rôle spécifique.

Chefs, disciples, tyrans et clowns : tout groupe comptait les siens, et chaque personne tenait son rang avec l'aisance d'un acteur reprenant un rôle standard.

Le jeune homme s'était moqué de Rachel parce que celle-ci observait les oiseaux, à moins que ce ne soit le fait de s'y livrer la nuit. Comme le savait Nora, la tourbière constituait un site idéal pour les ornithologues amateurs. Comment un passe-temps aussi innocent pouvait-il provoquer une réaction somme toute surprenante ? À moins que ce ne soit moins innocent qu'il n'y paraissait. Il lui manquait peut-être une partie du contexte pour comprendre, un sous-entendu qui lui échappait. Ce n'était pas la première fois depuis qu'elle était arrivée à Loughnabrone.

La camionnette du *Bord na Mône* se gara devant la baraque et l'équipe s'y entassa pour regagner son logement. Nora vit que Rachel restait en arrière, sans doute peu pressée de se retrouver avec le plaisantin.

— Alors, tu viens ? lui cria le chauffeur.

Elle fit non de la tête. La camionnette sortit en marche arrière de la zone gravillonnée et fila. Rachel partit à pied. Quand elle eut rangé ses affaires, Nora démarra et baissa son carreau en arrivant à la hauteur de la jeune femme.

— Je peux vous déposer quelque part ?

Rachel continua d'avancer stoïquement, visiblement agacée de cette intrusion.

— Je peux très bien marcher. Ça ne fait que quatre kilomètres.

— Ce n'est pas prudent d'être seule. Je vous en prie, Rachel. J'insiste.

En entendant son prénom, elle marqua une hésitation, et Nora se demanda si elle n'allait pas détaler. Mais elle n'avait nulle part où s'enfuir, rien que de la tourbe noire à perte de vue. Elle finit par monter en prenant son gros sac à dos sur les genoux. Elle resta parfaitement immobile et sa posture de scarabée en disait long sur sa vigilance et sur sa méfiance. Nora se demanda ce qu'elle pouvait bien transporter dans son sac, mis à part les précieuses jumelles. Elle chercha à entamer la conversation.

— L'ami qui m'héberge est professeur d'archéologie à University College. Vous n'auriez pas fait vos études là-bas, par hasard ?

— Non, répondit sèchement Rachel.

Manifestement, ce n'était pas le manque de conversation qui l'avait poussée à accepter de monter dans sa voiture.

— Il faut que vous me disiez où aller. Je ne connais pas bien.

Rachel lui indiqua le chemin, puis se mura de nouveau dans le silence.

— Vous partagez tous la même maison ?

Un hochement de tête silencieux.

— Comment des jeunes gens de votre âge font-ils pour se distraire tout un été dans la région ? Désolée si j'ai l'air de vous soumettre à un interrogatoire. C'est juste de la curiosité. Dix semaines dans ce coin perdu, ça doit vous sembler une éternité...

Rachel se tourna légèrement et regarda Nora pour la première fois depuis qu'elle était montée.

— Je ne sais pas ce que font les autres. En dehors du travail, je ne les vois pas. La plupart rentrent chez eux le week-end.

Ce qui sous-entendait que ce n'était pas son cas. À cet instant, Rachel Briscoe lui parut vraiment très jeune, très seule et vulnérable. Nora ne savait plus quel sujet aborder. Elles bifurquèrent sur la droite peu avant le cottage des McCrossan, tournèrent à plusieurs reprises dans des routes étroites et finirent par arriver devant une vieille ferme blanche à un étage. La camionnette était sur le point de repartir. Nora dut se ranger devant le portail pour lui laisser le passage. Elle s'était à peine engagée dans l'allée que Rachel ouvrit sa portière et se pressa de descendre.

— Merci de m'avoir ramenée, mais dorénavant je me débrouillerai très bien toute seule.

Une rebuffade sans appel, comme si Rachel s'en voulait de s'être laissé approcher. Pourquoi ? Elle claqua la portière et se dirigea d'un pas résolu vers la maison. Nora entendit la musique qui retentissait déjà par les fenêtres ouvertes, et songea une fois de plus qu'il ne devait pas être simple de se sentir en décalage par rapport à son entourage. Pour ce qui était de ne pas s'intégrer, elle en avait fait elle-même l'expérience mais s'était réfugiée très tôt dans les livres et la musique, dans les beautés élégantes et abstraites de l'univers de la biologie. Pendant sa scolarité, elle avait passé des heures entières à observer au microscope des colonies de bactéries, coupée de l'équivalent macroscopique que constituait le jeu des relations sociales autour d'elle. Sans doute ne s'en était-elle pas portée plus mal. L'observation des oiseaux était peut-être l'échappatoire de Rachel Briscoe. En s'excluant de son propre chef, on s'évitait la douleur d'être exclu par les autres.

En arrivant dans l'allée devant le cottage des

McCrossan, elle remarqua une feuille pliée au pied du siège passager à côté d'elle. Elle la déplia et vit qu'il s'agissait d'une lettre standard de la bibliothèque Pembroke de Ballsbridge, quartier de Dublin, requérant courtoisement le retour de plusieurs ouvrages empruntés. Elle avait dû tomber de la poche de Rachel au moment où celle-ci était descendue. En la parcourant à nouveau, Nora remarqua que le courrier était adressé à une certaine Rachel Power, et non Rachel Briscoe. La jeune femme était-elle à Loughnabrone sous une fausse identité ? À moins que Power ne soit le nom d'emprunt. Les jeunes s'y connaissaient pour cacher leur identité sur Internet – la pratique ne s'y cantonnait peut-être pas. Rachel avait sans doute une raison très valable d'avoir deux patronymes. Nora laissa la lettre sur le siège en se disant qu'elle la lui rendrait le lendemain matin.

Ce n'était pas la première fois qu'elle voyait la tenue imperméable de Cormac accrochée à côté de la porte du jardin mais ce soir-là elle sursauta en apercevant la veste et le pantalon jaunes qui pendaient de la patère d'une façon curieuse. Avec les bottes en caoutchouc posées en dessous, on aurait presque dit que quelqu'un se tenait plaqué contre le mur. Elle appuya sur le caoutchouc jaune et le sentit s'enfoncer sous la pression.

En s'approchant de la porte, elle entendit de la musique. Elle ouvrit doucement et s'arrêta dans le vestibule pour écouter. Contrairement à ce qu'elle croyait, il ne s'agissait pas d'un enregistrement mais de Cormac en train de jouer de la flûte comme jamais elle ne l'avait entendu – sans retenue, fougueusement, débordant de joie, de douleur et d'exultation, chaque respiration influant aux notes toute la richesse de son expérience, de telle sorte que la vie devenait musique, et la musique devenait vie, dans toute sa splendeur bouleversante et insatisfaisante. Quelques notes piquées marquèrent un changement de rythme, un *reel* endiablé dont la danse païenne semblait ne jamais devoir s'interrompre. Elle ferma les yeux, s'adossa au mur et se laissa emporter dans le tourbillon de la musique. Elle ne connaissait pas le nom de cet air, que Cormac avait déjà joué à plusieurs reprises devant elle, mais jamais avec une telle intensité. Il avait quelque chose d'inspiré ; il était comme en feu, attisé par la passion que charriaient les notes.

La mélodie finit par ralentir, se tarir et mourir. Nora s'écarta du mur et s'approcha de Cormac parderrière, lui encerclant la poitrine de ses bras. Il ne parut pas surpris. Au contraire, il semblait l'attendre et se retourna, acceptant son baiser avide et passionné. Il posa sa flûte sur la table et la fit s'asseoir sur ses genoux, tandis qu'ils continuaient de se goûter mutuellement, de s'abandonner aux sensations, comme si leurs lèvres se rencontraient pour la première et non la millième fois. Des vers traversèrent l'esprit de Nora. Une histoire de lierre autour d'un chêne. Comment distinguer la nécessité de l'amour ? La question s'en alla sans réponse, remplacée par un désir ardent, si fort qu'à cet instant elle aurait sans doute tout sacrifié pour le combler.

Soudain, cela se brisa, vola en éclats à ses pieds. Le changement fut tellement brutal et effrayant qu'elle recula brusquement la tête et poussa un cri, alarmant Cormac qui l'attrapa par les épaules. Elle se releva et recula d'un pas chancelant. Elle nota l'expression inquiète de Cormac, et savait qu'elle ne saurait jamais lui expliquer ce qui venait d'arriver.

Pourrait-elle supporter son regard ? Elle se précipita dans l'escalier et s'enferma dans la salle de bains, faisant couler l'eau pour couvrir ses pleurs. Un long bain ferait partir tout ça, les larmes comme l'imposture, et lui permettrait de recoller les morceaux ; du moins l'espérait-elle. L'expression sur son visage, la stupeur et la douleur de la voir se dérober... pourtant, ce n'était qu'une fraction de ce qu'il éprouverait quand elle lui annoncerait qu'elle le quittait, et cette perspective ne fit que redoubler les sanglots qui lui secouaient convulsivement les épaules.

Elle était dans l'eau depuis vingt minutes quand Cormac frappa doucement à la porte.

— Nora ? Ça va ? Je t'en prie, dis-moi quelque chose.

— Tu peux entrer...

Il entrebâilla la porte et elle vit son visage angoissé.

— Entre, Cormac.

Il s'accroupit du côté où la tête de Nora émergeait de la mousse. La maison avait été entièrement refaite à neuf, mais on avait conservé une vieille baignoire sabot à pieds, très large et très profonde. Nora ferma les yeux et sentit les doigts de Cormac lui caresser la joue. Il l'embrassa sur le front, sur ses paupières incandescentes. Elle se détendit et l'entendit verser du shampoing dans le creux de sa main, puis il lui frotta les cheveux, lui massa le cuir chevelu et ses tempes migraineuses, avec des gestes réguliers. Quand il la rinça, elle sentit sa peur s'effriter et se dissoudre. Elle se releva, dégoulinante, et il l'enroula dans une grande serviette blanche, puis la porta dans ses bras jusqu'à la chambre voisine. Et cette fois, rien ne se brisa, tout ne fut qu'énergie triomphante et douce fusion.

10

Charlie Brazil traversait le pré touffu en bordure du rucher, la gorge sèche et l'estomac noué. Ces derniers jours, il se passait vraiment des choses insolites. Où qu'il aille, il avait le sentiment d'être observé, les gens chuchotaient dans son dos et les rumeurs s'agitaient dans l'air comme des spectres. En rentrant du boulot tout à l'heure, il avait aperçu l'inspecteur qui parlait à ses parents. Le même que quelques années auparavant. Il avait attendu dehors, observant et écoutant, jusqu'à ce que le policier remonte dans sa voiture et reparte. Apparemment, ce qui se murmurait était donc vrai : le cadavre retrouvé dans la tourbière était celui de Danny Brazil, l'unique frère de son père. Mais quand il était entré quelques minutes plus tard, ni son père ni sa mère ne lui en avait touché mot.

Toutefois ce n'était pas le sort de Danny Brazil qui expliquait le nœud qu'il sentait sous ses côtes – pas tout à fait. Comment Ursula savait-elle ce qu'il cachait là-bas ? Elle ne pouvait pas être au courant... c'était impossible. Elle le faisait marcher, s'amusait à ses dépens. Mais elle avait bien dû venir mettre son nez par ici : autrement, comment saurait-elle pour Brona ? Brûlant de honte, il se souvint de ce qu'il avait éprouvé quand elle était à cheval sur lui, et de son ton provoquant quand elle avait mentionné Brona. Il aurait voulu l'étrangler, la trucider d'avoir des pensées de ce genre ; ça lui était insupportable. Levant la main pour essuyer ses lèvres qui avaient un goût bileux de haine, il entendit quelque chose et se figea, le pied en l'air.

Sa remise d'apiculteur n'avait pas de porte et l'on distinguait comme un vague bruit de déchirement à l'intérieur. C'était encore elle. Il s'accroupit dans l'herbe et observa Brona Scully par la fenêtre du grenier. Assise à genoux, elle était de nouveau illuminée par un rayon de soleil couchant, tout occupée à réduire en lambeaux un morceau de tissu. Pourtant, elle devait bien savoir qu'il passait tous les jours... N'avait-elle pas remarqué qu'on s'occupait des abeilles ? Oui, mais ce soir-là il était en avance. Il éprouva un frisson coupable de l'épier alors qu'elle se croyait seule, comme quand il suivait sa mère en cachette. Le soleil brillait à travers sa robe, et ses bras frêles semblaient dorés à l'or fin.

Soudain, un chien aboya au loin et Brona dévala l'escalier avant qu'il puisse se dissimuler. C'était la première fois que leurs regards se croisaient, et Charlie en fut tétanisé. Elle aussi parut stupéfaite, comme paralysée de le voir à portée de main. Au moment où elle franchit le seuil, le bras de Charlie se tendit brusquement et se glissa autour de sa taille – l'espace d'une fraction de seconde, le souffle coupé, il la retint là et sentit comme une décharge électrique au contact de ce corps tiède sous la fine étoffe. Quand elle poussa un cri étouffé, le premier son qu'il avait jamais entendu franchir ses lèvres, il eut l'impression qu'une déferlante venait d'emporter le sol sous ses pieds. Puis elle s'enfuit, le repoussant avant qu'il ait le temps de réagir.

Elle était angoissée, apeurée – à cause de lui ? L'idée l'embêtait. Il revit dans son esprit la scène figée. Le regard terrifié de la jeune fille. Son visage ruisselant de larmes, comprenait-il maintenant, des traces reluisantes sur ses joues pâles, marquées de quelques taches de rousseur. Pendant leur face-à-face, il n'avait pas fixé ses yeux mais ses lèvres qui articulaient en silence. Il se demanda si elle émettait le moindre son en pleurant. Il aurait voulu la serrer dans ses bras, l'aider d'une façon ou d'une autre.

Il hésita à la suivre, n'ayant pas envie de quitter l'endroit où il l'avait touchée pour la première fois, comme cloué sur place par un sort, foudroyé par ce regard. Puis l'effet se dissipa. Lentement, il se retourna et s'assit sur les marches de l'échelle du grenier. La scène défilait en boucle dans sa tête. La stupeur de l'avoir touchée, sa main qui se tendait au ralenti, son bras brièvement glissé autour de sa taille. Son intention était simplement de l'arrêter pour savoir quel était le problème, ce qu'il pouvait faire pour l'aider – comment le lui faire comprendre ? La plupart des gens disaient qu'elle était sourde-muette, mais certains soutenaient qu'elle n'était pas du tout infirme, qu'elle refusait tout bonnement de parler, par entêtement, à la suite d'un choc. Lui savait la vérité : elle comprenait tout ce qu'on lui disait. Et les regards auxquels elle avait droit, où se mêlaient la pitié et le mépris, étaient suffisamment clairs. Charlie en savait quelque chose, étant donné que lui aussi y avait droit – il cherchait même à se les attirer, d'ailleurs. C'était plus facile que de vouloir s'intégrer, ce qui était peine perdue de toute façon.

Elle devait se douter qu'ils finiraient tôt ou tard

par se rencontrer au seuil du cottage. Et elle s'était imaginé qu'il se passerait quoi ? Dieu sait que lui-même repoussait ces pensées, quand il était seul, la nuit, dans son lit étroit, débordant de désirs inassouvis. Il ne voulait même pas envisager de la toucher de cette façon, mais se réveillait parfois en nage, les draps collants, et avait honte des pulsions de son inconscient.

Baissant la tête, il tenta de gommer la sensation de son esprit tout en sachant qu'elle ne s'effacerait jamais – sa paume sur la hanche de Brona, la friction du tissu contre sa peau, sous le poids de sa main. Il se répéta qu'il avait agi de façon automatique, par réflexe. N'importe qui aurait tendu le bras comme ça pour l'intercepter.

Il monta au grenier par l'échelle, curieux de savoir ce qu'elle y farfouillait. Il trouva une vieille valise en carton ouverte, son contenu éparpillé – un bagage masculin, selon toute apparence. En tout cas, ces vêtements étaient bel et bien ceux d'un homme. Où l'avait-elle dénichée ? À moins que ce ne soit elle qui l'ait apportée... Il était monté ici à plusieurs reprises, sans jamais remarquer une valise de ce genre. Cela dit, le grenier était sens dessus dessous – boîtes de clous rouillés, vieux pots à lait, pelotes de corde pourrie. Il s'accroupit et prit une chemise. Voilà ce à quoi Brona s'occupait. Deux des chemises étaient réduites en lambeaux, y compris les manches. Pourquoi faire une chose pareille ?

Une liasse de coupures de presse jaunies avait été balancée à l'écart. Charlie souleva la première, ramollie par la moisissure et à peine lisible. Il s'agissait d'une photo tachée : deux joueurs de hurling se disputant la balle, l'un agrippant l'autre par le maillot, les pieds et les chevilles couverts de boue, les dents serrées d'un air farouche. Il parcourut rapidement les autres coupures ; toutes concernaient le club de Loughnabrone et l'équipe d'Offaly. Sous les articles se trouvait un sachet en plastique contenant quelques vieilles photos. La plupart étaient collées ensemble par l'émulsion photographique devenue poisseuse avec les années et par l'humidité. Celle du dessus, visible à travers le plastique, était intacte malgré une légère décoloration sur les bords. Il s'approcha d'un trou dans le chaume pour l'examiner à la lumière. Une jeune femme fixait l'objectif, la mine pensive, sa jupe ramenée par-dessus ses genoux repliés. Charlie reconnut l'endroit où elle avait été prise : au rez-de-chaussée de ce cottage, en bien meilleur état à l'époque. Le cliché était légèrement flou, ce qui ne l'empêcha pas de reconnaître sa mère sous les traits de la jeune femme.

Un léger bourdonnement se fit entendre tandis qu'il essayait de déchiffrer l'expression du visage de la photo. Sans prévenir, une grosse goutte de miel doré et collant tomba du plafond, pile dessus. Il la retira, trop tard, leva les yeux et vit une seconde goutte tomber exactement au même endroit, atterrissant par terre sur un monticule croissant de sucrerie cristallisée. Entrées par le toit, les abeilles avaient repéré l'espace clos et sombre entre les poutres comme un lieu idéal pour une ruche. Il faudrait les déplacer ; en attendant d'avoir le temps de s'en occuper, il mettrait un seau sous la fuite. Les abeilles, incapables de comprendre que leurs propres provisions s'écoulaient, récupéreraient le miel goutte par goutte, avant de le perdre à nouveau.

Il regarda encore la photo, trouva que sa mère avait vraiment l'air très jeune, et se demanda s'il arriverait à retirer la tache collante sans l'endommager. Venait-elle déjà à l'époque se réfugier ici ? Pourtant, cette valise appartenait à un homme, il en était presque certain. Il sentit quelque chose lui affleurer la conscience, une idée qui n'avait pas encore pris corps, qui n'était ni formulée ni perçue. Il laissa tomber la photo ; cela attendrait. Pour l'instant, le plus pressé était de savoir si Ursula était venue ici. Parce que si c'était le cas...

Il se maudit encore une fois d'avoir été assez bête pour se faire surprendre par Ursula en train d'examiner ses cartes. Il avait les paumes toutes moites rien que de penser à la façon dont elle avait tourné autour de lui, avait fermé la porte à clé... le temps qu'elle le laisse partir, il tremblait de tout son corps et suait à grosses gouttes. Et puis la veille, elle l'avait coincé derrière la baraque en fin d'après-midi. Il ne lui avait rien dévoilé, et tant mieux. Non, elle n'avait aucun moyen d'être au courant.

Il s'agenouilla devant sa cachette, un trou creusé sous une dalle devant la cheminée. Dans une boîte à gâteaux en fer-blanc, il conservait les objets qu'il tenait à ne pas se faire voler. Il se servit du tisonnier pour soulever la pierre – la boîte était toujours là, à sa place. Il y avait jeté un coup d'œil quelques jours auparavant ; rien ne semblait manquer. Il parcourut du regard les contours familiers : deux lingots d'argent effilés comme des doigts, quatorze bagues en bronze (il compta pour vérifier), six pièces de monnaie, quatre bracelets aux extrémités évasées comme des pavillons de trompettes, et le poignard dans son fourreau verdâtre aux motifs gravés en spirale. Chaque objet était exactement dans la position où il l'avait laissé, cela ne faisait aucun doute. Il jeta un coup d'œil à la ronde, aux fenêtres et à la porte, en se demandant si quelqu'un avait pu l'espionner.

Plus question de laisser la boîte ici. Et si Ursula l'avait découverte, mais qu'elle avait décidé de ne rien prendre ? Où pouvait-il la cacher ? Elle était peut-être en train de l'épier à ce moment précis, pour voir ce qu'il allait en faire. Il se sentait pris au piège. Il n'avait aucune manière de savoir avec certitude si elle était passée ici. Rien n'avait disparu de la boîte, mais elle avait pu prendre autre chose, laisser un indice à son intention.

Il inspecta les murs, à la recherche d'un signe, d'un détail anormal. Soudain, cela lui sauta aux yeux : l'espace vide sur le mur, où il avait affiché les dessins du précédent apiculteur. Il se mit à arracher rageusement les autres, sans se soucier des punaises qui volaient dans tous les sens et sur lesquelles il risquait de marcher.

11

Le long crépuscule doré commençait à décliner derrière la fenêtre de la chambre. Paresser au lit dans les draps froissés, observer Cormac qui dormait, c'étaient là de rares plaisirs. Mais Nora sentit cette béatitude rêveuse se dissiper quand son estomac vide se rappela à son bon souvenir. Elle avait besoin de se mettre quelque chose sous la dent.

— Cormac... Tu dors ? Moi, j'ai une faim de loup ! Tu veux quelque chose ?

Il ouvrit les yeux et la fixa longuement, avec un autre genre d'appétit.

— Je vais descendre avec toi, finit-il par dire.

Ils étaient en train d'inspecter les placards de la cuisine quand la sonnette retentit. Se retournant, Nora reconnut le profil anguleux de Liam Ward derrière le carreau en losange de la porte d'entrée.

— C'est Ward, annonça-t-elle. L'inspecteur dont je t'ai parlé. Elle alla ouvrir et trouva que le policier avait la mine soucieuse.

— Désolé de vous importuner, docteur Gavin. Si vous avez cinq minutes, j'aimerais vous poser quelques questions supplémentaires concernant l'autopsie.

— Très volontiers. Entrez, je vous en prie.

L'inspecteur pénétra dans le vestibule étroit et tendit la main à Cormac.

— Je ne pense pas qu'on se connaisse. Je suis l'inspecteur Liam Ward.

— Cormac Maguire. Enchanté.

— Venez vous asseoir, suggéra Nora en le faisant entrer dans la pièce principale.

Ward jeta un coup d'œil aux deux couverts disposés sur la table, et alla s'asseoir dans un fauteuil en cuir près de la cheminée. Nora s'installa en face de lui, et Cormac resta près d'elle, perché sur son accoudoir.

— Avez-vous obtenu quelque chose concernant l'identification du cadavre ? demanda-t-elle. Les gens ne parlent que de ça.

— Justement, quelqu'un s'est présenté avec des renseignements, et l'identification a été confirmée cette après-midi. La victime s'appelait Danny Brazil. Vous avez sans doute entendu quelques rumeurs là-dessus. Sa famille pensait qu'il avait émigré en Australie depuis vingt-cinq ans. Soi-disant qu'ils ne s'attendaient pas à recevoir de nouvelles, ce qui a été effectivement le cas.

— Comment puis-je vous aider, inspecteur ?

— Eh bien, vous avez évoqué quelque chose hier à l'autopsie, et j'y ai beaucoup réfléchi... cette théorie de la triple mort. Pourriez-vous m'en dire davantage ?

Nora se sentit gênée.

— Je ne suis pas sûre d'être la mieux placée pour vous répondre. Cormac en sait sans doute beaucoup plus que moi.

— Il n'y a pas grand-chose à savoir, dit Cormac,

mais je veux bien vous parler de ce que j'ai lu sur le sujet. Cette idée de triple mort vient de ce que plusieurs cadavres retrouvés dans des tourbières semblent avoir subi de multiples blessures mortelles. Jusqu'ici, tous les spécimens proviennent de Grande-Bretagne et d'Europe continentale, mais cela pourrait changer avec les nouvelles techniques d'expertise. L'homme de Gallagh, dans le Galway... il est exposé au muséum national... date de l'âge du fer et il se pourrait bien que les brindilles tressées qu'il a autour du cou aient servi comme instrument de strangulation. Et d'après ce que m'a dit Nora, le premier cadavre de Loughnabrone a été étranglé avec un lacet, puis égorgé, et enfin jeté délibérément dans la tourbière. À première vue, on peut parler d'acharnement meurtrier, étant donné que l'un des trois supplices aurait suffi à l'envoyer au trépas. Mais si on les considère globalement, il pourrait s'agir d'un exemple classique de triple mort.

Ward se tripota l'oreille gauche.

— Ces triples morts constituaient une forme de sacrifice humain ?

— C'est seulement une des possibilités, dit Cormac. Je ne dis pas ça pour pinailler, mais il faut savoir que les Celtes de l'âge du fer s'inscrivaient dans une tradition culturelle purement orale. Ils n'ont jamais rien écrit sur leurs pratiques religieuses. La plupart des données dont nous disposons proviennent de sources étrangères, comme les Romains, et eux-mêmes se sont largement basés sur l'ouï-dire, beaucoup plus que sur l'expérience directe. Cela dit, d'après les thèses actuelles il existait sans doute quelque chose s'apparentant à la triple mort.

— Quel en était le sens ? s'enquit Ward.

— Certaines sources romaines affirment que trois divinités celtes exigeaient des sacrifices humains, chacune ayant sa méthode de prédilection. Taranis, le dieu de la Foudre, était apaisé par le feu ou les coups violents s'apparentant à elle. Ensuite, vous aviez Esus, qui préférait qu'on pende ses victimes à un arbre et qu'on les saigne à mort. Quant à Toutatis, le dieu de la Guerre, on lui réservait généralement les sacrifices par noyade. Personnellement, je ne pense pas que les Romains aient compris grand-chose aux pratiques religieuses des Barbares. La réalité était plus complexe qu'ils ne se l'imaginaient. N'oublions pas qu'ils considéraient les autres cultures comme inférieures. Les Celtes avaient de nombreuses divinités triples... soit une entité avec trois facettes, ou parfois trois identités distinctes... Quand les premiers chrétiens ont prêché la Trinité, le concept avait déjà une longue histoire dans nos contrées. Aujourd'hui encore, nous restons fortement marqués par le ternaire.

Ward se caressa la lèvre inférieure et opina lentement du chef.

— En effet... Beaucoup de superstitions, ou le fait de se signer trois fois.

— Exactement, acquiesça Cormac. S'agissant des sacrifices, l'aspect « trois en un » pourrait avoir comme but de conférer un pouvoir accru. À la divinité, tout comme à celui qui l'invoque. Un triple sacrifice est destiné à magnifier l'offrande, à la rendre plus probante. On peut en effet imaginer que la triple mort constituait quelque chose d'exceptionnel, une offrande réservée aux périodes de profonde tension sociale. Et, bien entendu, il existe des variantes. Certaines victimes n'ont pas reçu de coup sur la tête, ou n'ont pas été égorgées. Par contre, la pendaison ou la strangulation est assez systématique, ainsi que l'abandon du cadavre dans une tourbière. Parfois, le corps était même tenu en place au moyen de pieux.

— C'était clairement le cas du premier cadavre, intervint Nora. Je n'ai rien remarqué pour Danny Brazil, mais ça pourrait être utile de demander à Rachel Briscoe si elle se souvient d'avoir retiré des bouts de bois ou des branches autour du corps... Si quelqu'un cherchait à maquiller ça en triple mort, c'est le genre de détail qui pourrait avoir son importance.

— Et quelles étaient les victimes habituelles ? demanda Ward. Comment étaient-elles désignées ?

— Sur certains cadavres, on note l'absence de blessures encourues au combat, ou de signes physiologiques d'un labeur pénible, d'où la thèse selon laquelle il ne s'agissait pas de guerriers mais sans doute d'individus d'assez haute extraction, peut-être même de prêtres. Mais, bien entendu, il pourrait tout aussi bien s'agir de criminels, d'exclus ou d'otages de guerre. D'après les Romains, les Celtes préféraient sacrifier des criminels, mais n'hésitaient pas à s'en prendre à des innocents, faute de mieux. Ils affirment aussi que la cérémonie se déroulait invariablement en présence d'un prêtre ou d'un personnage religieux.

— J'ai aussi lu, dit Nora, que certaines victimes étaient des enfants, des infirmes, des personnes souffrant d'une blessure ou d'une malformation... un os tuberculeux, un doigt ou un orteil en plus. C'est possible qu'on les ait choisies comme boucs émissaires pour cette raison.

— À moins qu'on ne s'en soit remis au hasard. Dans certains cas, on a retrouvé dans l'estomac des céréales noircies. Quelques historiens soutiennent qu'on utilisait un morceau de pain d'orge calciné pour une espèce de loterie mortelle. Quelques-unes des victimes avaient apparemment ingéré des céréales contaminées à l'ergot, ce qui peut entraîner des hallucinations et des convulsions aiguës... il est donc possible qu'elles se soient trouvées dans un état de conscience altérée au moment de leur exécution. Dans l'ensemble, ces thèses reposent sur très peu d'éléments archéologiques, surtout ici en Irlande, et le peu dont on dispose est sujet à interprétation. En d'autres termes, personne ne sait vraiment à quoi s'en tenir. Tout ce que nous venons de vous raconter repose sur une part de spéculation.

— Il n'est pas si extraordinaire que ça de découvrir un cadavre dont les blessures correspondent à ce schéma, déclara Nora. Un certain nombre de victimes ont été retrouvées à travers l'Europe du Nord, toutes ayant subi des sévices similaires. La plupart remontent à l'âge du fer, soit il y a environ deux mille ans.

— En revanche, dit Ward qui hochait la tête pensivement, retrouver un cadavre contemporain avec des blessures semblables, à seulement une centaine de mètres...

— Oui, pour le coup c'est vraiment étrange. La coïncidence est pour le moins bizarre.

— À moins qu'il ne s'agisse pas d'une coïncidence, suggéra Ward. Se pourrait-il que quelqu'un ait découvert le cadavre plus ancien par le passé sans le signaler ?

— Oui, dit Nora. Je suppose que oui. Par contre,

pour en avoir la certitude, je vous répondrais que c'est sans doute impossible. On sait dire si la tourbière a déjà été retournée mais pas combien de fois.

— Néanmoins, pour le cadavre le plus récent, il semblerait que l'assassin soit une personne qui ait au moins entendu parler de cette théorie de la triple mort.

— En mettant que ce Danny Brazil soit mort il y a vingt-cinq ans, fit remarquer Cormac, n'oubliez pas qu'à l'époque on en connaissait encore moins sur le sujet. Bon nombre des données médico-légales dont on dispose aujourd'hui datent des vingt dernières années.

Ward pinça les lèvres, l'air embêté.

— Eh bien, je vous remercie tous les deux pour ces renseignements.

Il se leva et se dirigea lentement vers la porte. Avant de l'ouvrir, il s'arrêta et sortit une carte de visite qu'il tendit à Nora.

— Je vous serais reconnaissant de me contacter si vous pensez à autre chose. D'autres similitudes entre votre cadavre et Danny Brazil. Encore merci pour votre temps.

12

Durant le trajet jusqu'aux *Moors*, Ward ne put se défaire de l'image de Danny Brazil, nu, prisonnier de la tourbière. Victime de qui ? D'un ravisseur solitaire ou bien de toute une bande ? Il faudrait se pencher sur d'éventuelles similitudes avec d'autres affaires, avec tout ce qui pouvait s'apparenter à un sacrifice : animaux mutilés, symboles ou mises en scène particulières sur les lieux d'un crime, victimes soumises à des rituels. S'il s'agissait d'une bande, quelque chose avait dû agir comme déclencheur, provoquer le meurtre. Peut-être une histoire de calendrier, ou quelque chose de plus aléatoire. Quelle expression avait employée Maguire ? *Les périodes de profonde tension sociale*. Ce qui incluait les disettes, bien entendu, et les menaces d'invasion. Et la fermeture de centrales électriques ? La fin prévisible, comme pour toute chose ici-bas, d'un monde centré autour de la tourbe ? Contrairement à ce que les gens pensaient, il suffisait d'un rien pour tout faire basculer.

Maureen Brennan avait fait des recherches à partir de la date indiquée par la montre de Danny Brazil. En 1978, année où la victime avait disparu et prétendument émigré en Australie, le 20 juin était tombé un mardi. L'occurrence ne s'était pas reproduite avant 1989, puis de nouveau en 1995 et 2000 ; une série très irrégulière. Fort de ces informations et de l'état de ses dents, on pouvait supposer que Danny Brazil n'avait jamais quitté le comté d'Offaly. Il gisait au fond de la tourbière depuis le jour de sa disparition.

Ward savait qu'il lui restait à déterrer un autre Danny Brazil – celui qui n'avait jamais disparu demeurait dans la mémoire des gens, dont le passage sur terre avait laissé des traces quand il s'était enfoncé dans cette fondrière. Son travail de policier était de suivre chacune d'elles pour voir où ça le conduirait.

En arrivant à l'hôtel, il était ravi à l'idée de revoir le visage de Catherine Friel. Depuis la mort de sa femme, il s'était réfugié dans sa carapace, coupé du monde des expériences et des risques. Sous l'impulsion de Catherine, il était de nouveau prêt à affronter le danger et la douleur. Et c'était une sensation enivrante, un phénomène mystérieux et primitif, chimique et biologique – un sentiment intense et troublant, ancré dans les sens ancestraux du toucher et de l'odorat. Comment expliquer cette attirance envers Eithne, Catherine, ou toute autre femme ?

En traversant l'allée gravillonnée, il jeta un coup d'œil dans le restaurant éclairé aux chandelles et par le soleil couchant, et l'imagina assise en face de lui, les bougies se reflétant sur sa peau, percevant son désir muet et y faisant écho. Comme il serait naturel, après s'être attardé autour d'une tasse de café et d'un dernier verre de vin, de la suivre dans l'escalier et de se retrouver face à face derrière la porte close de sa chambre... Le rêve fugace vola en éclats quand la grille d'aération d'une Mercedes dorée s'arrêta à cinq centimètres de ses genoux, le conducteur baissant son carreau pour lui livrer le fond de sa pensée en quelques mots choisis.

Sans un regard pour l'individu vitupérant, Ward se dirigea lentement vers l'entrée, à pas mesurés. À l'intérieur, il fut surpris par la déco : murs en pierre nues, parquet, mobilier moderne en cuir aux couleurs chatoyantes d'épices exotiques. Il aperçut la chevelure argentée de Catherine Friel, qui lui tournait le dos. Il se demandait s'il lui effleurerait le bras ou s'il l'appellerait par son nom, quand elle se tourna légèrement. Il vit alors qu'elle était au téléphone. Il s'arrêta à quelques mètres, pour lui laisser un minimum d'intimité.

— Je ne peux pas rester au téléphone, John... Oui, je dois raccrocher. Je dîne avec un collègue... Non, tu ne le connais pas. Il est inspecteur. On va discuter d'une enquête. D'ailleurs, il doit m'attendre...

Elle se tourna pour scruter la salle et le vit.

—... Il vient d'arriver... Je devrais rentrer demain soir... Oui... Bonsoir, mon chéri.

En entendant ces derniers mots, Ward se sentit tout bête de s'être monté la tête au sujet de Catherine Friel. Elle était là pour parler de l'enquête. Point. Cela faisait tellement longtemps qu'il ne s'était même pas autorisé ne serait-ce que d'envisager une pareille intimité... Il évacua l'idée, la verrouilla psychologiquement, si promptement que lorsqu'ils pénétrèrent dans la salle à manger, il avait quasiment oublié de s'être imaginé avec Catherine Friel dans la lueur des chandelles, puis dans la pénombre de l'étage, derrière la porte close.

13

— J'imagine que la police fait toujours preuve de circonspection avec la notion de crime rituel, nota Cormac en attaquant sa deuxième platée de nouilles. À tout prendre, ils doivent préférer de bons vieux mobiles compréhensibles. Et je suis prêt à parier qu'une bonne part des assassinats rituels sont en fait des crimes tout à fait banals, maquillés pour lancer les enquêteurs sur de fausses pistes.

Nora tenta d'attraper les deux derniers *penne* dans son assiette quasiment vide et but une gorgée de vin.

— J'aimerais tellement qu'on puisse leur donner un coup de main. Tu te rends compte, Cormac ? Il était sans doute encore en vie au moment où il est tombé dans la fondrière.

— Que voudrais-tu dire à Ward ? On ne sait rien de la victime, ni des circonstances de sa disparition.

— D'accord pour Danny Brazil, mais pour les circonstances je serais moins catégorique.

— C'est-à-dire ?

— On connaît certaines choses sur les autres victimes qui ont été retrouvées avec des blessures similaires. Il serait intéressant de comparer Danny

Brazil à d'autres cadavres susceptibles d'avoir subi une triple mort, de vraiment se pencher sur les similitudes et les différences. Je devrais demander à Rachel Briscoe, la jeune femme qui l'a retrouvé, si elle a récupéré des morceaux de bois autour du corps. Les policiers n'ont sans doute pas eu l'idée de chercher des branchages ni des pieux, mais si on pouvait démontrer que le cadavre était planté dans le sol, cela ferait un point commun supplémentaire avec des découvertes plus anciennes.

— Comment veux-tu qu'on entreprenne ces recherches sans la documentation nécessaire ?

Elle lui adressa un regard espiègle.

— J'ai toutes mes archives dans le coffre... Je me suis dit, comme tu comptais travailler, que j'en aurais peut-être aussi l'occasion.

Il se cala contre son dossier et croisa les mains derrière sa tête.

— La police a toutes les chances d'aboutir avant nous. Voyons, c'est tout de même une sacrée coïncidence que la victime soit justement une des deux personnes qui venaient de mettre la main sur un trésor. C'est sans doute une histoire d'argent ou d'amour contrarié, et on risque fort de suivre une fausse piste.

— Je sais bien, mais on pourrait malgré tout tomber sur quelque chose d'important. Et puis, c'est passionnant. J'étais en train de réfléchir... si les blessures ont été infligées à dessein, quel genre de personne en connaissait suffisamment sur la triple mort à l'époque ? Danny Brazil a disparu à la fin des années soixante-dix. La plupart des études comparatives sur les causes de décès datent des dix dernières années. Cela dit, certaines personnes étaient au courant avant que ces travaux ne soient vraiment diffusés...

— Comme des archéologues, tu veux dire ?

— Peut-être. En tout cas, ça me travaille. C'est une énigme. *Et pas la seule*, songea-t-elle. S'y ajoutaient quelques autres mystères : Owen et Ursula, Ursula et Charlie, Rachel Briscoe/Rachel Power. Sans parler du casse-tête Nora-Cormac, qui n'avait peut-être aucune solution.

Elle se leva pour débarrasser en fuyant le regard de Cormac. Elle était sur le point de lui prendre son assiette mais il lui attrapa le poignet, et lui enleva les couverts qu'elle tenait dans l'autre main, et les reposa sur la table.

— Laisse ça, Nora. Je m'en occuperai tout à l'heure. Je sais que la journée a été longue, dit-il en se levant et en lui prenant la main, mais serais-tu partante pour une petite excursion ? J'aimerais te montrer quelque chose.

— Quoi donc ?

— Si je te le dis, ce ne sera plus une surprise... Tu ferais mieux de mettre des bottes, dit-il après une pause.

Elle le fixa d'un air perplexe.

— Je me demande si j'ai vraiment envie d'une surprise en bottes...

Il fit oui de la tête.

Elle prit ses bottes dans le coffre de sa voiture et les enfila en s'appuyant sur le pare-chocs arrière. Cormac chaussa les siennes, puis lui fit enjamber le muret à l'arrière de la maison et l'entraîna dans le pré qui grimpait vers une petite colline. L'herbe était rase et les quelques bêtes en train de brouter les observèrent avec cet air mi-détaché mi-curieux propre à l'espèce bovine.

— Tu nous emmènes où, comme ça ? lui demanda-t-elle.

— Tu verras.

Il se retourna vers elle, un petit sourire aux lèvres, sans rien trahir. La pente devenait plus raide.

— D'ici on voit la maison de Michael Scully, l'informa-t-il. Là-bas à droite... Et les Brazil doivent avoir la ferme suivante, tout au bout de cette crête. Et le cottage blanc, dit-il en indiquant une maisonnette toute simple mais récemment repeinte, appartient au *Bord na Môna*. Ursula Downes y loge cet été.

En entendant le nom d'Ursula, Nora se remémora la conversation qu'elle avait surprise la veille et en éprouva un vague malaise. Elle se garda de demander à Cormac comment il savait ça. Essoufflés, ils parvinrent enfin au sommet de la colline, une étendue plate offrant un point de vue sur plusieurs kilomètres à la ronde, d'autant que le paysage environnant se limitait à de la tourbière à perte de vue. À cinq cents mètres au nord-est se dressaient les deux tours de refroidissement de la vieille centrale de Loughnabrone, qui serait prochainement détruite. Au loin, Nora reconnut la cheminée à rayures rouges et blanches de celle de Shannonbridge.

Il était dix heures passées et le soleil se couchait derrière une couche de nuages sombres, boule dorée sous un voile gris acier, aspergeant l'horizon d'une palette d'oranges, de roses et de violets. Malgré ses effets nocifs pour la qualité de l'air, la poussière de tourbe suspendue dans l'atmosphère contribuait à la splendeur des couchers de soleil. La vie était pleine de ces contradictions, la beauté et le danger se tenant toujours par la main.

— Tu penses que cet endroit aura l'air de quoi, quand toutes les tourbières auront disparu ? lui demanda-t-elle.

— Je n'en sais rien. J'essaye de me dire que c'est dans leur nature de se régénérer. La mousse ne peut pas s'empêcher de pousser.

Une prolifération insensée, songea Nora. *La vie qui affirmait ses droits, comme depuis toujours et comme elle ne cesserait jamais de le faire, à Dieu ne plaise.*

— Bon, dit Cormac. À partir d'ici, il faut que tu fermes les yeux. Promis, je ne te laisserai pas trébucher.

Elle n'hésita qu'une fraction de seconde avant d'obtempérer et de lui prendre la main. C'était une sensation bizarre, de traverser un champ comme à colin-maillard. Ils avancèrent le long de la crête de la colline, lui sembla-t-il, puis le terrain se mit à descendre en pente douce. Elle faillit perdre l'équilibre à plusieurs reprises mais, comme promis, Cormac l'aida à ne pas tomber. Il finit par s'arrêter, se plaça derrière elle et lui orienta les épaules.

— Nous sommes arrivés.

Nora ouvrit les yeux. Devant elle se dressait une aubépine, recouverte d'un fatras coloré de rubans et de bouts de tissu. D'épaisses lianes encerclaient le tronc, et quelques fleurs blanches fanées étaient visibles entre les bouts d'étoffe usés. Bouche bée, Nora s'en approcha pour examiner de plus près ce feuillage fait de la main de l'homme, sidérée par le délirant assemblage d'objets attachés aux branches comme des fétiches : cravates, vieux gants, chaussettes, plusieurs rosaires, un scapulaire, quelques mouchoirs, un ruban de coiffure, une jarretière de mariée en dentelle, trois serre-tête, une médaille de la Sainte Vierge, un filet à cheveux, un cabas, plusieurs sacs plastique contenant des vêtements, un petit ours en peluche, un marque-page à l'effigie du Sacré-Cœur. Un sac à main en cuir noir était accroché au tronc, comme si l'arbuste avait poussé au milieu des anses. On avait peine à croire qu'il pouvait s'agir de l'œuvre d'une seule conscience, d'une seule paire de mains. Malgré le méli-mélo de vieilleries hétéroclites, l'ensemble dégageait une aura de sainteté. On aurait dit une sorte de prière.

Elle demeura immobile sous les branches, s'imprégnant de leur étrange énergie, jusqu'à ce que Cormac s'approche derrière elle et lui enserre la taille. Elle eut un léger frisson et s'abandonna contre lui, sentant son visage rugueux dans son cou.

— Étonnant, non ? murmura-t-il. Je n'ai rien vu de pareil depuis des années. Mme Meagher, la voisine de ma grand-mère, avait l'habitude de mettre de côté toutes sortes de bricoles au long de l'année, et le 1er mai elle accrochait tout ça dans l'aubépine devant chez elle. Une fois, j'ai commis l'erreur de lui demander pourquoi elle faisait ça, et elle m'a rétorqué que j'étais un petit effronté. Je ne pense même pas qu'elle savait la réponse. Sans doute qu'elle avait fait comme ça toute sa vie et jugeait préférable de continuer. D'après ma grand-mère, les gens faisaient ça pour se protéger des fées. En tout cas, j'espère que ça te plaît... une offrande rien que pour toi.

— C'est merveilleux, Cormac, dit-elle en l'embrassant.

Ce baiser exprimait une prière fervente, qu'ils puissent rester là à jamais, protégés par ce lieu sacré. Une brise se leva à l'est, agita les objets, et Nora eut la prémonition que cette soirée, si calme en apparence, réservait quelque méfait ou méchanceté. Elle frissonna de nouveau et Cormac la serra un peu plus fort.

— J'ai vu Brona Scully par ici l'autre jour, dit-il.

— Parle-moi d'elle, Cormac. Je crois que je l'ai aperçue en train de nous épier à l'étage, hier soir chez les Scully.

Elle repensa à la silhouette disparaissant furtivement derrière les rideaux.

— Elle... Elle est normale ? ajouta-t-elle.

— Tu veux dire, est-ce qu'elle a toute sa tête ? Difficile à dire. Quand elle était petite, elle parlait, mais elle est devenue silencieuse du jour au lendemain... il y a une douzaine d'années, je ne me souviens pas exactement.

Nora repensa à la conversation entre Charlie Brazil et Ursula – *ta petite amie, cette Helen Keller*, lui avait-elle lancé méchamment. Elle parlait forcément d'une personne muette.

— Mais qu'est-ce qui peut faire que quelqu'un s'arrête de parler ?

— La plupart des gens relient ça à un traumatisme, mais ce ne sont que des supputations... et bien entendu, elle ne peut pas, ou ne veut pas le dire.

— Quel genre de traumatisme ?

Cormac hésita, puis détourna le regard.

— Eh bien, cela a commencé à l'époque du suicide de sa sœur. Certains prétendent que Brona l'aurait vue se noyer.

— C'est horrible !

— Personne ne sait si c'est vrai, Nora. Ce ne sont que des suppositions.

Elle savait d'expérience qu'il n'était pas à l'aise sur le terrain des conjectures et ne fut donc pas du tout surprise qu'il change de sujet.

— Tu vois cette levée de gravier ? dit-il en indiquant une butte herbeuse, où la terre formait une saillie par-dessus une couche caillouteuse. Ça fait sans doute partie de l'Eiscir Riada mentionné par Michael Scully... La Grand-Route, ou du moins ce qu'il en reste.

Depuis qu'elle était avec Cormac, Nora avait appris à observer le paysage différemment. Elle aurait voulu voir les choses comme lui, en savoir autant sur ces lieux, être capable elle aussi de distinguer le squelette sous la peau d'un site.

— Je suis content que ma surprise t'ait plu, dit-il quand ils furent rentrés au cottage et de nouveau couchés. Je regrette simplement de ne pas pouvoir t'offrir de pareilles merveilles tous les jours.

Nora resta silencieuse quelques instants, à écouter battre le cœur de Cormac, en essayant de rassembler son courage. Elle ne se sentirait jamais prête, la seule solution était d'ouvrir la bouche et de se mettre à parler.

— Cormac, il faut que je te parle. Et je n'ai aucune envie de le faire, je n'arrête pas de repousser... mais je ne peux plus continuer, ce n'est pas juste.

Elle s'interrompit pour s'armer de résolution, prête à essuyer sa colère tout à fait justifiée.

— Je ne peux pas rester ici, murmura-t-elle.

Elle retint sa respiration. Il resta silencieux, immobile à ses côtés. Elle s'en voulait de lui avoir sorti ça de but en blanc, sans avertissement ni ménagements. Quelle lâche elle faisait, incapable de le regarder droit dans les yeux...

Mais quand il s'exprima, cela n'eut rien à voir avec les centaines de réactions qu'elle avait envisagées. Il la tira vers lui, jusqu'à ce qu'elle sente la chaleur de son corps tout contre le sien.

— Je sais, déclara-t-il. J'ai toujours su que tu devrais rentrer chez toi. On a évité le sujet tous les deux. J'espérais simplement que ça viendrait le plus tard possible.

Elle s'écarta légèrement et se retourna pour fixer ses yeux, deux taches foncées dans la pénombre croissante.

— Comment le savais-tu ?

— Ce n'est pas ton genre de laisser tomber, dit-il en caressant d'un doigt le contour de sa mâchoire, descendant ensuite dans son cou. Mais moi non plus.

Elle chercha dans ses traits la preuve qu'il n'abandonnerait pas quand elle serait à des milliers de kilomètres, à nouveau prise dans les fils d'une sombre toile qui se tissait sans cesse et perpétuait le chagrin à jamais. Mais il aurait beau la rassurer, elle aurait beau la souhaiter de tout son être, une telle preuve n'existait pas.

— Ne pense pas à tout ça, lui dit-il. Repose-toi.

— Mais sais-tu pourquoi je dois partir ? Je tiens à ce que tu comprennes. Je n'ai pas du tout envie de te quitter, Cormac. Vraiment. Ce n'est pas simplement pour Triona, mais pour ma nièce, pour mes parents...

— Je sais, dit-il en approchant ses lèvres de son oreille. Chut...

Les bras de Cormac l'enlacèrent, soudant leurs corps ne serait-ce que l'espace d'une soirée, et elle se sentit en sécurité, enveloppée, apaisée intérieurement. Elle finit par s'assoupir, épuisée par la longue journée, le vin et les émotions. Elle dormit profondément, lourdement, comme on dort sous sédatifs.

14

Il était onze heures et demie et Liam Ward, baigné dans l'éclairage doré d'une lampe de bureau, examinait sa collection de pièces. Il n'avait rien d'un collectionneur fanatique, comme ces marchands numismates avec lesquels il correspondait de temps à autre. Il possédait certes des pièces anciennes – surtout des monnaies anglaises de la période romaine – mais elles n'avaient rien de rare, et aucune n'atteignait une valeur exceptionnelle. Son plaisir était celui d'un esthète. Il appréciait la qualité artistique et symbolique du motif, de sentir leur poids dans le creux de sa main, leurs contours polis par les paumes de plusieurs centaines de générations. Il aimait s'imaginer leur histoire, les innombrables dépenses réglées au moyen de chacune de ces pièces.

Quel rôle avait joué précisément Danny Brazil dans la découverte du trésor de Loughnabrone ? Une question qui méritait d'être creusée. D'après certaines rumeurs qui avaient fait le tour de la région, le trésor était plus important que supposé et les Brazil n'avaient pas tout remis au muséum. Ward se demanda dans quelle mesure les deux frères avaient vraiment fait un partage équitable. Il avait perçu une certaine tension quand Dominic Brazil avait abordé le sujet de la ferme. Ce ne serait pas la première fois que des histoires immobilières susciteraient de l'amertume au sein d'une famille, le genre de rancœur susceptible de pousser au meurtre. À supposer que son frère lui ait effectivement racheté ses parts dans la ferme, où était passé l'argent une fois que Danny Brazil avait disparu au fond de la tourbière ? D'accord, mais à supposer que l'argent soit le mobile, pourquoi se donner tout ce mal ? Autant lui défoncer le crâne, se débarrasser du corps, et le tour était joué. Non, la méthode employée portait à croire que l'affaire ne se limitait pas à l'appât du gain. On avait là tous les signes d'un sacrifice, ce qui évoquait une vengeance, une humiliation.

Une autre thèse, certes beaucoup moins probable, voyait en Danny Brazil un héros déchu, un champion foudroyé en plein apogée. Cette idée était venue à Ward en entendant le Dr Gavin évoquer les victimes sacrificielles mutilées ou infirmes. Il pensa aux passions que déchaînait le hurling dans la région. À observer certaines personnes, on aurait cru que leur vie dépendait du résultat d'un match. En fin de compte, le sport n'était-il pas une forme de violence aseptisée et ritualisée ? La blessure de Danny Brazil avait sans doute coûté le championnat à ses coéquipiers, la très convoitée Coupe McCarthy... Pour sa part, Ward n'avait jamais été passionné de sport. Mais il repensa aux visages aperçus de temps à autre quand il était gamin – les traits rougis et déformés par la colère, à mesure que la victoire s'échappait au fil d'un match. Sous son vernis, le sport n'était jamais qu'un substitut des luttes entre factions, une violence ritualisée, un spectacle sanglant.

Dans tous les domaines, la politique et la religion, le sport comme le cinéma, des exemples quotidiens vous rappelaient qu'un rien suffisait pour que celui qui avait été porté en héros par la foule, pour ainsi dire couronné de lauriers, se retrouve honni, déchu, crucifié et déchiqueté. Le schéma était trop classique pour ne pas sauter aux yeux. La soif de sang, Ward arrivait à comprendre : un individu poussé au-delà d'un point de rupture. Par contre, une chose le dépassait : la duplicité nécessaire pour entreprendre et cacher une atrocité. Cela dit, l'Histoire comptait quantité de personnages à l'aise dans le double jeu, capables d'accomplir des gestes ignobles tout en continuant à jouer les bons pères de famille.

Il faudrait retourner voir les Brazil, creuser davantage. Ward avait le sentiment que Teresa et Dominic Brazil en savaient plus qu'ils n'avaient bien voulu le dire, la maladie du mari constituant le prétexte idéal pour éluder les questions gênantes. Dès le lendemain, Maureen et lui se mettraient également sur la piste des anciens coéquipiers de Danny Brazil, qui pourraient peut-être les éclairer sur l'homme. La ferme, la famille, le hurling, l'usine... dans quel autre guêpier Danny Brazil aurait-il pu se fourvoyer ? Il s'était avéré que certains meurtres récents avec mise en scène rituelle étaient liés à des affaires de drogue. Mais le trafic de stupéfiants, du moins à une échelle susceptible d'entraîner des meurtres, était quasiment inexistant dans la région vingt-six ans auparavant.

Les pistes ne manquaient pas pour cette enquête. Cela faisait même trop. D'autant que de multiples couches s'étaient accumulées au fil des ans depuis que le forfait avait été commis. Comment savoir ce qu'on allait déterrer en creusant sous la surface ?

Ward referma son album de pièces et le replaça soigneusement dans le tiroir du bureau qu'il ferma à clé.

15

Arrivé à la remise désaffectée, Owen Cadogan se gara entre les arbres. L'usine se trouvait à deux pas mais il n'avait aucune crainte d'être repéré. Depuis la fermeture de la fabrique de canalisations, plus personne n'empruntait cette route. Trente ans auparavant, alors que l'exploitation de la tourbe battait son plein, on avait construit la fabrique à proximité de l'usine, pour fournir les canalisations en ciment qui servaient à drainer la tourbière. Une fois le réseau posé, elle avait fermé. *Avec le temps*, songea-t-il, *tout disparaîtrait, lui-même y compris*.

Il ouvrit la remise avec une clé qu'il conservait dans le même trousseau que celles du bureau et de la voiture. C'était ici qu'Ursula et lui se retrouvaient l'été précédent, furtivement et en cachette. Il avait encore dans la bouche le goût de leurs rendez-vous illicites. Elle trouvait ça aussi excitant que lui, il en était sûr. Et maintenant elle lui sortait que c'était terminé, qu'elle était passée à autre chose, qu'elle n'avait plus ni envie ni besoin de lui. Alors qu'il avait rêvé d'elle tout l'hiver, attendant leurs retrouvailles avec impatience...

Il avait même envisagé de quitter Pauline, tout ça

pour apprendre que leur liaison n'avait pas compté pour Ursula. Il l'avait vu dans son regard dès son arrivée au début de l'été. Pour elle, il n'était qu'une diversion temporaire, voilà tout. Rien que d'y penser, il étouffait de colère et de jalousie. Lui seul décidait quand les choses étaient terminées. Cette garce allait le comprendre.

Personne d'autre n'avait la clé. Il parcourut du regard la petite pièce encombrée, en essayant de ranimer les sensations qu'il y avait éprouvées, quand il admirait le visage reluisant d'Ursula avec la certitude de lui avoir procuré quelques émotions. Il adorait la prendre ici, dans cet endroit dur, rugueux et dangereux, qui n'avait rien à voir avec le douillet lit conjugal. Ici, on risquait de se faire mal.

Un rayon de lune s'infiltrait par un carreau sale. Baissant les yeux, il aperçut l'empreinte de sa main sur un sac de ciment remisé dans un coin, là même où il s'était tenu quelques mois auparavant, le pantalon baissé, en train d'ahaner et de se trémousser contre elle. Avec Ursula, il avait tenté certaines choses qu'il n'aurait jamais osé faire avec sa femme. Entre ses bras, il éprouvait un affranchissement d'une intensité qui lui faisait peur, qui lui donnait l'impression d'être en quelque sorte anormal. Mais dès lors qu'il y avait goûté, cela avait fait naître une soif que rien ne pouvait étancher. Et voilà qu'elle le rabaissait davantage en l'obligeant à quémander, en se servant de son besoin comme d'un bâton pour le menacer.

Il repensa aux premiers instants, pour la millième fois. Il avait proposé de la ramener après un cocktail à Birr. Un truc officiel au Carlton Arms Hotel. Du trajet lui-même, il ne gardait quasiment aucun souvenir – tout avait été balayé, effacé par ce qui s'était passé quand ils étaient arrivés chez elle, ce qu'il considérait désormais comme ses derniers instants d'homme ordinaire. Quand il s'était arrêté dans l'allée gravillonnée du cottage qu'elle louait, elle avait tendu la main et lui avait baissé la braguette, sans un mot. Tous deux étaient bien éméchés, sans être complètement bourrés, et il n'avait pas dit non. Il lui aurait suffi de refuser, et les choses auraient vraiment tourné différemment.

Après le premier soir, ils s'étaient retrouvés quasiment tous les jours dans la remise désaffectée. Ils avaient également tenté d'autres endroits : les bois au bord du canal, et une fois, épisode unique mais ô combien spectaculaire, au cœur de la tourbière à la pleine lune, dans la douceur moelleuse d'un monticule de tourbe fraîche. Un moment d'une telle intensité qu'il avait cru faire une crise cardiaque, tout au moins une attaque.

Cherchant à recréer la magie de cette nuit-là, il avait déversé plus d'une demi-douzaine de sacs de tourbe horticole sur le sol de la remise, et recouvert le tout de couvertures en laine. Il s'en empara et alla les secouer vigoureusement devant la porte, une par une, jusqu'à ce que l'étoffe rêche ne relâche plus la moindre poussière. Une fois qu'il eut remis en place les couvertures, il recula et contempla la scène. On aurait dit un nid, une tanière. Ce qui expliquait peut-être qu'il n'ait jamais pu retrouver les quelques moments d'extase connus sous la voûte céleste.

Derrière des sacs de ciment, il prit une grosse boîte à outils en métal. Il défit le loquet et souleva le couvercle. Personne n'avait touché à rien : les menottes, la cagoule de velours, les foulards en soie. Tout ça n'était qu'un jeu, s'était-il rassuré. Une comédie un peu spéciale. Assez inoffensif, en fin de compte. Et cela avait commencé très innocemment, chacun tirant sur un bout de la cravate qu'il venait de retirer. Ursula avait suggéré d'aller plus loin, et réussi à le convaincre. Maintenant, l'envie était logée au fond de lui, s'était insinuée dans son esprit telle une force sinistre, corruptrice. Il était devenu un animal, un monstre.

Il sortit la cagoule, caressa le velours, l'enfila et rougit en repensant à l'utilisation qu'en faisait Ursula, suscitant un plaisir qui frôlait la mort. Libre à elle de considérer qu'elle en avait terminé avec lui, la réciproque n'était pas vraie... Il retira la cagoule et la rangea dans la boîte, puis se dirigea vers la porte et actionna l'interrupteur. La remise était bien éclairée en journée, mais il aurait besoin de lumière la nuit. Il décompta le nombre de pas jusqu'au lit de fortune. Il fit passer une corde solide dans les menottes en cuir ; ici, elle aurait plus de mal à se dégager et à lui échapper. Il aurait tout son temps pour lui causer. Et au début il serait doux. Mais il tenait à lui faire sentir sa colère. Elle lui avait répété bon nombre de fois qu'elle méritait d'être punie, et il ne demandait pas mieux que de s'en charger.

Au-dessus des couvertures étaient fixées des étagères auxquelles ils avaient accroché des filins et des chaînes qui leur servaient pour les menottes. Un dispositif très utile pour ce qu'il avait à faire. Aucun danger que l'étagère se décroche – il l'avait lui-même fixée au mur en ciment avec des écrous de quinze centimètres. Il prit un des foulards en soie, le fit glisser entre ses doigts et tira dessus très fort. Au début, tout ça n'était qu'un fantasme, mais à force d'y penser la chose avait pris corps, était devenue réalité... tout du moins une éventualité, puis un projet. Elle ne soupçonnerait rien, s'attendrait à quelques jeux comme avant. Il éprouva un frisson jubilatoire en pensant à son expression quand elle comprendrait que les choses n'allaient pas se dérouler comme d'habitude, que ce n'était plus elle qui menait la danse.

Cadogan enroula le foulard et le fourra dans sa poche. Tout était prêt. Il retourna lentement vers la porte, passant en revue le moindre détail dans sa tête, puis éteignit et ferma à clé derrière lui. Personne ne viendrait ici ou ne s'en échapperait de sitôt. Une ou deux fois, l'idée lui avait traversé l'esprit qu'elle avait peut-être trouvé quelqu'un d'autre. Si c'était le cas, il se devait de prévenir le pauvre bougre avant qu'il ne soit trop tard. Pour lui-même, il savait que c'était fichu. Jamais il ne retrouverait son innocence passée. Mais on ne pouvait pas revenir sur ce qui était fait, et il n'avait jamais été du genre à se lamenter. Quand quelque chose s'achevait, il tirait un trait dessus. Dès qu'il en aurait terminé avec Ursula, il finirait par l'oublier elle aussi.

16

Avec le temps sec qu'il faisait, le feu démarra facilement. Charlie Brazil observa les flammes de plus en plus hautes qui consumaient ses cadres brisés et le tas de chiendent qu'il avait mis de côté en vue de cette soirée. Alarmé par l'odeur de brûlé, le bœuf qu'il avait attaché à un arbre geignit doucement. Charlie se pencha pour ramasser un gobelet posé par terre et sortit son canif de sa poche. Il se dirigea vers la bête apeurée, à pas mesurés et en lui parlant calmement pour apaiser ses craintes.

— N'aie pas peur. Ça ne va pas être long... Là, ne bouge pas.

Nerveux, l'animal trépigna et lui jeta un coup d'œil méfiant en le voyant s'approcher. Charlie lui fit une incision courte mais profonde, juste au-dessus de la patte avant gauche, et y porta le gobelet pour recueillir le sang qui s'en écoulait. Quand le récipient fut à moitié rempli, il le retira. La plaie continua de saigner, formant une traînée sur la patte. Charlie posa son gobelet par terre et prit un petit sachet dans sa poche. Il le déplia et en sortit une toile d'araignée emmêlée qu'il appliqua sur la blessure en appuyant fort. Les yeux marron foncé de l'animal brillaient au clair de lune.

Charlie retourna vers le feu, sentant la chaleur sur ses joues, sa poitrine et ses cuisses. À trois reprises, il plongea le pouce, l'index et le majeur dans le sang et en aspergea le brasier. Le liquide tiède grésillait au contact des flammes. Il murmura l'antique formule :

Trois par-dessus moi
Trois en dessous
Trois en terre
Trois en l'air
Trois aux cieux
Trois dans la mer toute-puissante.

Puis il versa le restant dans le feu, déclenchant des crépitements et des sifflements. Il s'assit dans l'herbe et imagina qu'il apercevait d'autres feux au loin en attendant que le sien s'éteigne. Avec ce qu'il venait d'accomplir ce soir-là, il avait la certitude qu'Ursula Downes ne lui ferait plus aucun tort, ni à personne d'autre. Plus jamais.

17

Une fois de plus, Rachel Briscoe avait la migraine à force de subir la musique qui résonnait bruyamment dans la chambre voisine. Elle jeta un coup d'œil au réveil – il était encore trop tôt. Mieux valait attendre minuit, quand il faisait vraiment nuit noire. Elle ferma les yeux et resta allongée, parfaitement immobile, en essayant de faire taire les pensées, les couleurs et les formes qui s'agitaient dans sa tête.

Le martèlement de la batterie réveilla un souvenir remontant au printemps. Elle était couchée un soir dans sa chambre à la fac, et pour la première fois de l'année elle dormait la fenêtre ouverte. Tirée de son sommeil, elle avait entendu du bruit dans la pénombre, une espèce de son guttural et profond, quelque part dehors et en hauteur. Un animal, avait-elle cru dans un premier temps. Puis les cris s'étaient accélérés et quand elle avait compris qu'il s'agissait d'êtres humains, elle s'était sentie gênée, écœurée et fascinée. Au bout d'un moment, le silence était revenu. Les gens prétendaient que c'était quelque chose de beau – pour sa part, elle ne voyait pas ce que la beauté avait à voir avec ces gémissements et toute cette agitation frénétique. Elle se rappela à quel point elle avait été dégoûtée et sentit son estomac se nouer. C'était pour elle un grand mystère que des hommes et des femmes puissent avoir envie de faire ça ensemble. Mais le pire, c'était de prétendre qu'on était poussé par l'amour.

À minuit huit, elle se leva et parcourut la chambre du regard : un lit, une chaise, un bureau, elle-même et son sac à dos. Rien qui puisse renseigner sur elle : aucun livre, aucune photo, aucun CD.

Seulement quelques habits, un petit réveil et des affaires de toilette, et le tout tenait dans le sac à dos. Chaque soir, elle quittait cette chambre en se disant qu'elle n'y reviendrait peut-être pas. Pourtant, jusqu'à présent elle était toujours rentrée, incapable de clore cette période de son existence alors que cela viendrait fatalement.

En enfilant son blouson, elle sentit le poids symétrique des jumelles dans une poche et de la lampe torche dans l'autre – les deux pierres de touche dont elle disposait dans cette curieuse affaire. Elle était rassurée de les sentir heurter ses cuisses. Elle s'assura que la voie était libre et sortit dans le couloir en refermant la porte de sa chambre. Malheureusement, elle n'avait pas la clé. Elle passa devant le salon, où Trish et Sarah étaient absorbées par une émission de variétés. De toute manière, elles se moquaient de savoir ce qu'elle fichait. C'étaient les trois mecs qui la trouvaient bizarre, ne pouvaient pas s'empêcher de la taquiner, et ne devaient pas trop comprendre qu'elle se désintéresse entièrement d'eux. Ils ne pouvaient pas savoir qu'elle se trouvait là pour des raisons qui n'avaient rien à voir avec les leurs.

Elle décrocha silencieusement sa tenue imperméable et quitta la maison par la porte de la cuisine en prenant soin de refermer derrière elle. Dehors, elle s'engagea dans l'étroit chemin en restant le plus près possible de l'accotement ; elle voulait à tout prix éviter les phares de voiture, même si elle était certaine de n'en croiser aucune. Cette route était totalement déserte la nuit. Après une courte distance, elle grimpa par-dessus un portail métallique et s'enfonça dans la terre meuble foulée matin et soir par le troupeau qui s'assemblait là. Elle fit le tour du champ par les fourrés en bordure – un itinéraire familier qui franchissait une butte, cinquante mètres dans cette direction, puis trente dans celle-ci... et arriva à l'ouverture dans la haie. Elle se faufila en dessous, sachant très bien où elle mettait les pieds étant donné qu'elle suivait le même parcours que tous les soirs depuis quinze jours.

À l'approche de sa destination, Rachel sentit sa poitrine se décontracter. Elle s'était imaginé qu'il ne serait pas simple de vivre dans le secret. Mais, à sa grande surprise, c'était pour elle un jeu d'enfant, comme une seconde nature de mentir effrontément aux autres. Peut-être était-ce plus difficile pour qui était poussé par des motivations plus mesquines. Elle se sentait au-dessus de tout ça – après tout, elle agissait par amour. Ce périple nocturne constituait pour elle un acte de dévotion, son pèlerinage personnel. Elle veillait bien à ce que personne ne la voie sortir. Et chaque fois elle se débrouillait pour être de retour avant l'aube. Mais les nuits blanches commençaient à se faire sentir, et elle savait que ces excursions ne pouvaient pas durer indéfiniment. Cela devait s'achever un jour, d'ici peu. Ce soir, peut-être aurait-elle le courage de passer à l'acte. Elle essaya d'imaginer ce qu'elle dirait, comment Ursula réagirait, ce qu'elles feraient, mais elle était incapable d'envisager la scène. Un futur béant l'attendait au-delà de leur confrontation, au-delà du précipice. Jamais auparavant elle ne s'était aventurée dans ces contrées, et c'était à la fois angoissant et enivrant. Elle perçut cette petite flamme en elle qui savourait la perspective, le terrain inconnu et dangereux sur lequel elle était en passe de s'engager.

Travailler au quotidien avec Ursula, pouvoir l'observer et l'étudier... elle n'aurait jamais rêvé d'une occasion aussi inespérée. Quand elle avait posé sa candidature, elle n'imaginait pas une seconde décrocher une place sur ce chantier, en tout cas dans un premier temps. Et puis tout s'était combiné à la perfection : un des archéologues avait fait une crise d'appendicite juste avant le début des fouilles, et quand on lui avait cherché un remplaçant c'était son dossier à elle qui se trouvait en haut de la pile. Elle aurait pu mijoter son coup pendant plusieurs années qu'elle n'y serait pas mieux parvenue. C'était un signe.

Elle atteignit sa planque en face de la maison d'Ursula. Elle était en nage ; sous l'anorak foncé elle sentait ses aisselles et le creux de son dos tout poisseux. Sortant les jumelles de sa poche, elle songea une seconde à la réaction de sa mère si celle-ci avait pu la voir là. Elle imagina le visage maternel, son teint diaphane et délicat, d'une beauté qu'elle-même n'atteindrait jamais. Elle coupa court à ses pensées, avant que la déception n'apparaisse dans les traits de sa mère, avant que les lèvres ravissantes ne prononcent son nom.

Elle avait choisi un endroit surplombant l'arrière

de la maison. On voyait parfaitement la cuisine et la chambre. Le carreau de la salle de bains était en verre pressé, les motifs opaques permettant tout juste de deviner la tête d'Ursula entourée d'une serviette, les soirs où elle prenait un bain. Rachel s'agenouilla sur le tapis de feuilles qu'elle avait disposé pour rendre l'endroit plus confortable. Côté météo, elle avait beaucoup de chance. C'était un été particulièrement sec ; elle n'avait pris la pluie qu'une seule fois, autant dire que c'était un petit miracle. Elle porta les jumelles à ses yeux et observa la table de la cuisine. Comme d'habitude, une bouteille de vin rouge débouchée y était posée. Mais pas le verre – elle avait dû l'emporter avec elle. Rachel passa de fenêtre en fenêtre, à la recherche de la silhouette d'Ursula ou d'un signe de vie. Elle était peut-être dans son bain ; elle avait pourtant coutume de prendre la bouteille quand elle comptait paresser longuement dans la baignoire. Elle fixa de nouveau la bouteille. Encore pleine – Ursula s'était sans doute absentée une seconde, le temps d'aller faire une bricole dans la chambre... Rachel se mit à l'aise. Cela faisait tellement de temps qu'elle attendait cette occasion, et tout se déroulait parfaitement, exactement comme prévu. À quoi bon précipiter les choses ? Elle pouvait bien patienter quelques minutes de plus.

Elle ouvrit le sac à dos, y fouilla à tâtons, jusqu'à ce que ses doigts sentent la forme oblongue, à la verticale contre une des parois. Elle la prit et sortit le couteau du tissu qui l'enveloppait, admirant l'éclat de la longue lame au clair de lune. Tapie dans la haie, consciente du sang qui palpitait dans ses tempes et du rythme apaisé de sa respiration, Rachel songea soudain qu'elle ne s'était jamais sentie à ce point vivante.

LIVRE TROIS

ÉNIGMES ET ALLUSIONS

Ils parlent par énigmes, se contentent d'allusions,
laissent quantité de choses inexpliquées.

Posidonius, philosophe grec
du Ier siècle avant J.-C., à propos des Celtes.

1

Quand le réveil sonna à sept heures, Nora sentit d'abord la brise qui s'infiltrait par la fenêtre entrebâillée. Bien au chaud sous les couvertures, elle résista à la tentation de se lever aussitôt. Sentant la présence de Cormac dans son dos, elle se retourna pour le regarder et profiter de cette illusion temporaire de vie conjugale. Elle s'endormait souvent la première, sans compter qu'ils n'avaient pas passé énormément de nuits ensemble, et qu'elle n'avait donc eu que très peu l'occasion de l'observer dans son sommeil. C'était touchant de le voir à ce point détendu et serein, d'autant que ce n'était pas du tout l'image habituelle qu'elle avait de lui. Ses cheveux se dressaient en de curieux épis au contact de l'oreiller. Elle admira le contour de ses lèvres qui lui plaisaient tant, les joues légèrement concaves et marquées d'une barbe naissante, et s'arrêta longuement sur la petite cicatrice blanchâtre à la limite des cheveux. Le cœur serré comme un poing, elle songea aux nombreux épisodes de sa vie qu'elle ignorait encore. Elle remarqua une tache de sang sur la taie d'oreiller ; cela lui rappela l'inspecteur Ward qui s'était coupé en se rasant et portait un pansement quelques jours auparavant. Elle écarta les couvertures pour examiner le cou et le torse de Cormac. Aucune blessure apparente. À ce moment, il bougea et se retourna, et elle aperçut trois marques rouges dans son cou, assez récentes à en juger d'après la croûte de sang. Elle jeta un coup d'œil à ses mains – avec ses ongles coupés très court, comment aurait-elle pu le griffer sans s'en rendre compte ? Si ce n'était pas elle, comment avait-il pu se faire ça ? Elle rabattit la couverture sur lui. En tout cas, il ne lui en avait pas parlé.

N'ayant pas le cœur de le réveiller si tôt, elle sortit du lit, enfila son jean et sa chemise, prit ses chaussures à la main et descendit au rez-de-chaussée. Dans la cuisine, elle vit la vaisselle propre dans l'égouttoir. Il s'était donc levé pendant qu'elle dormait, pour ranger et mettre de l'ordre dans ses papiers et ses livres sur la table de travail. En attendant que le café passe, elle se prépara des sandwichs pour son déjeuner dans la tourbière et repensa à la soirée de la veille. Devant l'arbre aux fées, elle avait eu un pressentiment. Cormac n'avait pas paru surpris quand elle lui avait annoncé son intention de rentrer aux États-Unis. Il prétendait l'avoir toujours su, comme elle. Ce qui ne rendait pas la chose plus facile pour autant.

Quand le café fut prêt, elle le versa dans son mug isotherme, y ajouta un peu de lait et sortit avec. Arrivée devant sa voiture, elle se dit qu'elle ferait mieux de laisser ses dossiers au cottage, ce qui permettrait à Cormac de commencer à les éplucher s'il s'en sentait l'envie. Elle posa le mug dans la voiture et ouvrit le coffre. Portant le gros carton dans la maison, elle remarqua que la tenue imperméable de

Cormac n'était plus accrochée à côté de la porte de la cuisine. Étonnant... Pourquoi l'aurait-il déplacée depuis la veille ? Elle n'avait pas le temps d'élucider ce mystère, sous peine d'arriver en retard à la tourbière où l'attendait une nouvelle journée à fouiller les déblais.

Le trajet lui était désormais familier, à travers un dédale de chemins tortueux et de voies sans nom, envahies par les haies. Sur ces petites routes, on mettait bien un quart d'heure pour parcourir les deux kilomètres. Les énormes tours de la centrale constituaient un curieux repère toujours visible dans le paysage. Cormac, qui fréquentait la région depuis des années, devait connaître la moindre butte et le moindre chemin de traverse. La veille sur la colline, il lui avait offert un aperçu de la vie de cet endroit, des multiples activités humaines, modestes ou illustres, qui en avaient modifié la surface.

La maison où logeait Ursula, qu'il lui avait indiquée, n'était plus très loin. Pourquoi cette femme la mettait-elle si mal à l'aise ?

Le visage d'Ursula surgit dans sa mémoire, et curieusement elle repensa au mouchoir dans la poubelle de la salle de bains chez Cormac, marqué de l'empreinte sensuelle et délicate d'une paire de lèvres féminines. Elle tenta de bannir cette pensée, mais celle-ci s'accrocha aux confins de son esprit comme une toile d'araignée.

Elle venait de dépasser le cottage quand un détail bizarre la frappa. S'assurant que la voie était libre, elle fit lentement marche arrière pour y regarder de plus près. Son impression fugace ne l'avait pas trompée : la porte d'entrée était grande ouverte et une fenêtre – sans doute celle du salon – était fracassée.

Nora se gara en serrant le plus possible le bord de la route. Elle s'empara de la manivelle du cric dans le coffre et se dirigea prudemment vers l'arrière de la maison. Ici aussi, la porte était ouverte, de même que celle de la remise, et la vitre de la cuisine était brisée. Quelque chose ne tournait pas rond. Ursula aurait déjà dû se trouver sur le site, et elle ne serait jamais partie en laissant sa maison ouverte aux quatre vents. À l'intérieur, tout était silencieux.

Nora s'approcha, la barre de fer à la main, en veillant à ne pas marcher sur des bouts de verre. Quelques touffes de mousse poussaient sur les fondations en ciment, et un tuyau rouge brique émergeait du mur sous la fenêtre de la salle de bains, sans doute l'écoulement de la douche ou de la baignoire. Entendant un flic flac, elle parcourut la canalisation du regard et reçut une décharge de frayeur en apercevant l'embouchure du conduit d'évacuation. Une petite flaque rouge sang s'était formée en dessous. Une couleur reconnaissable entre toutes.

Elle entra dans la maison par la porte de derrière. Sur la table de la cuisine traînaient une bouteille de vin et deux verres, l'un vide et l'autre plein. Quelques gouttes de sang étaient visibles par terre devant l'évier, ainsi que sur une des chaises autour de la table. Nora se déplaça silencieusement dans le couloir jusqu'à la salle de bains en respirant à peine, et jeta un coup d'œil par la porte entrouverte, sans soupçonner qu'une scène d'horreur l'y attendait.

Les poignets et les chevilles d'Ursula, d'une pâleur de porcelaine, reposaient sur les rebords de la baignoire sabot. Le reste du corps était plongé dans l'eau, et l'on avait déversé de la tourbe tout autour de la baignoire. Ce tableau figé et intime avait quelque chose de tellement surréaliste qu'elle mit une seconde avant d'en saisir la portée. Puis le flot prévisible d'horreur et de confusion s'abattit sur elle, et mille idées se bousculèrent dans sa tête. Elle n'avait rien à faire ici, elle devait alerter la police immédiatement, prévenir Cormac, s'enfuir et se cacher. Et si l'assassin se trouvait toujours dans la maison ?

Tendant l'oreille et surmontant son angoisse, elle se rapprocha lentement de la baignoire. Malgré son cerveau qui comprenait qu'il était trop tard, elle chercha le pouls sur la partie intérieure de la cheville gauche d'Ursula pour en être certaine, mais la peau laiteuse était glaciale au toucher. Nora retira sa main et jeta un coup d'œil à la ronde. La police lui demanderait une description précise de ce qu'elle avait vu. Rien ne voulait s'imprimer, hormis la tourbe, les murs maculés de sang et les quatre membres émergeant de l'eau. Elle se força à pivoter sur elle-même en se concentrant sur ce qu'elle observait : le carrelage blanc, les murs d'un vert étonnant, le peignoir pourpre au pied de la baignoire, l'ampoule nue qui pendait au plafond, la tourbe noire sous les ongles d'Ursula... Plusieurs bougies, disposées sur le rebord de la fenêtre, s'étaient entièrement consumées. Agrippant toujours la manivelle, Nora sortit enfin à reculons de la salle de bains en s'efforçant de fixer la scène dans son esprit. Le robinet fuyait lentement, et rien d'autre ne bougeait, mis à part les gouttes transparentes qui s'écoulaient dans le bain rouge, décomptant les secondes.

Depuis des années elle côtoyait la mort au quotidien mais cette fois il n'y avait rien pour faire écran, aucune barrière entre elle et ce cadavre, cette victime qui n'avait pas prévu les regards inquisiteurs, et bizarrement cela faisait toute la différence. Sa présence en ces lieux lui faisait l'effet d'un affront à la dignité. Elle fouilla dans la poche de son blouson, parvint à en extraire son portable et composa le 999 des urgences. Tandis qu'une partie de son esprit répondait calmement aux questions de l'opératrice, des idées sombres et inquiétantes s'agitaient plus en profondeur. Elle vit défiler dans sa tête les gestes de colère qu'Owen Cadogan avait eus envers Ursula, sa main qui lui serrait la gorge, et elle qui s'était débattue pour se dégager. Elle se souvint aussi de la scène avec Charlie Brazil, et des menaces proférées par Ursula. Mais que signifiait ce tas de tourbe, à moins que... Nora sentit son estomac se contracter en repensant à l'étrange mort de Danny Brazil. Elle retourna dans la salle de bains et se pencha par-dessus la baignoire pour observer le cadavre immergé, et cette fois elle remarqua le lacet en cuir autour du cou d'Ursula, et les trois nœuds qui jalonnaient la ligne foncée. Saisie d'horreur, elle se demanda ce que la police découvrirait sous la tourbe de cette pseudo-fondrière.

2

La maison et le jardin grouillaient de policiers. Ils seraient bientôt relayés par les techniciens de la police scientifique qui passeraient les lieux au peigne fin à la manière de fourmis en blouses blanches et qui ramèneraient des bribes d'indices à leur fourmilière. Assise dans un coin, Nora attendait de pouvoir répondre aux questions de l'inspecteur Ward, impatiente qu'on la laisse partir. Elle aurait voulu se remettre au lit, se rendormir et se réveiller à nouveau, s'apercevoir que tout cela n'était qu'un cauchemar et recommencer la journée à zéro.

— Merci d'avoir patienté, docteur Gavin. Par la suite, il nous faudra une déposition écrite, mais dans un premier temps si vous pouviez simplement me décrire ce qui s'est passé ce matin. Qu'est-ce qui vous a poussée à vous arrêter pour jeter un coup d'œil ?

Nora repensa à l'instant où elle avait entraperçu la porte ouverte. Quelle synapse faisait qu'une personne décidait ou non de faire telle ou telle chose ? Elle aurait tout aussi bien pu ne pas la voir, ou celle-ci aurait pu être moins ouverte... L'aurait-elle tout de même remarquée, ou aurait-elle filé comme tous les autres matins ? Était-elle plus attentive parce qu'elle savait qu'Ursula habitait là ?

— Je ne sais pas, en fait. J'ai vu la porte ouverte, et ça m'a paru bizarre. Je me suis inquiétée.

— Saviez-vous qui habitait ici ?

— Oui, je savais qu'Ursula Downes y logeait pendant la saison des fouilles.

— Comment étiez-vous au courant ?

Pour une raison ou une autre, cette question la troubla.

— Cormac Maguire me l'a appris pas plus tard qu'hier soir.

— Et lui, comment le savait-il, si je peux me permettre de vous poser la question ?

Pourquoi se sentait-elle mal à l'aise ?

— Je ne sais pas. Il ne m'a jamais parlé précisément de leur relation, mais je crois qu'ils se sont connus il y a un certain nombre d'années. L'archéologie est un tout petit milieu. Tout le monde se connaît.

— Je vois, fit Ward.

Nora comprit qu'il venait d'ajouter mentalement Cormac à la liste des personnes à interroger.

— Bon. Vous voulez bien me relater les choses dans l'ordre, à compter du moment où vous avez aperçu la porte ouverte ?

Son regard noisette n'avait rien de méchant, et Nora savait qu'il était obligé d'envisager toutes les éventualités, y compris les moins probables. Il ne pouvait pas faire autrement que de s'intéresser à Cormac. D'ailleurs, sans doute qu'on interrogerait tout le monde dans un rayon de dix kilomètres. Elle inspira longuement et se jeta à l'eau en rapportant le maximum de détails qui lui revenaient : le carreau cassé, les taches de sang par terre dans la cuisine, la bouteille de vin sur la table, ses pas terrorisés dans le couloir, la peur atroce en poussant la porte de la salle de bains avec la manivelle... Elle n'eut pas la force de continuer.

— Je ne vais pas vous retenir très longtemps, lui dit Ward. Mais je dois vous demander ce que vous faisiez hier soir. Si vous pouviez reprendre les choses au moment où je vous ai quittés, vous et le Dr Maguire.

— Après votre départ, nous avons dîné, et puis Cormac m'a emmenée faire une promenade sur la colline derrière le cottage. C'est là qu'il m'a indiqué les maisons du voisinage.

— Et ensuite ?

— On est rentrés et on s'est couchés.

— Et vous diriez qu'il était quelle heure ?

— Environ onze heures moins le quart, j'imagine. Peut-être onze heures.

— Vous avez donc passé la soirée ensemble ? Et la nuit ?

Quand elle le fixa, il chercha à la rassurer.

— Ces questions sont de pure routine. Je ne présume de rien. Je dois m'en tenir aux faits.

— Oui.

Nora repensa aux signes indubitables qu'elle avait repérés en se levant, prouvant que Cormac était descendu pendant qu'elle dormait.

— Vous ne vous êtes pas du tout réveillée au cours de la nuit ? Pour aller aux toilettes ou boire un verre d'eau ?

Elle se demanda si Ward avait remarqué son hésitation.

— Non. J'avais travaillé toute la journée dans la

tourbière et j'étais épuisée. J'ai dormi d'une traite jusqu'à ce que mon réveil sonne ce matin.

— Docteur Gavin, connaissiez-vous bien Ursula Downes ?

— Pas du tout. Je l'ai rencontrée pour la première fois il y a quelques jours, dans la tourbière. On ne s'est pas vraiment dit grand-chose.

— Et le Dr Maguire ? La connaissait-il mieux ?

— Comme je vous l'ai déjà dit, il se pourrait qu'ils aient travaillé ensemble il y a un certain temps. Je n'en sais pas plus.

— Je sais bien que vous n'êtes pas ici depuis très longtemps, mais au cours de ces quelques jours vous n'auriez remarqué personne qui lui voulait du mal ?

Nora marqua une nouvelle hésitation.

— Pour ce qui est de lui vouloir du mal, je ne sais pas. Je peux simplement vous raconter ce dont j'ai été le témoin.

— Je vous écoute, dit-il, l'air intéressé.

— Ursula n'avait pas l'air de s'entendre très bien avec Owen Cadogan, le directeur de la tourbière. Je les ai vus en train de parler à deux reprises, et ce n'étaient pas des discussions amicales. À un moment, Cadogan a même pris Ursula par la gorge. Je n'ai pas bien vu s'il la menaçait, et quand je suis intervenue, elle m'a en gros demandé de dégager et de me mêler de mes affaires. Le lendemain, quand il est arrivé sur le site des fouilles, elle l'a pris à partie. Je ne sais pas à quel sujet, je n'ai pas entendu ce qu'elle lui disait, mais elle l'a giflé. Elle avait vraiment l'air furieuse, mais seul Cadogan pourra vous dire pourquoi.

— Autre chose ?

Elle l'observa qui notait tout cela dans son carnet.

Dès lors qu'elle ne voyait aucun mal à lui parler d'Owen Cadogan, pourquoi ne pas évoquer la conversation entre Ursula et Charlie Brazil ?

— Si vous n'avez rien d'autre...

— En fait, si...

Elle le regretterait peut-être, mais il était trop tard.

— Il y a deux jours, j'ai aussi surpris une conversation entre Ursula et un employé du *Bord na Môna*, un certain Charlie Brazil. Elle était...

Non, inutile de préciser qu'elle l'avait plaqué au sol – la scène était déjà bien assez ridicule.

—... Elle lui disait qu'elle l'avait épié, qu'elle savait ce qu'il cachait. On aurait dit qu'elle le menaçait de dévoiler son secret s'il n'acceptait pas de faire ce qu'elle voulait.

— C'est-à-dire ?

— Elle n'est pas entrée dans les détails. Elle lui a simplement dit de passer la voir, un soir à la nuit tombée.

Ward l'écoutait et prenait quelques notes, l'air impassible.

— Autre chose ?

Nora fit non de la tête en se demandant pourquoi elle avait omis de préciser qu'Ursula avait fait allusion à Brona Scully. Sans trop savoir pourquoi, elle éprouvait le désir farouche de protéger cette jeune fille qu'elle n'avait pourtant jamais rencontrée.

— Vous pouvez rentrer chez vous si vous le souhaitez, docteur Gavin. Si ça ne vous dérange pas de passer au poste dans l'après-midi, on prendra votre déposition en bonne et due forme.

Alors que Ward se dirigeait vers la maison, Nora aperçut un policier posté devant le portail s'adresser à quelqu'un qui s'approchait sur la route. Un homme svelte, au visage franc et séduisant – nez légèrement aplati, lèvres incurvées vers le bas, mâchoire carrée, cheveux gris acier coupés court et coiffés en arrière. Il portait un long imperméable gris qui lui arrivait sous le genou et tenait un attaché-case noir à la main. Un autre inspecteur ? Peu probable. Il n'avait pas l'air d'un journaliste : trop âgé et bien habillé pour ce genre de mission. Et puis, c'était un peu tôt pour la presse. Elle entendit l'agent lui dire :

— Désolé, monsieur. Je ne peux pas vous laisser passer sans le feu vert du patron.

— Où est Ursula ? demanda l'individu en imper. Il lui est arrivé quelque chose ? Dites-moi ce qui se passe.

— Vous êtes son avocat ? demanda le policier en regardant l'attaché-case.

L'inconnu dévisagea le jeune homme d'un air méprisant, comme s'il n'avait jamais croisé pire imbécile.

— Non, je ne suis pas son avocat. Où est votre chef ? J'exige de voir l'officier responsable.

Ward, qui avait manifestement entendu l'échange, les rejoignit.

— Inspecteur Liam Ward. Je dirige les opérations. Qui êtes-vous ?

— Desmond Quill. Je suis un ami d'Ursula et j'insiste pour qu'on m'explique ce qui se passe.

— Si vous voulez bien me suivre par ici, monsieur Quill.

L'attitude calme de Ward désamorçait les vagues de colère dirigées contre lui. Les deux hommes se mirent à l'écart et Nora observa l'inspecteur parler doucement à Quill. Après un court silence, ce dernier baissa la tête et laissa brusquement échapper son attaché-case. Ward esquissa un geste pour le soutenir mais Quill repoussa son bras et se frotta le front d'une main tandis que l'autre, celle qui avait tenu la mallette, allait et venait sur son flanc, comme cherchant à tâtons la poche de l'imperméable.

3

Encore sous le choc, Nora rentra à La Croisée en silence. Elle sentait son pied droit appuyer trop fort sur la pédale de frein, comme pour arrêter le cours du temps et revenir à la soirée de la veille, sous l'aura de l'aubépine magique, quand tout avait semblé parfaitement juste et possible, l'espace d'un bref instant lumineux.

Quand elle se gara à côté de la maison, elle eut peine à croire qu'elle était en train d'ouvrir la portière, de franchir le seuil. Ces gestes anodins, accomplis sans y réfléchir, lui paraissaient irréels après le tableau atroce et insensé qu'elle venait de voir. Pourtant, c'était la réalité : le sang d'Ursula sur les murs autant que les oiseaux gazouillant dans l'arbre devant la fenêtre, ou Cormac installé à son bureau. Il se leva au moment où elle franchit la porte.

— Nora ? Qu'est-ce que tu fais ici ? Tu as un problème ?

— Je n'ai pas été à la tourbière. Je me suis arrêtée chez Ursula. Elle est morte, Cormac.

Elle ne savait pas trop quelle serait sa réaction. Que dire en apprenant ce genre de nouvelle ? Le front plissé, il recula d'un pas et la dévisagea, incrédule. La voyant opiner du chef, il baissa la tête, exhala longuement et laissa enfin échapper quelques mots.

— Non... Non...

— Si. Quelqu'un l'a assassinée.

Cette information redoubla son angoisse. Il se précipita vers elle et la saisit par les bras.

— Comment es-tu au courant, Nora ?

Sentant ses doigts qui l'agrippaient, elle commença à s'inquiéter de sa réaction.

— C'est moi qui ai retrouvé son cadavre, dit-elle en essayant de dégager un de ses bras.

L'agitation de Cormac se dissipa aussitôt. Il passa ses bras dans son dos et la serra très fort contre lui.

— Ma pauvre Nora, murmura-t-il dans ses cheveux. C'est épouvantable... Comment te sens-tu ?

Il s'écarta d'elle pour se faire sa propre idée.

— Ça ira, répondit-elle. Et toi ? Ça va, Cormac ?

Il ne répondit pas tout de suite et détourna la tête en contractant les mâchoires. Quand il la fixa de nouveau, elle sentit toute l'angoisse qui irradiait de ses yeux.

— Nora, il faut que tu saches quelque chose. Je suis passé chez Ursula hier soir... C'est ma faute.

Nora reçut cet aveu sans détours comme une gifle. Cormac comprit aussitôt qu'il avait mal choisi ses mots.

— Non, non, je n'ai pas... Je n'y suis pas resté très longtemps. Un quart d'heure, peut-être vingt minutes. Quand je l'ai quittée, elle allait très bien... (Il secoua la tête et se passa la main dans les cheveux.) Mais je suis tout de même responsable, tu vois. Elle m'a appelé sur le portable. Tu dormais, c'était un peu après minuit. J'étais ici dans la cuisine, en train de terminer la vaisselle. Ursula avait entendu quelqu'un rôder autour de chez elle, et elle m'a demandé de venir. Elle ne voulait pas prévenir la police. Je ne savais pas quoi faire. J'ai eu l'impression qu'elle avait bu, et elle avait vraiment l'air inquiète. Je voulais juste la calmer, la convaincre d'appeler la police. Dès que j'ai franchi la porte, j'ai compris qu'il y avait un problème. La fenêtre de la cuisine était en mille morceaux. Elle s'était fait une vilaine coupure en voulant les ramasser. Je me suis mis du sang partout sur mes habits en l'aidant à se soigner. Ensuite, je suis allé ranger les pansements et quand je suis revenu, Ursula était en train de servir deux verres de vin, l'air de rien. Je lui ai demandé ce qu'elle fichait, et elle m'a répondu qu'il était simple comme bonjour de berner un type bien... (Il se mit à rougir)... J'ai cru qu'elle avait tout inventé, cette histoire de rôdeur. J'ai cru qu'elle avait cassé le carreau elle-même.

— Alors que s'est-il passé ?

Nora sentait comme un poing se refermer autour de son cœur, la signature familière de son vieil ennemi – les regrets.

— Quand je lui ai expliqué qu'il n'était pas question que je reste boire un verre, je ne sais pas ce qui lui a pris, elle a pété les plombs...

L'angoisse et l'humiliation transparaissaient dans ses oreilles cramoisies.

—... Je me suis retourné pour partir, et elle m'a attaqué par-derrière. Je n'avais qu'une envie et c'était de me tirer. Je me suis débattu mais elle m'a filé un méchant coup, jusqu'au sang... (Il porta la main à sa gorge éraflée.) Je sais juste qu'elle était vivante quand je l'ai quittée, Nora. À mi-colline, j'ai jeté un coup d'œil en arrière. Je l'ai vue dans sa cuisine. Elle tenait son verre à la main et se moquait de moi.

Il s'adossa au mur et laissa tomber les épaules. Sur la partie gauche de son cou, Nora aperçut les trois griffures, toujours à vif. Elle repensa aussitôt à la tache de sang sur la taie d'oreiller.

— Il faut que tu préviennes tout de suite la police.

— Oui. Bien sûr.

Un silence pesant s'installa, et Nora sentit qu'il ne lui avait pas encore tout dit.

— Il y a autre chose, Cormac ? Dis-moi tout.

Il ferma les yeux et inspira longuement.

— Je serai bien obligé d'en parler à la police, et je n'ai pas du tout envie que tu l'apprennes par quelqu'un d'autre, dit-il en la regardant droit dans les yeux. Je te demande pardon de ne pas te l'avoir dit plus tôt, Nora. Ursula et moi avons eu... une histoire, il y a très longtemps. On était en doctorat, Gabriel nous avait fait venir ici un été pour participer aux fouilles. Ça a duré quelques semaines. J'ai mis un terme à la relation dès que j'ai compris qu'Ursula n'était pas... (Il chercha le terme approprié.)... n'était pas quelqu'un d'aussi honorable que j'avais pu le supposer.

— Et t'avais besoin de coucher avec elle pour t'en rendre compte ?

Un éclair de douleur jaillit dans son regard et Nora put contempler la blessure infligée par ses mots, tranchants comme une lame.

— Pardon, Cormac... Je te demande vraiment pardon. Je n'avais pas le droit de dire ça.

— Ça se comprend un peu. Je ne sais pas ce qui m'a pris d'accepter d'aller la voir. Elle est passée dimanche soir, et j'ai eu l'impression qu'elle avait changé. Je l'ai trouvée plus calme, plus attentionnée. J'ai cru qu'elle avait un peu évolué... Peut-être que oui, peut-être que non. Peut-être jouait-elle la comédie.

Elle était donc passée ici... Le mouchoir avec une marque de rouge à lèvres dans la poubelle de la salle de bains : c'était Ursula qui l'y avait laissé, à dessein, pour semer le doute. Les souvenirs se bousculèrent dans la tête de Nora, tous ces regards lourds d'insinuations auxquels elle avait eu droit au cours des jours passés : Ursula testait le terrain, pour voir si le doute germait.

— J'aurais dû rester hier soir. Si j'avais pris le temps de lui parler pour qu'elle se calme un peu, Ursula serait peut-être toujours en vie... Je tenais à ce que tu sois au courant avant que les choses s'emballent, dit-il après un silence. Ça va forcément s'emballer, je crois qu'on peut miser là-dessus. Mais je ne lui ai rien fait, Nora. Jamais je ne...

Son regard foncé débordait de remords et de suppliques, et il semblait attendre une réaction, quelques mots rassurants, du genre « Bien sûr, Cormac. Bien sûr que tu ne ferais jamais une chose pareille ». Alors que Nora pensait : *personne ne sait de quoi il est capable, jusqu'au jour où il passe à l'acte. Les gens pètent les plombs, font des bêtises, sans réfléchir...* Elle avait la gorge nouée ; les mots ne voulaient pas sortir.

— Dis-moi quelque chose. Je t'en supplie, Nora.

Elle se rendit compte qu'elle serrait les poings très fort. Elle déplia ses doigts et s'efforça également de décontracter son estomac.

— Je sais, dit-il en lui prenant le poignet. C'est une histoire de dingue, personne ne me croira. Et je ne peux pas leur en vouloir. Mais je suis bien forcé de raconter les choses comme elles se sont passées.

Elle fixa les deux puits marron foncé de ses yeux, puis la main qui lui agrippait l'avant-bras – ces doigts qui tiraient une musique fougueuse et sauvage de sa flûte, qui la réconfortaient et lui caressaient les cheveux quand elle pleurait.

— On va tirer ça au clair, se contenta-t-elle de dire.

Malgré tout, elle vit le soulagement déferler sur son visage comme une vague.

4

Ward demeura un instant dans le flot de lumière qui s'infiltrait par la vitre cassée dans la cuisine d'Ursula Downes. Un banal carreau en verre, sans rideaux. De nuit, quelqu'un se trouvant dehors devait avoir l'impression d'un plateau de théâtre illuminé. Jetant un coup d'œil par la fenêtre au jardin qui montait en pente douce, il aperçut le fil à linge agité par le vent. Il inspecta la porte de la cuisine – un pêne dormant, plus un verrou à bouton. Tout comme celle-ci, la porte d'entrée était grande ouverte. Ni l'une ni l'autre n'avaient été forcées, ce qui signifiait soit que l'assassin avait la clé, soit qu'Ursula Downes le connaissait et lui avait ouvert. À moins qu'on ne se soit introduit par le carreau fracassé. Quelqu'un s'était donné la peine de nettoyer ; un balai traînait dans un coin et la poubelle était remplie de bouts de verre. Il en saisit un de ses doigts gantés et remarqua une trace rouge ; on aurait dit de la peinture au vaporisateur. Il interpella un technicien de la police scientifique qui passait par là.

— C'est possible d'en tirer quelque chose ? De reconstituer la vitre pour voir s'il s'agit d'un graffiti ?

Le technicien opina du chef et s'empara de la poubelle. Ward s'intéressa aux placards. Surtout du thé en sachets, quelques boîtes de haricots et de sardines. Le frigo était quasiment vide, mis à part du lait et quelques barquettes avec des restes de plats cuisinés. Apparemment, Ursula Downes n'aimait pas faire la cuisine.

Dans le salon, des traces sur la moquette indiquaient qu'on avait récemment déplacé le mobilier – pour dissimuler une scène violente, ou bien à la recherche de quelque chose ? Ursula Downes n'avait guère laissé de marque dans son logement temporaire ; il y avait très peu d'objets personnels. Et Ward subodorait que son appartement de Dublin ne devait pas être beaucoup plus chaleureux ; cette jeune femme n'était manifestement pas du genre intérieur cosy.

Un sac à dos traînait par terre à côté de la table. Il le prit, ouvrit la fermeture Éclair de la poche de devant, et vit un tube de rouge à lèvres, un téléphone portable et un agenda. Les précieux renseignements qui lui permettraient d'élucider la vie et la mort d'Ursula se trouvaient là, n'attendant que d'être passés au crible. Il plaça le sac dans un sachet pour pièces à conviction ; il s'y intéresserait de plus près au poste.

Un agent en combinaison blanche se présenta à ses côtés.

— Le Dr Friel veut bien vous voir, monsieur.

Avant de pénétrer dans la salle de bains, Ward inspira lentement et profondément, à plusieurs reprises. Les techniciens avaient transféré la tourbe dans des sacs, pour faciliter l'accès au cadavre. Le corps pâle d'Ursula Downes demeurait en partie immergé dans la baignoire. L'odeur écœurante du sang flottait dans l'air. En général, Ward avait plus de mal à supporter les effluves de la mort que la vue du cadavre – malgré tout, il eut un choc en découvrant celui-ci. Un cordon noir comprimait la chair du cou, très près du menton, et juste en dessous s'ouvrait une plaie atroce.

— Le lien n'est pas très serré, l'informa le Dr Friel. Le but n'était peut-être pas de tuer, mais de couper temporairement l'arrivée d'oxygène, voire de contenir l'hémorragie. Et le lacet comporte trois nœuds.

— Comme pour Danny Brazil.

Ward dressa dans sa tête la liste des personnes au courant de ce détail.

— Et la blessure par arme blanche ?

— L'auteur est très certainement droitier, à en juger d'après l'angle de l'entaille et la répartition des projections de sang.

— Vous pensez donc qu'elle était encore en vie au moment de se faire égorger ?

— Oui. Regardez la disposition des taches sur le mur ; il s'agit de toute évidence d'une hémorragie artérielle.

Suivant le regard du Dr Friel, il vit les traînées rouille foncé et les compta – une, deux, trois, quatre, cinq. Combien de temps son cœur avait-il continué de battre avant qu'elle ne meure ? En tout cas, le meurtrier s'était forcément sali. Il observa les poignets et les chevilles d'Ursula Downes, toujours posés sur le rebord joliment incurvé de la baignoire.

— D'autres blessures visibles ?

— Juste une coupure à la main gauche, répondit-elle en lui indiquant l'endroit, entre le pouce et l'index. L'entaille est récente, et ce qu'il y a d'étonnant, c'est la présence de fils de coton, comme si on avait soigné la blessure, puis enlevé le pansement. J'ai également repéré des traces sous les ongles de la main gauche, il pourrait s'agir de peau et de sang. Il faudra attendre l'autopsie pour en être certain. Je me demande dans quelle mesure elle n'était pas inconsciente, au bord de l'asphyxie, au moment d'être égorgée.

— Et le couteau qu'on a retrouvé par terre ?

— On va faire des analyses, bien évidemment, mais je suis prête à parier qu'il ne s'agit pas de l'arme du crime.

— Pourquoi donc ?

— Cette lame est dentelée. D'après ce que j'ai pu observer, cette femme a eu la gorge tranchée par une lame lisse.

— Autre chose ? demanda Ward après un temps de réflexion. Je veux dire... aucun autre détail particulier ?

— Eh bien, la lame que vous recherchez est émoussée. Pas du tout neuve... il pourrait même s'agir d'une antiquité. Le genre de métal qui ne reste pas affûté très longtemps.

Il dressa les sourcils, l'air intrigué.

— Ça n'a rien de sorcier. Une arme mal affûtée laisse une plaie grossière.

— Et vous diriez qu'elle est morte depuis combien de temps ?

— À en juger d'après la rigidité cadavérique et la lividité des membres, je dirais entre huit et douze heures, grosso modo. Mais le fait que le corps ait été plongé dans l'eau froide augmente la marge d'erreur. L'autopsie devrait être terminée en début de soirée, si vous voulez m'appeler. Vous avez mon numéro de portable ?

Quittant la scène du drame, Ward se fit la réflexion que, pour les crimes atroces, la victime constituait très souvent l'unique témoin dont disposait la police. Fort heureusement, un cadavre avait très bonne mémoire. Avant de sortir, il retira ses gants et les plaça délicatement dans la poche de son imperméable. En franchissant la porte de derrière, il entendit un ruissellement et aperçut la flaque de plus en plus grande au pied de la canalisation bouchée par la tourbe. Il alerta les agents qui se tenaient à côté, mais trop tard : ils en avaient déjà plein les chaussures.

— Inspecteur Ward ! s'écria une voix à quelques mètres. On vient de trouver quelque chose...

L'agent en tenue brandit le bâton dont il se servait pour fouiller l'herbe dense : à son extrémité pendait une paire de jumelles vertes. Ward s'approcha pour les examiner en renfilant ses gants et en sortant un sac plastique.

C'étaient de petites jumelles waterproof, munies d'une lanière en tissu, comme celles qu'utilisent les chasseurs. Quelqu'un avait-il épié Ursula Downes, à l'affût d'une occasion pour frapper ?

— Bien joué, Moran, le félicita Ward en lui tendant le sac où l'agent glissa les jumelles. N'oublie pas de noter l'emplacement, et dis aux techniciens de faire un maximum de prélèvements dans la zone.

Il avait quasiment regagné le cottage quand une autre voix l'interpella, à une cinquantaine de mètres.

— Inspecteur ? J'ai autre chose...

Il tourna sur ses talons et gravit la pente en courant, vers l'agent en question qui se tenait devant une brèche dans la haie bordant le pâturage.

— J'étais sur le point de tâter le bas de la haie avec mon bâton, monsieur, quand j'ai remarqué une tache jaune. J'ai dû déplacer une grosse pierre et dessous j'ai trouvé ça.

Ward s'accroupit pour regarder l'endroit que lui indiquait l'agent. À côté de la grosse pierre plate, il vit un blouson imperméable aplati ; il était jaune, fait d'une épaisse matière caoutchouteuse, comme ceux portés par les pêcheurs et certains archéologues participant aux fouilles de Loughnabrone. La manche droite était maculée de sang. S'aidant d'un stylo, Ward souleva l'étiquette dans l'encolure et put lire le nom inscrit en lettres capitales : MAGUIRE. Il n'avait pas eu le temps d'esquisser la moindre théorie sur ce curieux rebondissement quand son portable sonna dans sa poche. L'officier de permanence l'informa qu'il venait de recevoir un appel d'un certain Dr Maguire, lequel passerait au poste à quinze heures pour faire une déposition concernant le meurtre d'Ursula Downes. *Quel à-propos !* songea Ward en fixant le blouson taché de rouge. Il retourna rapidement vers la maison et boucla les investigations avec son équipe. En montant dans sa voiture, il se mit à passer en revue les questions à poser au cours de l'interrogatoire de Maguire. Cela s'apparentait à une négociation des plus élaborées, qui n'était pas sans rappeler la diplomatie ou les avances amoureuses, s'était-il souvent fait la réflexion. Chacun tentait de découvrir ce que l'autre savait exactement, quelles cartes étaient déjà connues de l'adversaire. Sans cesser de tapoter le volant, il se rendit sur le site des fouilles. Pourvu que l'interrogatoire des archéologues ne prenne pas trop de temps... Il était impatient d'entendre ce que Maguire avait à lui confier.

5

Ward arriva aux fouilles à onze heures moins le quart et fut accueilli par l'agent de faction devant les grossières marches en bois de la baraque de chantier. Maureen était déjà sur place et avait commencé par noter les noms et adresses des membres de l'équipe. Sous le regard de cinq paires d'yeux, il s'installa sur une chaise en bout de table, devant un fatras de sachets de thé, de boîtes de biscuits secs et de briques de lait entamées. Quelqu'un avait fait du thé et plusieurs des personnes présentes se réchauffaient les mains autour d'un mug. Tous avaient le visage buriné par le soleil et le vent. Observant tour à tour chacune de ces mines inquiètes, Ward comprit pourquoi ils étaient tous si jeunes. Il s'agissait d'un travail éprouvant, temporaire, rébarbatif, saisonnier – un marchepied vers autre chose, pas une fin en soi. Avait-il vieilli tant que ça pour les trouver à ce point virginaux, pas encore marqués par l'expérience ? Cette baraque n'était qu'un mobile home de fortune ; on sentait et on entendait le vent dehors, décidé à raser cette construction minable qui défiait sa puissance. Faute d'emporter tous ceux qui travaillaient dans la tourbière, le vent finissait tout de même par gagner à l'usure. Tôt ou tard, ils seraient tous loin d'ici, remplacés par d'autres, mais le vent incessant soufflerait toujours à la surface de la Terre.

Malgré l'inexpérience de ces jeunes gens, Ward savait qu'il était obligé de les traiter en suspects potentiels, avant de pouvoir les éliminer en toute certitude.

— J'ignore ce que vous savez au juste, commença-t-il par dire.

— Rien du tout, intervint un garçon trapu aux grands yeux gris et aux cheveux blonds coupés court. On n'est au courant de rien. On a passé toute la matinée à bosser. Puis on nous a demandé de venir ici et de donner nos noms et nos adresses. On n'en sait pas plus.

Ward parcourut la liste que lui avait remise Brennan, et celle-ci lui indiqua un nom. Tony Gardner.

— Dans ce cas, j'ai le regret de vous annoncer qu'Ursula Downes a été retrouvée morte ce matin. Et il semblerait qu'on l'ait assassinée.

Il sentit le choc collectif que ses paroles produisirent autour de la pièce. Il scruta leurs visages à la recherche d'une réaction, l'habituel déni pour repousser le violent assaut de la réalité, comme si un simple « non » suffisait à corriger les faits. Ce genre de nouvelle était toujours trop considérable, trop insensée, trop impossible pour être acceptée.

— Je ne peux pas vous en dire plus pour l'instant. Nous avons prévenu votre employeur qui s'occupe d'envoyer quelqu'un. Je souhaite vous poser quelques questions concernant Ursula et les fouilles, pour essayer de découvrir si quiconque avait la moindre raison de vouloir s'en prendre à elle. Que s'est-il passé quand elle ne s'est pas présentée ce matin ?

Gardner se chargea de répondre.

— Rien. Je veux dire, on ne s'est pas inquiétés parce qu'elle n'était pas censée venir aujourd'hui. Elle nous avait prévenus qu'elle prenait sa journée, pour avoir un long week-end. Je ne sais pas si elle comptait rentrer à Dublin. Elle ne nous a pas dit quels étaient ses plans.

— Vous l'avez donc vue pour la dernière fois...

— Hier en fin d'après-midi...

Maureen pointa un autre nom – Trish Walpole. Une Anglaise d'une petite vingtaine d'années, comme la majorité d'entre eux. Le soleil avait accentué son teint naturel, et ses cheveux blonds avaient pris l'aspect d'un matelas de paille à force d'être exposés au vent. Tout en s'exprimant, elle tripotait une petite cuiller.

— Après le boulot, on est tous rentrés en minibus, et j'imagine qu'Ursula en a fait autant. Elle avait sa propre voiture.

Sa voisine, aux longs cheveux sombres et au regard apeuré, gardait les mains sous ses fesses et le visage baissé. Nouveau coup d'œil à la liste – Sarah Cummins. Ce devait être une expérience terrifiante pour ces jeunes gens, dont certains se trouvaient peut-être pour la première fois loin de leur famille.

— Vous connaissiez bien Ursula ? leur demanda Ward.

— Pas tant que ça, répondit un jeune homme. Je suis Barry Sullivan, précisa-t-il en pointant la liste du menton. On a presque tous été embauchés pour la campagne d'été. Elle logeait ailleurs, elle ne sortait pas trop avec nous. On la voyait surtout ici pendant le boulot.

— Malgré vos relations limitées, savez-vous si quelqu'un lui aurait voulu du mal ?

— Pas vraiment, répondit Sullivan. C'est-à-dire, elle se disputait de temps en temps avec Owen Cadogan, mais je me suis dit qu'ils ne s'entendaient pas. C'est tout. Les directeurs de tourbières sont obligés de faire avec nous, mais la plupart se contrefichent de notre boulot. À mon avis, ils voient surtout qu'on retarde les échéanciers de production. Plus vite ils se débarrassent de nous, plus vite ils peuvent se remettre à mutiler la nature.

— Tu vas pas nous faire ton mélodrame, Barry ! l'apostropha Trish Walpole. Les gens d'ici sont plus que sympas avec nous.

— Mais pour autant que vous le sachiez, les relations entre Mlle Downes et M. Cadogan étaient strictement professionnelles ?

— Ouais, fit Sullivan. Pour autant qu'on sache.

Aucun des autres ne le contredit.

— Et ses relations avec Charlie Brazil ?

Plusieurs d'entre eux bougèrent nerveusement sur leur chaise, et Ward vit des particules sombres tomber de leurs grosses bottes, sur le sol déjà recouvert d'une couche de tourbe brune.

— Elle cherchait toujours à le faire venir par ici, dit Trish Walpole. Elle se débrouillait pour lui trouver toutes sortes de corvées. Devant lui elle se montrait toute gentille, mais dans son dos elle l'appelait « Charlie Masqué ». Il se passait des trucs bizarres entre eux. Il y a deux ou trois jours, je l'ai vue entrer ici, puis quelques minutes plus tard Charlie est sorti, et il avait la tête de quelqu'un qui vient de se prendre une bonne engueulade.

— Ursula avait donc un cottage à part. Et vous ? Est-ce que vous logez tous au même endroit ?

— Oui, répondit Tom Galligan, le dernier jeune

homme à ne pas s'être encore exprimé. On a un cottage sur la route de Cloghan, à cinq cents mètres du virage où habitait Ursula.

— Vous êtes donc cinq sous le même toit ?

— En fait on est six, dit Gardner. L'une d'entre nous n'est pas là... Rachel Briscoe. Comme elle ne répondait pas quand j'ai frappé à sa porte ce matin, j'ai jeté un coup d'œil. Elle dormait toujours. Elle était enfouie sous sa couette.

— Et vous n'avez pas essayé de la réveiller ? Vous ne lui avez pas parlé ?

— Le minibus était déjà là, on n'avait pas le temps d'attendre. Ce n'est pas la première fois qu'elle oublie de se réveiller.

À en juger d'après son ton, Rachel Briscoe les irritait tous passablement.

— Moi je suis entrée dans sa chambre, déclara Sarah Cummins d'une toute petite voix. Le lit était disposé pour donner l'impression que quelqu'un dormait, mais il était vide. Rachel n'était pas là.

Tous échangèrent des regards coupables.

— Écoutez, dit Sullivan, on sait tous qu'elle sort pratiquement tous les soirs. Elle croit sans doute qu'on ne s'est aperçus de rien. Mais d'habitude elle rentre toujours avant l'aube.

— Auriez-vous une idée d'où elle se rend ? demanda Ward. Peut-être qu'elle donne rendez-vous à quelqu'un ?

Sarah Cummins se hérissa, sur la défensive.

— Non, on n'en sait rien. Qu'est-ce que vous voulez qu'on en sache ?

— Moi je sais, dit Gardner. En rentrant du pub un soir, je l'ai vue sur la colline derrière le cottage d'Ursula.

— Personne d'autre ne l'y aurait aperçue ? demanda Ward.

Les regards embarrassés et quelques hochements de tête lui apportèrent une réponse positive. Mais tous partageaient le point de vue de Sarah Cummins : pas de conclusion hâtive.

— Avez-vous la moindre raison d'imaginer qu'elle ait eu quelque chose à voir avec Ursula ?

— C'était carrément une obsession chez elle, dit Gardner. Elle croyait bien cacher son jeu, mais dès qu'elle pensait être seule on la voyait qui observait Ursula. Pendant les pauses-thé, elle l'épiait comme un chat. C'était bizarre.

Ward interrogea les autres du regard. Personne n'abonda dans le sens de Gardner, mais personne ne réfuta non plus ses allégations.

Ward plongea la main dans la poche de son blouson et en sortit le sac contenant les jumelles retrouvées sur le lieu du crime.

— Quelqu'un aurait-il déjà vu ces jumelles ?

— C'est celles de Rachel, répondit doucement Sarah Cummins. Elle ne s'en sépare jamais. Elle devient dingue dès que quelqu'un les lui emprunte, ne serait-ce qu'une seconde.

Quand il en eut terminé avec ses questions, Ward congédia l'équipe archéologique. Il leur distribua des cartes de visite alors qu'ils quittaient un par un la baraque et leur demanda de le contacter en personne si quoi que ce soit leur revenait, même un détail en apparence des plus anodins. Sarah Cummins s'attarda plus longtemps que les autres, et il attendit d'être seul avec elle pour lui parler.

— Vous avez quelque chose à me dire ?

— Les autres, ils ne voient que ce qui les arrange. Rachel a quelque chose qui la tracasse, son comportement est bizarre. Depuis qu'elle est ici, j'ai l'impression que ça ne tourne pas très rond dans sa tête. Je connais les signes.

Tout en parlant, la jeune femme tirait sur les manches de son blouson, les poings serrés.

— Une fois, je suis tombée par hasard sur elle dans la salle de bains, au cottage. Je ne savais pas qu'elle s'y trouvait, la porte n'était pas fermée à clé. Elle était assise sur le rebord de la baignoire et fixait un couteau posé dans le lavabo... (Elle ravala sa salive.) Je sais très bien quelles idées lui passaient par la tête, ce qu'elle comptait faire.

Elle inspira longuement et remonta une de ses manches, dévoilant quelques cicatrices blanches là où elle s'était ouvert le poignet.

— Le but n'est pas tant de se tuer, ni de faire couler le sang. C'est la douleur... de ressentir quelque chose, n'importe quoi. Et de reprendre le contrôle de sa vie. J'ai arrêté de le faire.

— D'après vous, est-ce que Rachel aurait pu... Serait-elle capable de faire du mal à quelqu'un d'autre ?

Les yeux angoissés de la jeune femme demeurèrent fixés sur lui.

— Je n'en sais rien. J'aurais dû en parler avant.

— Vous n'avez rien à vous reprocher. Je dis ça sincèrement. Vous n'y êtes pour rien, Sarah. Vous avez quelqu'un à qui parler ? Une personne que vous pourriez appeler ?

— Ma sœur, dit-elle en détournant le regard et en opinant du chef.

— Et vous me promettez de lui téléphoner aujourd'hui ?

Elle releva les yeux et acquiesça de nouveau en silence. Comment cette jeune femme en était-elle arrivée à porter sur ses épaules le poids du monde entier ?

— Je tiens à vous remercier de vous être confiée, Sarah. Il vous a fallu beaucoup de courage, et cela pourrait jouer un rôle décisif dans cette enquête. Vous m'appellerez si vous pensez à autre chose ? À quoi que ce soit ?

Elle hocha la tête une dernière fois et glissa la carte de visite dans la poche arrière de son pantalon en regagnant le travail d'un pas traînant. *Un peu partout couvaient des troubles insoupçonnés*, songea Ward. On avait déjà bien assez de mal à contenir les tensions ouvertement déclarées. Comment s'imaginer que l'on pouvait désamorcer les conflits agitant une âme en guerre contre elle-même ?

6

Sans être ravi pour autant, Owen Cadogan n'était manifestement pas surpris de recevoir la visite de deux policiers à son bureau. Sa secrétaire, une petite femme très douce d'une trentaine d'années, leur apporta à sa demande un plateau avec trois mugs et une théière. Elle les dévisagea d'un air tout à la fois fasciné et incrédule, comme le font souvent les gens indirectement impliqués dans un crime atroce. Dès qu'elle fut repartie en fermant la porte derrière elle avec beaucoup de cérémonial, Ward entra dans le vif du sujet.

— Monsieur Cadogan, parlez-nous de vos relations avec Ursula Downes.

Owen Cadogan le fixa longuement, visiblement agacé par les sous-entendus de la question.

— Nous n'avions pas ce qu'on peut appeler des « relations ». Elle a travaillé dans la tourbière l'été passé, et encore cette année. Étant donné qu'elle et son équipe se trouvaient sous ma responsabilité, nous communiquions assez fréquemment.

— À quel sujet ?

— Les progrès des fouilles, le matériel ou l'outillage dont elle avait besoin... ce genre de choses...

C'est incroyable de se dire qu'elle est... reprit-il après un silence.

— Vous êtes sûr que ça s'arrêtait là ?

— Quoi donc ?

— Votre relation.

— Je vous répète qu'on n'avait pas de « relation »...

— D'après certains témoins, vous auriez eu ces derniers jours quelques discussions très tendues avec elle. À quel sujet ?

Cadogan porta son regard à gauche.

— Cela concernait un membre du personnel. Une affaire confidentielle.

Maureen prit la relève.

— Qui ne le restera pas très longtemps quand on se mettra à éplucher les dossiers de vos employés.

Cadogan la fixa droit dans les yeux ; Ward sentit qu'il était sur le point de mettre en cause son autorité.

— Il s'agit d'une enquête pour meurtre, dit Maureen sèchement.

Le directeur battit en retraite.

— L'été dernier, Ursula a mis le grappin sur un de mes gars, et j'ai vu ce que ça a donné. Elle aimait bien faire des expériences, juste histoire de voir jusqu'où elle pouvait pousser le bouchon. Il n'était pas question de la laisser recommencer.

— Et vous lui auriez fait quoi ? insista Maureen. Attraper quelqu'un par le cou, je n'ai pas l'impression que ce soit une manière très professionnelle d'exprimer son point de vue.

— J'ai tenté de lui expliquer, plusieurs fois, mais elle ne voulait pas comprendre.

Ne voulait pas comprendre... se répéta Ward dans

sa tête. *Voilà un homme qui n'aime pas trop les femmes. Il ne leur fait pas confiance, il les prend pour des bêtes curieuses.* Il écouta attentivement sa collègue poursuivre l'interrogatoire.

— Vous êtes bien sûr que ce n'est pas sur vous qu'elle aurait mis le grappin ?

— Je suis un homme marié, répondit Cadogan. De toute façon, ce genre de femme ?

— Quel genre de femme ? Dans quels vices a-t-elle entraîné ce jeune homme qu'elle a séduit ? Cela vous travaillait beaucoup, monsieur Cadogan ? Vous en étiez contrarié, peut-être bien jaloux ?

— Mais non ! J'essaye juste de faire mon boulot.

— Comment s'appelle l'employé, déjà ? Ce pauvre agneau dont vous défendez la vertu ? Dès lors qu'ils sont majeurs et vaccinés, on voit mal en quoi cela vous concerne.

Il réfléchit avant de répondre.

— Ce n'est pas ça. Je ne cherchais pas à me mêler de leurs affaires, mais l'attitude d'Ursula détériorait l'ambiance générale. C'est tout. Comme on devait la supporter dix semaines, j'essayais simplement de calmer le jeu.

Ward se pencha légèrement en avant, discrètement pour ne pas attirer l'attention, et observa les lèvres d'Owen Cadogan articuler les mots de sa réponse – la vérité, cette fois, ou bien un mensonge ? Ils n'avaient aucune preuve de l'existence d'une liaison entre lui et Ursula Downes. Pourtant, ce qu'il leur racontait sonnait faux. Malheureusement, il n'existait aucune méthode infaillible pour déceler les bobards. Le problème venait de ce que la plupart des fabulateurs avaient l'intelligence de mêler mensonges et vérités, moitié farine moitié son. Il fallait faire le tri, vérifier toutes leurs allégations, sans pouvoir se contenter de ce qui semblait douteux. On tombait sur toutes sortes de mensonges et de menteurs. Il y avait les enjoliveurs, ceux qui racontaient les choses telles qu'ils s'en souvenaient, le plus souvent à leur avantage. Certaines personnes se fixaient des règles de conduite, quand on pouvait mentir et quand cela n'était pas convenable. D'autres ne proféraient jamais la moindre parole qui soit fausse, alors que tous leurs actes l'étaient immanquablement. Les menteurs les plus doués, d'après l'expérience de Ward, étaient ceux qui savaient broder, tisser le vrai et le faux pour en faire une étoffe sans coutures apparentes. Dans quelle catégorie se plaçait Cadogan ? Retournant la question dans sa tête, Ward se mit à observer la secrétaire dans le bureau voisin, séparé par une cloison toute fine, à moitié en verre. Il se demanda ce qu'elle entendait de leur conversation. C'était un simple vitrage, et Cadogan parlait assez fort. La voyant travailler avec une concentration un peu trop appliquée, il subodora qu'elle devait tout entendre. Pour l'heure, elle leur tournait le dos et tapait sans relâche à la machine. Il se leva et passa à côté, refermant la porte derrière lui.

— Pourriez-vous me dire où je peux trouver un lavabo, s'il vous plaît ?

Elle releva la tête et lui indiqua silencieusement la cuisine en face dans le couloir.

— Je suis censé prendre mon comprimé une heure avant de manger, expliqua-t-il, et j'oublie une fois sur deux. Merci, mademoiselle... ?

— Flood. Aileen Flood.

Il se rendit dans la cuisine et avala son cachet

d'aspirine avec une gorgée d'eau en inclinant la tête en arrière pour ne pas s'étrangler. Elle le regarda faire d'un air intrigué. Quand il revint, il put constater que l'on entendait parfaitement la conversation dans le bureau de Cadogan, autant que si la partition n'avait pas existé.

— Merci encore.

Il rejoignit Cadogan et Brennan, à qui son petit manège n'avait pas échappé.

— C'est bon, c'est bon. Le garçon s'appelle Charlie Brazil. Il avait un sacré béguin pour elle l'été passé. Mais pas la peine de lui poser la question, il niera tout. Certains prétendent qu'il lui manque un ou deux shillings, mais il n'est pas méchant. Un brave gars. Un peu bizarre, mais travailleur. Elle n'avait pas le droit de lui faire ça.

— Votre épouse est-elle au courant de vos conversations avec Ursula Downes ? s'enquit Ward.

— Je vous demanderai de ne pas mêler ma femme à cette histoire, répondit Cadogan en plissant les yeux.

— Je crains que cela ne soit pas possible, monsieur Cadogan. Parce que vous faites partie des suspects, voyez-vous, et nous allons devoir lui parler pour savoir ce que vous faisiez hier soir.

Il baissa les yeux, l'air accablé.

— Elle a emmené les enfants chez sa mère à Westport. Elle y passe quinze jours tous les étés. Ils sont partis avant-hier.

— Alors personne ne peut se porter garant de vos faits et gestes hier soir ?

Il détourna le regard, puis fixa de nouveau Brennan.

— Non. J'étais chez moi. Seul.

— Et personne n'est passé chez vous ? Vous n'avez reçu aucun coup de fil ? Je me permets de vous rappeler que nous enquêtons sur un meurtre, et que vous figurez au nombre des suspects. Vous n'avez vraiment personne qui puisse témoigner de ce que vous faisiez hier soir ?

— Non...

En même temps que ses lèvres prononçaient le mot, il porta le regard sur la vitre, derrière laquelle sa secrétaire continuait en apparence de travailler. Toutefois, son expression figée, ses gestes trop précis trahissaient une profonde agitation.

— Écoutez, si quelqu'un pouvait nous dire où vous vous trouviez entre une heure et quatre heures cette nuit, nous ne demandons pas mieux que de vous rayer de notre liste.

Ward prit soin de pivoter légèrement, afin de fixer la femme dans la pièce voisine, mais Cadogan refusa de mordre à l'hameçon.

— Je vous jure qu'il n'y a personne. J'étais seul toute la soirée. Toute la nuit.

Brennan le fixa sans sourciller, pour lui offrir une dernière chance de dire la vérité, puis jeta un coup d'œil à Ward. Celui-ci ferma les yeux, lui signifiant qu'il n'avait pas d'autre question.

— On va en rester là pour l'instant, déclara-t-elle en se levant. Nous vous rappellerons si d'autres questions se présentaient et, bien évidemment, vous pouvez toujours nous contacter si vous vous rappelez quoi que ce soit.

Cadogan parut légèrement surpris de s'en sortir à si bon compte. Faisant de son mieux pour le masquer, il posa les mains sur son bureau et se leva de manière affectée. Après l'avoir salué, tandis qu'ils se dirigeaient vers la sortie dans le couloir, Ward jeta un rapide coup d'œil en arrière et aperçut Cadogan accroupi devant le bureau de sa secrétaire. Sa curiosité fut piquée non par cette posture soumise mais par les traits angoissés de la jeune femme.

— Tu n'auras pas le temps aujourd'hui, dit-il en se retournant vers Maureen, mais ça te dirait de rendre visite à Mlle Flood, demain chez elle ?

— C'est déjà noté dans mon agenda, répondit-elle.

7

Charlie Brazil ne fut pas difficile à trouver. Ils s'engagèrent dans la gueule béante de l'atelier, où un ouvrier vêtu d'un bleu maculé alignait les roues crénelées d'un énorme tracteur. Ils exhibèrent leur carte et demandèrent à voir Brazil.

— Va falloir porter des lunettes de protection, bougonna l'ouvrier en indiquant les siennes.

Il alla dans le bureau du contremaître où il prit deux paires accrochées à un panneau. Il leur en tendit chacun une et pointa le pouce en direction du box suivant, où un jeune homme travaillait une pièce de machine à la meule. Tout en enfilant ses lunettes, Ward remarqua la rangée de calendriers affichés au fond de l'atelier, avec des photos de femmes aux mines aguicheuses et aux poitrines qu'on aurait dites gonflées à la pompe à vélo. Le local était apparemment divisé en plusieurs parties, en fonction du type de réparation et du matériel requis. On ne pouvait qu'être impressionné par la taille des machines et l'accumulation d'objets tranchants : lames émoussées qu'on allait passer à la meule, d'autres toutes étincelantes, attendant d'être installées sur ces monstres voués à écorcher la terre.

Ward se demanda dans quelle mesure ces hommes se rendaient compte qu'ils détruisaient chaque jour davantage leur gagne-pain. Les tourbières finiraient par disparaître, contrairement à son propre métier, lequel reposait sur d'inépuisables réserves de colère, de cupidité et de bêtise.

Alors qu'ils s'approchaient, le jeune homme blond appliqua le métal contre la meule et une pluie d'étincelles jaillit vers ses pieds.

— Charlie Brazil ? cria Ward pour se faire entendre par-dessus le vacarme en brandissant sa carte de police.

Le jeune homme fit oui de la tête et éteignit la machine. Ward remarqua ses doigts noirs de crasse. D'après deux sources différentes, la victime s'intéressait à ce jeune homme. Et lui ?

— On était à l'instant en train de discuter avec votre patron, monsieur Brazil. Il nous a dit que vous connaissiez Ursula Downes.

Il leur décocha un regard soupçonneux à travers ses lunettes de protection.

— Comme tout le monde. Elle travaillait déjà dans la tourbière l'an passé.

Ward, qui se tenait face à la porte ouverte du box suivant, observa que la présence policière faisait des vagues à travers tout le bâtiment. La nouvelle avait une façon étonnante de se propager, comme une odeur, une sensation physique. Certains ouvriers passaient d'un pas résolu, quelques-uns restaient plantés à quelques mètres, observant la scène à la manière d'un bétail curieux. De temps à autre, quelqu'un passait devant la porte ouverte, en faisant mine de chercher une tâche en attente. De toute évidence, personne n'ignorait le pourquoi de leur venue. Ward n'avait jamais connu curiosité plus palpable, ni moins fondée. Quand un troisième bleu de travail apparut dans leur champ visuel, il se tourna vers Charlie Brazil.

— Si vous voulez, on peut aller se mettre ailleurs, lui proposa-t-il.

Charlie eut une grimace résignée et fit non de la tête.

— J'ai l'habitude.

Ward nota qu'il était le seul jeune de l'atelier – tous les autres avaient au moins la quarantaine. Il s'imaginait très bien les railleries, la jalousie à peine voilée, le mépris. Charlie Brazil avait beau être joli garçon, il lui rappelait ces gamins qui se font toujours embêter en cour de récréation, parce qu'ils sont trop intelligents, trop introvertis, trop calmes. Autant porter une pancarte autour du cou. Il observa les doigts effilés de Charlie Brazil tripoter les pinces du valet qui retenaient la pièce. Savait-il quel surnom Ursula lui donnait dans son dos ?

— Je ne la connaissais pas si bien que ça. On m'a envoyé là-bas pour lui installer des marches. Rien de bien méchant : clouer quelques planches pour qu'ils puissent entrer et sortir plus facilement de leur baraque, qui est assez haute par rapport au sol. Et l'autre jour elle avait besoin de cadres à dessin, et elle m'a demandé si je pouvais lui en fabriquer.

— Vous alliez donc souvent sur le site des fouilles ?

— Oui, assez souvent.

— Cherchiez-vous des occasions de vous y rendre, pour voir Ursula le plus souvent possible ?

— Non. Je faisais juste ce qu'on me demandait.

— Vos relations avec Ursula ont-elles évolué, entre l'été dernier et cette année ? Auriez-vous remarqué des changements chez elle ?

— Pas vraiment. Elle aimait bien que les gens fassent des trucs pour elle. Elle me demandait toujours des petits services, et j'acceptais.

— Pourquoi ?

Brazil ne répondit pas tout de suite. Il détourna le regard et se tritura la lèvre.

— Je suppose que j'avais un peu pitié d'elle, finit-il par répondre en baissant la voix d'un ou deux crans.

— Comment ça ? s'étonna Brennan, l'air incrédule. D'un regard, Ward lui intima d'y aller avec des gants.

— On sentait qu'elle avait besoin d'attention, expliqua Brazil. Quand elle me le demandait, je lui filais un coup de main.

— Je vois, fit Brennan.

Elle était sur le point de poser une nouvelle question mais Ward lui brûla la politesse.

— Vous arrivait-il de voir Ursula en dehors du travail, Charlie ?

— Non. Jamais.

— Avez-vous eu des relations sexuelles avec Ursula Downes ? insista Ward.

— Non !

La narine frémissante, le jeune homme redressa la tête. Sa poitrine tressaillait, comme s'il suffoquait.

— Jamais... Juré.

Ward se souvint de la remarque d'un des stagiaires d'Ursula.

— Que faisiez-vous avant-hier dans la baraque des archéologues ?

Une pointe de réticence apparut dans le regard de Charlie Brazil.

— Je consultais une de leurs cartes, pour voir où il était prévu de creuser ensuite.

— Et Ursula vous a surpris, n'est-ce pas ? Pourquoi s'est-elle mise en colère ?

— Mais non, pas du tout...

— Vous avez filé en vitesse, continua Ward.

Charlie ne comprenait pas comment il était au courant. Il commençait à perdre confiance, et les deux policiers ne relâchèrent pas la pression.

— Quand avez-vous vu Ursula pour la dernière fois ? lui demanda Brennan.

— Aux fouilles il y a deux jours, en fin d'après-midi. Ils étaient en train de ranger. Je ne lui ai pas parlé.

— Ce n'est pas ce qu'on nous a raconté, dit Ward. Nous avons une déposition d'après laquelle vous lui auriez parlé. Elle vous espionnait, c'est bien ça ? Elle vous a menacé de dévoiler un secret si vous refusiez de faire quelque chose. Ce genre de proposition porte un nom : on appelle ça du chantage. Qu'est-ce que vous avez à cacher, Charlie ? Et qu'exigeait Ursula en retour ?

Les doigts de Charlie serraient très fort le cylindre métallique, et ses yeux farouches ressemblaient à deux petits cailloux bleu acier.

— Je ne sais pas qui vous a dit ça, mais c'est un menteur. Il ne s'est rien passé. C'est qui ? Cadogan ? Vous feriez mieux de l'interroger sur ses relations avec Ursula Downes.

— Vous voulez dire que vous les avez vus ensemble ?

— S'il nie, parlez-lui de la remise abandonnée

sur le chemin de la vieille centrale. Moi, je ne vous en dirai pas plus.

— Que faisiez-vous hier soir, Charlie ? s'enquit Brennan.

Il demeura silencieux, se déplaçant nerveusement d'un pied sur l'autre. Il fuyait leur regard.

— J'ai rien à voir avec le meurtre d'Ursula. Je vous le jure.

— Dites-nous simplement où vous étiez. À partir du moment où vous avez quitté l'atelier.

Il regarda enfin Maureen dans les yeux.

— J'ai terminé à quatre heures et je suis rentré souper à la maison. Après ça, j'ai nourri le bétail et puis j'ai réparé la clôture de l'autre côté de la route, où ma mère garde ses moutons. Un des piquets jouait, ça ne pouvait pas attendre.

— Et vous avez terminé tout ça à quelle heure ?

— Dans les huit heures et demie, j'imagine. Je ne sais pas exactement. Je n'ai pas de montre.

— À quelle heure êtes-vous rentré chez vous, dans ce cas ? Il y eut un silence.

— Je ne suis pas rentré, murmura Charlie.

Brennan jeta un regard en coin à Ward avant de poursuivre.

— Alors où étiez-vous ?

— Sur la colline derrière chez moi. J'avais mis de côté un tas de chiendent, en prévision d'un feu de joie. Ça a mis du temps avant de bien démarrer. J'ai passé toute la nuit devant le feu. Je voulais surtout pas le laisser s'éteindre. Je suis rentré vers six heures et demie, pour donner le fourrage aux bêtes.

— Où exactement avez-vous fait le feu ?

— En haut de la colline, juste derrière la ferme.

— Et personne d'autre ne l'a vu ?

— J'en sais rien. Je l'ai fait pour moi, pas pour les autres.

— À quelle occasion ? demanda Ward.

Charlie garda les yeux baissés.

— Le solstice d'été. On dit que ça porte bonheur de répandre les cendres sur le bétail.

— Vous êtes en train de nous dire que vous avez passé la nuit à entretenir un feu ? dit Brennan. Tout seul ?

— Oui, c'est ça.

Il devint tout rouge. Ward se demanda s'il s'était véritablement livré à cette occupation innocente et solitaire. Y avait-il autre chose de plus sombre ? En tout cas, il gardait les yeux rivés au sol. Non, il n'avait pas dû se contenter de se livrer à de vieilles superstitions pour repousser le mauvais sort. Le jeune homme leur cachait forcément quelque chose.

— Je ne sais pas si tu t'en souviens, Charlie, mais on a déjà eu affaire l'un à l'autre. Cette histoire de bêtes mutilées dans la tourbière, qui remonte à quelques années. Je t'avais interrogé à deux reprises.

Il répondit à voix basse, d'un ton rageur.

— Je me souviens. On raconte quoi, cette fois ? « C'est forcément Charlie Brazil. Il la connaissait, et rappelez-vous ce qu'il a fait à ces pauvres bêtes. » Ils pensent tous que je suis à moitié fêlé, mais c'est pas vrai, et vous le savez. C'est pas moi qui ai tué ces bêtes, et j'ai pas assassiné Ursula. J'ai rien fait de mal.

Ils étaient arrivés à une impasse. Inutile de s'obstiner, du moins pour l'instant.

— C'est bon ? Je peux me remettre au boulot ?

Ward opina du chef et Charlie remit la meule en marche, les ignorant tandis qu'ils traversaient l'atelier vers la sortie.

8

Quand ils arrivèrent au poste de police, Cormac marqua une hésitation avant de pousser la porte. Il prit ses clés de voiture dans sa poche et les tendit à Nora.

— Juste au cas où tu en aurais besoin.

Il aurait mieux fait d'aller jusqu'au bout de sa pensée : juste au cas où on m'arrêterait.

— Tu peux m'attendre si tu veux, mais je suis prêt à parier que ça ne va pas se régler en deux minutes. Je ferais peut-être mieux de t'appeler quand ils en auront terminé avec moi.

Elle prit le trousseau, laissant ses doigts reposer sur la paume tendue. Puis il se retourna et ils entrèrent.

— Cormac Maguire, annonça-t-il au policier de l'accueil. Je viens voir l'inspecteur Ward, qui est prévenu.

Quelques instants après que Cormac eut suivi Ward dans une salle d'interrogatoire, l'inspecteur Brennan glissa la tête par la porte de la réception.

— Docteur Gavin ? Si vous voulez bien m'accompagner à l'étage, on va s'occuper de signer votre déposition.

La suivant, Nora découvrit un bâtiment spartiate et fonctionnel qui lui rappela les postes de police qu'elle avait arpentés aux États-Unis. Une fois de plus, elle pensa aux flics qu'elle connaissait, des personnes qui avaient délibérément choisi de côtoyer la lie de la société. Certains demeuraient persuadés d'œuvrer contre le crime. Désabusés par l'expérience, beaucoup avaient perdu une bonne part de l'idéalisme de leurs débuts. Malgré tout, tous avaient eu la vocation à un moment donné. C'était peut-être la fidélité à ce souvenir qui leur donnait la force de continuer.

Après avoir traversé ce qui semblait être une salle de brigade, elles s'engagèrent dans un escalier à l'arrière du bâtiment. Leurs pas résonnaient sur les marches en ciment, l'écho creux et métallique se propageant dans la cage étouffante. À l'étage, d'autres bureaux et d'autres téléphones, puis une pièce quelconque avec une table et quelques chaises – une salle d'interrogatoire. Sans doute Cormac se trouvait-il dans la pièce voisine. Nora se doutait bien qu'on ne l'avait pas amenée là pour se contenter de lui faire signer sa déposition ; la police n'en avait pas terminé avec elle et cette femme avait pour mission de lui soutirer d'autres renseignements.

L'inspecteur Brennan posa un document dactylographié sur la table, juste hors de portée.

— J'ai ici votre déposition initiale, docteur Gavin, afin que vous puissiez la signer, mais nous souhaitions vous donner l'occasion de la compléter.

Nora observa le large visage de Brennan. Bouche généreuse. Épaisse chevelure, dont la coupe trahissait une femme qui n'était pas du genre à faire des manières.

— Je ne vois pas trop ce que vous voulez que j'y ajoute.

— Vous résidez à Dublin, mais effectuez un séjour dans la région et vous logez à... dit-elle en consultant ses notes... La Croisée. Le cottage appartient à Evelyn McCrossan, c'est bien ça ?

— Oui. Vous le savez déjà. Tout cela figure dans ma déposition.

— Je tiens simplement à m'assurer que vous n'avez rien oublié par inadvertance. Si j'ai bien compris, vous participez aux fouilles de Loughnabrone, dont Ursula Downes avait la charge.

— C'est un peu plus compliqué que ça. Ursula s'occupait de l'excavation d'une route de tourbière, et au cours des fouilles son équipe est tombée sur un cadavre que des experts du Muséum national se chargent d'extraire depuis quelques jours. Ce sont eux que j'assiste en tant que consultante.

— Je vois. Et c'est également l'équipe d'Ursula qui a retrouvé le cadavre de Danny Brazil. Lequel a, semble-t-il, été assassiné dans la tourbière de Loughnabrone il y a vingt-six ans.

— Oui.

— C'est tout de même bizarre comme coïncidence, vous ne trouvez pas ? Faut-il en voir une supplémentaire dans le fait que vous soyez à La Croisée en compagnie d'un autre archéologue ? Lequel, qui plus est, connaissait Ursula Downes. Et même très bien, d'après nos sources. Ça ne devait pas être facile de travailler avec elle.

Nora demeura silencieuse. Elle serra les poings sous la table. Sous ses dehors affables, Brennan connaissait parfaitement son métier.

— L'idée de venir passer quelques jours à

Loughnabrone est-elle venue de vous ou de Cormac Maguire ?

— Je ne me souviens plus très bien. Suite à la découverte du cadavre, le muséum m'a demandé de venir sur place pour les conseiller sur l'excavation, et quand j'en ai parlé à Cormac, il a suggéré qu'on s'installe à La Croisée.

— Vous avez fait le trajet ensemble ? Quand avez-vous quitté Dublin ?

— Non. Cormac est venu seul dimanche, et j'ai pris ma voiture lundi matin. J'en avais besoin pour me déplacer ici.

— Vous voulez bien me répéter pourquoi il a proposé de vous accompagner ?

— Je ne vous en ai encore rien dit. Il m'a expliqué qu'il avait un article à rédiger et que quelques jours de solitude à la campagne ne pouvaient que favoriser sa concentration.

— Je vois. À moins qu'il n'ait trouvé amusant de mettre ses deux maîtresses en présence l'une de l'autre ? Parce que ça l'excitait de jouer avec le feu. Il a forcément vu Ursula Downes interviewée à la télévision, au sujet de la découverte du cadavre, et il devait bien savoir qu'elle travaillait sur le site. Ce ne serait pas plutôt ça qui l'aurait poussé à venir ?

Il ne lui avait jamais parlé d'Ursula avant ce séjour.

— Non. Je suis venue ici à la demande du muséum, et il m'a accompagnée pour écrire.

— Êtes-vous au courant de la visite qu'Ursula Downes lui a faite à La Croisée dimanche soir ?

— Oui, il m'a raconté qu'elle était passée juste après son arrivée.

— Il vous en a fait part de lui-même, dès que vous l'avez rejoint ?

— Non, il m'en a parlé ce matin...

Uniquement après avoir appris la mort d'Ursula. Non... ce que sous-entendait l'inspecteur Brennan ne pouvait être vrai.

— Pourriez-vous nous indiquer où se trouvait le Dr Maguire hier soir ?

— Avec moi.

— Toute la nuit ?

Nora marqua une hésitation, cherchant à tâtons la meilleure façon pour franchir ce champ de mines, dire la vérité sans porter tort à Cormac.

— On a passé la soirée ensemble. Je me suis endormie vers onze heures et demie, et il se trouvait à côté de moi. Quand je me suis réveillée ce matin à sept heures, il était toujours là.

— Et dans l'intervalle, entre onze heures et demie et sept heures du matin ?

— Je vous ai dit que je dormais.

— Vous ne vous êtes pas du tout réveillée au cours de la nuit ?

— Non, j'étais très fatiguée.

Nora sentit les yeux gris scruter calmement chaque millimètre de son visage. Une fois de plus, Brennan changea son fusil d'épaule.

— J'imagine que chaque archéologue arrive sur un site avec son propre matériel... Vous pouvez m'en dire un mot ? Je n'aurais jamais pensé qu'on se servait de truelles de maçon... je m'attendais probablement à quelque chose de plus sophistiqué. Et tout le monde porte sa tenue imperméable. J'imagine que dans une tourbière, la météo n'a pas grande importance. Mouillé en bas, mouillé en haut.

— C'est vrai. On patauge souvent dans la gadouille.

Un tourbillon d'images défilait dans la tête de Nora : les silhouettes asexuées disséminées dans la tourbière, le blouson de Cormac accroché au-dessus de ses bottes la veille au soir, le crochet vide qu'elle avait remarqué ce matin, le mur de la salle de bains barbouillé de sang et, malgré ses efforts pour la repousser, l'image d'un bras enveloppé dans une manche jaune caoutchouteuse, tranchant d'un coup sec la frêle gorge d'Ursula. Elle savait que l'inspecteur Brennan voyait ces visions lui défiler sous les yeux.

— Cormac rangeait sa tenue dehors, n'importe qui aurait pu la prendre.

Elle s'aperçut de son faux pas une fraction de seconde trop tard.

— *Rangeait* sa tenue ? Vous voulez dire qu'elle ne s'y trouve plus ? Quand vous êtes-vous aperçue qu'elle avait disparu ?

— Ce matin, en sortant pour me rendre dans la tourbière.

— Juste avant de découvrir le corps d'Ursula Downes, donc ?

— Oui.

— Et quand aviez-vous vu pour la dernière fois la tenue du Dr Maguire à sa place habituelle ?

— Hier soir, en rentrant de notre promenade après le dîner. Il avait mis ses bottes et les a rangées sous la tenue à notre retour.

— Il était quelle heure ?

— Il faisait nuit... autour de dix heures et demie, j'imagine.

— La tenue imperméable du Dr Maguire a donc disparu entre, mettons approximativement dix heures et demie hier soir et sept heures et demie ce matin.

Nora éprouvait le sentiment atroce d'enfoncer Cormac, mais mentir n'aurait fait qu'aggraver son cas. Elle n'entendait plus ce que Brennan lui disait. Tout se brouillait dans sa tête. Cormac lui avait-il caché quelque chose concernant sa visite à Ursula ? *Reste calme*, lui conseilla une petite voix intérieure. *Ils font ça exprès, pour te miner. C'est une technique d'interrogatoire de te faire douter de Cormac, pour t'amener à révéler des choses malgré toi. Mais tu n'as fait que dire la vérité.* Qui leur avait parlé de la liaison de Cormac avec Ursula ? L'avait-il dévoilée de lui-même, ou bien disposaient-ils d'autres éléments ? À moins qu'ils ne se livrent à de simples spéculations. Obligée en permanence de faire le tri entre vérité et fiction, il arrivait à la police, comme à tout être humain, de se tromper et de se livrer à des conclusions hâtives, à force de vouloir établir des rapprochements là où ils n'existaient pas.

— Mettez-vous à ma place, docteur Gavin : nous nous devons de suivre la moindre piste. Nous disposons d'une ancienne liaison avec la victime, d'éléments matériels sur les lieux du crime et d'un témoignage ; nous ne pouvons pas faire autrement que de creuser la chose.

Nora s'efforça de réfléchir clairement, de tenir la bride à ses pensées qui fusaient.

— Bien sûr, dit-elle. Je comprends parfaitement. J'espère que vous vous intéressez également à tous les autres suspects potentiels.

— Nous n'y manquons pas. Cela dit, vous ai-je déjà précisé qu'Ursula s'était sacrément débattue, et qu'on a retrouvé du sang et de la peau sous ses ongles ? Ça devrait nous permettre d'identifier celui qui l'a étranglée et égorgée. Cette nouvelle me donne espoir, mais il est trop tard pour Ursula Downes.

— Inutile de me le rappeler, inspecteur Brennan. N'oubliez pas que c'est moi qui ai retrouvé son cadavre. Je suis bien placée pour savoir qu'elle a dû beaucoup souffrir. Mais Cormac Maguire n'est pas votre coupable. Je serais prête à miser ma vie là-dessus.

— Eh bien, docteur Gavin, souhaitons de ne pas en arriver là. Vous n'avez qu'à dater et signer votre déposition, lui dit Brennan en poussant le document vers elle et en lui tendant un stylo. Ensuite, je vous raccompagnerai à la sortie.

En quittant le poste, Nora eut l'impression que le monde avait changé pendant qu'elle se trouvait à l'intérieur. Les passants semblaient avoir le visage plus dur, la mine plus sombre. La luminosité elle-même paraissait plus agressive, moins complaisante qu'à peine une heure auparavant. En guise de talisman, elle avait les clés de voiture de Cormac et son portable. Elle vérifia le niveau de la batterie – de quoi tenir encore un certain temps. Il l'appellerait dès que la police en aurait terminé avec lui. On ne comptait tout de même pas... Non, elle ne voulait pas envisager qu'on puisse le mettre en garde à vue. Si cela se produisait, Cormac serait du genre à les laisser faire en se disant que tout finirait bien par s'arranger.

Le regard fixé de l'autre côté de la rue animée, Nora aperçut un tourbillon, comme celui de la tourbière mais plus petit et plus compact, et se souvint de l'expression d'Owen Cadogan : *le vent des fées... Ça n'annonce rien de bon*. Soudain, une bourrasque projeta de la poussière et des feuilles, qui retombèrent aussitôt en un amas indistinct, piétiné par les passants indifférents. *Ce que l'on foule quotidiennement*, songea-t-elle. *Et il en va de même pour le mal : il surgit de nulle part, des choses et des gens qui nous entourent, et puis il y retourne. Sinon, comment expliquer les lynchages par une foule, les escadrons de la mort et tous les massacres insensés pratiqués par l'humanité au fil des siècles ? De tous temps, les anciens avaient une explication toute prête : un sortilège, les esprits maléfiques, le vent mauvais, ces yeux que l'on voyait partout, sournois et grimaçants, jubilant face au désordre*. Nora se surprit à formuler une petite prière silencieuse pour le sort de Cormac, et le sien.

Une idée lui vint tandis qu'elle se dirigeait vers la jeep : peut-être avait-on simplement l'intention de lui faire une prise de sang et de prélever un frottis de la muqueuse buccale, pour des comparaisons de groupe sanguin et d'ADN. Si on le renvoyait au bout de quelques minutes, ce serait ridicule de repartir tout de suite. Elle traversa la rue et poussa la porte de l'hôtel Coughlan, puis celle du bar, signalé par un écriteau en bois orné de trois nœuds sculptés. La déco y était quelque peu vieillotte – bois verni, cuivre, tabourets et banquettes tapissées. Nora commanda un cappuccino et s'installa à une table près du comptoir. Elle mit un sucre et remua le café dissimulé sous la mousse blanche.

Trois nœuds... Comme les lacets dont on s'était servi pour étrangler Danny Brazil et Ursula Downes. Peut-être existait-il d'autres rapprochements... Encore faudrait-il qu'elle arrive à mettre de l'ordre dans ses pensées ! Elle avait besoin d'un plan d'action cohérent, pas de ce fatras chaotique de questions et de pseudo-déductions.

En se disant convaincue de l'innocence de Cormac, faisait-elle comme ces gens qui soutenaient aveuglément un proche alors qu'en fait celui-ci était coupable ? Quoi qu'il en soit, Cormac avait sans doute commis quelques fautes – celle de s'être rendu chez Ursula poussé par une galanterie mâtinée de bêtise, sans le moindre témoin pour accréditer son histoire. Pourquoi ne pas l'avoir emmenée, dès lors qu'il s'agissait simplement de rassurer Ursula ? L'inspecteur Brennan avait très bien su y faire pour réveiller toutes les questions sans réponses tapies au fond de son esprit.

Au-delà du comptoir, elle remarqua une silhouette familière. Cet homme entraperçu le matin même, devant le cottage d'Ursula... un certain Quill. Dire d'un homme qu'il était distingué revenait à dire qu'il ressemblait à Desmond Quill, lequel jouissait d'un de ces visages qui se bonifient avec le temps. Ayant sans doute largement dépassé la soixantaine, il demeurait svelte et large d'épaules, avec des traits réguliers, une mâchoire carrée et une belle tignasse argentée. Sa posture très droite lui donnait des airs d'échassier, un héron cendré par exemple. Elle avait beau ne pas le connaître, quand elle s'approcha et qu'elle vit ses épaules voûtées et le double whiskey posé devant lui, Nora sentit la peine l'envahir.

— Monsieur Quill ?

Il ne se tourna pas vers elle ; ses yeux se levèrent, l'espace d'un battement de cils, sans s'attarder sur son visage.

— Vous étiez chez Ursula ce matin, déclara-t-il, l'élocution fortement entamée par l'alcool. Désolé, je ne connais pas votre nom.

Elle se glissa sur la banquette en face de lui, sans susciter d'objection.

— Je m'appelle Nora Gavin. Je suis vraiment sincèrement désolée pour Ursula. Je vous ai entendu dire que vous étiez un ami...

— Vous savez, ils ne veulent pas me laisser partir. Pas avant d'avoir prouvé que je ne suis pas un tueur monstrueux. Comme si...

Il se frotta la tempe, sans doute pour masser une veine qui lui procurait des élancements, ferma les yeux et inspira longuement par le nez. Nora observa ses paupières froissées et les profondes rides qui, loin de ternir son visage, en soulignaient l'élégance.

— Je leur ai dit tout ce que je savais, reprit-il. Ursula m'a appelé hier soir à Dublin, pour me prévenir que quelqu'un l'embêtait. Elle n'a pas dit qui, juste qu'elle était un peu inquiète. Je lui ai demandé si elle courait le moindre danger physique, et elle m'a répondu... (Il se tut un instant.)... qu'elle pensait que ça n'irait pas jusque-là. Je lui ai proposé de venir sur-le-champ pour régler cette histoire. Ça m'ennuyait qu'elle reste quelque part où elle était menacée. Elle m'a promis d'appeler la police s'il arrivait quoi que ce soit.

Il releva les yeux et posa un regard incandescent sur Nora.

— Je n'ai connu Ursula que très brièvement, dit-elle. J'aimerais...

— Quoi donc ?

— J'aimerais pouvoir faire quelque chose.

— Savez-vous qui l'a tuée ?

— Non. Je veux dire... je ne sais pas. Vous dites qu'elle se faisait harceler ?

— Oui, c'est ce qu'elle m'a avoué. Des coups de fil en pleine nuit, des graffitis sur les fenêtres. Elle n'a pas voulu que je vienne hier soir. Elle m'a soutenu que tout irait bien, que je pouvais attendre ce matin. J'ai donc joué ma partie d'échecs hebdomadaire, et j'ai perdu.

Il la fixa droit dans les yeux, et elle se sentit soudain comme hypnotisée. Puis il détourna le regard, comme s'il avait ressenti la même chose. Le whiskey ambré, qui semblait onctueux et fruité, épousa la forme du verre transparent quand il le porta à ses lèvres et qu'il en but une gorgée. Nora vit la pomme d'Adam saillir et se rétracter au-dessus du col blanc impeccablement repassé. Quill avait le teint frais et délicat, et sa peau paraissait dépourvue de pores. Elle jeta un coup d'œil à la cravate. Le nœud était desserré mais celle-ci était maintenue en place par une épingle au motif des plus originaux : un disque de bronze sur lequel était gravé un triskèle aux courbes gracieuses.

— Je vais vous répéter ce que j'ai déjà dit à la police, reprit-il. J'ai des soupçons concernant la personne qui menaçait Ursula. Elle m'avait raconté qu'elle avait eu une brève... et, à l'en croire, décevante... liaison avec Owen Cadogan, l'été dernier. Une histoire depuis longtemps terminée, en tout cas en ce qui la concernait, mais Cadogan avait manifestement du mal à tirer un trait.

C'était donc bel et bien du mépris qu'elle avait vu dans le regard d'Ursula et de la colère dans celui de Cadogan, songea Nora. *Elle avait été le témoin de la fin d'une liaison, avec toute la douleur et l'amertume qui s'ensuivent.*

Quill recula légèrement et étudia son expression.

— Ça vous étonne qu'Ursula m'ait parlé de ses amours.

— Non, pas forcément.

— Je vois bien que si. Ne soyez pas gênée. Elle voulait simplement que je sache dans quoi je m'engageais. Si j'étais averti du pire, elle pensait que je me tiendrais à l'écart. Mais ça n'a pas marché comme ça. Elle me fascinait. J'étais subjugué. Je me demande bien pourquoi je vous raconte tout ça... dit-il en fixant le fond de son verre, avant de la regarder à nouveau. Elle tenait à me parler de ses aventures amoureuses. Et je l'écoutais parce qu'elle voulait se confier. Je veux bien croire que certaines personnes... et même la plupart des gens trouveraient ça bizarre. Je ne soutiens pas le contraire. Je ne cherche pas à le nier, ni à la défendre. Les faits sont là. C'est tout. Et je dois dire que le monde nous réserve des choses autrement plus surprenantes que le besoin de se confesser, de mettre autrui dans la confidence. Histoire, qui sait, de se sentir un peu moins seul.

— Pourquoi vous ? Pourquoi vous a-t-elle choisi comme confesseur ?

— Je ne sais pas. Peut-être parce que je me gardais de porter un jugement. C'est le lot des amoureux, non ?

C'était sans doute la conversation la plus surprenante que Nora ait jamais eue avec un parfait inconnu. La mort avait parfois le don de balayer la politesse et les conventions sociales. Et d'une certaine manière, l'impudeur de Quill l'enchantait. Il prit son verre dans ses mains. Ses longs doigts effilés étaient presque disproportionnés par rapport au reste de son corps. Nora croyait distinguer, à travers la peau, chaque métacarpe noueux emboîté dans sa base en forme de coupe.

— Je ne connaissais pas vraiment Ursula, dit-elle. On s'est croisées plusieurs fois, dans la tourbière. C'est moi qui l'ai retrouvée ce matin, ce qui me laisse une espèce de sentiment, comme le regret de ne pas avoir fait l'effort de mieux la découvrir.

— Qu'est-ce que vous voulez que je vous dise ? On s'intéresse plus aux morts qu'aux vivants, ce qui en dit long sur l'humanité. Quand Ursula était en vie, personne ne se souciait d'elle : quel genre de femme elle était, ce qui la touchait et la passionnait, lui donnait la force de se lever chaque matin. Maintenant qu'elle est morte, vous n'êtes pas la première à manifester votre curiosité. Je ne dis pas ça pour vous mettre mal à l'aise, mademoiselle Gavin. Ça me semble juste étonnant. Être avec Ursula, c'était comme de recevoir une décharge électrique. Avec elle, ça crépitait dans tous les sens. Elle n'était pas du genre passive, à attendre sagement dans son coin. Qui aurait pu vouloir étouffer une telle flamme ?

Nora repensa à l'Ursula Downes qu'elle avait vue, provoquant Owen Cadogan ou se moquant de Charlie Brazil, et se demanda dans quelle mesure Desmond Quill n'était pas aveuglé par ses sentiments. Puis elle se souvint du spectacle atroce qui l'avait accueillie quelques heures auparavant – quels que soient ses torts, Ursula Downes ne méritait pas cette fin épouvantable.

— On se connaissait seulement depuis quelques mois, dit Quill. Un vernissage au Muséum national. Deux inconnus se croisant au cours d'un cocktail.

Je sais que ça paraît ridicule, mais on éprouve parfois une sorte de reconnaissance fulgurante, et c'est exactement ce que j'ai ressenti à la première seconde. Pas de faux-semblants. Avec Ursula, j'ai vécu en communion comme avec personne d'autre. J'imagine qu'on était semblables aux yeux du monde : froids, voire un peu durs. Moi, je préfère dire qu'on ne faisait pas de sentiments. Mais Ursula avait de bonnes raisons de se méfier du monde entier. Une réaction courante, quand on a été trahie. Mettez-vous à sa place une seconde : la personne censée vous protéger plus que quiconque au monde, qui se sert de votre vulnérabilité pour abuser de vous.

Il fixa le fond de son verre quasiment vide, le regard distant, plongé dans ses souvenirs.

— Je pense être le seul à qui Ursula ait jamais confié ce que lui avait fait subir son beau-père. Prétextant la maladie de sa mère, il venait dans sa chambre le soir, après la fermeture de la teinturerie. Ursula n'était qu'une enfant, elle n'avait nulle part où se réfugier. À la longue, il a arrêté. Elle avait grandi, voyez-vous... elle était devenue une jeune fille, n'était plus l'enfant à même d'assouvir ses obsessions de détraqué. Ursula disait qu'en fin de compte, après tout ce qu'il lui avait infligé, sa pire cruauté avait été de la rejeter de cette façon. Elle en est venue à se détester d'avoir grandi. Vous imaginez un monstre pareil ? Il l'a marquée à vie, et je ne parle pas simplement des cicatrices physiques indélébiles.

Nora ne pouvait qu'écouter. Bien évidemment, le peu de choses qu'elle savait d'Ursula ne constituait qu'une infime partie du tableau. Mais quand quelqu'un disparaissait, qu'advenait-il de cette multiplicité d'essences imperceptibles qui composaient tout individu ? L'un des aspects les plus terribles d'un meurtre, c'était cette vie abrégée beaucoup trop tôt, ce bilan injuste. Nora se demandait pourquoi Desmond Quill se confiait à elle. Cela n'avait sans doute rien de prémédité. Le choc était plus profond qu'il ne voulait bien se l'admettre – le matin même, il avait appris que l'être singulier avec qui il envisageait l'avenir était mort.

— Quand j'étais avec Ursula, j'imagine que certains voyaient un vieillard se servant d'une jeune femme pour retrouver l'illusion de la vie éternelle. Je ne me leurrais pas, cela dit. Je ne suis plus tout jeune... je vais avoir soixante-sept ans en octobre... et je comprenais tout à fait qu'Ursula puisse avoir des besoins, des envies que j'étais incapable de combler. Je ne m'y serais pas opposé. Elle ne m'appartenait pas. Ce n'est... ce n'était pas ce genre de relation possessive. Mais par bien des côtés, nous étions assortis comme cela se voit rarement. Si seulement elle avait accepté que je m'occupe d'elle, elle ne serait pas revenue par ici. Mais elle pouvait se montrer très entêtée. C'était parfois exaspérant.

Il but une nouvelle gorgée, et Nora se demanda à combien de verres il en était. Il se mit à jouer avec la monnaie posée sur la table, disposant les pièces en triangle, puis par rangées de trois, comme une espèce de morpion en plus compliqué. Nora observa les gestes lents et précis des doigts élégants.

— Vous m'avez demandé ce que vous pouviez faire, dit-il. Vous n'avez qu'à me parler de ses derniers jours.

Il lui prit la main et elle eut le réflexe de la retirer, mais il la serra fort.

— Je veux découvrir ce qui lui est arrivé. J'ai besoin de savoir.

Les muscles de sa mâchoire étaient tendus. Puis il inclina la tête en avant et relâcha sa main.

— Je suis désolé... Vous savez ce qu'elle m'a dit, juste avant de raccrocher hier soir ? Elle m'a demandé si je pensais que le chiffre trois portait bonheur ou malheur. Vous y comprenez quelque chose ?

Nora fixa les pièces sur la table, parfaitement alignées en trois rangées de trois. À cet instant, son portable se mit à sonner et à vibrer contre sa hanche. Elle n'avait pas envie de répondre là ; elle avait besoin d'espace pour respirer et réfléchir. Il lui fallait sortir à tout prix, fuir Desmond Quill et ses gestes posés, son chagrin incohérent et son haleine de whiskey.

— Je suis navrée, dit-elle en se levant brusquement, mais je dois y aller.

Il se leva à son tour. Il mesurait une bonne tête de plus qu'elle mais ne tenait pas bien sur ses pieds.

Une fois dans la jeep, elle sortit son portable et consulta la messagerie. C'était Cormac.

« On dirait que je risque d'en avoir pour un certain temps. Tu ferais mieux de rentrer, je t'appelle quand ce sera terminé... Salut, Nora. »

Dire que ce petit appareil dans le creux de sa main pouvait contenir tout ce que recelaient ces derniers mots : de la déception, de l'étonnement, un soupçon plaintif d'espoir.

9

Troublée par sa conversation avec Desmond Quill, Nora rentra à La Croisée sans trop savoir ce qu'elle comptait faire. En descendant de voiture, elle aperçut la patère à laquelle Cormac accrochait sa tenue. Où était-elle passée, et pourquoi l'inspecteur Brennan tenait-elle à savoir quand elle l'avait vue pour la dernière fois ? La police devait être persuadée de tenir du concret, sans quoi elle n'aurait pas perdu son temps à l'interroger dans ce sens. Ils ne supposaient tout de même pas que Cormac serait assez bête pour commettre un meurtre avec son propre blouson et s'en débarrasser sur les lieux du crime. Elle l'imagina dans la salle d'interrogatoire dépourvue de fenêtres, tentant d'expliquer ce qui paraissait incompréhensible, même à ses propres yeux – pourquoi il s'était rendu chez Ursula, comment il s'était retrouvé avec son sang sur ses vêtements. À moins d'établir que quelqu'un d'autre était également sur place, les choses semblaient très mal engagées pour lui. Et s'en donnerait-on la peine quand on disposait d'un témoin capital qui s'était présenté tout seul comme un grand, et parce qu'elle-même l'y avait poussé ?

Confortée par les soupçons de Desmond Quill, Nora était plus que jamais convaincue qu'Owen Cadogan était impliqué dans le meurtre d'Ursula Downes. Mais que faire : appeler son épouse pour vérifier s'il avait passé la soirée chez lui ? La police serait bien obligée de s'en charger, ne serait-ce que parce qu'elle leur avait parlé des scènes entre Cadogan et Ursula. Mais sa déposition ne se suffisait pas à elle seule, bien entendu ; il fallait des preuves matérielles. D'après Quill, quelqu'un avait barbouillé de la peinture sur les fenêtres d'Ursula. C'était peut-être là une piste pour établir la présence de Cadogan sur les lieux du crime... Nora se rendait bien compte qu'elle se raccrochait à n'importe quoi, se livrait à des conclusions hâtives. Influencée par Quill, elle se polarisait trop sur Cadogan.

Hormis Cadogan... Cormac n'était pas le seul à pouvoir se rendre à pied chez Ursula. Michael Scully leur avait confié que les Brazil étaient ses plus proches voisins, et le rucher de Danny Brazil se trouvait de l'autre côté de la colline, juste derrière le cottage. Et c'était désormais Charlie qui s'en occupait. D'après la conversation qu'elle avait surprise entre le jeune homme et Ursula, celle-ci semblait porter un intérêt particulier à la découverte du cadavre de Danny Brazil. Elle essaya de se souvenir de ce qu'Ursula avait dit précisément... quelque chose au sujet du lacet à trois nœuds, qui tout compte fait n'aurait pas porté chance à Danny. Faisait-elle allusion à cela quand elle avait demandé à Quill si le chiffre trois portait malheur ? *Je t'ai beaucoup observé*, avait-elle dit à Charlie. *Je sais ce que tu caches*. Et quand il lui avait demandé ce qu'elle voulait, elle avait répondu : *C'est peut-être moi qui ai quelque chose à t'offrir*. Une phrase qui sonnait comme une avance, à plus d'un titre. *Passe me voir*, lui avait-elle intimé, comme s'il n'avait d'autre choix que de lui obéir.

Nora ferma les yeux et repensa à la soirée de la veille en essayant d'imaginer la vue qu'on avait du sommet de la petite colline. Pour autant qu'elle se souvienne, on y distinguait parfaitement la cuisine d'Ursula. Cormac avait aperçu Brona Scully près de l'arbre aux fées – se pouvait-il qu'elle s'y soit rendue la veille au soir ? Un amer constat tempéra aussitôt ce vague espoir. Même en supposant que la jeune fille se soit trouvée là, qu'elle ait vu quelque chose, en quoi cela pouvait-il aider Cormac ? La pauvre gamine était muette comme une tombe. Autant faire parler un mégalithe. Si Brona avait été le témoin... À force d'y penser, Nora sentait cette éventualité lui travailler l'esprit. Après tout, ça ne coûtait rien de vérifier si Brona avait vu quoi que ce soit.

Même en plein jour, le pêle-mêle de l'aubépine constituait un tableau étonnant. La disposition des lieux correspondait au souvenir de Nora : du pré situé au sommet de la colline, on avait effectivement une vue imprenable sur la cuisine d'Ursula. Elle aperçut la fenêtre éventrée et le ruban bleu et blanc interdisant l'accès à la maison et au jardin. Elle tenta d'imaginer la silhouette d'Ursula dans la maison... et Cormac qui descendait de la colline, arrivait dans le jardin... La suite ne l'enchantait pas, mais elle était bien forcée d'y penser, dès lors qu'elle voulait aider Cormac. La veille, un témoin se tenait peut-être à cet endroit précis. Comment la scène avait-elle pu se dérouler ?

Cormac n'était pas coupable du meurtre... c'était impensable. Mais le silence de Brona Scully risquait de provoquer sa perte. Aurait-elle distingué quelque chose de nuit ? À supposer qu'elle ait l'habitude de venir ici le soir... Pour l'heure, aucun signe de la jeune fille. Néanmoins, Nora se sentait mal à l'aise et se demandait si quelque regard l'épiait. Elle avait la nette et désagréable impression qu'on l'espionnait depuis les broussailles en bordure du pré. Elle pivota lentement vers l'aubépine, scrutant un mouvement parmi les haies, mais ne vit rien.

Soudain, elle entendit une respiration dans son dos, elle fit volte-face et découvrit un bœuf roux à tête blanche qui l'observait curieusement à quelques mètres. D'après ce que leur avait dit Michael Scully, le bétail qui broutait dans les environs appartenait sans doute aux Brazil. Le rucher de Charlie devait lui aussi être situé à proximité. Elle repensa aux paroles d'Ursula. *Je suis passée voir ton coin, là où tu as tes abeilles. On m'a raconté qu'avant c'était Danny qui s'en occupait*... Fallait-il y deviner du chantage, ou bien une autre forme de menace ? *Je t'ai beaucoup observé, je sais ce que tu caches*. Ursula était-elle morte pour avoir découvert ce qu'elle était censée ignorer ?

Une fois de plus, Nora imagina Cormac assis dans une pièce glauque, répondant sans cesse aux mêmes questions, face aux regards incrédules des policiers installés en face de lui. Le sang d'Ursula se trouvait sur ses vêtements, elle l'avait griffé au cou. Se pouvait-il, si Nora ne parvenait pas à leur procurer une autre piste, que Cormac paye le restant de ses jours un crime qu'il n'avait pas commis ?

Elle consulta sa montre. Charlie Brazil ne se trouvait sans doute pas au rucher. Comme elle le savait, les abeilles requéraient des soins particuliers au début de l'été, et au minimum une visite quotidienne ; mais Charlie ne devait pas quitter son travail à la tourbière avant seize heures. Ne sachant pas dans quelle direction se rendre, elle remarqua quelques abeilles surchargées de pollen jaune sortir d'une haie d'églantiers à côté d'elle et s'envoler tant bien que mal, dans la direction opposée à La Croisée. Elle suivit le sentier à bétail et aperçut d'abord le cercle d'arbres, puis les ruches disposées comme des menhirs sur le pourtour d'un espace à découvert. Sur le côté se trouvait une maisonnette ouverte aux quatre vents. Il n'y avait pas âme qui vive, mis à part quantité d'abeilles qui s'en donnaient à cœur joie dans le champ de trèfles en fleur. Nora n'avait pas de tenue de protection mais ne se sentait pas nerveuse pour autant. Les insectes étaient beaucoup trop occupés pour s'intéresser à elle.

S'introduire dans une maison sans porte semblait plus anodin que de commettre une effraction, ce qui n'empêchait pas Nora d'éprouver un sentiment bizarre en s'aventurant dans la remise de Charlie Brazil. Deux choses l'aidèrent à surmonter ses réticences : l'image de Cormac interrogé en tant que suspect, et l'éternel regret de ne pas s'être montrée plus curieuse et indiscrète du temps où sa sœur était toujours en vie. Elle ne pouvait pas se permettre d'être timorée une fois de plus. L'encadrement de la porte conservait quelques traces de peinture verte, et l'humidité avait depuis longtemps effrité la chaux des murs. Elle franchit le seuil et aperçut un rideau en loques, punaisé à une fenêtre. On imaginait très bien un père et une mère, occupant leur place traditionnelle devant l'âtre, et leurs enfants en blouse, le visage fin et les pieds nus. N'existait-il aucun endroit en Irlande qui ne soit peuplé de fantômes ?

Charlie Brazil avait entassé des cadres neufs contre un mur. Une combinaison, un camail et un voile d'apiculteur étaient suspendus à un crochet près de la porte. L'enfumoir – l'appareil muni d'un soufflet servant à maîtriser les abeilles – se trouvait à portée de main sur le rebord d'une fenêtre, ainsi qu'une boîte d'allumettes. Sous une petite fenêtre était disposé un lit métallique tout simple, avec une couverture soigneusement bordée sous le matelas. Quelqu'un avait coutume de dormir là – peut-être pas tous les soirs, mais de temps en temps. Au pied du lit, l'épais mur partait en morceaux et la chaux était percée de dizaines de petits trous, signe qu'on y avait punaisé quelque chose, et assez récemment. En se penchant pour jeter un coup d'œil sous le lit, Nora aperçut ce qui ressemblait à une carte postale retournée dans la poussière près du mur. Elle tendit la main, non sans appréhension, et sentit le papier lisse et épais.

Il ne s'agissait pas d'une photo, comme elle se l'était vaguement imaginé, mais d'un dessin à l'encre, un croquis détaillé comme elle en avait vu dans les livres d'archéologie de Cormac. Celui-ci avait pris une teinte grisâtre avec la moisissure. Le sujet était une sorte de plateau ou de bouclier, orné de motifs qui avaient quelque chose de vaguement familier ; on aurait bien dit un objet datant de l'âge du fer. Du bout des doigts, elle parcourut les arabesques, les courbes sinueuses dessinées sur le papier comme elles avaient été gravées dans le métal. Que faisait ce dessin dans la remise où Charlie Brazil rangeait son matériel d'apiculture ?

Notant la punaise toujours attachée à la feuille, elle dénombra dix-sept trous dans le mur, à intervalles réguliers, comme si d'autres croquis y avaient été exposés. Était-ce là le secret découvert par Ursula ?

Nora glissa la feuille dans la poche de son blouson et jeta un nouveau coup d'œil à la ronde. Elle se demanda ce qu'étaient devenus les gens qui vivaient ici. On avait l'impression que les lieux avaient été abandonnés plus ou moins en l'état. Tasses et soucoupes ébréchées demeuraient entassées sur les étagères vermoulues qu'on avait fixées sur un mur. Quelqu'un balayait assez régulièrement le sol nu, sans doute avec le balai posé dans un coin, et l'on avait récemment réparé l'échelle du grenier ; quelques têtes de clou étincelaient sur le bois usé. Elle posa le pied sur la première marche ; celle-ci lui paraissant solide, elle gravit les quelques degrés. Une valise ouverte reposait sur le plancher du grenier. Elle se pencha pour en examiner le contenu, éparpillé par terre : des vêtements en lambeaux, des coupures de presse, de vieilles photos, fanées par le temps. Sur celle du haut de la pile, collante de miel, on voyait une jeune femme. À en juger d'après sa tenue, le cliché datait d'un certain temps. Nora referma la valise et chercha un monogramme, une étiquette, quelque indication sur l'identité de son propriétaire ; mais le carton gondolé ne dévoila rien et se déchira au niveau des charnières qui ne tenaient plus. Elle inspecta le reste de la pièce exiguë, parsemée de bric-à-brac, de clous rouillés et de fil de fer. Peut-être Ursula avait-elle appris que Charlie récupérait des objets archéologiques, comme celui du croquis. D'après Niall Dawson, déterrer des antiquités sans permis constituait une infraction pénale – mais cela justifiait-il de commettre un meurtre ?

Elle entendit du bruit au rez-de-chaussée... Quelqu'un venait d'entrer. Une poussée d'adrénaline la fit se plaquer contre le sol. L'odeur de poussière et d'humidité lui emplissant les narines, elle pria très fort de ne pas se trahir en se mettant à éternuer ou à tousser. Par les fentes entre les lattes du parquet elle pouvait voir ce qui se passait en bas.

C'était Charlie Brazil. Mais il ne prit pas sa tenue. Il était là pour autre chose. Retenant son souffle, elle le vit s'accroupir devant la cheminée. Il se servit du tisonnier pour soulever une dalle dans un angle, sortit une boîte en fer dissimulée dessous et remit la pierre en place, éparpillant des cendres par-dessus. Nora se faufila sans faire de bruit, pour mieux voir.

Charlie retira le couvercle de la boîte, en sortit quelques croquis semblables à celui qu'elle avait trouvé, et inspecta le reste du contenu. Nora entendit un cliquetis métallique et aperçut des rouelles celtes, des bracelets, une tête de hache et des pièces. Puis il plongea la main dans sa poche et en sortit une sorte de poignard primitif dont il retira le fourreau. La lame en bronze terni reluisait dans sa paume – malgré la distance, Nora vit tout de suite qu'il ne s'agissait pas d'un objet moderne. La peur lui glaça les membres. Il s'agissait peut-être de l'arme dont on s'était servi pour égorger Ursula Downes. Avait-elle découvert le trésor de Charlie Brazil ? Comment aurait-elle réagi ? Peut-être avait-elle exigé sa part... Charlie lui avait confié qu'on lui demandait souvent où était enterré l'or, la partie du trésor de Loughnabrone que Dominic et Danny

Brazil avaient soi-disant gardée pour eux. Une fois de plus, Nora chercha à se rappeler les paroles précises d'Ursula. *Je sais ce que tu caches*. Elle sentit quelque chose lui chatouiller la cheville gauche, près de l'endroit où le toit rejoignait le plancher. Une abeille s'était faufilée entre sa chaussette et sa jambe de pantalon, et grimpait vers son genou. Ne pouvant pas bouger de peur de faire du bruit, Nora retint sa respiration et exhorta en silence le maudit insecte à faire demi-tour et à retourner d'où il venait. Surtout ne pas le provoquer : elle savait d'expérience qu'une piqûre dégageait de la phéromone, qui entraînait des attaques de la part d'autres abeilles. Et elle avait déjà eu l'occasion de voir quels ravages pouvait provoquer un essaim en colère. L'autre solution était de se dévoiler en sortant tout de suite : ce qui ne l'enchantait guère quand elle voyait le poignard qui avait peut-être tranché la gorge d'Ursula.

Charlie remit l'arme dans son fourreau et la glissa dans sa poche, puis plaça la boîte en fer-blanc dans un sac en tissu qu'il avait apporté. Il allait changer de cachette ; si Ursula l'avait effectivement découverte, il craignait sans doute que quelqu'un d'autre n'en fasse autant. L'abeille se rapprochait lentement de son genou et Nora n'avait qu'une envie : l'écraser et détaler. Vivement que Charlie s'en aille, qu'elle puisse bouger et partir de là... Il se redressa et jeta un coup d'œil autour de lui. Elle tressaillit involontairement en sentant l'insecte se déplacer, puis se figea en voyant le jeune homme gravir les marches. Il passa la tête par l'ouverture du grenier et tendit l'oreille. Nora espérait qu'il n'entendrait ni sa respiration ni les vibrations de son cœur qui battait violemment contre ses côtes. Soudain, elle sentit l'abeille la piquer, d'abord une impression froide comme au contact d'orties, puis une douleur fulgurante, convergeant en une grosse boule d'élancements. Elle tenta de brider son esprit, d'étouffer ses sens, de respirer silencieusement malgré la crainte de pousser un cri.

Au bout de quelques secondes, la tête de Charlie disparut, il redescendit et quitta la maisonnette. Nora patienta le plus longtemps possible, puis retira son pantalon et s'en servit pour chasser l'abeille qui riposta en essayant de la piquer aux doigts. Elle se redressa brusquement en gesticulant, et manqua de dégringoler en descendant l'échelle. Elle sortit à toute vitesse et se précipita dans le pré qui surplombait le rucher, secouant son pantalon derrière elle et tentant désespérément de fuir l'insecte enragé. L'histamine produite par son corps avait déjà commencé de lutter contre le poison ; elle sentait sa cheville gauche toute chaude et tout enflée. Elle se mit à boiter et s'arrêta devant la barrière du champ, le temps de reprendre son souffle et de remettre son pantalon. Entendant du bruit dans les buissons derrière elle, elle se retourna et vit Charlie Brazil, qui rougit de la surprendre ainsi dévêtue.

— Qu'est-ce que vous faites ici ? lui demanda-t-il. Quelques réponses fusèrent dans la tête de Nora. Il avait les mains vides ; il avait dû cacher les objets à proximité.

— Je prenais juste l'air, répondit-elle. J'espérais avoir l'occasion de vous remercier pour le miel. Je me suis un peu trop approchée des ruches, dit-elle en relevant son pantalon pour exhiber sa cheville. C'est idiot de ma part, j'aurais dû me méfier.

— Laissez-moi regarder ça, dit-il en se mettant

sur un genou. Il souleva sa cheville à deux mains, par en dessous. Sa peau était fraîche.

— Vous n'êtes pas allergique aux piqûres d'abeille, au moins ? Vous avez besoin d'aide pour rentrer chez vous ?

Nora se souvint du poignard qu'il avait sorti de sa poche.

— Je suis sûre que je vais pouvoir me débrouiller toute seule. Ce n'est pas...

— Vous ne devriez pas mettre tout votre poids sur cette cheville. Allons, je vais vous filer un coup de main.

De si près, elle sentait l'odeur âcre de son corps en sueur après une journée de travail. Il n'était pas exclu qu'elle se soit complètement trompée sur son compte depuis le début. Il se releva et était sur le point de la prendre par la taille quand une idée la frappa : que dirait-il s'il trouvait le croquis dans sa poche ? Elle recula.

— Non, vraiment. C'est bon. Je vais me débrouiller toute seule.

Il plissa légèrement le front.

— Je vous fais peur ?

— Pas du tout... Vous m'avez déjà secourue une fois, le premier jour dans la tourbière. Ce n'est pas nécessaire. Je suis sûre que vous avez d'autres choses à faire, et je peux très bien me débrouiller toute seule.

Son regard effleura involontairement le lacet en cuir avec des nœuds qu'il portait autour du cou, et se détourna aussitôt, mais son hésitation n'échappa pas à Charlie.

— Qu'est-ce qui vous embête ?... Ça ? dit-il en attrapant le cordon et en lui décochant un regard accusateur. Ursula s'y intéressait beaucoup elle aussi.

Le prenant au dépourvu, elle se faufila sous son bras et détala, courant sur le chemin en direction du cottage des Scully et de La Croisée, du plus vite que le lui permettait sa cheville endolorie. Charlie n'aurait sans doute eu aucun mal à la rattraper mais la laissa filer.

Quand elle arriva enfin au cottage, Nora avait les mains qui tremblaient très fort et eut toutes les peines du monde à verrouiller la porte derrière elle. La cheville parcourue d'élancements, elle sautilla jusqu'au frigo pour voir s'il y avait des glaçons. Un seul bac – on ferait avec. Elle versa les cubes dans un sac plastique, le ferma et l'appliqua sur sa cheville toujours enflée.

Au départ, elle était persuadée qu'Owen Cadogan avait trempé dans la mort d'Ursula. Avec ce qu'elle venait de voir, elle n'était plus du tout certaine que Charlie ne soit pas impliqué lui aussi. Tous ces liens entre lui et Ursula ne pouvaient pas être le seul fait du hasard. Mais elle n'avait rien de précis à fournir aux autorités, simplement quelques vagues soupçons et supputations. Pourtant, la scène dont elle avait été témoin devait bien avoir une explication. En se rappelant qu'elle était venue là initialement pour étudier le cadavre d'un homme que l'on avait exécuté ou sacrifié, Nora songea avec angoisse qu'elle ne pouvait plus faire marche arrière ; l'enjeu était trop considérable. Pour Owen Cadogan, les superstitions concernant le vent des fées n'étaient que de vieilles sornettes. Mais en repensant à ce premier jour, Nora savait pour sa part que rien de bon n'était arrivé depuis.

10

Ward quitta le superintendant et regagna lentement son bureau. Comme il le subodorait, ils auraient droit à un chaperon pour l'enquête sur la mort d'Ursula Downes. Cette affaire hors du commun, avec des relents de meurtre rituel, avait piqué la curiosité du Bureau national des enquêtes criminelles, qui avait décidé d'envoyer une équipe pour assister la police locale. En général, « l'assistance » prodiguée par le Bureau dépassait quelque peu l'acception commune. En gros, Maureen et lui ne disposaient plus que d'une poignée d'heures pour obtenir des résultats, avant que ces messieurs de Dublin ne débarquent avec leurs costumes chic et ne prennent les choses en main.

Il s'approcha de sa collègue, qui accrochait des photos prises sur le lieu du crime et d'autres informations pertinentes sur un panneau derrière son bureau, avec une colonne distincte pour chaque piste d'investigation.

— Ils seront ici lundi pour installer leur QG d'enquête... Elle pinça les lèvres, exprimant un léger agacement.

— Je sais, poursuivit Ward, mais on n'a pas le choix.

— Et les recherches concernant Rachel Briscoe ? Que dit le superintendant ?

— Je lui ai expliqué qu'on avait quelques agents et bénévoles sur le terrain, qui interrogeaient les gens et leur montraient sa photo, mais sans résultats. Si on n'a rien d'ici demain matin, on lance une opération coordonnée.

— Et on place Rachel dans quelle catégorie : suspect ou témoin ?

— On la recherche simplement pour l'interroger, mais cela pourrait évoluer. Certains de ses collègues ont l'air convaincus qu'elle faisait une fixation sur Ursula Downes, voire qu'elle la harcelait. Le fait qu'on ait retrouvé ses jumelles, auxquelles elle tenait apparemment beaucoup... semble indiquer que Rachel s'est rendue chez Ursula hier soir.

— Et le couteau laissé sur place ?

— Les analyses sont en cours, mais le Dr Friel n'a pas l'air de croire qu'il s'agit de l'arme du crime.

— Pourquoi donc ?

— La lame est dentelée. D'après ses observations, le Dr Friel estime qu'on s'est servi d'une lame lisse pour égorger la victime. Je reste persuadé que Rachel Briscoe détient sans doute la clé de l'énigme. Même en supposant que ce ne soit pas elle qui ait tué Ursula Downes, il y a des chances qu'elle ait vu l'assassin.

Certes, l'enquête en était à ses débuts, mais Ward trouvait qu'ils étaient vraiment trop peu renseignés sur la victime. La maison où résidait Ursula n'était qu'un logement temporaire, qui ne leur avait quasiment rien fourni d'intéressant. Les quelques témoignages des personnes de la région qui l'avaient côtoyée donnaient un portrait fragmentaire et incomplet. Ils avaient besoin de se faire une meilleure idée de la victime pour appréhender le crime. Il prit le sac à dos qu'il avait récupéré sur place et commença d'en inspecter le contenu. Brennan lista les objets sur une fiche d'inventaire au fur et à mesure, avec un descriptif pour chacun.

— Agenda... peu d'annotations, j'y jetterai un coup d'œil. Bloc-notes à pinces, quelques documents... on dirait que ça concerne l'excavation. Stylo, crayons. Petit portefeuille avec pièce d'identité, permis de conduire, quelques cartes de visite, cinquante-sept euros et... (Il compta la monnaie)... quarante-trois centimes. Téléphone portable. Tu n'as qu'à t'en charger : vérifie les appels donnés et reçus au cours des derniers jours. Au fait, on a des nouvelles de Dublin : ils se sont occupés de l'appartement d'Ursula ?

— Une équipe doit s'y rendre en ce moment même, répondit Maureen en consultant sa montre. Tu n'as rien d'autre à leur demander ? Et Desmond Quill : on devrait peut-être vérifier son alibi, non ? Je veux dire, ça me semble peu probable qu'il soit venu jusqu'ici pour lui couper la gorge, puis qu'il soit resté sur place pour voir qui allait découvrir le cadavre, mais il faut bien s'en assurer.

— D'accord, vois s'ils peuvent envoyer quelqu'un pour vérifier son histoire. Quill prétend qu'il jouait une partie d'échecs, comme tous les jeudis soir, et qu'elle a duré très tard. D'après le Dr Friel, le décès serait survenu entre minuit et quatre heures du matin. Si on pouvait éliminer Quill, ça permettrait de se concentrer sur les autres suspects.

— Ah, oui... les autres.

— On va reprendre les notes d'interrogatoire, pour trouver quelques failles à exploiter.

Maureen attrapa son carnet et l'ouvrit à la première page des interrogatoires.

— Nora Gavin affirme qu'elle a vu Owen Cadogan avoir des gestes menaçants envers Ursula Downes, lundi dernier dans l'après-midi. Elle déclare également que le lendemain Ursula a inversé les rôles : elle aurait giflé Cadogan, avec une bonne engueulade en prime. Deux scènes en public avec la victime au cours des jours précédant le meurtre, et aucun alibi pour le soir en question.

Ward songea à la secrétaire peu loquace de Cadogan.

— À moins qu'Aileen Flood n'ait une version légèrement différente de la sienne à nous proposer. Attendons de lui avoir parlé demain. N'oublie pas non plus qu'on a la déposition de Desmond Quill, lequel affirme que Cadogan sortait avec Ursula l'été dernier, et qu'il la harcelait depuis son arrivée la semaine dernière : appels sur son portable, graffitis salaces sur ses fenêtres. J'ai cru déceler de la peinture rouge sur les bouts de verre qui se trouvaient dans la poubelle de la cuisine chez Ursula. Le laboratoire va tenter de reconstituer le carreau, on verra bien si c'est une des inscriptions dont parle Quill. Avec le portable, on devrait aussi pouvoir vérifier si c'était bien Cadogan qui l'appelait à tout bout de champ.

— Quand il nous raconte qu'il voulait qu'elle laisse Charlie Brazil en paix, je n'y crois pas une seconde. Ce qui ne veut pas dire pour autant qu'Ursula n'ait rien eu à voir avec Charlie Brazil.

Ward considéra cette éventualité.

— On a la conversation surprise par le Dr Gavin, dit-il. Elle le faisait chanter, menaçait de dévoiler un secret.

— En général, qu'est-ce que les gens ont à cacher ? demanda Brennan. Un bâtard, un trésor, un squelette familial dans le placard... Quoi qu'il en soit, ça ne va pas être simple de découvrir de quoi il s'agit, vu que Charlie nie catégoriquement que cette conversation ait eu lieu. On devrait aussi aller jeter un coup d'œil à l'endroit dont il nous a parlé : la remise sur la route de l'ancienne centrale.

— Tu penses quoi de son histoire de feu de joie ?

— Allons, Liam : plus personne ne fait ça.

Ward repensa à la mine méfiante de Charlie quand celui-ci avait évoqué le feu. Brennan se trompait rarement, mais sur ce point il pensait qu'elle avait tort. L'attirance pour le feu était quelque chose de profond et instinctif, d'irrationnel, et dans certaines régions, particulièrement à l'Ouest, on continuait de pratiquer les feux de joie à l'occasion des principales fêtes. Il eut soudain le souvenir d'un incident qui remontait à plus de trente ans, une de ses premières interventions en tant que policier débutant. On l'avait chargé de mettre fin à un feu de joie la nuit de la Saint-Jean, à la demande d'un prêtre qui n'avait pas de temps à perdre avec de tels vestiges de la bêtise païenne. Il s'était rendu sur place en voiture, pestant d'avoir à se déranger pour ce qui n'était sans doute que des broutilles. Et il avait découvert un feu immense. Il avait longuement observé les flammes et les braises qui montaient vers le ciel, ainsi que les visages rougeoyants, qui prenaient l'allure de masques grotesques à la lueur du feu.

— On ira faire un tour en haut de la colline, dit-il quand le souvenir s'estompa. Ça ne nous prouvera pas qu'il a effectivement passé toute la nuit là-bas, mais on saura s'il disait la vérité pour le feu de joie. As-tu déniché d'autres affaires de meurtres rituels ?

Comme pour faire suite à ses pensées, Brennan resta sur le sujet des flammes.

— Un cadavre entièrement carbonisé a été retrouvé à Wicklow l'hiver dernier. Au départ, on a cru à une sorte de rituel, mais en fait il s'agissait d'un règlement de comptes entre dealers. La victime avait une balle dans le corps, et les meurtriers avaient brûlé le cadavre pour tromper les enquêteurs.

— C'est tout ? Rien d'autre ?

— Rien d'autre sur le plan local, en tout cas pour les victimes humaines. Autrement, il y a cette affaire dont tu as parlé à Charlie Brazil...

Elle prit un dossier dans une pile sur son bureau et le lui lança. Ward l'ouvrit et le feuilleta. Il s'arrêta sur les photos du chevreau mutilé, suspendu à une branche frêle. Il examina les divers gros plans : le lien serré autour de l'encolure, la langue protubérante, la profonde entaille sur la gorge distendue, les entrailles noircies. Pauvre bête. Sous les pattes arrière, le sol était tel qu'il s'en souvenait : des taches rouille sombre et trois cercles dessinés avec du sang. Plaisanterie monstrueuse, ou vision pervertie et démente d'un rite sacré ?

— Parle-moi un peu de cette enquête, lui dit Maureen. C'est donc toi qui t'en es chargé ?

— Ça faisait environ trois ans que j'étais ici. Trois incidents se sont produits : deux agneaux et un chevreau, victimes de ce qui semblait être des sacrifices rituels. C'était horrible... tu as dû t'en rendre compte en parcourant le dossier. À l'époque, j'avais le sentiment que Charlie Brazil n'était qu'un bouc émissaire tout trouvé. Maintenant, je n'en suis plus si certain.

— Et Maguire ? fit Brennan en tournant les pages de son carnet jusqu'au dernier interrogatoire en date. Il affirme qu'Ursula Downes lui a demandé de venir parce qu'un rôdeur l'embêtait, et qu'il s'est donc rendu chez elle. Il prétend qu'elle s'était coupée avec le verre du carreau de la cuisine qui était cassé à son arrivée, et qu'il s'est mis du sang sur ses habits en l'aidant à se mettre un pansement.

— Elle avait en effet une coupure assez profonde à la main gauche. On devrait demander au Dr Friel d'y chercher des fragments de verre.

— Bon. Mais Maguire reconnaît également que les fragments de peau retrouvés sous les ongles de la victime sont les siens. Soi-disant qu'elle l'aurait agressé quand il a exprimé des doutes sur cette histoire de rôdeur et a refusé de rester plus longtemps. Il aurait mis ses vêtements tachés de sang à la machine en rentrant chez lui. Il dit qu'il ne sait pas où est passée sa tenue imperméable. Il la rangeait dehors à l'arrière de la maison, là où n'importe qui pouvait la prendre. Et pourquoi porter son propre blouson quand on a l'intention de commettre un meurtre ? Ça semblerait plus logique de prendre un truc neuf qu'on jette ensuite, non ? J'imagine que ce genre d'erreur peut se concevoir pour un crime passionnel, commis dans la folie de l'instant. Le forfait est accompli, tu es couvert de sang et pour une raison ou une autre tu n'as pas le temps de te débarrasser des preuves. Tu flanques la tenue n'importe où, en espérant arriver à convaincre quelqu'un qu'il s'agit d'un coup monté.

Ward repensa aux projections de sang dans la salle de bains. Quoique inconsciente, Ursula Downes était encore en vie quand son assassin l'avait égorgée – ce qui ne collait pas avec la théorie du geste spontané. D'autant qu'il y avait également la mise en scène, avec la tourbe entassée autour de la baignoire, qui présentait tous les signes de l'occultisme et non d'un crime passionnel.

— Mais avait-il besoin de prendre sa tenue ? Il ne pleuvait pas jeudi soir. Et quel serait son mobile ? Maguire reconnaît qu'il a eu une liaison avec Ursula il y a pas mal d'années, mais je n'ai pas l'impression qu'il s'agisse d'un secret d'État.

— Ça pourrait être autre chose. Deux archéologues : ça a peut-être un rapport avec leur métier. Elle est au courant d'une faute professionnelle concernant son enseignement, ou ses travaux de recherche. De quoi contrarier son plan de carrière, le priver du poste de directeur de département qu'il convoite. Liam, on est tout de même obligés de se pencher sur son cas.

— Je suis d'accord. On n'a qu'à ajouter ça à la liste pour les gars de Dublin, qui pourront se renseigner sur le bonhomme.

— Ce serait tellement simple et parfait si c'était lui !

— Un peu trop, non ? J'ai comme l'impression que cette enquête s'annonce plus compliquée. J'en reviens toujours à ces trois nœuds. Les deux cadavres retrouvés dans la tourbière avaient un lacet en cuir autour du cou, avec trois nœuds. Le premier date de quelques milliers d'années. L'autre est plus récent mais c'est le lacet qui a permis de l'identifier : Teresa Brazil nous a appris que son beau-frère Danny portait toujours un collier semblable, une sorte de porte-bonheur. Et trois jours après la découverte du deuxième corps, quelqu'un assassine Ursula Downes avec le même genre de cordon. Et ils ont aussi été égorgés tous les deux. Enfin, lui se trouvait dans la tourbière et elle dans une baignoire autour de laquelle on a entassé de la tourbe.

— Que signifie cette tourbe, à ton avis ?

— À l'autopsie de Danny Brazil, le Dr Gavin m'a expliqué que ses blessures lui faisaient penser à certains cadavres anciens retrouvés dans des tourbières... comme celui qu'on a découvert ici vendredi dernier. Rien n'est sûr, mais selon elle, certains archéologues y voient des victimes de sacrifices humains. Cette idée me turlupinait, alors je suis passée la voir hier soir pour lui poser d'autres questions, et elle m'a adressé à Maguire. Il m'a paru très au fait des rituels antiques de sacrifice, notamment la triple mort évoquée par le Dr Gavin : apparemment, on était étranglé, égorgé et noyé.

— Malheureusement, pas mal de personnes pouvaient être au courant de la façon dont Danny Brazil est mort, soupira Maureen en décomptant les suspects sur ses doigts. Il y a Ursula Downes, pour commencer, et les six membres de son équipe, et le Dr Gavin. Maguire également, puisque tu lui en as touché un mot. On sait que Charlie Brazil a parlé des trois nœuds à sa mère, puisque c'est comme ça que Teresa a pensé qu'il pouvait s'agir de Danny. Et je ne te parle même pas des gens avec qui chacun d'eux aurait pu bavarder. Tu sais comment les nouvelles circulent vite dans la région : je suis prête à parier qu'avant mardi soir la moitié du comté était au courant !

Elle avait raison, bien entendu. Malgré tout, on comparerait les deux lacets. En tout cas, c'était un rapprochement possible entre les deux meurtres, et il en existait peut-être d'autres. Ward prit le rapport préliminaire sur l'autopsie de Danny Brazil et se reporta à la description des lésions : *La lésion initiale se trouve sur la partie gauche du cou, au-dessus du sterno-cléido-mastoïdien, 6 cm en dessous du canal auditif gauche*. Cette blessure avait quelque chose d'inachevé, comme si l'agresseur n'avait pas tout à fait réussi à garder le contrôle de la situation, la victime se débattant.

Le rapport d'autopsie d'Ursula Downes ne leur était pas encore parvenu, mais celle-ci avait eu la gorge tranchée de part en part, assez profondément pour toucher les artères principales. Alors que Danny Brazil s'était noyé. Malgré d'apparentes similitudes, les deux meurtres s'étaient soldés de manière très différente. S'agissait-il du même assassin ? Ou de quelqu'un qui voulait, pour une raison ou une autre, que le meurtre d'Ursula ressemble à celui de Danny ?

— Que sait-on au juste de Danny Brazil ? dit-il. Âgé de vingt-quatre ans au moment de sa disparition en juin 1978. Célibataire, employé comme monteur par le *Bord na Môna*, s'occupait de la ferme familiale avec son frère Dominic. Membre de l'équipe de hurling d'Offaly, avant qu'une blessure ne mette fin à sa carrière en 1977. Le même été, lui et son frère Dominic ont trouvé dans la tourbière un butin de l'âge du fer. Juste avant la disparition de Danny, ils ont reçu chacun une récompense de dix mille livres.

— Ça a dû leur faire l'impression de toucher le gros lot, fit remarquer Maureen. Surtout à l'époque. Personne n'avait deux shillings dans la même poche.

En effet. Un tel montant ne représentait plus grand-chose, mais à l'époque c'était une coquette somme. Et la rumeur prétendait que les deux frères avaient gardé pour eux les plus belles pièces du trésor de Loughnabrone. La plupart des gens en étaient sans doute persuadés. Dominic et Danny ne voyaient pas grand monde et n'avaient rien fait pour couper court à ces racontars. À l'époque de l'enquête sur les animaux torturés, Ward s'était dit que les soupçons pesant sur la vieille génération ne devaient pas être étrangers aux accusations murmurées contre le garçon, mais ce n'était pas le genre d'intuition dont on pouvait faire état dans un rapport. Certaines personnes soutenaient que la découverte du trésor avait porté malheur à la famille Brazil. La question demeurait en suspens : existait-il un lien entre la mort de Danny Brazil et le meurtre d'Ursula Downes, ou bien voulait-on le faire croire ?

— Je sais qu'il est tentant de faire un rapprochement avec le meurtre plus ancien, dit Maureen, mais pour moi la solution est beaucoup plus proche de nous. Je continue à pencher pour un amant éconduit, ce qui nous amène directement à Owen Cadogan ou à Cormac Maguire. Tous deux ont un mobile. Owen s'est fait jeter, et après l'aventure qu'il a eue avec Ursula l'été dernier, ça ne passe pas. Il estime sans doute qu'il a des droits. Quant à Maguire, je sais bien qu'il prétend que leur liaison est terminée depuis longtemps, mais imaginons que ce ne soit pas le cas. Il se rend chez elle pour calmer le jeu, et elle refuse... peut-être même menace-t-elle de tout dévoiler à sa nouvelle compagne. D'ailleurs, il reconnaît qu'ils en sont venus aux mains. Bon sang, on a des fragments de peau sous les ongles de la victime et une tenue imperméable pleine de sang ! Il arrive parfois que ça soit simple comme bonjour, Liam.

Bien sûr que non, songea Ward. Les choses n'étaient jamais simples. Les crimes comme le reste. À chaque seconde, l'existence comportait son lot de complications, de malentendus, de mensonges et de ratés. Et quatre-vingt-dix-neuf pour cent du travail de policier consistait à défricher l'inutile à la recherche d'un seul indice solide. Avec cette enquête, ils risquaient de suivre des dizaines de pistes, de gaspiller un temps précieux à explorer le moindre chemin tortueux sans aboutir nulle part. Au fil des jours et des semaines à venir, ils auraient la tâche d'établir des liens entre des personnes qui, très souvent, faisaient tout leur possible pour les dissimuler.

Ward avait le sentiment de passer la moitié de sa vie dans un univers ténébreux et fictionnel, à imaginer des scénarios qui ne s'étaient pas nécessairement produits. Les gens se figuraient que la police traitait principalement des faits bien réels, des preuves concrètes – et il s'agissait en effet d'une bonne partie de son travail. Malgré tout, le subjectif dominait sa vie. Il respirait un air lourd de spéculations, et c'était aussi le cas des gens autour de lui, s'apercevait-il.

11

Quand le sac de glace eut atténué sa douleur à la cheville, Nora sortit de sa poche le croquis qu'elle avait subtilisé à Charlie Brazil. Elle ne savait pas trop ce qui l'avait poussée à le prendre, mais elle avait le sentiment que ce bout de papier avait son importance. Elle tenta de faire le point, d'ordonner les idées qui se bousculaient dans sa tête. Quel poids pesaient ses théories fumeuses face à l'écrasante réalité de deux cadavres ? Danny Brazil et Ursula Downes avaient été brutalement assassinés. Au-delà des similitudes entre les deux meurtres, elle n'arrivait pas à se défaire de l'idée qu'un autre lien existait entre les victimes, quelque chose que personne n'avait encore repéré. Pour ce qui était de Danny Brazil, l'histoire remontait loin dans le passé, à l'époque où son frère et lui avaient découvert le trésor de Loughnabrone – et, à en croire les rumeurs, de l'or. Cela dit, si cette région ressemblait un tant soit peu aux autres coins d'Irlande que Nora connaissait, contes et légendes étaient mis sur un pied d'égalité avec la vérité.

Le fait que Charlie Brazil soit peut-être impliqué n'innocentait pas Cadogan pour autant. Il se pouvait que tous deux aient eu maille à partir avec Ursula, pour des raisons semblables ou très différentes. À moins que tous les trois n'aient trempé dans la même affaire, sans qu'on ait encore mis le doigt dessus. Et l'amoureux, ce Desmond Quill... Il semblait très épris, sans nourrir le moindre doute concernant la réputation d'Ursula. Et elle, que pensait-elle de lui ?

Nora contempla le dessin noirci et corné. Ayant une idée, elle l'emporta jusqu'au bureau de Cormac et chercha sa loupe parmi les papiers. Les traits de plume donnés par l'artiste lui sautèrent au visage à travers le verre épais. Le détail était somptueux ; la surface du bouclier était constituée d'une série de points produisant un effet ombré. Retournant la feuille, elle aperçut quelques cercles crayonnés et une inscription : *Sous la cité des sœurs, à côté d'un lac aux chagrins*. Comme tout le reste – des doubles et triples sens cachés partout.

La porte d'entrée trembla sur ses gonds. Charlie Brazil, venu s'en prendre à elle ? Elle glissa le croquis dans le premier livre venu et se figea, mais la voix de Cormac se fit entendre derrière la porte massive.

— Nora ? Tu es là ? Je n'ai pas ma clé...

Elle se précipita pour lui ouvrir, se jeta contre lui et le serra très fort. Il parut légèrement surpris de cet accueil, sans pour autant s'en plaindre.

— Dis-moi, je ne suis pas parti si longtemps que ça... Ne t'en fais pas. Ils m'ont juste posé un tas de questions.

— Et c'est bon, ils vont te laisser tranquille ?

— Pour l'instant, en tout cas.

Il afficha un sourire qui se voulait encourageant, mais son inquiétude était palpable.

— Comment as-tu fait pour rentrer ?

— La police m'a déposé. J'ai essayé de t'appeler sur le portable mais ça ne passait pas. Tu l'avais éteint ?

— Non, j'attendais ton appel. Je me suis un peu absentée, peut-être qu'on ne reçoit pas très bien au milieu de la tourbière.

— Tu ne devrais pas te promener toute seule, Nora. Ce n'est pas prudent, après ce qui est arrivé. Où es-tu allée ?

— J'ai commencé par chercher Brona Scully. Je me suis dit qu'elle se trouvait peut-être vers l'aubépine hier soir, qu'elle aurait pu te voir sortir de chez Ursula. Ensuite, je me suis rendue au rucher de Charlie Brazil. L'idée m'est venue en repensant à quelque chose qu'Ursula lui avait dit.

Elle se dirigea vers le bureau où elle avait caché le croquis. Cormac fut très inquiet de la voir boiter.

— Nora, qu'est-ce qui t'est arrivé à la jambe ?

Elle perçut l'angoisse sous-jacente, son effroi à l'idée qu'elle ait pu s'aventurer pour lui en terrain dangereux.

— C'est juste une piqûre d'abeille. Ça va. J'ai mis de la glace, et c'est déjà un peu moins enflé. J'ai découvert certaines choses sur Charlie Brazil, et j'ai l'impression que personne n'est au courant. Dans une cachette près du rucher, il a des objets antiques qui m'ont tout l'air d'avoir été obtenus illégalement. Je me demande dans quelle mesure cela n'aurait pas un lien avec la mort d'Ursula.

Elle jugea préférable de lui cacher qu'elle avait croisé Charlie Brazil au cours de son expédition. Sans quoi il risquait de perdre de vue l'essentiel : établir des liens dans cette énigme de plus en plus frustrante.

— Comment l'as-tu découvert ?

— Je fouinais dans la bicoque où il range son matériel, et j'ai vu la cachette dans le sol. Il ne sait pas que je suis passée. Et j'ai trouvé ça...

Elle feuilleta le livre où était dissimulé son larcin. L'ouvrage s'ouvrit au bon endroit mais lorsque Nora retourna la feuille au format d'une carte postale, il ne s'agissait plus du même dessin. Celui-ci représentait une sorte de bijou circulaire aux motifs raffinés ; l'échelle ne permettait pas de dire si c'était un bracelet ou un collier. Le papier épais était percé à un centimètre du bord, comme celui qu'elle avait fauché dans la maisonnette. Elle fut prise de nausée. Ses mains devinrent glaciales et moites. Quelques pages plus loin, elle trouva le croquis du bouclier et le compara au nouveau. Tous deux étaient manifestement l'œuvre de la même personne.

Cormac s'était approché derrière elle et jeta un coup d'œil par-dessus son épaule.

— C'est quoi, Nora ? Où as-tu trouvé ça ?

La gorge nouée, elle ne savait quoi répondre. La question paraissait sincère. Comment ne pas lui dire la vérité ? Elle tendit le dessin du bouclier.

— J'ai trouvé celui-ci tout à l'heure dans la remise de Charlie Brazil. Et celui-là, dit-elle en indiquant l'autre, je viens de tomber dessus à l'instant, dans ton livre.

Il perçut la question avant même qu'elle ait le temps de la formuler dans sa tête.

— Ça ne m'appartient pas, Nora. Je te jure que je ne l'ai jamais vu.

— Comment s'est-il retrouvé là ?

— C'est le livre que j'ai prêté à Ursula. Ça m'était sorti de la tête. Quand elle est passée le premier soir, elle m'a demandé sur quoi je travaillais.

Elle s'est mise à regarder les ouvrages que je déballais, et elle m'a demandé d'emprunter celui-ci un ou deux jours. Je n'avais aucune raison de refuser. Hier soir, je l'ai aperçu à côté de la porte, alors je l'ai repris. En rentrant, je l'ai posé sur la table de la cuisine, sans même l'ouvrir.

Nora repensa à la matinée, qui lui semblait désormais tellement lointaine, et se souvint effectivement d'avoir pris l'ouvrage pour le mettre sur le bureau de Cormac. Elle jeta un coup d'œil au dos du livre : *Un art sublime : chefs-d'œuvre de l'orfèvrerie en Irlande*.

— Pourquoi Ursula en avait-elle besoin ?

— Je n'en sais rien, Nora. C'est un ouvrage universitaire traitant d'objets antiques. Une lecture assez austère, même pour un archéologue. Elle ne m'a pas dit en quoi ça l'intéressait, et je ne le lui ai pas demandé.

Ursula Downes n'avait pas semblé à Nora du genre passionnée d'érudition. Elle avait forcément une raison précise de s'intéresser à ce sujet. Feuilletant les pages au hasard, elle vit des objets en croquis et en photo, des tableaux remplis de chiffres qui semblaient correspondre à des coordonnées géographiques, des cartes indiquant les emplacements où avait été retrouvé tel ou tel type d'objet, des gorgerins en or aussi bien que des stocks d'armes déformées et cassées. Les paroles de Cadogan sur les rumeurs concernant les Brazil, qui auraient conservé une partie de leur butin, se mirent à lui trotter dans la tête. Ursula avait-elle découvert quelque chose qu'elle préférait garder pour elle seule ? *Je sais ce que tu caches*... La découverte d'un objet jusque-là inconnu placerait le meurtre sous un nouvel éclairage. Et le lacet autour du cou d'Ursula comportait trois nœuds, comme pour Danny Brazil.

— Je peux regarder ?

Cormac prit le croquis et parcourut l'ouvrage en comparant le dessin avec les illustrations qui y figuraient.

— On y trouve un recensement exhaustif des objets en or découverts sur le territoire irlandais, expliqua-t-il.

— Et tu fais quoi, alors ? demanda Nora en regardant par-dessus son épaule.

Il tourna rapidement quelques pages et lui montra un dessin.

— Le collier de Broighter. Un torque datant du Ier siècle avant Jésus-Christ. Le style de décoration... ces motifs compliqués, pleins de courbes... sont la marque d'une origine irlandaise. Le croquis sur lequel tu viens de tomber s'en rapproche beaucoup. Seulement, je n'ai pas le souvenir qu'on ait jamais retrouvé quelque chose de semblable en Irlande... du moins, on ne l'a jamais signalé. Le torque de Broighter est un des rares spécimens d'orfèvrerie de la Tène retrouvés en Irlande, et l'une des rares pièces en or de l'âge du fer. Tu as dû le voir au Muséum national. Regarde les motifs sur ton croquis... les spirales et les volutes... Tu vois à quel point ça ressemble à celui de Broighter ? C'est stupéfiant.

— Mais alors, si le dessin n'est pas le fruit de l'imagination d'un artiste mais s'inspire d'un bijou existant...

— Il s'agirait d'une découverte incroyable. Inestimable. Une découverte qui vaudrait à son auteur une somme rondelette, à condition de la remettre aux autorités et de n'avoir commis aucune infraction. Pour tout nouvel objet déterré, on s'interroge sur sa provenance. Si l'on ignore d'où il vient, il perd forcément une partie de son intérêt archéologique... mais la valeur marchande demeure intacte, bien entendu. Je me pose aussi des questions sur l'autre dessin que tu as retrouvé : s'agit-il d'un objet existant ou bien, pour reprendre ton expression, du pur produit de l'imagination d'un artiste.

Elle lui tendit le dessin du bouclier et ils feuilletèrent l'ouvrage ensemble, cherchant quelque illustration ressemblante. Les noms de lieux se mirent à danser devant les yeux de Nora : Dowris, Ballinderry, Moylarg, Lagore, Loughan Island, Lisnacrogher... Les motifs serpentaient, s'enroulaient et ondulaient au fil des pages, reflet abstrait du monde naturel. Partout des yeux et des têtes d'animaux. Elle imaginait l'orfèvre penché sur ses outils, gravant délicatement un motif à chevrons, des têtes d'épingle représentant une tête d'oiseau. Elle s'arrêta une seconde en voyant sur une page un disque orné d'un triskèle – où avait-elle vu quelque chose de semblable ? Les courbes gracieuses, l'ordre ternaire... Elle se creusa la tête, sans parvenir à retrouver l'image. Peu importe, cela finirait par lui revenir, sans doute quand elle n'y penserait plus.

— Voilà, annonça Cormac. Un bouclier circulaire qui faisait partie du trésor de Loughnabrone.

Nora jeta un coup d'œil par-dessus son épaule et vit une photo qui correspondait exactement. Elle songea aux autres dessins, sans doute une douzaine, que Charlie Brazil conservait dans sa boîte en ferblanc.

— J'ai une idée ! s'exclama-t-elle.

Elle se précipita sur son portable et chercha dans le répertoire le numéro personnel de Niall Dawson. Elle reconnut la voix familière, avec à l'arrière-plan des enfants qui se couraient après, tout excités. Elle imagina la scène dans le jardin des Dawson à Sandymount – les enfants en train de jouer, impatients de se ruer sur le barbecue. Ces bruits de la vie ordinaire lui donnèrent envie de pleurer.

— C'est Nora Gavin, Niall. Je suis désolée de te déranger le week-end, et en plus pour te demander un service. Je cherche à me procurer l'inventaire détaillé du trésor de Loughnabrone...

Elle laissa s'écouler quelques secondes, tandis que les enfants criaient de plus belle.

— ... j'aurais bien attendu lundi, Niall, mais je pense que ça pourrait être d'une importance capitale.

— Mais non, Nora, je suis ravi de pouvoir t'aider. C'est juste que je suis un peu estomaqué, parce que tu es la seconde personne à me demander la liste en deux jours. Je l'ai faxée à Ursula Downes pas plus tard qu'hier soir.

LIVRE QUATRE

CONSACRÉ À LA MORT

... dans ces cas-là ils consacrent un être humain à la mort et lui plongent un poignard dans la région du diaphragme, et quand la victime s'affaisse ils prédisent l'avenir en fonction de la manière de sa chute, la gesticulation de ses membres, et l'écoulement de son sang...

Diodore de Sicile, historien grec du Ier siècle avant J.-C., à propos des druides.

1

Ward était de mauvaise humeur quand il prit sa voiture le samedi matin. Rachel Briscoe ne s'étant présentée ni à Illaunafulla ni à son domicile dublinois, il avait décidé d'entamer les opérations de recherche dans les environs, à partir du jardin d'Ursula Downes où l'on avait retrouvé ses jumelles. Toutefois, ce n'était pas simple à mettre en place car on manquait de personnel. Cela prenait beaucoup de temps de trouver des agents supplémentaires et des volontaires et de tout organiser. En plus, ça tombait plutôt mal ; il était prévu d'envoyer un groupe d'agents à Ferbane pour le Leinster Fleadh Cheoil, qui se tenait comme par hasard ce week-end-là. La sécurité était toujours renforcée à l'occasion du festival annuel de musique traditionnelle ; rues et pubs déborderaient de monde, sacs à main et instruments de musique à la portée de tous les voleurs. Et pour couronner le tout, après une quinzaine de beau temps exceptionnel, une pluie oblique s'était mise à tomber.

— Tout le monde est là, Liam... l'informa Maureen en se penchant vers son carreau qu'il avait à peine baissé. Ils n'attendent plus que tes instructions. Je leur ai dit de se mettre sous le hangar à l'arrière, pour ne pas prendre la pluie.

Les nuages gris défilaient silencieusement à faible altitude, et le ciel en paraissait encore plus bas que d'ordinaire.

Sur la table de fortune disposée dans la grange à foin – une planche de contreplaqué à cheval sur deux tréteaux – Ward déroula les cartes tandis que Maureen rassemblait le groupe. Plusieurs membres de l'équipe tenaient à la main un gobelet de thé fumant et quelques-uns écrasèrent des cigarettes avant de suivre l'inspecteur sous le toit en tôle ondulée. Ils s'assemblèrent autour de la table, leurs visages creusés rappelant à Ward ses débuts dans la police. Les femmes étaient plus nombreuses qu'à l'époque, ce qui était une bonne chose.

— Comme certains d'entre vous le savent, on a retrouvé hier matin une paire de jumelles de l'autre côté du mur dans le jardin. Elles appartiennent à Rachel Briscoe, qui n'a pas donné signe de vie depuis vingt-quatre heures. Son employeur a officiellement signalé sa disparition. Rachel Briscoe est âgée de vingt-deux ans. Elle mesure un mètre soixante-cinq, elle a les yeux marron et des cheveux longs, châtain foncé. La dernière fois qu'elle a été aperçue, elle portait un anorak bleu marine à capuche, un jean et des baskets bleu et gris. Parmi les signes distinctifs, on peut mentionner des cicatrices aux mains et aux poignets. Voici la photo qui figure sur la carte d'identité remise par son employeur.

Il tendit à Maureen une pile de photos imprimées par ordinateur pour qu'elle les distribue au groupe. Ensuite il déroula la carte d'état-major qu'il avait apportée. En haut figurait le Grand Canal, qui s'écoulait d'est en ouest. Sur le bord droit se trouvait le pont de Carrigahaun. Tous les vestiges antiques étaient représentés : forts circulaires, tours, monastères et puits sacrés. Il montra la ferme clairement indiquée qui serait leur point de rassemblement ; un trait au surligneur jaune délimitait la zone de recherche. Observant leurs mines concentrées, il comprit que pour ces gens-là le fait de ne pas avoir connu Rachel Briscoe n'avait aucune espèce d'importance : ils voyaient en elle leur propre sœur, leur propre fille, et ne souhaitaient que la retrouver saine et sauve.

Quand l'équipe se dispersa, Ward alla s'abriter dans la remise derrière le cottage d'Ursula Downes et observa les policiers en ciré jaune gravir la colline au coude-à-coude. Ils avançaient lentement dans l'herbe haute, se servant de longs bâtons pour fouiller les fourrés et les haies. La journée promettait d'être longue. La pluie redoublait, et les nuages menaçants semblaient raser le sol. Une pluie battante, impitoyable, alors qu'on entamait précisément les recherches... Il se rappela une opération similaire à laquelle il avait participé en tant que jeune policier – une profession méprisée par sa famille bourgeoise, où l'on estimait que c'était là un métier pour besogneux et bureaucrates de tempérament. Il avait fait partie d'une chaîne humaine semblable à celle-ci, déployée sur un flanc de colline boisé dans les Monts Wicklow, à la recherche d'une femme disparue depuis presque une semaine. Le soleil brillait ce jour-là, et il se souvint du bruit des pas de ses collègues escaladant la pente, et de ce sur quoi il avait fini par tomber. Il ne savait plus ce qui avait attiré son attention en premier – peut-être l'odeur particulière de la mort, puis la silhouette immobile et silencieuse, et les taches de lumière effleurant la peau marbrée parmi la verdure des fourrés. Il ne souhaitait à aucun de ses agents de connaître la même expérience.

2

Nora se réveilla sur le canapé du salon et entendit Cormac qui s'affairait dans la cuisine. Le fax de Niall Dawson leur était parvenu peu de temps après le coup de téléphone, et ils avaient travaillé tard dans la nuit, à éplucher l'inventaire du trésor de Loughnabrone. La liste des objets retrouvés avait de quoi époustoufler – un butin d'épées, de poignards et de fers de lance de l'âge du fer, qui n'avait pas son équivalent. Encore à moitié endormie, Nora voyait défiler dans sa tête les antiques motifs ornementaux. Naturellement, il fallait remettre les croquis de Charlie Brazil à la police, mais ce serait tellement mieux de pouvoir y ajouter quelques renseignements utiles.

— Il est presque onze heures, lança Cormac de la cuisine. Ça te dit d'aller en ville ? On pourrait déjeuner sur place.

Quarante minutes plus tard, ils pénétrèrent dans le bar de l'hôtel Coughlan et s'installèrent près de la fenêtre. Assis quelques tables plus loin, Desmond Quill fixait le fond d'une tasse de café, laquelle avait dû succéder à un certain nombre de verres de whiskey, à en juger d'après sa mine. Nora ne se faisait aucune illusion, étant donné son état de la veille. Tout chez lui exprimait l'effondrement et le deuil – la posture voûtée, les traits creusés, la douleur émanant de ses yeux baissés. Il n'avait pas touché à l'assiette devant lui. On aurait dit que les autres clients, au courant de son malheur, se tenaient soigneusement à l'écart de crainte que la mort ne soit contagieuse.

— Tu le connais, Nora ? lui demanda Cormac qui avait dû remarquer qu'elle l'observait.

— Pas vraiment. Je l'ai rencontré hier pour la première fois. Desmond Quill. Il connaissait Ursula. C'était son...

Elle se tut, ne sachant comment le qualifier. Ami ? Amant ? Compagnon ? Aucun de ces termes ne convenait, au regard de la profondeur manifeste de son chagrin.

Cormac comprit.

— Pauvre gars.

Nora était tentée de lui rapporter leur conversation de la veille mais se retint, comme pour ne pas trahir les confidences d'une âme en peine.

On venait de les servir quand elle releva la tête et découvrit Quill qui s'était approché de leur table.

— Vous m'avez proposé votre aide, dit-il en reprenant leur conversation là où elle s'était interrompue la veille. Vous m'avez demandé ce que vous pouviez faire...

Il se tourna légèrement vers Cormac, son visage d'une élégance racée se contractant avec perplexité.

— Votre tête me dit quelque chose. Désolé mais votre nom m'échappe. Je m'appelle Desmond Quill.

— Je ne pense pas qu'on se connaisse, dit Cormac en lui serrant la main. Cormac Maguire. Nora m'a dit que vous étiez un ami d'Ursula. Toutes mes condoléances.

Quill hocha la tête. Si tant est qu'Ursula lui ait parlé de Cormac, il n'en laissa rien paraître.

— Vous permettez ? demanda-t-il en posant la main sur le dossier de la chaise à côté de Nora.

Elle lui fit signe de s'asseoir, curieuse d'apprendre ce qu'il avait à leur dire.

— Je viens de me rappeler quelque chose que m'a dit Ursula, au sujet de l'endroit où Cadogan et elle se retrouvaient. Je ne sais pas où ça se situe précisément... quelque part dans la tourbière, une espèce de remise avec des sacs de ciment et de tourbe horticole. J'imagine que ça peut correspondre à des dizaines d'endroits.

— En avez-vous parlé à l'inspecteur Ward ?

— J'ai laissé un message mais on m'a dit qu'il participait à des recherches. Une des jeunes femmes de l'équipe d'Ursula a disparu. Personne ne l'a vue depuis jeudi soir. Deux policiers sont passés ce matin pour me poser des questions à son sujet. (Son regard vide se posa sur Nora.) C'est un cauchemar... Un vrai cauchemar. Je ne connais personne dans le coin. Je ne sais pas où se trouve cet endroit. Mais j'ai pensé que vous découvririez peut-être quelqu'un pour qui la description évoquerait quelque chose. Je ne vois pas ce que je peux faire d'autre. À force de tourner en rond, je vais devenir fou. Si je pouvais trouver quelque chose, un petit bout d'indice qui aiderait la police à confondre son assassin... (Il se plaqua la main droite sur les yeux et se leva.) Je vais vous laisser déjeuner tranquillement. Mais si vous connaissiez quelqu'un susceptible de m'aider, je vous en supplie... Je ne vous demanderai rien de plus.

Ses yeux rougis exprimaient une supplique désespérée. Sans attendre la réponse de Nora, il se retourna et s'éloigna. Elle attendit qu'il eut quitté le bar pour s'exprimer.

— Ursula lui a raconté qu'Owen Cadogan n'arrêtait pas de la harceler depuis qu'elle avait rompu avec lui. Je pense qu'il le soupçonne de l'avoir tuée, mais il n'a aucune preuve. Toi, tu connais la région... Tu ne vois pas de quel endroit il pourrait s'agir ?

— Le *Bord na Móna* a toutes sortes de bâtiments à Loughnabrone. Ça pourrait être n'importe lequel d'entre eux. Rien ne me vient à l'esprit, mais il faut dire que sa description est plutôt vague. C'est quoi cette histoire de disparition ?

— Moi, c'est la première fois que j'en entends parler. Ils ne t'ont posé aucune question à propos de cette jeune femme pendant ton interrogatoire ?

— Si, en fait, mais le nom ne me disait rien.

— Quel nom ?

Elle savait d'avance ce qu'il allait répondre.

— Rachel Briscoe.

— Tu sais, Cormac, je l'ai justement ramenée l'autre soir et elle a fait tomber un papier dans ma voiture. Une lettre réclamant des livres en retard, de la bibliothèque Pembroke à Ballsbridge... sauf que le courrier n'était pas adressé à Rachel Briscoe, mais à une certaine Rachel Power.

Ce fut au tour de Cormac d'être sidéré.

— Rachel Power ? Tu es sûre et certaine ?

— Tout à fait. Je peux te montrer la lettre : je l'ai toujours dans ma voiture, à la maison. Je comptais la lui rendre hier matin, mais ça m'est complètement sorti de la tête après avoir découvert Ursula. Pourquoi... Tu connais une Rachel Power ?

— C'est une histoire très longue et compliquée.

— Raconte.

— Avant de commencer, je dois te prévenir que j'ai toujours ignoré quelle part était vraie, et quelle part était un peu exagérée, voire carrément inventée. Je pense que personne n'en savait rien, mis à part les intéressés, qui eux restaient muets. Cela remonte à pas mal d'années. J'avais un collègue à l'université qui s'appelait Tom Power. Un archéologue exceptionnel, un des universitaires les plus brillants que j'aie jamais connus. Mais il souffrait de dépression chronique. Il s'enfonçait dans des crises qui pouvaient durer plusieurs semaines. Une fois, alors qu'il était vraiment tombé très bas, il a eu une aventure avec Ursula. Cette partie-là de l'histoire est vraie : j'en suis sûr parce que c'est lui qui me l'a racontée. Un moment de faiblesse, m'a-t-il dit. Il s'en voulait terriblement d'avoir trompé son épouse, et avait décidé de rompre avec Ursula. Il se rendait compte que c'était une grosse bêtise. Mais au point où il en était, il ne voyait pas comment s'en sortir. Il a essayé plusieurs fois mais Ursula le menaçait de tout révéler à sa femme.

— Ça s'est terminé comment ?

— On en arrive à la partie que je ne connais que par ouï-dire. Je ne sais plus ce qui est vrai.

— Raconte quand même. Ça pourrait être important.

— Une après-midi, sa femme et sa fille les ont surpris dans son bureau. La pauvre gamine devait avoir dix ou onze ans. Et d'après ce qu'on m'a raconté, la rencontre n'était pas tout à fait fortuite : il aurait pu s'agir d'un coup monté.

— Par qui ?

— Ursula. Je sais, c'est horrible. Ce n'est peut-être pas vrai, mais c'est ce qu'on racontait. Une chose est certaine : sa femme l'a quitté. Et le scandale ne s'est pas arrêté là. Des rumeurs ont couru, Ursula a cherché à discréditer Tom en prétendant qu'elle faisait toutes ses recherches et que c'était elle qui avait écrit tous les articles qu'il avait publiés depuis plusieurs années. Je n'y crois pas une seconde. Tom Power était... et demeure quelqu'un de brillant. Il n'avait aucunement besoin de s'approprier les travaux d'une collègue. Par contre, il était rongé par la culpabilité d'avoir fait ça à Sarah, et il a refusé de se défendre. Il a été contraint de quitter son poste et aucune autre université n'a voulu de lui. Il a fini par trouver du travail en France... la rédaction d'un catalogue pour la collection d'art d'un mécène. Il a coupé les ponts avec tout le monde. J'imagine que ces dix dernières années n'ont pas dû être faciles pour lui.

— Et Rachel est sa fille ?

— La fille de Tom s'appelait Rachel, et elle aurait environ le même âge que la jeune femme qui a disparu. Briscoe était le nom de jeune fille de Sarah. Il y a forcément un lien.

Nora repensa à la scène sur le site des fouilles, quand un des jeunes types avait emprunté les jumelles de Rachel. La jeune femme s'en était certes prise au garçon, mais quand Ursula lui avait tendu ses jumelles elle avait paru à deux doigts d'exploser pour de bon. Nora tenta de se remémorer le complexe enchevêtrement d'émotions sur le visage de Rachel.

— Je veux bien admettre qu'elle ait eu des raisons d'en vouloir à Ursula, mais de là à décrocher un boulot ici, juste pour l'avoir à sa portée... Je n'arrive pas à croire que quelqu'un d'aussi jeune puisse concocter un plan aussi machiavélique, simplement pour se venger.

— Peut-être voyait-elle en Ursula celle qui avait détruit sa famille. Il arrive que les gens commettent des crimes pour des raisons nettement plus triviales. Si personne ne l'a vue depuis le meurtre d'Ursula...

— Ça ne veut pas dire pour autant qu'elle soit coupable. Peut-être qu'elle a été témoin du meurtre.

Dans un cas comme dans l'autre, la police tenait à retrouver la jeune femme au plus vite pour l'interroger. Nora pensa au supplice d'Ursula et tenta d'imaginer Rachel Briscoe en train de resserrer le lacet de cuir, de sortir un couteau... Rien de cela ne collait avec la jeune femme sur la défensive qui se trouvait assise à côté d'elle dans sa voiture deux jours auparavant.

— On va peut-être un peu vite en besogne, dit-elle. Il se peut très bien qu'elle soit rentrée chez elle parce qu'elle en avait assez du boulot. On n'est même pas sûrs à cent pour cent qu'il s'agisse de la fille de ton ami. On ferait mieux de rentrer à la maison et d'y réfléchir à tête reposée avant d'en parler à qui que ce soit.

3

À cinq heures et demie, Maureen Brennan posa un mug de thé au lait fumant sur le bureau de Ward. Les recherches n'ayant rien donné, ils étaient rentrés au poste pour se sécher et revoir leurs notes en vue de l'arrivée des enquêteurs du Bureau le lundi matin.

— Ne t'en fais pas, Liam. Elle finira bien par réapparaître. À moins qu'elle ne se soit volatilisée, on va forcément la retrouver.

Il n'avait pas besoin de se l'entendre dire. Tôt ou tard on reverrait Rachel Briscoe, il n'en doutait pas une seconde. Pourvu simplement qu'il ne soit pas trop tard. Ils n'avaient repéré aucune empreinte, pas la moindre trace de sang ou mèche de cheveux, aucun indice pour leur indiquer ce qu'était devenue la jeune femme. Une seule découverte notable : un tapis de feuilles et d'herbe foulée, au pied d'une haie, comme si on avait dormi là récemment. Par contre, même les policiers les plus expérimentés ne savaient dire s'il s'agissait d'un animal ou d'un être humain.

— Bon, dit-il en poussant un soupir. Quelles sont les nouvelles de Dublin ? On en est où avec les affaires personnelles d'Ursula Downes ?

— Comme tu as pu en juger par toi-même, elle ne notait pas grand-chose dans son agenda. On a du mal à trouver quelqu'un qui la connaissait bien. Pour l'instant, voilà ce qu'on a pu apprendre : elle est née dans les quartiers Nord de Dublin, où elle a passé son enfance. Fille unique, le père s'est tiré avant la naissance, la mère s'est mariée... ou peut-être remariée, on ne sait pas... quand Ursula avait dix ans. On n'a toujours pas retrouvé la trace du père, mais la mère et le beau-père sont décédés. Ursula habitait seule dans un appartement à Rathmines. Le Bureau nous tiendra au courant des éventuels indices glanés sur place, mais ils préviennent que ça risque de prendre un certain temps : il paraît que c'est un vrai taudis.

Ward était agacé. Il avait beau se dire qu'il était tout à fait normal de confier cette partie de l'enquête au Bureau, il n'en craignait pas moins qu'ils ne laissent échapper quelque chose, le détail infime qui pouvait faire la différence. Il se doutait également que le Bureau ne s'empresserait pas d'agir avant le lundi, quand leurs propres enquêteurs auraient repris le dossier en main.

Par un regard en coin, Brennan montra qu'elle comprenait et qu'elle partageait son irritation.

— À propos du portable d'Ursula Downes, poursuivit-elle, seuls deux numéros étaient mémorisés. Son bureau à Dalkey, et le portable de Desmond Quill.

— C'est étrange, non ? Qu'elle n'ait pas enregistré les numéros de ses amis ?

— À condition d'en avoir. Tu sais, certaines personnes ont très peu d'amis. Ou peut-être qu'elle était trop paresseuse pour les enregistrer.

Ward songea à son propre portable, qui ne comportait pas le moindre numéro mémorisé.

— Les voisins interrogés hier à Dublin, enchaîna Brennan, la décrivent comme quelqu'un de réservé. Elle sortait souvent tard le soir, ne dormait pas toujours chez elle. J'ai aussi parlé à son patron à la société d'archéologie. Ursula avait un assez bon poste, mais ce monsieur n'avait pas l'air très satisfait d'elle. Sans entrer dans les détails, il m'a laissé entendre que son contrat n'aurait pas été renouvelé après cette saison de fouilles. D'ailleurs, c'est un trait récurrent au fil de sa carrière : en dix ans, elle a travaillé pour six employeurs différents.

— Bien, fit Ward en consultant ses propres notes. Voyons la chronologie des faits... Plusieurs témoins déclarent qu'Ursula Downes a quitté le site d'excavation à dix-sept heures trente. Elle s'est rendue au village en voiture, où elle s'est acheté un plat à emporter et quelques autres articles, y compris quatre bouteilles de vin d'après la vendeuse qui s'est présentée hier. Ensuite, il semblerait qu'elle soit rentrée et se soit mise à boire : deux des bouteilles étaient vides, et d'après les analyses toxicologiques, son taux d'alcool était presque deux fois supérieur à la limite autorisée pour conduire.

— Grâce au portable, dit Brennan, on sait qu'elle a appelé Desmond Quill vers vingt heures, et que leur conversation a duré environ une demi-heure. D'après lui, ils ont parlé de leurs plans pour ce week-end, et ont convenu qu'il arriverait le vendredi matin.

— Que sait-on de Desmond Quill ?

— Il possède un magasin d'antiquités dans Grafton Street. Une boutique très chic. Il réside à Ballsbridge. Il dit qu'il se trouvait chez lui à Dublin le soir du meurtre. Comme tous les jeudis soir, il jouait aux échecs avec un certain Laurence Fitzhugh, banquier de son état. Ce monsieur confirme l'alibi et déclare qu'ils ne se sont pas quittés avant deux heures et demie du matin. S'il dit la vérité, Quill n'a pas eu le temps de venir ici pour commettre le meurtre : il faut bien trois heures pour rejoindre Loughnabrone en venant des quartiers Sud de Dublin. Il affirme qu'il est parti vers huit heures vendredi matin.

— Et jeudi soir, tu dis qu'Ursula a appelé Quill à quelle heure ?

— À vingt heures dix, et de nouveau à minuit cinquante-cinq.

— Elle l'a appelé deux fois ? Pourquoi l'a-t-elle rappelé, dès lors qu'ils avaient réglé tous les détails concernant leur week-end dans la première conversation ?

— Quill prétend qu'il n'a pas reçu le deuxième appel parce qu'il avait coupé son portable. De toute façon, le deuxième appel dure moins d'une minute, elle n'a pas laissé de message.

— Et à quelle heure se situe le coup de fil à Maguire ?

— Minuit vingt. Ce qui correspond à sa version des faits.

— Elle appelle donc Maguire à minuit vingt, et Quill pour la seconde fois une demi-heure plus tard ? C'est un peu étrange, non ? Surtout si Maguire se trouvait toujours chez elle, non ?

Grâce à la technologie moderne, l'opérateur saurait leur indiquer à quel endroit se trouvait précisément Quill quand il avait reçu le deuxième appel. Ces vérifications pouvaient attendre tant que rien ne clochait dans l'alibi de Quill ; pour l'instant, celui-ci semblait solide.

— Et les appels qu'Ursula a reçus ?

— Le portable garde en mémoire les dix derniers appels reçus et composés. Pour les dix derniers reçus, tous proviennent du portable d'Owen Cadogan. Espacés de quelques minutes chaque fois, entre vingt-deux heures quinze et trois heures du matin, la nuit du meurtre. Toujours des appels très brefs, comme si elle savait qui c'était et qu'elle n'avait pas répondu.

L'information était intéressante, sans qu'on sache pour autant si Owen Cadogan avait simplement fini par se lasser ou s'il avait cessé d'appeler parce qu'il savait qu'Ursula était morte.

— Qui d'autre a-t-elle joint ?

— Parmi les dix derniers appels figure le numéro de Niall Dawson... tu te souviens du type qu'on a croisé dans la tourbière, le conservateur aux antiquités du Muséum national. Il y avait quatre appels à Desmond Quill, celui à Cormac Maguire, et quatre autres que je n'ai toujours pas identifiés.

— Et l'ordinateur portable, tu as pu en tirer quelque chose ?

— Je vais te montrer...

Elle alluma l'ordinateur et Ward approcha son fauteuil pour regarder par-dessus son épaule.

— Grâce à l'historique, on sait que quelqu'un... pas forcément Ursula... a été sur Internet le soir du meurtre. Voici la liste des sites consultés ce soir-là : les archives de l'*Irish Times*, celles de l'*Examiner*, et la liste des monuments et fouilles de Dúchas [1].

1. Organisme public, chargé notamment de la gestion du patrimoine. *(N.d.T.)*

— A-t-on la possibilité de savoir ce qu'elle y cherchait précisément ?

— Bien sûr. Quel site veux-tu ?

— Je ne sais pas... un des journaux.

Maureen fit défiler l'écran pour afficher l'information : Ursula Downes avait consulté quelques courts articles concernant l'affaire des bêtes mutilées qui avait valu à Charlie Brazil d'être interrogé. Le nom du gamin ne figurait nulle part, mais Ursula avait pu faire le rapprochement avec les ragots circulant dans la région. C'était peut-être avec cette histoire qu'elle faisait chanter Charlie Brazil – cela dit, il s'agissait certes de crimes atroces, mais après tant d'années qu'avait-on à faire de trois bêtes égorgées ?

Il fixa Brennan.

— Et les autres sites ?

— Elle a consulté diverses bases de données sur les fouilles archéologiques, plus précisément sur le trésor de Loughnabrone. Mais il se pourrait que ces recherches soient en rapport avec son travail d'archéologue. Il faudrait que j'y passe davantage de temps pour creuser un peu plus et voir ce qu'elle cherchait précisément : simplement des informations générales ou bien quelque chose de plus spécifique.

Ward examina la liste sur l'écran lumineux. Le trésor de Loughnabrone – un nouveau lien avec Charlie Brazil. Pas direct, mais c'étaient tout de même son père et son oncle qui avaient fait la découverte. Et trois jours auparavant, l'équipe d'Ursula venait de retrouver le cadavre de l'oncle. Peut-être existait-il une logique qui lui échappait, une façon de combiner ces éléments qui débloquerait le tout.

— Bon. Je veux bien que tu poursuives un peu ces recherches, Maureen. Ça pourrait porter ses fruits.

— Une autre idée m'est venue, pendant qu'on était dans les champs tout à l'heure. Au sujet des altercations d'Ursula Downes avec Charlie Brazil et Owen Cadogan, les deux témoignages sont le fait de Nora Gavin.

— Où veux-tu en venir ? Tu penses que le Dr Gavin a inventé ces histoires pour détourner notre attention de Cormac Maguire ?

— C'est une possibilité, non ? dit-elle en jetant un coup d'œil à ses notes.

— Tout à fait, mais on a également la déposition de Desmond Quill soutenant que Cadogan harcelait Ursula, et les appels à répétition sur son portable. Je ne pense pas que le Dr Gavin ait inventé quoi que ce soit, mais peut-être qu'elle a choisi de ne pas tout nous dire. Pour l'heure, je préfère qu'on se concentre sur Owen Cadogan et Charlie Brazil... qui nient tout lien avec Ursula Downes. A-t-on du nouveau du côté du labo ? Des empreintes ou d'autres indices ?

— Rien pour l'instant... demain au plus tôt.

— Eh bien, fautes de preuves matérielles, on peut toujours commencer par les témoins. Tu as pu obtenir l'adresse de la secrétaire d'Owen Cadogan ?

— Je l'ai ici, répondit Brennan en brandissant son carnet.

— On va lui toucher un mot, voir ce qu'on peut tirer d'elle. Avec l'histoire des coups de fil sur le portable d'Ursula, on a de quoi l'ébranler.

Ward se leva et observa les photos du lieu du crime exposées au mur, tandis que Brennan prenait de quoi réaliser une interview à l'extérieur. Pour lui, cette phase laborieuse était capitale, surtout en début d'enquête : passer le moindre élément au peigne fin, séparer le bon grain de l'ivraie. Il était soulagé d'avoir une partenaire qui ne voyait aucune objection à cette méthode, parce qu'il aurait eu du mal à faire autrement. Le poste était encore plus silencieux qu'à l'ordinaire ; tout le monde avait été renvoyé chez soi après les recherches infructueuses. Brennan avait peut-être raison, Rachel Briscoe finirait sans doute par réapparaître, saine et sauve, stupéfaite d'avoir provoqué tant d'émoi. Il ne demandait pas mieux. Le problème avec cette enquête, c'était que rien ne se dégageait. Ils étaient déjà submergés par l'ivraie et cela ne ferait qu'empirer au fil des investigations. Il n'avait pas d'autre choix que de continuer d'agiter le tamis.

4

— Désolé de vous importuner si tard, dit Ward en notant la surprise d'Aileen Flood de découvrir les deux inspecteurs devant sa porte. Nous avons eu beaucoup à faire, je suis sûr que vous le comprenez.

— Bien entendu. Entrez, je vous en prie.

Elle les conduisit dans un salon immaculé – les têtières étaient soigneusement disposées, comme alignées à l'équerre. Tout était comme il faut : la porcelaine bien rangée dans le vaisselier, la vaisselle faite, et dans l'air une légère odeur d'essence de citron et de détergent. Ward avait l'impression d'un espace entièrement et parfaitement féminin, jamais contaminé par la moindre présence masculine. Un univers qui empestait la propreté et les convenances.

— Vous vivez seule, mademoiselle Flood ?

— Oui, depuis deux ans. Quand ma sœur s'est mariée, elle est partie s'installer à Banagher. Son mari est marinier.

Le visage rond et franc d'Aileen Flood rougissait facilement. Sa tenue tirée à quatre épingles témoignait d'un refus du laisser-aller, sans regarder à la dépense.

— Puis-je vous proposer une tasse de thé ?

La question empressée s'adressait à lui, mais il jeta un coup d'œil à Maureen, laquelle n'avait quasiment eu droit à aucun regard.

— On ne va pas rester très longtemps, dit-il. Il se fait tard, et...

— En fait, intervint Maureen, une tasse de thé me ferait le plus grand bien, si ça ne vous dérange pas trop...

Elle porta son regard sur Aileen Flood en souriant, mais seulement des lèvres. Elle n'appréciait guère les femmes à la timidité maniérée, qui ne lui inspiraient pas confiance. Ward se doutait bien qu'elle n'avait nullement envie d'une tasse de thé – le but était simplement d'éloigner Aileen Flood quelques instants, le temps d'observer les lieux de plus près.

Dès qu'ils furent seuls, Maureen s'avança discrètement vers la porte de la cuisine et l'entrouvrit juste assez pour s'y faufiler. Ward l'entendit ouvrir le frigo, puis sa partenaire revint s'asseoir à côté de lui.

— Trois pintes de Guinness en bouteille dans le frigo, lui murmura-t-elle à l'oreille. Aileen Flood t'a l'air du genre à picoler en solitaire ?

Maureen avait un flair incomparable pour le scabreux, et le don de repérer des indices que ses collègues masculins étaient trop bêtes pour voir. Quand Aileen Flood revint au bout de quelques minutes, chargée d'un plateau, Maureen demanda à utiliser les toilettes en sachant bien que la maîtresse de maison serait trop affairée pour s'occuper d'elle.

— Je suis vraiment confus, dit Ward. Notre but n'était pas de vous déranger à ce point. Nous avons simplement quelques questions à vous poser dans le cadre de l'enquête sur la mort d'Ursula Downes.

Il remarqua que la théière tremblait, malgré les efforts d'Aileen Flood qui continua tout de même de les servir. Ses traits se crispèrent et des taches écarlates peu seyantes apparurent sur son visage. Cette réaction physiologique ne voulait pas dire grand-chose ; certaines personnes, coupables ou non, se mettaient à suer à grosses gouttes dès que la police pointait le bout de son nez et Ward songea que Mlle Flood en était peut-être.

Le temps que le thé soit servi, Maureen revint et profita d'un moment où l'attention de la secrétaire était portée ailleurs pour informer Ward d'un signe de la tête qu'elle n'avait rien trouvé.

— Merci pour le thé, dit Ward. Bien. Nous souhaitons vous poser quelques questions concernant la soirée du 20 juin, au cours de laquelle le meurtre a été commis. Vous voulez bien nous raconter ce que vous avez fait ce soir-là, mettons à compter du moment où vous avez quitté le travail ?

— Jeudi, j'ai quitté le bureau à cinq heures... comme d'habitude... et je suis passée faire quelques courses à Birr. Ma sœur et son mari sont venus de Banagher pour dîner avec moi. J'ai acheté de la Guinness, c'est ce que Phil boit. Ils sont arrivés vers sept heures. On a soupé et puis on a regardé un vieux film à la télé, et ils sont repartis vers dix heures et demie. Avec le bateau, Phil est obligé de se lever de bonne heure.

Elle se tut, ses doigts tripotant la frange d'un coussin impeccablement rebondi, posé sur le fauteuil à côté d'elle, et soudain son visage sembla sur le point de s'affaisser sur lui-même.

— Je sais bien qu'au bureau Owen vous a déclaré qu'il était seul jeudi soir, mais c'est faux. Il était ici avec moi. Il ne voulait pas que je sois mêlée à toute cette histoire, mais je lui ai dit qu'il n'y pouvait rien, que je l'étais déjà de toute façon.

— Vous êtes en train de nous dire que vous couchez avec votre patron ? fit Maureen, la voix aussi neutre que possible. Depuis combien de temps ?

— Depuis le mois de mars, répondit Aileen Flood, le visage ruisselant de larmes. Il avait un peu trop bu à un pot d'adieu pour un autre directeur régional. Sa femme ne l'accompagne jamais dans ce genre de réception, et il n'était vraiment pas en état de prendre le volant, alors je l'ai ramené, et cela s'est produit.

— J'imagine qu'il vient vous voir ici ? demanda Brennan. Chez vous ?

— Oui, bien sûr. En général il ne passe pas la nuit, mais jeudi si... la nuit du 20, dont vous parlez. Il est arrivé après le départ de ma sœur... vers onze heures et demie... et il est reparti à sept heures du matin. Il a passé toute la nuit avec moi, je le jure. Son couple bat de l'aile et tout le monde le sait, y compris sa femme, alors je n'avais pas l'impression de faire quelque chose de mal. Chacun a le droit à un peu de bonheur.

Ward n'aurait su dire si elle pensait à elle ou à Owen Cadogan.

— Donc, vous filiez le parfait amour depuis mars, dit Brennan. Les voisins ont certainement dû remarquer la voiture de M. Cadogan à plusieurs reprises ?

— Oui, certainement.

— Garde-t-il quelques affaires ici : des vêtements, un rasoir, une brosse à dents ?

— Je vous l'ai dit, d'habitude il ne passe pas la

nuit ici... Aileen Flood avait la voix de plus en plus étranglée. Ward savait où Brennan voulait en venir et décida de prendre le relais.

— Vous avez dû être plutôt surprise quand Ursula Downes est revenue dans la région cet été.

Le ton et l'expression de la secrétaire se durcirent en un clin d'œil.

— En quoi voulez-vous que ça me concerne ?

— Parce que vous êtes au courant de ce qui s'est passé l'été dernier, quand Ursula Downes n'avait qu'à lever le petit doigt pour...

L'âpre combat qu'Aileen Flood livrait avec elle-même se lisait sur son visage.

— Owen a tiré un trait. Ursula ne l'intéressait plus. Il la détestait, c'est lui qui me l'a dit.

— Au point de la tuer ?

— Non, ce n'est pas ce que je veux insinuer.

Elle avait visiblement beaucoup de mal à contenir sa haine pour Ursula Downes. Ward songea soudain à une hypothèse à laquelle ils n'avaient pas pensé : que le meurtre ait été commis par une femme, voire par deux complices.

— Avez-vous aidé Owen à assassiner Ursula ?

— Mais non ! Puisque je vous dis...

— Vous la détestiez tous les deux, non ?

— Oui... répondit-elle. Oui, je la détestais moi aussi, et sa mort ne me fait ni chaud ni froid.

Ward, qui avait une grande expérience des canaux et des écluses, savait se glisser dans la moindre ouverture entre les vannes pour les empêcher de se refermer. Maintenant, le tout était de les écarter davantage afin que ça continue de couler à flots.

— Nous savons de source sûre que la relation

entre Owen Cadogan et Ursula Downes n'était pas terminée.

— Qui vous a dit ça ?

— Nous avons un témoin qui les a vus... comment dire ?... plongés dans une conversation intime.

Ward observa l'effet corrosif de cette information sur l'amour-propre d'Aileen Flood.

— Cette salope d'Ursula n'était qu'une sournoise... elle s'imaginait qu'elle pouvait revenir comme ça et mener Owen par le bout du nez. Elle ne l'a jamais aimé. Vous auriez dû la voir débarquer dans son bureau et lui demander s'il avait enfin trouvé le courage de m'emmener faire un tour, avec son ton horriblement moqueur. Elle lui riait au nez, puis s'attendait à ce qu'il se mette à genoux pour l'adorer...

— Mais il l'adorait bel et bien ? dit Ward avec le plus de douceur possible. Il était fou d'elle. Il n'arrêtait pas de penser à elle. Et vous ne pouviez rien y faire.

Une fois de plus, les yeux d'Aileen Flood s'emplirent de larmes.

— En fait, vous n'avez jamais couché avec Owen Cadogan, n'est-ce pas Aileen ?

Sa réponse fut un murmure étranglé.

— Non...

Voilà, songea Ward. *L'étrange et honteuse vérité – non pas d'avoir une liaison avec un homme marié, mais d'être amoureuse de quelqu'un qui vous méprisait.*

— Cela peut paraître injuste, mais vous serez poursuivie comme complice, même si Owen Cadogan n'est venu vous trouver qu'après avoir commis son meurtre, exactement comme si vous y aviez participé.

— C'est faux, dit-elle en écarquillant les yeux. Vous dites ça comme ça.

— Je vous assure que si, Aileen. Mais vous n'y avez pas songé quand il est venu vous demander de l'aider cette nuit-là, hein ? Depuis le début de cette histoire, vous avez fait de gros progrès comme menteuse, vous ne trouvez pas ? Mais je peux vous assurer d'une chose : Owen Cadogan est encore plus doué que vous. Chez lui, c'est devenu comme une seconde nature. Ça ne le gêne plus du tout de mentir. Il ment à sa femme, à ses amis. À vous aussi, Aileen, quand il vous disait qu'il n'avait plus rien à faire d'Ursula. Qu'est-ce qui l'empêcherait de recommencer ?

— Vous savez ce qu'il a fait subir à Ursula, Aileen ? intervint Brennan. Vous voulez que je vous le dise ?

— Non, non, je vous en supplie ! Je ne veux pas le savoir ! Je vous assure qu'Owen n'y est pour rien. Il est passé chez moi à deux heures et quart et m'a dit qu'Ursula était morte, qu'on l'avait assassinée, et qu'il avait besoin de mon aide. Je ne pouvais pas refuser. Il m'a assuré qu'elle était déjà morte quand il est arrivé, et je l'ai cru. J'étais bien obligée de le croire, non ?

— Tu veux qu'on passe voir Cadogan tout de suite ? proposa Maureen dans la voiture tandis qu'ils regagnaient le poste. On n'a pas de quoi justifier une garde à vue, mais on peut lui faire part de ce qu'on sait : lui-même a reconnu qu'il se trouvait chez Ursula le soir du meurtre. De quoi lui donner quelques sueurs froides. Ça me tente bien.

— D'accord, on y va. Tu connais l'adresse ?

Elle fit oui de la tête.

— Ça m'étonnera toujours... fit-elle. Les hommes qui se comportent comme de vrais mufles, et les femmes qui tombent des nues chaque fois. Quelle bande de vaches idiotes !

La prestation d'Aileen Flood semblait avoir touché une corde sensible, mais Ward jugea préférable de ne pas se mêler de la vie privée de sa partenaire. *Les femmes ne sont pas les seules*, songea-t-il. *Chacun d'entre nous s'accroche à ses illusions, aux rêves et aux souvenirs enjolivés que l'on substitue à la réalité*. Lui le premier ne s'en privait pas – la jeune fille belle et réservée dont il était tombé amoureux avait pris une patine au fil du temps, et la véritable Eithne – les membres malingres, le visage hagard, les gestes compulsifs – s'effaçait presque entièrement au profit de l'image élue. Se faire des illusions, lui semblait-il, était la chose la plus naturelle chez un être humain. Et la sincérité une parfaite aberration.

5

— On tourne en rond, soupira Nora.

Elle contempla les documents qu'ils avaient réunis sur la table : les deux croquis de Charlie Brazil, l'ouvrage sur l'orfèvrerie à l'âge du fer, l'inventaire du trésor de Loughnabrone par le Muséum national. Ils avaient passé l'après-midi et la soirée à éplucher les faits, un exercice qui n'avait pas abouti à grand-chose. Cormac avait donné quelques coups de fil, mais personne n'avait pu lui confirmer avec certitude que Rachel était bien la fille de son ex-collègue.

— On ferait mieux d'arrêter de se creuser la cervelle, poursuivit-elle. Contentons-nous d'apporter à Ward toutes les bribes de renseignements qu'on a réunies. Il détient d'autres morceaux du puzzle, peut-être qu'il y verra plus clair que nous.

Elle fouilla parmi les papiers, y cherchant la carte de l'inspecteur.

— Une seconde, l'arrêta Cormac. Avant d'appeler qui que ce soit, je pense avoir trouvé l'endroit dont Quill parlait au déjeuner. Il y a une remise abandonnée, sur la route de Loughnabrone. Ça date de l'époque où l'on fabriquait sur place des canalisations en béton. L'endroit auquel je pense n'a pas servi depuis des années, mais il doit rester des sacs de ciment. Ça mériterait peut-être une petite visite avant la tombée de la nuit, histoire de voir si quelqu'un y est passé récemment.

À l'époque du solstice d'été le crépuscule durait plusieurs heures, et la nuit commençait tout juste de tomber à l'est quand ils quittèrent La Croisée et prirent la route de Birr.

— Comment connais-tu cet endroit ? demanda Nora.

— Tu sais, je ne suis pas sûr qu'il s'agisse du lieu dont parlait Quill. Mais à une époque je connaissais assez bien les environs. Rien ne dit que la baraque sera toujours sur pied, mais en général les bâtiments laissés à l'abandon ne bougent pas trop.

Le local se trouvait toujours là, au bout d'un chemin cerné d'arbres touffus.

— On ferait bien de cacher la voiture, suggéra Nora. Mieux vaut s'approcher à pied, au cas où il y aurait quelqu'un.

Cormac gara la jeep derrière une énorme balle de plastique noir, sur l'accotement envahi par les ronces. Il prit une torche électrique dans la boîte à gants, et en trouva une autre pour Nora dans son matériel de fouilles. Le jour baissait vite. Ils s'approchèrent du bâtiment, un édifice de plain-pied en tôle rouillée avec quelques fenêtres poussiéreuses à trois mètres du sol. Nora inspecta le gros cadenas sur la porte en évitant d'y mettre les doigts pour ne pas effacer d'éventuelles empreintes ; sans être flambant neuf, il ne devait pas être là depuis plus d'un ou deux ans.

— J'aimerais bien jeter un coup d'œil par les fenêtres, dit-elle. Tu ne vois rien sur quoi on pourrait monter ?

— Chut ! J'entends une voiture...

Tous deux eurent à peine le temps de disparaître derrière le bâtiment qu'une Nissan argentée s'arrêta devant. Owen Cadogan actionna l'ouverture du coffre et descendit, cherchant la clé du cadenas dans la poche de son pantalon. Il disparut à l'intérieur. Nora voulut aller jeter un coup d'œil par la porte entrouverte mais Cormac la retint. Ils entendirent des froissements, puis quelques ahanements, et Cadogan ne tarda pas à ressortir, portant sur l'épaule un énorme paquet enveloppé de plastique noir. Il le balança dans le coffre, referma la remise et repartit. La Nissan ne s'était pas sitôt éloignée que Nora se précipita vers la jeep, talonnée par Cormac.

Sur la route principale, ils purent le suivre à une distance raisonnable, jusqu'au moment où il tourna dans une voie d'accès au canal. Aucun signe de la Nissan sur la petite route à sens unique.

Les phares de la jeep illuminèrent un cottage en ruines aux fenêtres condamnées par de vieilles planches. Un domicile déserté depuis longtemps, réduit au rôle de hangar. Faute d'entretien, les bas-côtés étaient envahis par les ronces et les orties. Personne ne devait jamais passer là, surtout depuis que le canal ne servait quasiment plus. La voie se rétrécit soudain, les haies foisonnantes fouettant la carrosserie de part et d'autre. Le balancement des branches un peu plus loin devant eux leur indiquait que Cadogan venait de passer quelques instants auparavant. Finalement, après quatre ou cinq cents mètres de conduite sinueuse, ils s'arrêtèrent brusquement devant le canal. Du côté de Nora, la haie était éventrée et froissée, comme si on l'avait récemment taillée avec une grosse lame émoussée, et l'on distinguait à l'intérieur le bois pulpeux, d'un blanc osseux. Un chemin de halage gravillonné longeait la berge, mais pas la moindre voiture ni à gauche ni à droite. Ils n'avaient croisé aucune route dans laquelle Cadogan aurait pu tourner. En revanche, à une cinquantaine de mètres sur la gauche, un petit pont en dos d'âne traversait le canal. Impossible de savoir s'il l'avait franchi, et eux-mêmes risquaient de se trahir en s'y aventurant. Nora était sur le point de perdre espoir quand deux points rouges apparurent sur la droite – les feux arrière de la Nissan.

— Reste ici... dit-elle en ouvrant sa portière.

Elle descendit et, le temps qu'elle fasse le tour de la voiture, Cormac en avait fait de même.

— Si tu t'imagines que je vais te laisser y aller toute seule, Nora !

— Je veux juste aller sur le chemin de halage, pour voir ce qu'il fabrique.

Cormac opina du chef et la suivit, tapi derrière la haie. Le chemin, peu emprunté, était parsemé d'ornières et de nids-de-poule. Nora remarqua les feuilles en forme d'épée des iris des marais, qui reluisaient au bord du canal, et le vent du soir qui bruissait dans les bouleaux sur la berge d'en face. Devant, la voiture de Cadogan cahotait lentement et virait de temps à autre pour éviter un trou plus profond. Nora se fit la réflexion qu'on pourrait relever l'empreinte de ses pneus, le cas échéant. Soudain, le véhicule s'arrêta, et ils en firent autant, se tenant accroupis derrière un massif de roseaux au bord de l'eau.

Cadogan venait de descendre de la Nissan quand son portable se mit à sonner, et il répondit en poussant un soupir exaspéré.

— Qu'est-ce que c'est, bon sang ?

Il écouta son interlocuteur.

— ... Je t'arrête tout de suite, Aileen. Ils ont que dalle... Mais non, ils ne savent rien. Ils essayent juste de...

Il se tut de nouveau, puis écarta le portable de son oreille et donna un violent coup de pied dans un pneu de la voiture.

— Merde !

Il se mit à trépigner en poussant des jurons. Une fois sa colère passée, il ramena le téléphone contre son oreille.

— Tu te rends compte de ce que tu as fait, espèce de... Allons, Aileen, ne te mets pas à chialer. Putain, nom de Dieu... Non, je vais trouver une idée. Écoute, je dois filer. D'accord.

Il éteignit rageusement, avec un ultime coup de pied. Puis il fit le tour jusqu'au coffre et l'ouvrit avec une clé. Il se pencha et sortit son lourd fardeau – cette fois, Nora et Cormac virent que cela avait la taille et la forme d'un corps humain. Il le hissa devant lui, le serrant entre ses bras contre sa poitrine, mais le paquet s'affaissa et glissa vers ses genoux. Il résista et ne lâcha pas prise. Quand le paquet pénétra dans l'eau sans faire la moindre éclaboussure, Nora sentit Cormac lui serrer très fort l'épaule et retenir sa respiration. Cadogan demeura quelques secondes sur la rive, le temps que la grosse masse disparaisse entièrement. On n'entendait plus que les soupirs du vent dans les roseaux. Cadogan tourna sur ses talons, remonta dans sa voiture et démarra, les pneus projetant des gravillons.

Dès que la voiture eut disparu, Nora s'approcha du canal, à l'endroit où Cadogan avait piétiné la végétation en laissant tomber son fardeau. Sans hésiter ni même retirer ses chaussures, elle entra dans l'eau verte et opaque. Demeuré sur la berge, Cormac ne put faire autrement que la regarder prendre sa respiration et plonger sous la surface.

Elle émergea à quelques mètres, pantelante, le visage ruisselant et couvert d'algues.

— Il l'a lesté... J'ai besoin de ton aide.

Elle tenta de soulever le paquet d'un côté, avec la corde qui le ficelait, mais ne parvint pas à le déplacer.

— C'est trop profond... J'ai les pieds qui dérapent.

Elle se trouvait aussi trop loin du bord pour lui tendre la main.

— Un instant ! lui cria-t-il. J'ai une corde dans la voiture. Ne lâche pas prise...

Il remonta précipitamment le talus et courut jusqu'à la jeep. Nora faisait de son mieux pour s'accrocher au gros paquet, toussant et recrachant chaque fois qu'elle était entraînée sous l'eau. Cormac recula la jeep en position, puis fouilla dans le coffre où il finit par dénicher une corde. Il en lança un bout à Nora et noua l'autre à la voiture.

— Tu n'as qu'à y attacher le paquet, et tiens bon si tu peux ! Préviens-moi quand tu es prête, et fais attention d'avoir une bonne prise. Essaye de gravir la paroi en marchant.

Elle plongea de nouveau, attacha la corde à la chaîne qui retenait le paquet de Cadogan, et ressortit en crachotant.

— Ok, je suis prête... Vas-y !

Cormac s'installa au volant et avança tout doucement, jusqu'à ce que le paquet ressorte sur la berge, suivi par Nora. Dès qu'elle fut sur la terre ferme, elle lâcha la corde et se jeta sur le fardeau, s'attaquant au plastique noir. Tremblant de terreur, elle redoutait de découvrir ce que Cadogan y avait dissimulé. Quand le paquet se déchira enfin, il en sortit non pas ce à quoi elle s'attendait mais de la tourbe brune. Nora s'escrima avec les chaînes emmêlées et le plastique, jusqu'à ce que le paquet soit ouvert sur toute sa longueur : de la tourbe, rien que de la tourbe. Sous le coup de la confusion et du soulagement, elle plongea ses mains dedans, pour en être certaine, et sentit quelque chose. Elle creusa et mit au jour une peau de mouton enroulée sur elle-même. À l'intérieur, elle découvrit quelques foulards en soie, une cagoule de velours, des plumes et une paire de menottes étincelantes. Elle se redressa, toujours accroupie, et contempla cette étrange collection d'objets.

— Eh bien, Dieu merci, dit Cormac en contournant la jeep. J'étais persuadé que c'était...

— Un cadavre, soupira-t-elle. Moi aussi.

Il s'accroupit à côté d'elle, tout aussi intrigué, et prit un des foulards. Le tissu était encore sec – l'eau du canal n'avait pas eu le temps de s'infiltrer dans le fardeau tourbé.

— Je ne vois rien ici d'un tant soit peu incriminant, dit-il. Dans ce cas, comment expliquer qu'Owen Cadogan se soit donné autant de mal pour faire disparaître ce fatras ?

Nora se sentait abattue, épuisée par la peur et les efforts, et transie de froid dans ses vêtements trempés. Il faisait désormais complètement nuit. Observant le paysage noir et bleu, elle imagina des policiers munis de torches électriques, examinant la tourbe humide et les ustensiles érotiques mais inoffensifs de Cadogan. Inutile de prévenir Ward : rien de ce qu'ils avaient appris ne lui permettrait de retrouver Rachel Briscoe, ni de démasquer l'assassin d'Ursula. Pourtant, elle était persuadée que Cadogan était capable de commettre un meurtre. Elle l'avait senti dans son regard, la fois où il tenait Ursula par la gorge.

Cela dit, il n'était pas tiré d'affaire pour autant. À eux de dénicher des preuves solides.

— On n'a plus qu'à rentrer, dit-elle. Je ne vois rien ici qui justifie d'alerter la police.

6

Nora se séchait les cheveux avec une serviette dans la salle de bains quand le portable de Cormac se mit à sonner. Qui pouvait appeler si tard ? Il était minuit passé. Elle l'entendit répondre dans le salon.

— Michael ? Qu'est-ce qu'il y a ?... Ça va ?

Quand elle descendit, Cormac était en train d'enfiler ses chaussures.

— C'était Michael Scully. Il n'arrive pas à mettre la main sur Brona. Elle n'est pas rentrée de la soirée, et ça commence à l'inquiéter. Je lui ai dit qu'on allait passer.

Scully vint leur ouvrir, les traits défaits. Sa peau fine semblait flotter sur lui, et il se déplaçait encore plus difficilement que lors de leur première visite. Il les conduisit dans la cuisine, où il avait visiblement eu du mal à remplir un distributeur de médicaments. La boîte s'était renversée, répandant un assortiment de pilules colorées sur la table.

— J'ai entendu à la radio qu'une des filles de l'équipe des fouilles avait disparu, dit le vieil homme en se recoiffant d'un geste tremblant. Et je...

La voix étranglée, il ne put continuer.

— Je sais, dit Cormac. Je sais. On va la retrouver. Ne vous en faites pas.

Il aida Scully à s'asseoir, puis se tourna vers Nora et lui dit à voix basse :

— Je ne pense pas que ce soit une bonne idée de le laisser seul. Tu veux bien rester avec lui pendant que j'essaye de mettre la main sur Brona ? J'ai une idée de l'endroit où elle pourrait être. Ferme à clé derrière moi, lui enjoignit-il devant la porte. Surtout, n'ouvre à personne. Promis ?

Elle acquiesça d'un hochement de tête. Pour la première fois, l'inquiétude se lisait dans le regard de Cormac.

Nora aida Michael Scully à ranger les médicaments. Pendant qu'elle lui préparait le bon nombre de cachets antidouleur, il lui dit :

— Qui sait où je serai d'ici un an...

Elle le fixa et vit de la peur dans ses yeux, non pour lui-même mais pour sa fille déjà très isolée du reste du monde.

— Personne ne connaît le sort qui l'attend. On est tous à la même enseigne. Ne vous en faites pas, Cormac va la retrouver. Il vous l'a promis.

— Je regrette que Gabriel ne puisse pas vous voir ensemble, dit-il en esquissant un sourire. Il disait souvent qu'il avait rarement rencontré deux personnes qui soient faites à ce point l'une pour l'autre.

— Je suis sûre qu'il nous voit, d'une manière ou d'une autre. Pas vous ?

— Je ne suis pas certain de croire aux esprits, mais je pense que ce qui a existé ne disparaît jamais complètement. Tout se perpétue d'une certaine façon, laisse une impression. Plus ou moins forte selon les cas, mais il reste toujours une trace, un changement, une froissure du temps. C'est sans doute le mieux qu'on puisse espérer, ne croyez-vous pas ?

Nora préféra changer de sujet.

— Je me demandais si vous aviez dans vos archives quelque chose sur le trésor de Loughnabrone... des coupures de presse, ou des documents administratifs.

— Oui, j'ai un gros dossier sur le sujet...

Il voulut se lever mais vacilla, et Nora le retint par le coude.

— Ça va ?

— Les cachets agissent assez vite, je me sentirai mieux d'ici quelques minutes. Ne vous en faites pas pour moi. Ça ne vous dérange pas d'attraper le dossier ? Il devrait se trouver complètement à gauche, le deuxième tiroir en partant du haut.

Il continua de parler tandis qu'elle ouvrait le tiroir et parcourait les titres des dossiers.

— Ma fille m'aide pour mes travaux depuis qu'elle est toute petite. Elle a lu quasiment toutes ces archives. Je ne sais pas trop si elle souhaitera les conserver... Je pense souvent à ce lieu et à tout ce qui s'y est déroulé depuis neuf mille ans, et je me dis qu'on en saurait peu de choses si quelqu'un n'avait jugé bon de rassembler ces données, somme toute éparses et fragmentaires.

Nora contempla les dossiers parfaitement classés, les étiquettes rédigées d'une écriture soignée. Elle ne pouvait que s'émerveiller des efforts et du temps que cela représentait, sans compter les étonnantes capacités de la mémoire humaine qui pouvait s'imprégner de cette matière au point qu'un seul individu ait tout ça dans la tête. Elle avait devant elle le travail d'une vie ni plus ni moins, de quoi rendre humble. À la longue, les bases de données informatisées remplaceraient les archives papier de ce genre, de même que les annales monastiques avaient rendu caduques les vingt années de formation imposées aux druides pour devenir grands prêtres et juges. Ce mur tapissé d'épais dossiers, qui représentaient jusqu'au plus fragmentaire reliquat de connaissance humaine, avait de quoi laisser songeur : tout était éphémère, au bout du compte, et pourtant l'homme éprouvait le besoin vital de traquer et d'accumuler le savoir. Elle aurait voulu confier à Michael Scully qu'elle comprenait ses craintes, son désir que l'œuvre se poursuive même après sa disparition, mais se contenta de lui dire :

— Ne vous sentez pas obligé de me faire la conversation. Vous devriez vous reposer.

— Non, je préfère qu'on parle, si ça ne vous dérange pas. J'ai quelque chose à vous demander.

Nora sortit le dossier sur le trésor de Loughnabrone et le posa sur la table basse devant le canapé, puis s'installa dans un fauteuil, prête à accorder toute son attention à la requête du vieil homme. Que pouvait-il lui vouloir ?

Scully s'exprima en se penchant légèrement en avant ; par moments ses mains serraient un peu plus fort les accoudoirs, trahissant une certaine gêne ou une douleur, voire les deux.

— J'espère que vous serez sensible aux appréhensions d'un père. Je n'ai plus que Brona... Mon épouse est morte peu de temps après sa naissance et ma fille aînée, Eithne... (Il se tut un instant)... Eithne a été longtemps malade, et les troubles de l'esprit sont les plus difficiles à appréhender et accepter. Elle souffrait considérablement, et en fin de compte nous n'avons rien pu faire pour elle. Eithne s'est suicidée en se noyant, quand Brona était petite. Cormac vous a sans doute expliqué qu'elle est devenue muette à ce moment-là. J'en viens à ma demande : j'ai une sœur qui habite Waterford, et je ne veux pas qu'elle se mêle de l'avenir de Brona. Ce n'est pas comme si ma fille était incapable de s'occuper d'elle-même. Elle a beau être muette, elle n'est pas du tout simple d'esprit. Ma sœur n'arrive pas à le comprendre, et elle la traite comme une sorte de handicapée. Je lègue la maison à Brona, ainsi que tous mes biens, mais je tiens à ce qu'elle ait quelques alliés, au cas où mon testament serait contesté. Evelyn McCrossan est au courant, ainsi que Brona, mais je tenais à vous en parler, à Cormac et vous, puisque vous allez reprendre La Croisée. Vous n'aurez sans doute pas grand-chose à faire, et il ne s'agit pas de mettre Brona sous tutelle, mais il se pourrait qu'elle ait parfois besoin... d'un soutien, pour communiquer avec les avocats ou les autorités administratives. Mis à part Evelyn et vous deux, je ne vois pas à qui d'autre demander. Je comprends qu'il s'agit d'une responsabilité lourde et inhabituelle, car c'est un peu l'inconnu, d'autant que vous ne serez pas toujours sur place. Mais plus le temps avance et plus je ressens la nécessité urgente...

— Nous ferons tout notre possible, Michael. Cela va de soi. Je sais que Cormac sera aussi tout à fait partant. Je lui en parlerai. Il aura peut-être des questions à vous poser, et moi aussi, d'ailleurs, quand on aura eu le temps d'y réfléchir.

— Bien sûr, bien sûr. Vous n'aurez peut-être rien à faire. C'est tout ce qu'on souhaite.

Michael Scully parut soulagé d'un grand poids. Le pli qui lui creusait le front s'atténua ; les médicaments y étaient peut-être aussi pour quelque chose.

— Merci, dit-il en fermant les yeux et en s'enfonçant dans le fauteuil moelleux.

Il avait l'air très fragile et malade, et Nora eut envie de lui prendre la main, d'avoir un geste rassurant ou réconfortant. Elle tendit le bras mais s'aperçut qu'il dormait profondément et se ravisa, préférant ne pas troubler son repos.

7

Rachel Briscoe fut réveillée par les battements d'ailes d'un grand oiseau qui passa quelques mètres à peine au-dessus d'elle. Elle ouvrit les yeux et eut un moment l'impression que le sol se dérobait sous elle, mais il ne s'agissait que des nuages défilant à travers le ciel nocturne d'un bleu de plus en plus foncé. Elle avait longtemps lutté contre le sommeil, résisté à la tentation de fermer les paupières, pour refouler la vision atroce qui ne cessait de surgir dans sa tête. Cet assoupissement dont elle venait d'être tirée, s'agissait-il d'un sommeil véritable, ou bien d'une de ces absences mystérieuses, un blanc, un trou dans le temps ? Depuis combien de minutes ou d'heures se trouvait-elle dans ces fourrés ? Comment avait-elle atterri là ? Elle n'en avait pas la moindre idée. Ayant aperçu des policiers qui cherchaient quelque chose, elle s'était enfuie à toute vitesse dans la direction opposée.

Elle n'osait contacter personne. Il était trop tôt, les gens risquaient d'entendre le changement dans sa voix, de le percevoir dans son regard, de comprendre qu'elle était capable de verser le sang, de supprimer une vie.

Au cours de son sommeil agité elle avait rêvé d'un insecte géant aux yeux plats dans lesquels se reflétait ce qu'il voyait, et dont les mandibules s'ouvraient et se refermaient sans cesse. Quand la chose avait voulu la toucher, elle avait ouvert la bouche pour parler ou crier, mais aucun mot ni aucun son n'était sorti, simplement un flot de sang tiède. Le souvenir du cauchemar lui donna la nausée. Elle avait un goût de sang dans la bouche. Mais était-ce vraiment un rêve ? La limite entre l'imaginaire et la réalité s'était brouillée en l'espace de deux jours, depuis qu'elle s'était retrouvée devant le cadavre d'Ursula, les mains baignées de sang.

Elle était tapie à l'intérieur d'une haie, avec de l'herbe touffue dans le dos et des ronces ployées formant une sorte de treillage au-dessus de sa tête. Elle s'était terrée comme un animal mais n'en gardait pas le moindre souvenir, mis à part un sentiment confus de panique, et d'avoir fait le tour du champ – celui-ci ? – à la recherche d'une issue par laquelle s'enfuir. Et la fatigue, le bruit qui ne voulait pas cesser dans sa tête, du métal contre du métal. Des entrechoquements à répétition. Un, deux, trois. Toujours par trois. Depuis combien de temps se cachait-elle là ? Plusieurs jours ? Le temps lui paraissait élastique, capable de s'étirer ou de se raccourcir à volonté.

Au clair de lune, les longues canalisations prenaient des reflets argentés dans la tourbe noire. Elle avait la gorge sèche mais n'osait pas quitter sa cachette pour aller boire. De toute manière, l'eau n'était pas potable. À certains moments, elle avait eu la certitude d'être suivie. Plusieurs fois elle s'était retournée brusquement, mais il n'y avait personne. Elle ne savait pas quelle distance elle avait parcourue, mais les nuits courtes n'étaient pas pour l'aider – elle n'avait guère progressé qu'il faisait déjà jour. Elle plaqua son visage dans l'herbe et goûta la rosée. Elle n'avait pas du tout faim, juste épouvantablement soif.

Le champ surplombait la partie de la tourbière qu'elle devait franchir. Au loin, elle apercevait le canal par lequel on pouvait rejoindre Dublin. L'idée lui était venue comme ça, sortie de nulle part. C'était la seule chose qui tenait bon, tandis que tout le reste volait en éclats autour d'elle. Les bruits de la faune nocturne, qui avaient constitué son unique réconfort des jours durant, lui paraissaient soudain sinistres. Entendant un froissement de végétation à quelques centimètres de sa tête, elle se retourna et découvrit un blaireau qui la fixait en montrant les crocs, ses yeux noirs reflétant le croissant de lune. Elle recula précipitamment et se prit les cheveux et les vêtements dans les ronces en imaginant les petites dents acérées plantées dans sa chair. Nulle part elle ne serait à l'abri. Le sang la suivrait partout, la retrouverait et la punirait.

Elle apercevait les silhouettes du bétail endormi dans le champ, telles des statues de pierre, et les premières étoiles dans le ciel de plus en plus sombre. Elle ne pouvait pas passer la nuit cachée là, sous peine de se retrouver prisonnière des lianes et des ronces. Elle serait comme clouée sur place, ne pourrait jamais s'enfuir. Des images et des sons lui traversaient la conscience. Le regard de son père, lourd de remords. Trop tard. Et les chocs métalliques qui ne cessaient pas, la douleur aiguë derrière ses yeux. Rassemblant ses forces, elle posa un pied devant l'autre, compta ses pas, de plus en plus fort, la pression montant, la douleur aveuglante, plus forte quand elle fermait les yeux, toujours plus forte.

Soudain, une barrière se présenta dans la clôture devant elle. Une fois de plus, elle se demanda depuis combien de temps elle était prisonnière. Et maintenant cette barrière... Elle demeura un instant immobile et sentit la pénombre se propager en elle, la pousser vers l'avant. Elle en sentait la présence comme le vent, savait qu'elle pénétrait dans sa tête, s'y infiltrait. Bientôt le jour aurait complètement disparu, et il ne resterait que la nuit et les bruits. Elle enjamba la barrière et se mit à courir vers les ténèbres insondables de la tourbière de Loughnabrone.

Elle tenta de faire abstraction du martèlement dans sa tête mais il ne la quittait jamais, qu'elle soit éveillée ou endormie, tour à tour léger bourdonnement ou vacarme épouvantable. Toujours cette répétition infernale – un, deux, trois... un, deux, trois... À force, elle avait l'impression que son esprit se vidait de toute pensée. Un seul impératif demeurait : rentrer chez elle, à Dublin, coûte que coûte. Elle ne pouvait plus se permettre de fermer les yeux ; il fallait sans cesse bouger, se cacher, pour ne pas se faire prendre. Elle était capable de rentrer à Dublin à pied, elle saurait se débrouiller. Le tout était de ne pas se montrer.

Dès qu'elle baissait les paupières, cela revenait – le sang, les murs éclaboussés. Parfois, elle revoyait même la scène les yeux ouverts, et les bruits resurgissaient. Ce n'était pas son intention que les choses se passent de cette façon. Mais quand elle avait rouvert les yeux et découvert cette scène d'horreur, elle avait laissé tomber le couteau et s'était mise à courir.

Elle regarda ses mains mouillées en s'attendant à les voir couvertes de sang une fois de plus. Elle avait l'impression de suinter la mort, que le sang s'écoulerait à jamais par ses pores.

De sa cachette en haut de la colline, elle avait vu le canal qui coupait à travers la tourbière, droit comme une route, jusqu'au centre de Dublin. Ce serait son chemin, à condition de pouvoir l'atteindre. Une vaste étendue de tourbière la séparait de la berge du canal. Une étendue d'eau frémissante – Loughnabrone, le lac aux chagrins. Elle n'avait d'autre choix que de s'y aventurer. Chaque fois qu'elle fermait les yeux, elle revoyait tout : le sang, et puis le masque menaçant, le visage d'insecte, la respiration rauque qui lui avait donné des frissons dans les veines.

Les tranchées étaient profondes, plus sombres que la nuit, et elle redoutait vaguement que n'en surgisse quelque monstre pour se jeter sur elle. Effrayé par ses mouvements, un lièvre bondit en zigzag hors d'un bosquet de roseaux et la frôla. Elle en perdit l'équilibre et tomba dans un fossé rempli d'eau, où il faisait nuit d'encre. Elle retomba lourdement sur le genou, et sentit l'articulation céder en même temps qu'une vive douleur s'emparait de sa cuisse. Elle inspira vivement et se mordit la lèvre pour ne pas crier. Elle resta immobile quelques instants, paralysée par sa jambe atrocement douloureuse, puis se redressa tant bien que mal et se concentra sur les efforts pour s'extraire de ce bourbier, sans parvenir à faire abstraction du cliquetis métallique qui se faisait de plus en plus bruyant, au point d'effacer tous les autres sons. Un, deux, trois. Un, deux, trois. C'était devenu tellement assourdissant qu'elle sentit à peine le coup qui lui fractura le crâne.

8

Nora déploya la couverture en laine sur Michael Scully, assoupi dans son fauteuil, puis reprit le dossier sur le trésor de Loughnabrone et se réinstalla dans le canapé. Les paroles du vieil érudit lui trottaient dans la tête. De tout temps, les hommes s'étaient efforcés de garder une trace, même fragmentaire et incomplète, des choses vues, entendues et apprises – une tentative d'autant plus imparfaite qu'elle concernait les époques d'avant l'écriture. Avec si peu de fragments, on commettait fatalement des erreurs d'interprétation et l'on exagérait forcément l'importance de la moindre trace parvenue jusqu'à nous.

Elle tomba sur la lettre de John O'Donovan à l'Institut de topographie dans laquelle il était question du lieu-dit Loughnabrone. Les vieux habitants qu'il avait interrogés parlaient d'un « lieu charmant », ce par quoi ils entendaient qu'on y trouvait plus que son compte de vieilles pierres hantées par les fées. L'eau du puits sacré situé sur le versant nord-est de la colline avait la réputation de guérir toutes les maladies de la gorge.

Plus loin dans le dossier, elle trouva une photo

d'Owen Cadogan, datant de sa nomination au poste de directeur régional. Elle se souvint de la première impression qu'il lui avait faite : quelqu'un d'impatient, d'insatisfait, d'un peu dangereux. C'était peut-être ce qui avait séduit Ursula Downes au début, mais ce genre d'attirance ne durait qu'un temps...

On frappa à la porte. Nora se leva pour aller ouvrir. Cela faisait environ une heure et quart que Cormac était parti. N'oubliant pas sa mise en garde, elle jeta un coup d'œil par le carreau : il se tenait appuyé au chambranle, flanqué de Brona Scully dont le poing semblait prêt à frapper de nouveau. La porte fut à peine entrouverte que la jeune fille fila sous le nez de Nora, droit au salon où elle réveilla doucement son père. Scully la serra très fort contre lui, sans rien dire.

— Où l'as-tu retrouvée ? demanda Nora.

— C'est plutôt elle qui m'a trouvé, lui répondit Cormac. Je me disais qu'elle traînait peut-être vers l'aubépine. En effet, c'est là qu'elle se cachait. Elle m'a relâché une branche en plein visage...

Il frotta la bosse sur son front.

— Elle était prête à recommencer, mais je me suis écrié que c'était son père qui m'envoyait à sa recherche, et elle a accepté de me suivre calmement.

— Elle t'a pris pour qui ?

— Je ne sais pas. Mais quelqu'un a dû lui faire une peur bleue avant que je n'arrive. Si elle ne m'avait pas reconnu, si je ne lui avais pas dit que je venais à la demande de Michael, elle se serait battue comme une diablesse.

— Plus j'y pense, Cormac, et plus je me dis que Brona aurait pu t'apercevoir quand tu es ressorti de chez Ursula. De l'aubépine, on a une vue plongeante sur le cottage. Elle ne sait peut-être rien, mais tu ne crois pas que ça vaudrait le coup de l'interroger ?

Il jeta un coup d'œil en direction du salon, où Brona aidait son père à se lever.

— Il est presque trois heures, Nora. On va les laisser tranquilles pour ce soir. On parlera à Brona demain matin.

LIVRE CINQ

UN CARACTÈRE SACRÉ

Leurs eaux sombres, d'une profondeur insondable,
confèrent à certains lacs un caractère sacré...

Sénèque
écrivain romain (4 avant J.-C. – 65 après J.-C.),
à propos des peuples celtes d'Europe.

1

Benny Smollett eut la chair de poule en sentant le vent sur sa peau nue et pâle, et songea qu'il devait se dépêcher de rentrer dans l'eau. Il enfila son maillot de bain, plia soigneusement son survêtement et posa la serviette dessus, pour l'avoir à portée de main à sa sortie du lac. Le soleil était levé depuis une bonne heure, mais bizarrement on avait plus froid en se baignant l'été qu'aux périodes moins clémentes de l'année. Son épouse trouvait qu'il était complètement marteau de venir là, mais le lac était tout près de la maison, et en plus c'était gratis. Parfois, au cœur de l'hiver, ça lui arrivait de fréquenter la piscine en ville, mais il ne pouvait pas supporter d'empester le chlore toute la journée. Non, le lac était nettement mieux. En plus c'était propre, avec la tourbière tout autour qui agissait comme un filtre naturel.

Benny jeta un coup d'œil en l'air tout en s'avançant sur la jetée, puis plongea dans l'eau. Il se rendait bien compte que ce n'était pas très prudent de venir seul – l'endroit était désert, et il suffirait d'une crampe malvenue pour couler à pic. Mais le côté isolé faisait partie du charme. Les gens de la ville pouvaient toujours le prendre pour un toqué, qu'est-ce qu'il en avait à cirer ? Ici, il se sentait jeune et vigoureux. Dans sa tête, il avait l'impression d'avoir la santé, et d'aller de mieux en mieux. Il s'imaginait plus fort que la déchéance, et même que la mort.

Il ramenait l'eau avec de puissants gestes. Son corps s'était quasiment accoutumé au froid. Le lac n'était pas très large ; un aller-retour, telle était sa routine journalière. Il fendait les vaguelettes de son crawl régulier, notant sa progression chaque fois qu'il sortait le visage pour respirer. Il ne pouvait pas se permettre de rater une seule journée, sous peine de perdre la cadence et de mettre plusieurs jours à la retrouver. Il sentait ses muscles coulisser le long de ses os, les tendons se contracter et se relâcher de façon régulière, le propulsant vers l'avant. Son corps était une machine entretenue par un usage quotidien. La jetée s'éloignait derrière lui, et il n'était plus loin de toucher au but, la berge opposée. Ses jambes étaient toniques et résistantes. C'était une bonne chose de s'être mis à faire les tournées en vélo par beau temps. Toujours se trimballer avec la camionnette des Postes finissait par vous tuer un homme. Il frissonna rien que d'y penser et continua de nager, sentant l'air qui circulait dans ses poumons. Arrivé à proximité de la berge, il fit demi-tour quand ses doigts effleurèrent le fond et repartit en dos crawlé. Un échassier passa très haut dans le ciel, ses longues pattes traînant maladroitement derrière lui. Benny aurait volontiers appris à reconnaître les oiseaux des environs. On en voyait des centaines, des canards et autres gibiers d'eau qui faisaient leur nid dans les roseaux près du bord, des échassiers, et des espèces de roitelets qu'il voyait parfois attraper une libellule au vol, d'un petit coup sec de bec sur le côté. Une période de beau temps aussi prolongée, c'était du jamais-vu et ça vous donnait un moral d'enfer. Il avait la chance d'avoir un métier qui lui plaisait, de respirer un air pur et d'être libre. Le soir, il arbitrait des matchs de foot, et il était toujours couché avant dix heures. Il ne touchait jamais une goutte d'alcool. La belle vie somme toute, avec quelques déceptions bien sûr, mais c'était le lot de tout un chacun, non ?

Quand il eut de nouveau pied, il se dirigea vers la rampe destinée à mettre les embarcations à l'eau. Les berges étaient vaseuses par endroits, difficiles à franchir sans s'y enfoncer ; c'était plus simple de sortir par la rampe. Il se redressa, ruisselant, survolté après cette bonne nage, le cerveau en ébullition. Rien de tel pour se clarifier l'esprit. Son corps retrouvant progressivement la pesanteur, il gravit le plan incliné. Il avait de l'eau jusqu'aux genoux quand il heurta une branche immergée. Pas un arbre à l'horizon, mais les lacs de tourbière recelaient souvent d'énormes troncs et des enchevêtrements de racines, préservés dans la tourbe du fond. Il ferait mieux d'essayer de l'enlever, pour éviter de trébucher dessus une autre fois.

Empoignant la branche à deux mains, il tira dessus. Une fois dégagée, il pourrait la mettre à l'écart. Ce qu'il ne prévoyait pas, c'est qu'elle mesurait facilement dans les deux mètres, avec des feuilles et des rameaux. Quand il parvint enfin à la déloger, la tourbe vola dans tous les sens et il se retrouva avec de la boue plein le visage et le torse. Il plongea les mains de nouveau dans l'eau, en s'attendant à sentir du bois, mais quelque chose de lisse et glissant remonta à la surface. Il s'en empara, vit alors les marques que la branche y avait laissées, et comprit que c'était de la chair pâle qui flottait dans l'eau devant lui. Un cadavre.

2

Pris d'un vertige, Liam Ward tourna le dos au lac. Le spectacle du corps de Rachel Briscoe flottant à la surface, ses longs cheveux noirs formant une auréole sombre, l'avait pris de court. Cette vision pénible réveillait des souvenirs qu'il ne se sentait pas le courage d'affronter ce matin-là. L'arrivée de Catherine Friel le délivra de ses pensées. Son cœur se contracta quand elle jeta un coup d'œil dans sa direction, et il toucha instinctivement l'alliance qu'il avait remise à sa main gauche.

Vingt minutes plus tard, il discutait avec les agents chargés de passer les lieux au peigne fin quand le Dr Friel sortit de la tente blanche installée par la police et lui fit signe de la rejoindre. Au moment où il pénétra dans l'îlot de lumière artificielle, la vue du visage blême et des lèvres bleutées lui retourna une fois de plus l'estomac, mais il surmonta la nausée et demeura aux côtés de la légiste.

— Malheureusement, Liam, rien que de très familier, lui dit-elle. Un fin lacet de cuir, comportant trois nœuds, en guise de garrot. Égorgée... de gauche à droite, semble-t-il, comme Ursula Downes. J'ai aussi l'impression qu'elle a reçu un coup à la tête, mais j'en saurai plus après l'autopsie. À en juger d'après sa température et l'état de la peau, elle devait se trouver dans l'eau depuis six ou huit heures, ce qui placerait le décès entre une heure et trois heures du matin. Aucun signe d'agression sexuelle, et elle ne semble pas s'être débattue. J'ai tout de même relevé d'étonnantes cicatrices aux poignets...

Elle défit la fermeture Éclair du sac et sortit délicatement un des bras de Rachel Briscoe pour le lui montrer.

— ... Ça m'a l'air d'être des coupures volontaires. Entièrement cicatrisées, et datant de plusieurs années. Si on me demandait une hypothèse, je dirais qu'elles ont été auto-infligées.

— Vous n'envisagez tout de même pas l'hypothèse d'un suicide ?

— Non, je ne crois pas du tout qu'elle ait pu se faire de telles blessures fatales. Je dis simplement qu'elle aurait pu se mutiler par le passé. C'est moins rare qu'on ne le pense. Je ne sais pas si cela a son importance pour votre enquête, mais je préférais vous mettre au courant.

Elle se pencha vers lui et lui serra l'avant-bras. Il sentit sa paume tiède sur son poignet, et fut surpris de la force qu'elle dégageait.

— Je suis sincèrement désolée, Liam. Je sais que vous avez tout fait pour la retrouver.

Il opina du chef et contempla le lac, le vent soutenu formant des vaguelettes à la surface et repoussant une paire de cygnes muets vers les roseaux de la berge opposée. D'où venait le nom de Loughnabrone, et quels autres méfaits se cachaient sous ces eaux ? Trois triples morts, trois vies sacrifiées, et dans quel but ? Cela dépassait peut-être l'entendement rationnel, les mobiles qu'il était capable de concevoir. Il avait jusque-là écarté cette hypothèse. Mais avec cette troisième victime, le moment était peut-être venu d'admettre l'existence d'un lien avec le passé.

3

Les coups martelés sur la porte d'entrée au rez-de-chaussée s'immiscèrent progressivement dans la conscience de Nora. À ses côtés, Cormac dormait profondément. Après avoir passé une bonne partie de la nuit chez les Scully, ils s'étaient promis de faire la grasse matinée. Elle se leva, s'approcha de la fenêtre et vit Liam Ward qui la regardait, la main plaquée sur le front pour se protéger de la luminosité. Derrière lui se tenait l'inspecteur Brennan. Nora s'habilla en quatrième vitesse et dévala l'escalier.

— Docteur Gavin ? Désolé de vous déranger de si bonne heure, mais nous souhaitons vous parler, ainsi qu'au Dr Maguire.

— À quel sujet ?

Ward pinça les lèvres et plissa le front.

— J'ai le regret de vous annoncer qu'un nouveau meurtre a été commis. Le corps de Rachel Briscoe a été retrouvé ce matin à Loughnabrone.

Nora recula dans l'entrée, avec une nervosité qui évoquait davantage l'excès de caféine que le manque de sommeil. Avait-elle fait ou dit quoi que ce soit au cours des jours précédents qui ait pu mettre la jeune fille en danger ?

— Une autre triple mort, déclara-t-elle. (Le visage de Ward demeura impassible.) C'est bien ça, n'est-ce pas ?

— Je ne suis pas en mesure d'entrer dans les détails... Sinon, pourquoi auraient-ils accouru ici pour interroger leur suspect numéro un dans le meurtre d'Ursula ?

Cormac descendit en enfilant tant bien que mal sa chemise, les cheveux en bataille. Nora vit qu'il n'était pas très bien réveillé. Les deux policiers remarquèrent la bosse rouge qu'il avait au front.

Ward s'adressa à lui.

— Je viens d'expliquer au Dr Gavin la raison qui nous conduit à vous déranger de si bonne heure. Une jeune femme se nommant Rachel Briscoe a été retrouvée morte à Loughnabrone. Nous souhaitons vous poser quelques questions.

Une expression d'incrédulité désemparée s'afficha sur le visage de Cormac.

— Bien sûr, dit-il. Je ne demande pas mieux que de vous aider.

Il leur fit signe de passer au salon. Brennan s'installa dans le canapé et sortit un calepin et un stylo ; Ward resta debout.

— J'ai besoin de vous demander à tous les deux, dit-il, ce que vous faisiez hier soir entre minuit et quatre heures du matin.

Cormac se passa la main dans ses cheveux ébouriffés et jeta un coup d'œil à Nora. Il ne paraissait pas du tout tendu, mais celle-ci sentit son estomac se nouer en songeant à la réponse qu'il était obligé de faire.

— Vers minuit dix, Michael Scully m'a appelé. Il était inquiet parce que sa fille n'était pas rentrée de la soirée.

— Nous nous sommes rendus chez eux immédiatement, intervint Nora. Michael était très agité et angoissé, alors je suis restée avec lui pendant que Cormac est parti à la recherche de Brona...

Peut-être était-ce son imagination, mais il lui sembla déceler une réaction étrange chez Ward.

— Connaissez-vous les Scully, inspecteur ? ajouta-t-elle. Ward l'interrompit d'un filet de voix.

— Je les connais. Michael Scully est mon beau-père.

Nora eut soudain la vision d'un corps frêle disparaissant dans l'eau, et songea que la fille aînée de Michael était sans doute l'épouse de Ward. L'inspecteur était forcément au courant du silence de Brona. Elle rougit et s'en voulut d'avoir été aussi bête. Ward détourna le regard un instant, puis reprit calmement l'interrogatoire de Cormac.

— Où avez-vous cherché Brona ?

— J'ai commencé derrière la maison en coupant à travers les pâturages. Je l'avais aperçue une fois près d'une aubépine en haut de la colline, alors je me suis dit que j'allais commencer par là. Je n'ai pas été au lac.

— Aviez-vous une torche électrique ? Vous l'avez appelée ? Je veux dire, pensez-vous que quelqu'un ait pu vous voir ou vous entendre ?

— Je ne sais pas. Oui, j'avais une torche, et j'ai crié son nom, mais je ne vois pas qui aurait pu m'entendre.

— Vous l'avez cherchée combien de temps ?

— Environ une heure, j'imagine. Peut-être une heure et quart. Je ne faisais pas trop attention...

— Mettons entre une heure du matin et deux heures et quart environ. Et vous avez fini par la retrouver ?

— Oui. Elle était cachée dans les branches supérieures de cette aubépine dont je vous ai parlé. Dans la clairière au sommet de la colline derrière la maison d'Ursula. J'ai braqué ma torche sur l'arbre et elle a lâché une branche qu'elle tirait en arrière. C'est comme ça que je me suis fait ça, dit-il en indiquant la marque sur son front.

Brennan nota tout cela.

— Quelle raison cette jeune femme avait-elle de vous attaquer ? demanda Ward.

— Je ne sais pas. Elle avait l'air d'avoir très peur, comme si quelqu'un l'avait poursuivie et qu'elle avait cru que c'était moi. J'ai tenté de lui expliquer que j'étais envoyé par son père, et que je ne pouvais pas repartir sans elle. Je n'ai pas arrêté de parler, et elle a fini par se calmer et m'a suivi. On est rentrés chez elle entre deux heures et demie et trois heures.

— Et que s'est-il passé ensuite ?

— On s'est occupés de Michael et de Brona, on a vérifié que toutes les portes et les fenêtres étaient bien verrouillées, et puis on est rentrés se coucher. La nuit a été bien remplie. Je crois que j'ai dû m'endormir à l'aube, aux alentours de cinq heures.

— Pendant que vous étiez dehors, avez-vous vu quelqu'un d'autre mis à part Brona Scully ?

— Non. Je n'ai vu personne. Écoutez, je n'ai commis aucun meurtre... ni cette nuit, ni aucun autre jour.

— Malgré tout, dit Ward, je dois vous demander de nous accompagner au poste pour répondre à quelques questions supplémentaires.

Cormac se leva, la résignation transparaissant dans ses traits et sa posture.

— J'imagine que plus vite je vous suis et plus vite je serai débarrassé.

— Votre coopération serait appréciée.

Malgré le soleil étincelant, le vent soufflait fort dehors.

— Vous permettez que je prenne mon blouson dans la voiture ? demanda Cormac.

Ward acquiesça d'un léger hochement de tête. Cormac ouvrit l'arrière de la jeep pour y prendre son anorak, et Brennan s'approcha dans son dos.

— Ça vous appartient ? lui demanda-t-elle.

— Quoi donc ? dit Cormac, la voix étouffée par le vêtement qu'il était en train d'enfiler par la tête.

— Ceci, dit-elle.

Le regard de Cormac se figea, et Nora et Ward s'avancèrent – Brennan indiquait un sac à dos, presque entièrement dissimulé sous les outils à l'arrière de la jeep. Un cœur en tissu rose brillant était accroché à la fermeture Éclair.

Écarquillant les sourcils, Brennan consulta Ward du regard et sortit le sac du coffre. Elle ouvrit le compartiment central. L'étiquette sur la face intérieure du rabat comportait le nom et l'adresse de Rachel Briscoe.

— Attendez une minute, protesta Cormac. C'est la première fois que je vois ce sac. Et je ne sais pas comment il s'est retrouvé là. C'est incroyable...

— Nous parlerons de tout ça au poste, dit Brennan en lui ouvrant la portière arrière.

4

Après que les inspecteurs eurent emmené Cormac, Nora resta dans la cuisine et tenta de réfléchir. Il devait bien y avoir une manière de démêler cette histoire, mais elle avait la tête en compote. Quelqu'un cherchait à mettre ces meurtres sur le dos de Cormac. On avait dû les épier au cours de la soirée de la veille – sans cela, comment aurait-on su que Cormac était en train de chercher Brona en même temps que Rachel Briscoe se faisait assassiner ? À moins qu'on ne les ait attirés à l'extérieur à dessein... L'espace d'une seconde, elle se demanda s'ils n'avaient pas été victimes d'un coup monté. Mais qui aurait pu faire ça ? Michael et Brona Scully ? Quoi qu'elle en pense, sans le coup de fil de Michael ils auraient passé toute la soirée à La Croisée. Une vague de paranoïa déferla en elle, aussitôt balayée par un tourbillon d'incrédulité. Non, c'était impossible, impossible. Michael était un ami proche de Gabriel McCrossan. C'était forcément un simple hasard s'il avait appelé à ce moment-là.

Elle repensa soudain à la remarque de Cormac quand il était rentré avec Brona Scully, il avait eu l'impression qu'elle l'avait attaqué parce que quelqu'un la poursuivait. Elle devait impérativement parler à Brona, découvrir ce qu'il en était et ce qu'elle pouvait savoir – et dans quelle mesure elle accepterait d'aller voir la police. Mais une muette en guise de témoin à décharge ne leur serait sans doute pas d'un grand secours.

Il était peut-être plus cohérent de tout reprendre au commencement. De partir de Danny Brazil, la première victime retrouvée avec le lacet aux trois nœuds. Ward n'avait rien voulu dire concernant Rachel Briscoe, mais Nora avait la nette et angoissante impression qu'elle aussi devait avoir un cordon en cuir autour du cou.

Cette affaire ressemblait de plus en plus à un nœud inextricable, avec des fils tout emmêlés. Mais ce n'était pas de s'énerver qui ferait avancer les choses. Pour défaire un nœud, il fallait s'y attaquer minutieusement, desserrer les boucles une par une, travailler patiemment jusqu'à dénouer l'ensemble. Elle devait procéder de la même manière pour résoudre cette énigme. C'était ce qu'elle avait de mieux à faire pour aider Cormac.

Ursula avait-elle découvert ou subodoré quelque chose concernant la mort de Danny Brazil ? Elle avait demandé à Quill si d'après lui le chiffre trois portait malheur. Et le lendemain matin elle était morte. Nora ne pouvait se défaire de l'impression que son meurtre avait un rapport avec le trésor de Loughnabrone. Après tout, Ursula avait subtilisé un des croquis de Charlie Brazil, lequel semblait attester l'existence d'un collier en or d'une valeur inestimable et qui ne figurait parmi les collections d'aucun musée. C'était tout à fait le genre de découverte propre à raviver les légendes de trésors cachés, d'or enfoui à portée de main. À supposer qu'Ursula ait connu l'existence du collier, elle avait peut-être quelques soupçons concernant l'identité de celui ou celle qui avait tué Danny Brazil pour s'en emparer. Une information qu'elle aurait pu être tentée de monnayer... pour faire chanter l'assassin, lui soutirer de l'argent. À moins que ça ne soit encore plus compliqué. Le collier pourrait ne jamais avoir disparu, tout comme Danny Brazil. Il demeurait peut-être caché quelque part, constituant le mobile d'un ou plusieurs meurtres.

Nora se dirigea vers le bureau de Cormac, ouvrit l'ouvrage où Ursula avait dissimulé le croquis volé, et prit celui-ci pour l'examiner sous l'éclairage de la lampe. Le papier avait noirci par endroits à cause de la moisissure mais l'auteur du dessin avait un sacré coup de crayon, avec un sens inouï du détail. Elle s'empara de la loupe et s'assit pour l'observer de plus près. Il y avait peut-être quelque chose qui lui échappait, un double sens caché quelque part. Le dessin enfla sous la lentille, les ombrés et les hachures se brouillant pour former comme une illusion optique en trois dimensions. Elle parcourut le tracé de haut en bas, de droite à gauche, à la recherche du moindre détail qui lui sauterait aux yeux.

Elle retourna la feuille et découvrit neuf petits cercles entourés d'un plus grand. Ils étaient dessinés de telle sorte qu'elle avait l'impression que des yeux la fixaient, un visage vaguement familier mais un peu bizarre. Elle l'examina à l'envers, mais sans résultat. Les nombres avaient-ils une signification ? Trois, trois et trois...

Elle sursauta en entendant un poing tambouriner sur la porte du cottage. Elle referma le livre et le glissa précipitamment sous des papiers. Plus aucun bruit... Avec le cœur qui battait toujours à cent à l'heure, elle s'approcha de la porte d'entrée et jeta un coup d'œil par le carreau en losange.

Personne. Mais quelqu'un avait glissé une petite enveloppe blanche dans l'encadrement de la fenêtre. Dessus, elle put lire : Nora Gavin. Elle s'étonna qu'on lui laisse un mot plutôt que de lui parler. Pouvait-il s'agir d'un message de Brona Scully ?

N'oubliant pas les mises en garde de Cormac, elle alla devant la cheminée, s'empara du plus long tisonnier et revint à la porte d'entrée. Toujours aucun signe trahissant la moindre présence. Avec un carreau plus grand, placé un peu plus bas, elle aurait pu voir si quelqu'un se trouvait là... Elle déverrouilla la porte le plus silencieusement possible, prit l'enveloppe et se barricada de nouveau.

Soulagée, elle s'intéressa à l'enveloppe. Celle-ci était à peine cachetée et elle l'ouvrit délicatement, consciente qu'il pouvait s'agir d'un indice. Dedans se trouvait un cordon de cuir noir avec trois nœuds en huit. S'agissait-il d'une menace, ou d'une accusation ? Elle effleura le lacet arrondi du bout des doigts et comprit avec une soudaine clarté que l'assassin se trouvait derrière la porte quelques instants auparavant.

Elle releva la tête pour jeter un nouveau coup d'œil par le carreau. C'est seulement alors qu'elle perçut l'ombre dans son dos, en même temps qu'elle entendit un léger sifflement fendre l'air. Sa tête partit violemment en avant, le sol se déroba sous ses pieds, et elle fut engloutie par une douleur noire et aveuglante.

5

— Écoutez, je vous l'ai déjà dit... Je n'ai aucune idée de la façon dont ce sac à dos s'est retrouvé dans ma jeep. À court de sommeil, Cormac avait les yeux qui le brûlaient et mal à la tête. Cela faisait presque une heure que l'inspecteur Brennan le mettait sur la sellette. Il jeta un coup d'œil à Ward, qui était assis silencieusement à côté d'elle, les bras croisés.

— Pourquoi aurais-je ouvert le coffre si je savais que le sac à dos s'y trouvait ? Ça n'a aucun sens. On perd notre temps, on tourne en rond.

— Vous n'avez qu'à me dire quelque chose de neuf, suggéra Brennan.

— D'accord, fit Cormac. Je pense qu'Ursula Downes a été assassinée à cause d'un trésor caché.

Cette affirmation fut accueillie par un silence. Pas très bon signe.

— Et qu'est-ce qui vous fait dire ça ? finit par demander Brennan.

— Je crois qu'elle soupçonnait... comme pas mal de gens... qu'une partie du trésor de Loughnabrone avait été soustraite au Muséum national.

Cormac perçut un léger mouvement de la chaise

de Ward, quelque chose de très furtif mais qui suffit à lui indiquer qu'il avait piqué la curiosité du policier.

— Continuez, lui dit celui-ci.

— Et je pense qu'elle avait trouvé la preuve que certaines pièces du butin avaient été détournées. Je n'ai aucune certitude sur la question, mais je vais par contre vous dire ce que je sais.

Et il leur raconta tout : le dessin qu'Ursula avait apparemment glissé dans son livre, celui que Nora avait trouvé dans la remise de Charlie Brazil, la lettre oubliée par Rachel Briscoe dans la voiture de Nora, l'hypothèse concernant sa véritable identité. Il ne se laissa décourager ni par leurs mimiques dubitatives ni par leurs regards sceptiques.

— Vous dites qu'Ursula Downes aurait trouvé la preuve de l'existence d'un collier en or déterré à Loughnabrone ? demanda Brennan.

— Oui. Mais j'ignore qui elle soupçonnait de l'avoir en sa possession. Je ne sais pas non plus si elle était de mèche avec quelqu'un d'autre... Charlie Brazil est visiblement impliqué, étant donné qu'il possède d'autres croquis similaires. Je pense qu'Ursula avait une liaison avec Owen Cadogan. Rien ne dit qu'il ait trempé dans un trafic d'antiquités, mais il est mieux placé pour avoir les bonnes relations que la plupart de ses employés.

— Permettez que je vous pose une question, docteur Maguire, dit Ward. Dès lors que vous étiez convaincu de l'importance de ces dessins, qu'attendiez-vous pour nous les communiquer ?

— Il y avait le problème de leur provenance, répondit-il. Les gens m'auraient demandé d'où je les détenais. En plus, on n'avait aucune façon de savoir si le collier existait vraiment ou si quelqu'un l'avait imaginé. Quoi qu'il en soit, s'il s'agit d'un bijou authentique, cela suffirait comme motivation pour commettre un meurtre.

— Une motivation de quel ordre ? dit Brennan.

— Vous voulez savoir quelle serait la valeur de ce genre d'objet ? fit Cormac avec un haussement d'épaules. Difficile à dire... le prix que le marché serait prêt à mettre. Et s'agissant d'un bijou unique, une antiquité en or au marché noir, autant dire un prix astronomique.

— Et pourquoi devrait-on croire à votre version des faits ? demanda Brennan. Pourquoi ne vous renverrait-on pas la balle ? Vous avez déniché la preuve de l'existence du collier, Ursula a exigé une part du prix de vente et vous l'avez donc tuée. Ensuite Rachel Briscoe, parce qu'elle vous a aperçu chez Ursula le soir du crime.

— Même en supposant que ce soit le cas, pourquoi irais-je vous parler du collier ? Je ferais mieux de me taire, non ? Si vous ne me croyez pas, emmenez-moi tout de suite à la maison et je vous montrerai les dessins.

Ward et Brennan échangèrent un regard, puis se levèrent en même temps pour quitter la salle d'interrogatoire.

— Qu'est-ce qui se passe ? s'étonna Cormac. Où allez-vous ?

— Nous revenons dans un instant, docteur Maguire, l'informa Ward. J'ai besoin de toucher un mot rapide à l'inspecteur Brennan. Peut-on vous rapporter quoi que ce soit ?

— Non, merci.

Quand les deux policiers furent sortis, il parcourut la pièce lugubre du regard. Malheureusement,

Nora et lui n'avaient pas eu le temps de creuser les circonstances entourant la mort d'Ursula : son intérêt pour le meurtre de Danny Brazil, l'histoire du collier... Pourvu que Nora ne soit pas en train de commettre des imprudences pour le tirer d'affaire ! On ne pourrait pas le retenir éternellement : tôt ou tard, ils seraient obligés de le mettre en examen ou de le relâcher. Nora devait bien s'en douter... Bizarrement, il n'aurait pas mis sa main à couper sur ce point.

Et il ne se trouverait sans doute pas là si quelqu'un n'avait pas placé ce sac à dos dans la jeep. Dans quel but, d'ailleurs ? Peut-être pour qu'il soit de nouveau interrogé. Oui, mais à quelles fins ? Il ne croyait pas une seconde que la police puisse l'inculper pour le meurtre de Rachel Briscoe. C'était insensé d'imaginer qu'il aurait pu l'assassiner tandis qu'il cherchait Brona. Dans ce cas, pourquoi mettre la police sur une fausse piste... à moins de vouloir l'éloigner de la maison ?

Saisi d'horreur, il comprit enfin. La personne qui avait mis le sac à dos dans son coffre voulait récupérer les dessins. Comment avait-il pu se montrer aussi crétin ? Lui-même l'avait dit : le croquis d'Ursula était l'unique preuve de l'existence du collier... Et un esprit dément avait estimé que cela valait bien un meurtre.

Il bondit de sa chaise et se mit à tambouriner sur la porte.

— Inspecteur Ward ! Quelqu'un m'entend ? Ouvrez-moi !

Tandis qu'ils se dirigeaient vers la cuisine en face de leur bureau, Brennan fut la première à s'exprimer.

— Je n'arrive pas à croire qu'il s'imagine qu'on va avaler ces couleuvres... Un collier en or ? Et puis quoi, encore !

— Je reconnais que c'est un peu incongru, mais tu dois admettre que ce n'est pas impossible. Regarde le type qui avait retrouvé des colliers en or de l'âge du bronze sur une plage de Mayo où il passait ses vacances.

Elle s'en souvenait forcément – l'affaire avait fait les gros titres de la presse nationale. Elle opina du chef, à contrecœur, et il poursuivit.

— D'après la déposition du Dr Gavin, elle a entendu Ursula Downes dire à Charlie Brazil qu'elle savait ce qu'il cachait. Imaginons une seconde que lui et son père aient toujours une partie du butin sous le coude. Ursula le découvre, et ils doivent se débarrasser d'elle.

Pendant qu'il s'exprimait, une idée brumeuse traversa son esprit. La manière dont Ursula Downes et Rachel Briscoe avaient été tuées... exactement comme Danny Brazil, un des deux frères ayant retrouvé le trésor de Loughnabrone... Cormac Maguire connaissait tout des triples morts, mais Charlie Brazil avait été soupçonné de torturer des animaux...

— Même si ce n'est qu'un écran de fumée, Maureen, ça ne coûte rien de jeter un coup d'œil à ces dessins. Et on ferait bien d'interroger Charlie Brazil et Owen Cadogan ce matin, pour vérifier ce qu'ils faisaient hier soir. On va se séparer, dès qu'on en aura terminé avec Maguire. Je me charge de Brazil, et toi de Cadogan.

Ils se tournèrent ensemble vers l'agent en tenue qui venait de glisser la tête par la porte ; il semblait légèrement essoufflé après avoir monté l'escalier.

— Ah ! inspecteur Ward... vous voilà. Je pensais que vous étiez au sous-sol. J'ai un appel pour vous.

— En fait, dit Ward, je suis en plein interrogatoire. On faisait juste une courte pause. Vous n'avez qu'à prendre un message.

— Je voudrais bien, inspecteur, mais la dame dit que c'est urgent, et elle tient à vous parler en personne.

Ward traversa le couloir et décrocha dans son bureau.

— Je souhaite parler à la personne qui dirige l'enquête pour meurtre.

Une voix douce et raffinée, marquée d'un accent dublinois, mais hésitante. Ward songea qu'elle ne devait pas souvent appeler la police à propos d'un meurtre – ni pour aucun autre motif, d'ailleurs.

— Je suis l'inspecteur Liam Ward. Je suis chargé d'enquêter sur les meurtres.

— Les meurtres ?

Il y eut un silence stupéfait au bout du fil. Il fit signe à Maureen d'écouter sur l'autre poste.

— Vous voulez dire qu'il y a eu plusieurs meurtres ? À la télévision, je n'ai entendu parler que d'un seul.

— Un second est venu s'y ajouter ce matin. Vous avez des renseignements ?

— Je tenais à vous informer que l'alibi de Desmond Quill pour jeudi dernier était un mensonge, répondit-elle, l'air de rien.

Ward l'imaginait frêle et blonde, avec des doigts manucurés couverts de bagues ravissantes. Par contre, il ne se faisait aucune idée de son visage.

— Et comment êtes-vous au courant ?

— Parce que la partie d'échecs du jeudi soir est un coup que lui et Laurence Fitzhugh ont monté depuis des années, pour se couvrir quand ils se livrent à leurs plaisirs interdits. Chaque semaine, ils décident qui gagne et qui perd... d'ailleurs, ils prévoient tous les coups, pour se couvrir en cas de besoin. La partie se déroule effectivement, voyez-vous... mais dans leurs têtes, pas sur un échiquier. Je ne sais pas où se trouvait Desmond Quill le soir en question, mais je sais qu'il n'était pas avec Laurence Fitzhugh, étant donné que j'étais avec lui, comme chaque jeudi soir depuis six ans et demi.

Ward ne demandait pas mieux que de croire la voix froide et anonyme. Cela pouvait constituer une piste cruciale... Néanmoins, son scepticisme naturel le poussa à rester sur la réserve.

— Nous apprécions que vous vous fassiez connaître, mais bien entendu nous allons devoir...

— Je n'ai pas l'intention de révéler mon identité, le coupa-t-elle. Je ne ferai aucune déposition, et il n'est pas question que je témoigne devant un tribunal. J'ai beaucoup trop à perdre. Je suis certaine que vous comprendrez, inspecteur Ward. Et ne vous donnez pas la peine de retrouver la trace de cet appel, je suis dans une cabine publique. J'estimais simplement que vous deviez connaître la vérité.

Elle raccrocha brusquement, laissant une tonalité plate et forte dans l'oreille droite de Ward. Il regarda Maureen qui reposa son combiné et fit la grimace.

— Ça ne vaut rien, dit-elle. Ça pourrait être n'importe qui : un plaisantin, quelqu'un pour innocenter Maguire.

— Malgré tout, c'est un élément nouveau. On va demander au Bureau d'aller voir ce Fitzhugh. Maguire peut attendre quelques minutes de plus en bas... On va passer au Coughlan, voir si quelqu'un sait ce que faisait Desmond Quill au moment du meurtre de Rachel Briscoe.

6

Malgré sa taille modeste, l'hôtel Coughlan était une maison très respectable. Situé directement en face du poste de police de l'autre côté de la place, on n'y voyait pas d'un bon œil la visite de policiers en service, fussent-ils des voisins. Ward montra sa carte à l'accueil et demanda à parler au directeur en prenant soin de ne pas trop élever la voix. La réceptionniste avait à peine eu le temps de raccrocher qu'un quadragénaire distingué, vêtu d'un costume très chic, se présenta – Noel Lavin, directeur de l'établissement – et les fit passer discrètement dans son bureau.

— Alors, dites-moi, quel est le problème exactement ?... Si mon personnel peut vous assister en quoi que ce soit, il s'en fera un devoir.

— Nous avons des questions concernant un de vos clients, un certain Desmond Quill. Nous souhaiterions parler aux membres du personnel qui ont eu affaire à lui.

Lavin sembla tiraillé un instant entre le devoir civique et moral d'assister la police et l'obligation professionnelle d'assurer à sa clientèle un minimum de discrétion.

— M. Quill aurait-il des ennuis ? demanda-t-il avec un sourire factice. Je peux vous assurer que nous n'avons aucune...

— Il s'agit d'une enquête de routine, dit Ward. Lesquels de vos employés ont eu le plus affaire à lui au cours de son séjour ?

— Le personnel du restaurant et du bar, certainement. Il a pris de nombreux repas dans sa chambre, bien évidemment. La nouvelle du meurtre nous a tous bouleversés. C'est un drame épouvantable, vraiment épouvantable, et d'une grande tristesse.

Ward suggéra que Lavin convoque les employés en question, une idée qui trouva grâce aux yeux du directeur.

— Oui, cette manière de procéder sera nettement plus discrète. Cela vous évitera de courir à droite à gauche...

Ward acheva cette réflexion dans sa tête : *... et les clients ne vous verront pas interroger le personnel.*

Le barman confia à Ward que Quill était ivre mort le vendredi soir, jour de son arrivée – il avait eu besoin de l'aide du gérant de nuit et de deux autres employés pour mettre monsieur au lit. Le samedi, Quill ne s'était pas trop manifesté ; il avait passé une bonne partie de la journée dans sa chambre, avait commandé un peu à manger et surtout à boire, énormément d'alcool.

Le gérant de nuit confirma les dires du barman ; Quill n'avait le cœur ni à se nourrir ni à sortir, et restait cloîtré dans sa chambre pour y noyer son chagrin.

— En tout cas, j'imagine que c'était ce qu'il faisait, vu la quantité de whiskey qu'il commandait. Je fais un tour des chambres avant de me coucher, et je peux vous dire qu'on l'entendait, rond comme une pelle, en train de ronfler gaillardement. Il fait vraiment pitié, le pauvre bougre.

— Et l'équipe de ménage ? demanda Ward à Lavin. Je tiens particulièrement à voir la personne qui a fait la chambre de M. Quill aujourd'hui.

— C'est donc Cara Daly qu'il vous faut. Elle ne travaille que le week-end, mais elle doit encore se trouver ici. Je vais voir si j'arrive à mettre la main dessus.

Pendant son absence, Ward s'assit et repensa au coup de fil anonyme. Que risquait l'interlocutrice à se présenter à la police ? Tout cela n'était peut-être qu'une habile manœuvre, un leurre pour détourner les soupçons de Cormac Maguire... auquel cas il perdait son temps. Il était sur le point d'abandonner la partie quand la porte s'ouvrit et que Lavin revint avec un petit bout de bonne femme à la mine apeurée. Plutôt jeune, le visage bouffi, des cernes tellement foncés qu'on aurait presque dit qu'elle avait deux yeux au beurre noir. Elle s'assit dans le fauteuil en cuir à côté de lui et croisa les jambes en les serrant l'une contre l'autre, comme si elle craignait de les voir s'en aller toutes seules. Ward éprouva une pointe de culpabilité en songeant qu'il n'aurait pas le temps de s'intéresser à l'histoire personnelle de cette jeune femme. Lavin, visiblement inquiet à l'idée de lui confier son employée, se mit à classer des papiers sur son bureau et ne sortit qu'à la demande expresse de Ward. Redoutait-il quelque révélation ?

— J'ai demandé à vous voir, Cara, parce que, d'après M. Lavin, c'est vous qui avez fait le ménage dans la chambre 38 hier et ce matin... la chambre qu'occupe Desmond Quill. C'est bien ça ?

— Je fais toujours la 38. Je l'ai sur ma liste. Je comptais prévenir M. Lavin pour la chambre, mais j'ai oublié.

— Le prévenir de quoi, Cara ?

— La chambre était déserte ce matin. M. Quill est parti, avec ses affaires de toilette et tous ses habits.

Malgré une vague appréhension, Ward avait besoin d'en savoir plus, nettement plus.

— Et M. Quill se trouvait-il dans sa chambre quand vous avez fait le ménage hier matin ?

— Non, il était sorti.

Elle se crispa et serra les poings. Son angoisse était contagieuse ; Ward sentit sa gorge se contracter légèrement.

— Pendant que vous étiez dans la chambre, Cara, auriez-vous remarqué quoi que ce soit d'anormal ou de bizarre.

Elle lui décocha un regard en coin, méfiant, et s'humecta les lèvres.

— Je tiens pas à m'attirer des ennuis.

— N'ayez aucune crainte. Dites-moi simplement ce que vous avez remarqué.

— J'aurais mieux fait de rien toucher. Je risque de perdre ma place.

— Il n'est pas question de vous renvoyer, Cara. Qu'avez-vous vu dans la chambre 38 ?

— Dites plutôt ce que j'ai entendu. Je faisais la poussière sur la table de chevet et j'ai vu un magnétophone posé dessus. J'étais un peu curieuse, c'est tout... je me demandais quel genre de musique il écoutait, le monsieur de la chambre. C'était quelqu'un de gentil, la veille il m'avait laissé dix livres.

— Alors, c'était quel genre de musique ?

— Ce n'était pas du tout de la musique...

Elle marqua une nouvelle hésitation, croisant et décroisant ses mains sur ses genoux.

—... C'était rien que du bruit. On aurait dit mon père en train de ronfler.

C'était bien la dernière réponse à laquelle Ward s'attendait. Des ronflements ? Soudain, la voix du gérant de nuit, assis dans le même fauteuil de cuir quelques minutes auparavant, lui revint : *et je peux vous dire qu'on l'entendait, rond comme une pelle, en train de ronfler gaillardement...*

Quelques minutes plus tard, Lavin le conduisit à la chambre 38, qui était vide comme Cara Daly l'avait dit.

— Je suis certain qu'il s'agit d'un simple malentendu, déclara le directeur, incapable de concevoir que son établissement respectable puisse être terni par un scandale. M. Quill nous a laissé un numéro de carte de crédit, il compte certainement repasser pour régler tout ça.

Devant la porte, Ward balaya le couloir du regard, et nota tout au bout le panneau SORTIE en lettres rouges illuminées.

— Supposons que quelqu'un souhaite quitter l'hôtel sans se faire remarquer, dit-il en se tournant vers Lavin. Sans passer par la réception. S'agit-il là-bas de l'unique autre issue ?

— Euh, tout à fait... Mais la porte est verrouillée au rez-de-chaussée, pour éviter qu'on puisse rentrer de l'extérieur.

— Je peux y jeter un coup d'œil ?

Il suivit Lavin au bout du couloir, puis vers la sortie de secours située en bas d'un escalier en ciment qui avait dû être ajouté récemment au vieil hôtel. Le directeur poussa la porte extérieure pour lui montrer que celle-ci donnait sur une impasse étroite. Pas la moindre fenêtre en hauteur : personne qui aurait pu voir quelqu'un sortir. Ward s'accroupit pour examiner la serrure et s'aperçut qu'on avait scotché le pêne. Desmond Quill était libre d'aller et venir sans témoins.

7

Nora reprit peu à peu connaissance dans la pénombre. Ses paupières s'entrouvrirent mais elle était plongée dans le noir – l'obscurité parfaite, pas la moindre lueur. Le sifflement dans ses oreilles et les élancements épouvantables à l'arrière du crâne lui prouvaient qu'elle était toujours en vie. Pourquoi ? L'assassin trouvait-il amusant de la faire mariner, de la garder pour plus tard ?

Cette perspective peu réjouissante lui donna la force de bouger, malgré ses membres ankylosés pour être restée trop longtemps dans la même posture. Deux bonnes heures avaient dû s'écouler, à en juger d'après ses crampes. Le portable était dans la poche de son blouson – de l'autre côté de la porte. Se tenant sur un bras, elle tendit l'autre et tâtonna devant elle, repérant les surfaces, les contours et les formes d'objets familiers. Ses doigts effleurèrent un long manche à balai, un seau et une serpillière, et deux murs tout proches. Un placard. Elle se trouvait toujours au cottage, dans le débarras sous l'escalier. Submergée de soulagement, elle huma pleinement les odeurs de détergent, de poussière et d'essence de citron. Pour une raison mystérieuse, on lui avait laissé la vie sauve. La preuve que l'assassin ne paniquait pas mais s'en tenait à son plan. Quel plan ? Peut-être n'avait-il pas besoin de la supprimer, mais simplement de la neutraliser un certain temps.

De toute façon, elle devait à tout prix sortir de là. Elle se leva et tâta les panneaux moulurés de la porte ; pas de poignée à l'intérieur. En fait, il ne faisait pas nuit – un filet de lumière était visible le long de l'encadrement de la porte. Elle essaya de se rappeler à quoi ressemblait le système de fermeture... Un simple loquet, sauf erreur. Suivant la façon dont était conçu le chambranle, elle parviendrait peut-être à soulever la clenche de l'intérieur, à condition de trouver quelque chose qui lui serve de levier. Même si le monstre était toujours là, prêt à lui sauter dessus quand elle s'échapperait du placard armée d'un vulgaire manche à balai, cela valait toujours mieux que de rester plantée là à rien faire en attendant son retour.

Il lui fallait quelque chose de fin, d'assez solide pour soulever une clenche. Elle entama des recherches, tâtant chaque objet, laissant tout à la même place au cas où elle en aurait besoin par la suite. Du fil de fer assez solide pourrait faire l'affaire, à condition d'en trouver. Par terre, elle repéra une boîte remplie de chiffons ; mais il n'y avait rien d'intéressant au fond. L'inventaire fut terminé en quelques minutes, sans qu'elle ait trouvé quoi que ce soit. Pourtant, il devait bien y avoir quelque chose, un objet lui ayant échappé, un truc qu'elle pourrait démonter pour s'en servir...

Un bruit se fit entendre de l'autre côté du mur et Nora se figea, saisie d'effroi. À la perspective de devoir se battre, elle sentit l'adrénaline affluer. Elle ferait peut-être mieux de faire semblant d'être encore évanouie... Non, autant être prête dès que la porte s'ouvrirait...

Les grattements se poursuivirent dehors, et elle finit par comprendre qu'il s'agissait en fait d'un couple d'oiseaux qui nichait sous l'avant-toit et voletait devant le mur.

Elle se détendit un peu et laissa courir sa main le long du mur derrière elle, où elle sentit quelque chose qui lui avait échappé jusque-là – un léger rebord, une surface froide au toucher. Elle s'accroupit et parcourut avec ses doigts la totalité du contour, puis se servit de ses ongles pour saisir la tôle posée contre le mur. Sans doute trop grande, mais ça valait le coup d'essayer. Attention aux bords coupants. Elle prit deux chiffons et s'en servit pour s'emparer du rectangle de métal, qui mesurait environ quarante centimètres sur vingt – ça passerait peut-être entre la porte et le chambranle. Elle fit demi-tour dans l'espace confiné, chercha la fente en essayant de se souvenir à quelle hauteur était situé le loquet, et pria sans trop y croire pour que Gabriel et Evelyn aient eu recours à un menuisier peu regardant sur les angles droits. La fine tôle s'enfonça d'un peu plus d'un centimètre. Nora gagna quelques millimètre en poussant fort, et entendit le son caractéristique de deux objets métalliques s'entrechoquant. En s'efforçant de ne pas lâcher les deux poignées de fortune, elle parvint à tirer la tôle souple vers le bas, en cherchant à la glisser sous la clenche pour la soulever. Elle avait toujours des élancements dans le crâne, et la sueur lui dégoulinait sur le front et dans le dos. *Faites que ça marche !* implora-t-elle en silence, au cas où quelque divinité l'entendrait. Soudain, la tôle s'enfonça d'un coup et son épaule heurta la porte. Il ne restait plus qu'à lever...

Rien. La porte ne bougea pas. Pourtant, la clenche s'était levée, Nora avait entendu un clic. Il y avait peut-être un obstacle derrière la porte, quelque chose qui la bloquait. Elle appuya l'épaule contre le bois massif et poussa de toutes ses forces, mais rien ne céda. Elle tira la tôle un peu plus haut – peut-être la clenche n'était-elle pas complètement sortie du mentonnet. Elle agita le métal tout en s'appuyant sur la porte, qui vola brusquement. Nora fut projetée par terre et la tôle glissa sur les dalles avec un sifflement de métal ondulé.

Quand la réverbération du vacarme assourdissant cessa, le silence régna de nouveau dans le cottage. Nora resta immobile et tendit l'oreille, mais n'entendit rien. Quand elle releva la tête et jeta un coup d'œil autour d'elle, elle s'aperçut que la maison était sens dessus dessous. Le coin salon était saccagé, coussins jetés n'importe où, lampes cassées. Les bouteilles de vin de Cormac et la belle vaisselle d'Evelyn avaient volé en éclats. Les rayonnages étaient vides, les livres amoncelés par terre, comme si quelqu'un avait fouillé rageusement les lieux.

Frémissant toujours de peur, elle s'avança dans l'entrée, prit le portable dans la poche de son blouson et composa le 999 d'un doigt tremblant. La voix de l'opératrice des urgences était hachée, à peine audible à cause de la mauvaise réception, et Nora comprit que la sienne ne devait pas être plus intelligible. Elle raccrocha et fit une deuxième tentative, tout aussi infructueuse. Après un troisième échec, elle fourra avec dépit le portable dans la poche de son jean.

Comment l'agresseur s'était-il débrouillé pour entrer ? Les deux portes étaient fermées à clé ; elle s'en était assurée juste après que Cormac fut parti avec les deux inspecteurs. Si on avait pu s'introduire aussi facilement, ce n'était pas en restant ici qu'elle serait en sécurité. Elle n'avait qu'à prendre la voiture et aller trouver la police en ville. Mais que leur dirait-elle ? Elle n'avait même pas vu son agresseur. Malgré la grosse bosse qu'elle avait à la tête, la police la soupçonnerait peut-être d'avoir tout inventé, pour détourner les soupçons de Cormac. *Réfléchis, Nora. Fais le vide dans ta tête et réfléchis. Tu vas forcément dénicher quelque chose, un indice concret et solide.*

Elle jeta un coup d'œil par terre dans l'entrée. Aucun signe de l'enveloppe comportant son nom, l'agresseur avait dû la reprendre. En guise de message, celle-ci contenait un lacet de cuir. Les trois nœuds avaient-ils une signification symbolique qui lui échappait ? Elle se souvint de Cormac expliquant à Ward que la triple mort constituait une offrande plus puissante. Danny Brazil avait subi la triple mort. Ainsi qu'Ursula, et sans doute Rachel Briscoe. Elle effleura sa propre gorge et songea que l'assassin aurait pu profiter de ce qu'elle était évanouie pour y nouer un cordon, puis l'égorger à son tour. Pour une raison mystérieuse, il l'avait épargnée. Peut-être parce que cela aurait fait une victime de trop, rompant les pouvoirs mystérieux du nombre trois. Non, c'était vraiment absurde d'envisager les choses sous cet angle.

Son regard se porta vers le salon, et parmi le fatras elle remarqua l'ouvrage dans lequel elle avait dissimulé le croquis du collier. Le livre était ouvert, ses pages froissées et déchirées. Elle se précipita en piétinant les débris et le feuilleta – aucun dessin. C'était donc cela que cherchait son agresseur, qui avait dû l'observer en train de le cacher. Elle aurait tout aussi bien pu lui ouvrir la porte et l'inviter à se servir.

En s'emparant du dessin, l'assassin venait de dévoiler son jeu. C'était l'unique élément qui établissait un lien entre le meurtre de Danny Brazil et celui d'Ursula Downes. Quant à Rachel Briscoe, peut-être s'était-elle retrouvée malencontreusement impliquée parce qu'elle représentait une menace après avoir aperçu quelqu'un chez Ursula le soir du meurtre... à moins qu'on ne l'ait prise comme cible pour d'autres motifs. Loughnabrone... Nora songea soudain que ce nom poétique avait pris la veille un sens littéral. Nul besoin de fermer les yeux pour imaginer la pâle silhouette de Rachel Briscoe basculant en avant au clair de lune, seule et désemparée, son sang se mêlant aux eaux du lac. Quels mobiles insensés pouvaient justifier ces épouvantables sacrifices ? Nora sentit une boule de regret et des larmes tièdes lui venir aux yeux en repensant au bref moment dans sa voiture, à Rachel qui se tenait sur la défensive, ses sourcils noirs froncés, et surtout son visage marqué de colère et d'une confusion manifeste. Elle se reprochait de ne pas avoir fait assez d'efforts, de ne pas avoir tenté autre chose. À quoi bon essuyer des larmes futiles qui venaient trop tard ? *Arrête ! Arrête tout de suite !* susurra une petite voix dans sa tête. *Arrête de te battre la coulpe et réfléchis au croquis*.

Le dessin provenait de la remise de Charlie Brazil. Il devait se douter qu'Ursula le lui avait pris.

Nora repensa à la main de Charlie lui tenant la cheville, au lacet qu'il portait autour du cou, à la panique qui s'était emparée d'elle quand il avait mentionné qu'Ursula avait été curieuse de connaître la signification des trois nœuds. À supposer que Charlie Brazil soit impliqué, il n'était pas forcément seul dans le coup. Le trafic d'antiquités était peut-être une activité familiale, ce qui aurait valu à Danny Brazil d'être assassiné. Charlie aurait pu agir sur les ordres de son père. Ursula aurait découvert leur manège, et menacé de les dénoncer.

Owen Cadogan lui non plus ne devait pas être écarté. Nora avait longuement repensé à leur expédition nocturne de la veille. Les affaires dont il avait cherché à se débarrasser dans le canal constituaient peut-être la preuve d'une relation avec Ursula, et pourquoi pas avec Rachel Briscoe. Visiblement, Cadogan était adepte de certaines perversions. Il se pouvait qu'un jeu ait mal tourné, la mise en scène macabre n'étant là que pour maquiller une mort accidentelle. À moins que Cadogan soit impliqué dans un trafic d'antiquités. Il aurait connu Ursula par ce biais...

Toutes ces conspirations restaient du domaine de l'hypothèse... de pures conjectures, à vrai dire. Comme elle en avait fait l'amère expérience, la police avait besoin de preuves concrètes.

Elle se rappela tout à coup que Cormac et elle comptaient interroger Brona Scully, pour vérifier si quelqu'un lui avait effectivement fait peur la veille. En mettant que Cormac ait vu juste, Brona saurait peut-être identifier la personne en question. Elle connaissait forcément Charlie Brazil. Ce qui était moins sûr pour Owen Cadogan, qu'elle devait tout de même connaître de vue. Nora se souvint d'avoir vu une photo de lui dans le dossier de Michael Scully. Elle fouilla parmi l'amas de papiers et de livres, y récupéra la chemise et parcourut rapidement les coupures de presse jaunies.

Elle trouva une série de photos en noir et blanc qui avaient paru dans les journaux. Sur la plupart ne figuraient que les Brazil, Danny au premier plan brandissant une lame rouillée. L'un des clichés était celui qu'elle avait vu dans le bureau de Cadogan, avec un troisième individu présent aux côtés de Dominic et Danny Brazil. Par contre, ce tirage n'avait pas été recadré et l'on voyait entièrement le visage de l'inconnu. Elle lui trouva un air vaguement familier. Cela tenait peut-être à la posture, au maintien... elle n'arrivait pas à mettre le doigt dessus. À moins que ce ne soit simplement le fait de l'avoir déjà vu sur l'autre photo...

Soudain, son regard se posa sur le nœud de cravate très serré et l'épingle très originale. Le détail était minuscule, mais il n'y avait aucun doute possible. Le motif par excellence de l'âge du fer, d'une élégance et d'une simplicité trompeuse : un triskèle.

À force de se polariser sur les objets du butin, ils en avaient négligé les personnes impliquées. Elle examina attentivement les mains de la photo, et se souvint des doigts élégants qui jouaient avec des pièces, formant des triangles ou les alignant par trois. Le lien manquant entre Ursula Downes et Charlie Brazil se trouvait sous son nez depuis le jour de son arrivée, mais elle connaissait désormais son nom : Desmond Quill.

8

Teresa Brazil posa la petite valise marron à côté de la porte de la cuisine. Le bagage ne lui avait servi que deux fois, la veille de son mariage et puis...

Il n'y avait plus lieu de craindre ces pensées. Le passé était resté longtemps enfermé, retenu par un barrage. Mais la vue du lacet aux trois nœuds sur le bureau du policier, quelques jours auparavant, avait déclenché une fuite, d'abord quelques gouttes, puis un filet continu et enfin un torrent auquel elle ne pouvait pas résister. Le lit desséché de son âme était inondé d'images, de mots, d'émotions et de sensations trop longtemps refoulés. Rester là lui serait fatal ; elle finirait par se noyer dans les souvenirs.

Ce matin-là, elle s'était une fois de plus réveillée en rêvant d'une terre ocre, de soleil et de poussière – tout le contraire de ce pays avec son sol détrempé et ses tranchées saignant la nature. Ici, on menait une existence confinée par des routes étroites, enfermée derrière des haies, des fossés et des chênes étouffant sous le lierre, cernée par un paysage à jamais sombre, humide et secret. Elle quitterait cette tourbière moribonde au solstice d'été, pour arriver au solstice d'hiver dans une contrée où les saisons marchaient à l'envers. On racontait même que l'eau s'évacuait en sens inverse dans les siphons. Plus rien ne serait jamais pareil, et d'une certaine manière cela semblait juste et nécessaire.

Elle avait relâché les moutons et envoyé Charlie les rassembler. Il ne fallait surtout pas qu'il revienne avant quelques heures. Elle ne se donna pas la peine de jeter un coup d'œil dans le salon ; ces derniers temps, Dominic n'en bougeait plus, accroché à ses bouteilles d'oxygène et à sa télé. On entendait les rires exagérés et factices d'une émission.

Le taxi serait là d'un instant à l'autre, et elle avait une dernière chose à faire avant de partir. Elle fouilla parmi les vieux habits entassés au fond de son armoire et finit par dénicher la boîte carrée en métal, rouillée et poussiéreuse après tant d'années. Elle en retira le couvercle et demeura là à observer son contenu, se sentant à la fois ancrée dans le sol et projetée dans le passé.

Ce n'était pas elle qui avait choisi Dominic Brazil. Pour commencer, il était de vingt ans son aîné, avec un physique dur et séduisant, et un comportement tour à tour brutal et taciturne. Elle-même n'avait que vingt-cinq ans, mais sa famille ne voulait plus d'elle à la maison ; on le lui avait fait clairement comprendre. Dominic ne demandait pas mieux que de l'avoir. Et elle n'avait ni la volonté, ni les moyens, de leur résister. Bien des années plus tard, elle avait compris ce qui s'était réellement passé : on l'avait ni plus ni moins vendue, selon un rituel qui tenait plus de l'élevage que du mariage. C'était une gamine ignorante qui était arrivée dans cette maison, cédée par sa famille comme une génisse de prix. Elle se sentait toujours humiliée en repensant à la manière dont la vieille Mme Brazil l'avait fait pivoter et l'avait tâtée, se retenant tout juste de lui inspecter la dentition. On l'avait jugée trop faible, trop maigre, trop contrariante pour être bonne à grand-chose.

Au début, elle avait voulu leur prouver qu'ils avaient tort, qu'elle était dure à la tâche, avant de comprendre que cela ne servirait à rien. Rien ne serait jamais assez bien. Elle serait toujours l'étrangère, d'autant plus méprisée qu'on ne pouvait se passer d'elle. Les Brazil étaient des gens ténébreux. Cela ne tenait pas simplement aux cheveux noirs et mats, ni aux yeux bleu acier, mais semblait émaner du fond de leur âme, de leurs manières secrètes, des portes closes et des murs qu'ils érigeaient sans cesse entre eux. Danny avait lui aussi sa part d'ombre, mais il était un peu différent des autres. Lui seul avait été son allié.

Les choses avaient commencé de manière très innocente. Environ un an et demi après son arrivée, elle s'était mise à trouver des petits présents dans le poulailler, chaque fois qu'elle allait récolter la ponte : cailloux brillants, coquilles d'escargot, cocons. Des trésors sans prétention qui tenaient dans le creux de sa main. Elle les conservait dans une petite boîte cachée au fond de l'armoire. Elle savait qui les laissait, mais ils n'échangeaient jamais aucune parole, aucun signe. Pas la moindre communication, mis à part ces modestes offrandes secrètes et leur acceptation silencieuse. En surface, la vie suivait son cours normal, mais elle sentait le courant qui accélérait dans le fond, menaçait de l'entraîner.

Le jour où tout avait basculé, elle avait trouvé un petit morceau de cire d'abeille à la forme curieuse, dans une des cachettes habituelles. Elle l'avait tenu à la lumière et admiré la forme pâle et translucide. On dirait une toute petite cathédrale, *avait-elle pensé. Une photo dans un livre, quelque chose de délicat et raffiné. Soudain, la silhouette sombre de son mari s'était détachée dans l'embrasure du poulailler, et elle avait eu le réflexe de refermer le poing autour du bout de cire. Dominic lui avait posé une question à propos des œufs, à laquelle elle avait répondu machinalement. Après qu'il fut reparti, elle avait rouvert la main et vu l'empreinte de ses doigts sur le bout de cire irrémédiablement gâché, et avait compris sur-le-champ qu'une partie de son âme venait d'être métamorphosée. Elle ne pouvait plus reculer, mais simplement aller de l'avant. Elle ne comprendrait sans doute jamais pleinement comment cet acte isolé, cette destruction fortuite avait pu déclencher tout ce qui s'en était suivi, mais elle s'était dirigée vers le rucher sans lâcher le bout de cire.*

En arrivant, elle avait trouvé Danny sur le matelas contre le mur, les jambes ramenées devant lui, le regard fixé dans le vide. Elle se souvenait très distinctement de s'être tenue devant lui et d'avoir desserré le poing pour lui montrer la cire fondue, et elle avait senti qu'il comprenait tout ce qu'elle comptait lui dire, sans qu'elle ait besoin de parler. Quand il l'avait enfin attirée vers lui sur le lit, loin d'éprouver cela comme une soumission ou une capitulation, elle avait eu la sensation d'une libération longtemps attendue.

Ce fameux 21 juin, ils s'étaient donné rendez-vous de bonne heure. À l'aube, elle avait marché jusqu'au croisement, situé à trois kilomètres de la ferme. Danny la rejoindrait du rucher ; ils comptaient faire du stop, trouver un poids lourd qui accepte de les déposer à Shannon. Ensuite, ce serait l'Australie. Ce matin-là un brouillard épais enveloppait la tourbière, et l'excitation qui pétillait en elle lui avait fait complètement oublier la fatigue et l'angoisse. Quand le soleil était apparu à l'horizon, elle s'était assise sur sa valise à l'abri d'une haie luxuriante et avait écouté l'hymne d'une alouette. Elle se souvenait des minutes s'écoulant mais n'aurait su dire à quel moment précis ses espoirs avaient viré à la déception, puis à l'appréhension et enfin au désespoir.

Elle n'avait jamais vu aucun billet d'avion ; il avait dit que ça valait mieux de les acheter à Shannon. À sept heures, deux heures après le rendez-vous fixé, elle avait dissimulé la petite valise dans la haie et était rentrée à la maison, chaque pas lui ayant assené un coup au cœur, ayant enfoncé la honte et l'humiliation au tréfonds de son âme, où elles seraient à jamais étouffées. Elle était arrivée à temps pour mettre la bouilloire. Elle avait fait cuire les saucisses et le bacon, puis avait préparé le déjeuner de Dominic. Celui-ci ne tarderait pas à se lever, vu qu'il prenait son service à huit heures dans la tourbière. À sept heures et demie, le coucou de la cuisine avait entonné son chant mécanique. Rien n'avait changé par rapport à la veille, et les choses continueraient de se dérouler à l'identique le lendemain. Ce qui lui était arrivé n'avait pas existé. Une folie passagère, une simple illusion.

Et elle s'était obstinée dans le déni. Quand ses menstruations s'étaient interrompues et qu'elle avait senti des mouvements de plus en plus prononcés dans son abdomen, elle avait accepté l'enfant tel quel, sans scruter ses traits ne serait-ce qu'une seule fois à la recherche d'une ressemblance qui lui aurait indiqué lequel des deux frères était le père. Enfin, jusqu'au jour où Charlie était rentré avec la nouvelle de la découverte d'un cadavre noirci, portant un cordon à trois nœuds autour du cou. Cet instant lui avait fait l'effet d'un accident de voiture, d'un vacarme de métal déchiqueté et de verre volant en éclats. C'était comme si un gouffre s'était ouvert sous elle, engloutissant vingt-cinq ans d'existence qui avaient soudain perdu tout sens.

Elle emporta la boîte en fer dans le hangar derrière la maison, où elle avait préparé un tas de paille. Elle craqua une allumette et l'approcha des brins dorés, observant le feu peiner au départ puis démarrer pour de bon. Un par un, elle laissa tomber les trésors dans les flammes, où ils se consumaient dans les rougeoiements triomphants de la chimie. Quand le dernier objet eut disparu, elle tourna le dos au brasier.

Le taxi pénétra dans la cour au moment où elle ouvrait la porte de la cuisine. Elle lui fit signe qu'elle en avait pour une seconde et entra dans la maison pour la dernière fois. Elle desserra tour à tour les valves des trois bouteilles d'oxygène stockées dans un coin de la cuisine. Puis elle se dirigea vers la gazinière. Elle avait déjà éteint la veilleuse et ouvrit à fond un des quatre feux, ainsi que le four. Enfin, Teresa parcourut une ultime fois la pièce du regard, puis attrapa la poignée de la valise marron et sortit, en refermant soigneusement derrière elle.

C'était étrange à quel point elle se sentait calme, installée à l'arrière du taxi, avec quel aplomb elle envisageait le voyage à venir, faute de pouvoir s'imaginer sa destination. Le moment venu, elle traverserait calmement le long couloir vers la salle d'embarquement. Dans quelques heures elle débarquerait de l'autre côté du monde, neuve et vierge. Depuis tant d'années, elle s'interdisait de penser à l'écoulement des minutes, qui la saignait peu à peu, jusqu'à ce qu'il ne reste plus rien. Maintenant, elle avait l'impression d'avoir les veines à sec. Elle se sentait comme une coquille vide, libre et légère. Dût-elle se couper par mégarde que rien ne s'écoulerait de la plaie, mis à part un filet de poussière jaune.

9

Nora glissa la photo des frères Brazil et de Desmond Quill dans la poche de son blouson et partit à la recherche de Brona Scully. À supposer que Quill se soit trouvé à Illaunafulla la veille au soir, et que Brona Scully l'identifie à partir de la photo, cela ferait quelque chose de concret à soumettre à la police. Sans apporter la preuve irréfutable de son implication dans les meurtres, cela constituerait un pas en avant.

Michael Scully parut surpris de la voir quand il vint ouvrir. Il avait les cheveux en bataille et les vêtements froissés, comme si elle l'avait tiré d'une sieste.

— Je suis vraiment désolée de vous déranger, Michael, mais j'ai besoin de parler à Brona.

Il la fit entrer et appela sa fille du bas de l'escalier, sans obtenir de réponse.

— Je n'ai pas l'impression qu'elle soit là, dit-il. Elle a dû sortir pendant que je me reposais.

Nora vit l'épouvantable inquiétude de la veille réapparaître sur ses traits. Nul besoin de l'alarmer inutilement, au cas où il ne serait pas au courant du meurtre de Rachel Briscoe.

— Je vais aller voir à l'endroit où Cormac l'a retrouvée, mais ça vous dérangerait de me prévenir si elle arrive entre-temps ? Tenez, appelez-moi à ce numéro...

Elle trouva une carte au fond d'une poche et y griffonna son numéro de portable.

Scully opina du chef, la mine sombre.

Tant de pistes, songea Nora en gravissant le petit chemin à l'arrière de la propriété des Scully, *qui partent dans tous les sens, sans déboucher nulle part*. L'herbe était touffue, et le paysage ne manquait pas de recoins où se cacher.

Quill avait donc participé aux fouilles à l'occasion de la découverte du trésor de Loughnabrone, plus de vingt ans auparavant, et il avait peut-être quelque chose à voir avec le meurtre de Danny Brazil. Ursula avait très bien pu faire le lien, et se servir de ce qu'elle savait pour parvenir à une fin quelconque – obtenir le collier en or ? Le croquis apportait la preuve de son existence. Même si on l'avait déjà vendu, Ursula avait peut-être exigé sa part.

Nora avait toujours mal à la tête, et se sentait ankylosée après son séjour forcé dans le placard à balais. Si elle n'arrivait pas à trouver Brona, ou si celle-ci n'identifiait pas Quill, elle tenterait de reconstituer ses faits et gestes la veille au soir... vérifier s'il avait quitté sa chambre d'hôtel, essayer de mettre la main sur quelqu'un qui l'aurait aperçu en ville. Difficile de savoir à qui se fier, mais ce n'était plus le moment de reculer. Les éléments commençaient à se mettre en place, quand bien même de manière désordonnée, et tout finirait par s'expliquer. Elle voulait y croire.

Elle accéléra le pas, scrutant les haies en bordure

du pré à la recherche de la tête sombre de Brona. Elle était sans doute folle de s'imaginer qu'elle arriverait à la dénicher, mais Cormac y était bien parvenu. Se faufilant par une fente dans la haie, elle se retrouva parmi un troupeau en train de brouter. Un jeune bœuf releva la tête et la fixa, son regard innocent faisant surgir les spectres de veaux gras et d'agneaux sacrificiels. Il fallait absolument qu'elle trouve Brona, avant qu'il ne soit trop tard.

Personne ne la rejoignit auprès de l'arbuste aux fées. Elle contempla les branches emmaillotées, éprouvant une fois de plus l'étrange intensité que dégageait cet assortiment bigarré d'offrandes hétéroclites. Elle appela Brona, osant à peine chuchoter, comme si l'arbuste avait pu intercepter ses cris et les retenir dans ses branches tortueuses.

Elle traversa les quelques parcelles en long et en large, une bonne demi-douzaine de fois, en fouillant au fond des fossés, à l'affût du moindre endroit pouvant servir de cachette. La jeune fille demeurait introuvable. Soudain, elle se fit la réflexion qu'elle partait avec un net désavantage. Brona Scully connaissait parfaitement les lieux, chaque haie, chaque buisson, chaque empilement de pierres ; elle était même peut-être en train de l'épier, tapie quelque part. Nora pivota sur elle-même et observa la vue : la tourbière brune à perte de vue, le lac au pied de la colline. Elle n'avait pas cherché du côté du rucher... Après leur dernière rencontre, l'idée de se retrouver nez à nez avec Charlie Brazil ne l'enchantait guère. Mais il fallait coûte que coûte retrouver Brona. Elle décida de s'approcher prudemment en commençant par contourner l'endroit de loin au cas où il y aurait quelqu'un. Surtout ne pas faire fuir

Brona en la prenant par surprise et ne pas risquer de croiser quelqu'un d'autre.

Elle suivit le pourtour du pré situé au-dessus du rucher en restant tout contre la haie et en se tenant baissée. La remise pourrait lui servir d'écran. Elle contourna précautionneusement les aubépines encerclant les ruches, et s'approcha du cottage abandonné par l'arrière. L'endroit semblait désert, mais la brise transportait un bourdonnement paresseux et intermittent, selon la direction du vent. Brona se cachait peut-être ; Nora se devait de jeter un coup d'œil à l'intérieur. Au moment de se retourner, elle sentit une main puissante se plaquer sur sa bouche, et la force d'un corps fluet s'attaquer à elle. Elle fut repoussée contre le mur et mit un moment avant de comprendre que les yeux écarquillés, effrayés, situés à quelques centimètres à peine des siens étaient ceux de Brona Scully. De sa main libre, la jeune fille porta un doigt à ses lèvres, et elle fit signe à Nora de se cacher dans les mauvaises herbes.

La raison de sa précipitation s'expliqua immédiatement : un bruit de pas se fit entendre dans les fourrés, à quelques mètres à peine, et deux silhouettes apparurent derrière le trèfle et la végétation. Nora reconnut Dominic Brazil et Desmond Quill. Brona Scully se tendit de tout son corps, et tira vivement sur le bras de Nora, comme pour l'implorer de partir. Elles avaient quelques chances de pouvoir filer sans être vues, mais c'était tout de même risqué. Alors qu'en restant sur place, supputa Nora, elle découvrirait peut-être de quoi il retournait. Elle fit non de la tête. Brona cessa de la tirer, mais ne s'en alla pas.

—... Je me demande ce que vous vous imaginez trouver, disait Dominic Brazil. Comme je vous le répète depuis des années, il n'y a jamais eu d'or. C'était des histoires inventées par Danny pour essayer de vous soutirer plus d'argent. Si on avait eu de l'or, vous croyez que j'aurais trimé comme ça pendant des années ?

Desmond Quill suivait quelques pas en arrière, tenant une pelle à la main gauche et gardant la droite fourrée dans la poche de sa veste.

— J'ai mis un certain temps avant de comprendre la vérité. Vous savez, j'étais à deux doigts de vous croire, quand vous m'avez sorti cette fable pour la première fois... soi-disant qu'il n'y avait pas d'or, que Danny s'était enfui avec la totalité de la récompense. Mais je vous préviens, ça ne prend plus. Inutile de vous obstiner. Allons, avancez !

Il poussa Dominic dans le dos avec le manche de la pelle, et celui-ci trébucha.

— Je dois reconnaître que j'avais sous-estimé votre détermination. Félicitations de vous en être tenu à cette version tant d'années, sans flancher !

Brazil continuait d'avancer stoïquement dans l'herbe haute, mais il ralentissait l'allure.

— J'ai besoin de me reposer une minute... pour reprendre mon souffle. Je peux plus galoper comme avant.

— On est presque arrivés, dit Quill. Avancez.

— Arrivés où ? Qu'est-ce que vous fichez ? Si vous savez où se trouve cette connerie de babiole, vous n'avez qu'à la prendre vous-même, non ? Pourquoi me faire venir ici ?

— Parce que je suis de nature curieuse, monsieur Brazil. Et vous êtes le seul à pouvoir satisfaire ma curiosité... on va dire les choses comme ça.

Les lèvres de Quill affichèrent un sourire sombre. Il sortit la main de la poche de sa veste et contempla le poignard qu'il tenait.

— Je ne peux pas vous en vouloir d'être inquiet, poursuivit-il. Mais vous devez comprendre ma position. Comment pouvais-je savoir que vous ne comptiez pas me réserver le même sort qu'à Danny ? Vous m'avez l'air sur une mauvaise pente, cher ami. J'aurais pu être le suivant.

— Vous êtes complètement cinglé.

— Ç'aurait été tellement plus simple de m'avouer que vous aviez assassiné votre frère, non ? Pourquoi tant de duplicité ? Je suis peiné que vous me fassiez si peu confiance. Vous redoutiez que je ne prévienne les autorités ? Je vous pose la question : en vingt-cinq ans, vous ai-je trahi une seule fois ? Ai-je formulé ne serait-ce que la plus infime objection à vos rapines et autre fratricide ? Pour ce qui me concerne, libre à vous d'éliminer votre famille de dégénérés au grand complet !

Dominic Brazil était de plus en plus pâle et sa respiration était devenue sifflante, mais Quill ne semblait pas s'en soucier. Ils passèrent devant le cottage et s'arrêtèrent au centre du rucher. Quill observa les trois ruches formant le haut du cercle, puis se retourna vers les deux autres groupes de trois. Il planta la pelle dans le sol, devant la neuvième ruche.

— C'est ici qu'on va creuser. Plus exactement, que *vous* allez creuser.

Brazil hésitait à prendre ses jambes à son cou. Mais il n'en eut pas le cran et s'empara de la pelle.

— J'ai malgré tout décidé de me montrer raisonnable, déclara Quill. Nous allons vous et moi nous comporter en gens civilisés, n'est-ce pas ?

La mine résignée, Brazil appuya la bêche à l'endroit indiqué par Quill. Posant le pied lourdement dessus, il commença à creuser. Quill demeura à proximité et l'observa au travail.

— Votre frère était sacrément malin, hein ? Nettement plus que vous. Il avait toujours un temps d'avance, alors qu'il était votre benjamin de combien ? Six ans ? Au début, j'ai pensé que vous l'aviez tué à cause de la ferme. Ça ne devait pas être facile d'être obligé de partager avec son frère... comme vous avez toujours dû le faire, et pour tout. Rien ne vous appartenait en propre. Et vous aviez beau être l'aîné, ce n'était pas vous le fils préféré. Tout le monde le savait, et vous le premier. Vos parents ne s'en cachaient même pas. Il finissait toujours par tout obtenir. Tout.

Brazil grimaçait, et ses épaules tremblaient.

— Vous dites n'importe quoi...

Il continuait de creuser, mais les pelletées diminuaient au fur et à mesure.

— Plus vite que ça ! ordonna Quill. Par la suite, je me suis dit que tout compte fait vous n'auriez pas tué votre frère, pas pour quelques arpents de terre perdus au milieu de la tourbière. En plus, vous m'aviez dit que tout était réglé entre vous. Il comptait s'installer en Australie, et vous deviez lui racheter sa part avec l'argent de la récompense. À lui l'argent, à vous la ferme. Mais pourquoi vous seriez-vous contenté de cet arrangement alors que vous pouviez faire main basse sur la totalité ?

Le souffle de plus en plus court, Dominic Brazil grattait le sol.

— Je n'avais pas besoin de tout avoir. On s'était mis d'accord, la ferme était pour moi. Je n'avais aucune raison d'être inquiet, il ne reviendrait pas me spolier. Les papiers étaient signés. À ce qu'il disait, il partait pour toujours. Pourquoi je l'aurais tué ? Il ne comptait pas revenir.

Les pensées fusaient dans la tête de Nora, ricochaient de surprise en surprise. Tous deux avaient donc manigancé de détourner une partie du trésor de Loughnabrone. Quill avait sans doute passé un accord avec les frères Brazil en se chargeant d'écouler certains objets moyennant le partage du prix. Mais en supposant que Dominic dise la vérité, qu'il n'y ait plus d'or, pourquoi Quill le faisait-il creuser ? Nora entendait le raclement régulier de la pelle dans la terre. L'herbe l'empêchait de voir le sol, mais elle distinguait parfaitement leurs deux visages. Le front dégoulinant de sueur de Brazil, la mine froide et détachée de Quill. Elle envisagea de provoquer une distraction, pour détourner l'attention de Quill, mais elle avait trop peur de sa réaction. Cela valait peut-être mieux de rester cachées en attendant qu'ils repartent.

Les deux hommes ne parlaient plus. Soudain, la pelle heurta quelque chose avec un son creux et métallique. Puis ce furent des bruits d'échauffourée, un cri, et un coup sec du manche en bois de la pelle heurtant de la chair. Les deux hommes roulèrent par terre, et Dominic Brazil pressa le manche contre la gorge de Quill. Celui-ci poussa de toutes ses forces et parvint à faire basculer Brazil, puis se releva précipitamment et brandit la pelle comme une arme.

— Moi qui pensais qu'on allait se montrer raisonnables, dit-il. On n'a aucune raison d'en venir aux mains. Après tout, nous sommes acolytes.

Nora entendait la respiration éprouvante de Brazil, chaque bouffée accompagnée d'un lent sifflement.

— Continuez avec vos mains, lui commanda Quill.

Le mourant s'exécuta, retirant des poignées de terre jusqu'à ce qu'il puisse attraper l'objet enfoui là : une grosse boîte à biscuits noire et dorée, ronde et métallique.

— Ouvrez-la, dit Quill.

Toujours agenouillé, Brazil cala la boîte contre sa poitrine et retira le couvercle. Des liasses de billets de cent livres tombèrent par terre, et le visage de Quill se tendit en découvrant le reste du contenu.

— Donnez-moi ça.

Brazil lui tendit un paquet emballé dans une étoffe. Quill lâcha la pelle et posa le pied dessus avant de rabattre les coins du tissu. C'était sans doute la couleur – un jaune doré, profond et lumineux – qui vous marquait au premier coup d'œil, et de façon indélébile. On comprenait aisément qu'une aura magique entoure celui qui portait un objet d'une beauté aussi somptueuse et inaltérable. Le métal doré semblait irradier de l'intérieur.

Quill restait sans voix, comme pétrifié, et Nora se fit la réflexion qu'il voyait sans doute le collier pour la première fois, après en avoir rêvé pendant vingt-cinq ans. Il avait attendu presque le tiers de sa vie de pouvoir contempler cet objet de ses propres yeux, et n'arrivait plus à les en détacher.

— Je dois vous faire un aveu, finit-il par dire. Je me suis moqué de vous, Dominic. En fait, je connais la véritable raison pour laquelle vous avez tué votre frère.

Brazil releva la tête, ses traits défaits affichant une sincère curiosité.

— Comme je vous l'ai dit, poursuivit Quill, au

départ j'ai presque cru que Danny avait émigré pour de bon. Je ne voyais aucune autre raison pour expliquer la disparition du collier. Je n'ai jamais cessé de vous épier, et j'ai d'excellents contacts... on m'aurait averti si l'un de vous deux avait tenté de le refiler à quelqu'un d'autre. Mais cela ne s'est jamais produit. Quand on a retrouvé le cadavre de Danny, une idée m'est venue : il comptait peut-être nous berner tous les deux. Rien de plus simple : il change le collier de cachette en prévoyant de l'emporter quand il quittera le pays. Oui, mais si vous l'aviez tué pour cette raison, vous auriez conservé le collier et l'argent. Comment se faisait-il que Danny soit mort et que vous n'ayez pas le collier ? Je n'ai vu qu'une seule explication : vous l'avez tué avant de vous apercevoir qu'il l'avait changé de cachette. Je me suis alors demandé ce qui avait pu pousser Dominic Brazil à commettre un geste aussi crétin. Soudain, la solution m'est apparue. Cela n'avait rien à voir avec l'or, l'argent ou la ferme. Danny ne comptait pas simplement emporter le collier, n'est-ce pas ? En le laissant filer, vous perdiez un trésor plus précieux que n'importe quel bijou en or. Ce doit être ici que vous les avez surpris, non ?

Dominic Brazil resta un moment silencieux avant de répondre.

— Je l'ai suivie jusqu'ici ce soir-là. C'était plus fort que moi. Ils se sont retrouvés au cottage... mon propre frère et ma femme. Ils avaient prévu de partir le lendemain matin. J'étais dehors, sous la fenêtre, et j'ai tout entendu, et puis...

La voix et le visage de Brazil se métamorphosaient à mesure qu'il revivait ces instants épouvantables, décisifs.

—... Après qu'elle fut rentrée à la maison, il est resté là... il était toujours à poil et fumait une clope... Il ne m'a même pas entendu entrer. Quand il m'a vu, je l'ai attrapé par cette connerie de lacet en cuir. Je n'avais qu'un canif, mais j'avais bien l'intention de lui trancher son cou de vaurien ! Je l'ai bien tailladé, mais il s'est débattu comme un diable et m'a fait lâcher le couteau. Et il s'est enfui dans la tourbière... à l'époque, c'était rien que de la tourbière sauvage partout tout autour. Je n'ai pas retrouvé mon canif alors j'ai pris une crosse et je l'ai suivi. Je l'ai rattrapé, je lui ai flanqué un méchant coup, et il est tombé raide. J'ai cru qu'il était mort, alors je l'ai tiré jusqu'à une fondrière. Juste histoire de dissimuler le corps en attendant de revenir. Et puis je l'ai vu ouvrir les yeux, au fond du trou. Mais plus rien ne pouvait m'arrêter, j'ai rempli le fossé avec tout ce qui me tombait sous la main, jusqu'à ce qu'il ait disparu. Il n'était plus là, tout est redevenu calme et paisible.

Dominic Brazil semblait en être réduit à ses derniers souffles de vie. Son teint était livide et son visage grimaçait de douleur à chacune de ses courtes respirations.

— Vous ne saviez pas qu'il avait pris le collier ? lui demanda Quill.

— Je m'en suis rendu compte qu'après... quand j'ai cherché à l'endroit où on l'avait caché. C'est à cause de lui qu'on a fait la connerie de le garder ! Moi, l'or je m'en fichais. Je savais que ça nous porterait malheur, avec des gens de votre espèce. Je lui aurais volontiers laissé tout le bazar, et bon débarras, pourvu qu'il me laisse ma Teresa. Ma femme. Une fois que Danny n'était plus là, je croyais qu'elle serait à moi. J'étais sacrément couillon ! J'ai mis vingt-cinq ans avant de piger qu'elle n'appartenait à personne d'autre qu'à elle-même.

Il fixa Quill, et Nora eut froid dans le dos en se demandant pourquoi il parlait de sa femme au passé. Les deux hommes demeurèrent immobiles et silencieux un long moment.

— Et le rituel ? finit par dire Quill. Vous en faites quoi de cette histoire de triple mort ?

Les épaules de Dominic Brazil se voûtèrent.

— Je ne sais pas de quoi vous parlez. Il n'y a pas eu de triple je-ne-sais-quoi.

Quill secoua la tête, l'air incrédule.

— Vous êtes en train de me dire que c'était le hasard ? Mais alors, vous faites quoi d'Ursula Downes et de l'autre jeune fille, Rachel Briscoe ? Vous n'allez pas me faire croire qu'avec elles aussi c'étaient de purs accidents ?

— Écoutez, je ne comprends rien à vos histoires. Ce n'est pas moi qui les ai tuées...

Dominic Brazil se mit à protester, mais Quill lui ramena la tête en arrière et, de son autre main, lui trancha la gorge avec le poignard. Le sang jaillit. Nora sentit Brona Scully se crisper de terreur à ses côtés, et plaqua sa main sur la bouche de la jeune fille pour l'empêcher de pousser un cri. Aucun avertissement. Un homme venait de mourir sous leurs yeux sans qu'elles aient eu le temps de réagir.

La bouche toujours entrouverte d'un air indigné, le corps inerte de Dominic Brazil tomba sur le côté. Quill se pencha pour lui clore les paupières et murmura :

— Non, vous ne les avez pas tuées. Mais c'est tout comme. C'est à cause de vous qu'elles sont mortes.

Pétrifiée d'horreur, Nora le vit prendre le pouls de Brazil. Satisfait de ne rien sentir, il plongea la main dans sa poche et en sortit plusieurs lacets de cuir noir comportant trois nœuds chacun qu'il posa à côté du cadavre, après quoi il plaça le couteau dans la main droite de Brazil, referma les doigts autour du manche et le laissa tomber. Nul doute qu'il ait apporté le même soin à disposer les cadavres d'Ursula Downes et Rachel Briscoe. Nora se plaqua contre le mur, avec la sensation d'étouffer.

10

Avant de s'éloigner, Desmond Quill jeta un dernier regard à l'atroce tableau, l'air de se demander quel effet il produirait sur la personne qui tomberait dessus. Nora sentit Brona trembler à ses côtés. Quill s'attardait, contemplant son œuvre. Soudain, le portable de Nora se mit à vibrer contre sa hanche. Elle tendit la main précipitamment, mais il était trop tard : le double bip la trahit. La voix de Quill résonna, glaçante.

— Sortez de là que je puisse vous voir.

S'il s'approchait, il risquait de les surprendre toutes les deux. Nora plaqua le visage de Brona Scully dans l'herbe en l'implorant silencieusement de ne pas bouger, et se leva.

— Plus près, ordonna Quill.

Elle se dirigea vers lui en se décalant pour éloigner son regard des broussailles où Brona était tapie au pied du cottage. Le temps qu'elle se retrouve face à face avec lui, son portable avait cessé de sonner. Quill la tenait sous la menace du poignard qu'il avait repris dans la main de Dominic Brazil.

— Passez-moi le portable.

Elle tenta d'appuyer sur la touche « appel » en

même temps qu'elle lui tendait l'appareil, mais sans doute perçut-il le geste discret car il l'éteignit avant de le mettre dans sa poche. Ensuite, il prit un cordon en cuir et l'obligea d'avancer jusqu'au bord du lac, où il lança le portable le plus loin possible dans l'eau.

— Dans mille ans, ce curieux objet sera déterré et exposé en tant qu'offrande votive. Eh bien voilà, docteur Gavin : vous connaissez maintenant toute l'histoire.

Nora comprit qu'elle devait à tout prix le faire parler. Un des moyens était de flatter sa vanité.

— Pas tout à fait. Je ne sais toujours pas comment vous avez découvert la cachette du collier.

— Je peux remercier Ursula et le jeune Charlie. Vous aussi, d'ailleurs, dit-il en fouillant dans la poche de son manteau, d'où il sortit le croquis qu'il était venu dérober au cottage. Quand les Brazil m'ont fait leur offre, j'avais naturellement de gros doutes concernant le collier. Mais Danny était futé. Il savait que montrer les objets eux-mêmes n'était pas la chose à faire, et il a donc dessiné toutes les pièces qu'ils avaient retrouvées... y compris celles qu'ils n'avaient pas remises au muséum. Il avait un sacré coup de crayon, n'est-ce pas ? Après la disparition de Danny, Dominic m'a raconté que le collier en or n'avait jamais existé, qu'il s'agissait d'une simple ruse. Mais, voyez-vous, Danny avait réalisé un superbe croquis, et j'avais peine à croire qu'il ait inventé ce somptueux bijou. J'ai recouru à divers moyens de persuasion pour convaincre Dominic de me dire la vérité. J'avais presque abandonné espoir... presque. C'est étrange, non ? Cet été, j'avais décidé de faire une ultime tentative auprès de Dominic Brazil. C'est dans ce but que je me suis débrouillé pour faire la rencontre d'Ursula. C'était la couverture idéale, avec elle j'avais une raison plausible de me trouver dans les environs. Et voilà que son équipe, par le plus heureux des hasards, tombe sur le cadavre de Danny Brazil. Quel à-propos ! Je dois reconnaître qu'une des qualités que j'admirais le plus chez Ursula était sa ténacité. Une fois qu'elle tenait le cadavre de Danny Brazil, elle n'a eu de cesse d'agiter ces vieilles rumeurs de trésor caché en espérant récolter quelque chose. Ce qui a été le cas. Elle est tombée sur les vieux dessins de Danny. Charlie les avait punaisés aux murs de la remise. Il n'avait pas la moindre idée de ce qu'ils représentaient, pauvre idiot. Ursula, par contre, a tout de suite compris. Elle était tout impatiente de me parler du dessin d'un collier, avec d'étranges cercles griffonnés au dos. Je me suis déplacé pour y jeter un coup d'œil. Mais Ursula s'est montrée négligente. Ce soir-là, elle a laissé votre ami Maguire emporter le croquis. Je l'ai vu prendre le bouquin sans même se douter que le fichu dessin était dedans ! J'étais dehors tout du long, tandis que lui et Ursula se trouvaient dans la maison... (Ses traits affichèrent un rictus vaguement sardonique.) Que vous a-t-il raconté au juste ? Qu'elle l'a attaqué et qu'il s'est défendu ? Cela n'a plus grande importance, étant donné que vous ne le reverrez pas, mais je n'ai pas assisté tout à fait à la même scène.

Nora resta muette. Elle se rendait compte qu'il la testait, qu'il cherchait à provoquer une réaction.

— À quoi correspondaient les cercles au dos du dessin ? demanda-t-elle.

Elle se débrouillait pour que Quill garde le dos

tourné à la remise, au cas où Brona pourrait s'enfuir, mais la jeune fille ne se manifestait pas. Peut-être avait-elle trop peur pour bouger, ou ne comprenait-elle pas qu'elle devait filer chercher de l'aide.

— Il s'agit d'un plan de l'endroit où nous sommes, avec les neuf ruches, mais cela ne saute pas forcément aux yeux pour qui ne connaît pas bien les environs.

— Et pourquoi avez-vous pris le ciré de Cormac ?

— Pourquoi s'en priver ? Il s'était déjà mis dans une situation délicate en se rendant chez Ursula. Il me fournissait une diversion bien commode, histoire que la police s'occupe de son cas et me laisse tranquille.

— Comment avez-vous fait pour vous introduire à La Croisée ? Les portes et les fenêtres étaient bien verrouillées, je les ai toutes vérifiées moi-même.

— Une serrure n'arrête pas quelqu'un muni d'une clé. Ursula m'avait dit où était cachée la clé de secours, devant la porte de derrière. Elle y venait très souvent. Ça lui servait de nid d'amour, quand les propriétaires étaient absents. Quelle imprudence de laisser traîner la clé... ce n'est pas du tout le genre de Mme McCrossan. Non, vraiment... Mme McCrossan se montre toujours prudente et raisonnable.

Son ton était méprisant.

— Comment connaissez-vous Evelyn ?

Un éclair jaillit du regard de Quill.

— Il a fallu que vous veniez fourrer votre nez là-dedans ! Vous ne pouviez pas laisser les choses se faire. Tout serait réglé, Dominic Brazil aurait porté la responsabilité des meurtres, votre ami aurait été relâché faute de preuves, et tout serait rentré dans l'ordre. Un frère paye pour le meurtre de l'autre. Tout s'équilibre.

— Et Ursula et Rachel ? Vous compensez leurs morts de quelle manière ?

— Ces deux sacrifices étaient nécessaires. Je crains que vous ne cherchiez des saints, des cœurs en or là où ils ne se trouvent pas. Sous ses dehors blessés, Ursula Downes n'était qu'une pute vicieuse et avinée. Je l'aimais bien, en fait, mais c'est la stricte vérité. Et connaissiez-vous seulement Rachel Briscoe ? Ce soir-là elle est arrivée chez Ursula, un couteau à la main. Je suis sûr qu'elle l'aurait assassinée sans ciller... si je ne m'en étais déjà chargé. Elle a détalé en me voyant. Je ne l'ai retrouvée qu'hier soir, la sale petite conne ! J'ai fait à chacune le don d'une triple mort. Une mort hors du commun.

Il se rapprocha et Nora demeura figée, décidée à tenter de s'emparer du poignard à la première occasion. Il tendit la main et lui enserra la gorge, le visage à quelques centimètres du sien ; il sentait forcément les battements de son cœur sous la peau.

— Je suis navré de ce qui vous arrive, docteur Gavin. J'ai apprécié nos conversations. Et concernant Ursula, je ne vous ai pas raconté que des mensonges...

Sa voix maniérée résonnait dans sa poitrine ; Nora sentait les vibrations se propager en elle, à travers sa peau et ses os. Son regard demeurait fixé sur elle, dépourvu d'émotion.

Il fallait qu'elle crée une distraction, pour donner à Brona une chance de s'échapper. Elle posa la main sur les doigts de Quill, qui lui agrippait toujours le cou, et s'exprima d'un murmure rauque.

— Voulez-vous savoir ce qui vous a trahi ? demanda-t-elle en portant le regard sur le triskèle qui retenait sa cravate. Vous portiez la même épingle sur les photos prises à l'époque de la découverte du trésor de Loughnabrone. S'agit-il d'une pièce authentique ou bien d'une copie ? Vous devez y être très attaché, pour la porter depuis vingt-cinq ans ! C'est grâce à ce détail qu'Ursula a deviné que vous étiez impliqué, et moi aussi.

— Que vous êtes intelligente ! railla-t-il avec un sourire méchant. Ursula se prenait pour une maligne elle aussi, et elle s'imaginait s'être jouée de moi. Vous savez quel était son maître plan ? fit-il en secouant la tête d'un air sidéré. D'abord, elle croyait que c'était moi qui avais tué Danny Brazil. Son plan... j'ose à peine employer ce terme... était de se servir des maigres preuves qu'elle avait pu grappiller pour me faire chanter... comme si la peur d'être démasqué aurait suffi pour m'avoir à sa botte. Elle voulait juste de quoi se payer un aller simple sous les cocotiers. Elle s'imaginait que tout ça était une histoire d'argent.

— Vous n'avez pas fait ça pour l'argent ? Dans ce cas, quel était votre mobile ?

— Je doute que vous puissiez comprendre.

— Je peux essayer. Vous me devez bien une explication, avant de me tuer. Je veux comprendre.

Il se plaça dans son dos, ramena sa tête en arrière et la fixa dans les yeux. Vu à l'envers, le visage de Quill paraissait difforme et bizarre.

— Vous savez, d'une certaine manière je vous crois. Mais comment faire pour expliquer ce qui échappe à la raison ? Regardez-moi ce paysage, dit-il en lui redressant le menton et en indiquant le lac et la tourbière déployés devant eux. Autant demander de se justifier à la terre, à l'eau et au vent ! Je suis blessé quand j'entends les gens réduire une antiquité à sa simple valeur monétaire. Comme si l'on pouvait mesurer son importance, la quantifier, la réduire à cette dimension vulgaire. J'ai travaillé dans les musées, mais aujourd'hui cela me déprime au dernier point... des trésors ayant constitué des offrandes votives, de puissants talismans réduits à de vulgaires bibelots et breloques, et ces masses d'écoliers amorphes et de touristes béats qui défilent devant, souillant ces objets sacrés de leurs regards flétris et indignes ! Comment reprocher à quelqu'un de vouloir leur soutirer cette merveille ? dit-il en brandissant le collier de sa main libre. Outre la splendeur de ses formes, un objet tel que celui-ci ne représente ni plus ni moins qu'une fenêtre nous donnant accès à un esprit qui avait compris les concepts les plus époustouflants et les plus complexes. Son créateur a travaillé avec un matériau miraculeux, qui ne rouille pas, ne se corrompt jamais. Il l'a façonné en étant persuadé que sa création inspirée conférerait des pouvoirs surnaturels à la personne qui le porterait. Qui sommes-nous pour dénigrer ses croyances ? Nous continuons de les porter en nous. Qu'est le christianisme, si ce n'est un sacrifice sanguinaire sous couvert d'une religion moderne ? Nous n'avons plus foi en le monde qui nous entoure, ni en ce que nous portons au fond de nous... Nous ne croyons plus au lien sacré entre le sang et la mort, aux lieux sur terre qui nous donnent accès au plus profond de notre être. La destruction de cette tourbière est un cas exemplaire. J'abhorre l'attitude supérieure qui est la nôtre envers les peuples antiques. Cela dégage en moi une espèce de fureur. J'imagine que vous ne pouvez pas comprendre, n'est-ce pas ?

— Si, jusqu'à un certain point. Mais un objet quel qu'il soit... même aussi exceptionnel, magnifique et considérable que celui-ci... peut-il vraiment valoir la vie de trois personnes ?

— Décidément, docteur Gavin, vous vivez dans un espace confiné. Votre minuscule univers moral. Soit dit en passant, c'est quatre personnes, du moins ça ne tardera pas à l'être... Vous avez oublié de vous compter. Eh oui, ce collier vaut quatre vies, et même quatre cents, ou beaucoup plus. Malgré les efforts faits pour réduire la population, on peut raisonnablement dire que la vie humaine reste une denrée abondante, quasi inépuisable. Vous devez me trouver cruel, insensible. C'est peut-être le cas, mais je ne suis pas seul dans mon genre. Les gouvernements et les multinationales ne se privent pas de traiter les hommes comme du bétail... parce que les gens se laissent faire, comme des bovins niais qu'on emmène à l'abattoir. Moi, en revanche, je révère au plus haut point la vie et la mort des êtres humains. Celui qui n'a jamais fait couler le sang ne devrait pas avoir la prétention de juger mes actes. Et vous seriez étonnée du nombre de personnes qui souhaitent en fait mourir, bien qu'elles n'en soient pas toujours conscientes. Des gens comme Ursula, qui ont du mal à contenir leur curiosité au sujet de la mort, qui aiment s'aventurer jusqu'au seuil, mais ont trop peur pour faire l'ultime et fatal saut.

Il était de plus en plus proche, et Nora n'avait pas le cran de fuir. Elle tenta en vain de voir si Brona s'était échappée. Aucun signe de la jeune fille. Quill déplaça ses mains, et elle sentit la lame froide du poignard sur sa joue.

— Voulez-vous que je vous dise ce qui m'a le

plus surpris en tuant quelqu'un ? lui demanda-t-il. La beauté à vous couper le souffle de l'acte lui-même. Je n'aurais pas cru que la couleur du sang puisse m'époustoufler à ce point... un rouge d'une splendeur ! Avez-vous déjà assisté à une mort, docteur Gavin ? Même chez les plus... les plus rétifs... la gratitude est indéniable. On le voit dans leurs yeux, juste avant que la lumière ne s'éteigne. Connaissez-vous le nom de ce lieu, de cette bande de terre ?

Il s'exprimait à voix basse, d'un ton quasiment hypnotique.

— Illaunafulla, murmura-t-elle.

— Bravo ! Je vois que quelqu'un a fait votre éducation, c'est bien ça ? Vous devez également en connaître la signification.

— L'île du sang.

— D'où vient ce surnom, d'après vous ? Une île de sang sur un lac de chagrins. Nous autres contemporains avons cessé de croire que l'effusion de sang faisait partie de la vie. Je n'arrive pas à comprendre pourquoi. Nous cherchons par tous les moyens à nier l'intense joie que procure la mort... l'ultime joie, à vrai dire. Étant donné la carrière qui est la vôtre, docteur Gavin, je suis certain qu'une part de vous-même l'a éprouvée profondément. Quelle différence que l'on choisisse soi-même l'heure et la manière ou qu'un autre s'en charge ? La mort par sacrifice est un privilège sacré. Maintenant, agenouillez-vous.

Nora fixa la grosse lame à quelques centimètres de son visage. Il n'était pas question de se mettre à genoux. Elle se débattit mais le manche la heurta juste en dessous de l'oreille gauche, et elle s'écroula sur le flanc dans l'herbe moelleuse.

Quand elle rouvrit les yeux, elle voyait tout flou, mais peu à peu cela redevint net. Elle était allongée dans l'herbe sur le ventre, les mains ligotées dans le dos.

— Vous est-il déjà arrivé, docteur Gavin, d'être prête à tout pour obtenir quelque chose ? lui souffla Quill à l'oreille tout en vérifiant ses liens. À cet instant précis, j'ai comme l'idée que vous ne souhaitez plus qu'une seule chose au monde. Je suis tellement navré de devoir mettre un terme à vos espoirs.

Il la força à se relever et elle aperçut le poignard dans sa main droite ; le manche paraissait ancien et la lame étincelait. Elle avait les jambes libres ; elle pourrait tenter un coup de pied bien placé. Elle se jeta en biais en espérant qu'il serait déséquilibré, mais il évita le plaquage et empoigna quelque chose dans son cou. Elle comprit enfin de quoi il s'agissait en sentant le cordon lui scier la peau, trois nœuds s'enfonçant dans sa chair. Il la fit marcher devant lui, sur la jetée qui s'avançait dans le lac. Arrivés au bout, il l'obligea à s'agenouiller et serra plus fort le lien, lui coupant l'oxygène. Elle commençait à avoir la tête qui tournait. Elle pensa à ses parents en se demandant comment ils feraient pour survivre au meurtre d'une seconde fille, et sut qu'ils ne s'en remettraient pas. Les anciens avaient raison ; leurs dieux étaient corrompus et exigeants, tour à tour puérils et colériques. L'idée d'une divinité bienveillante n'était qu'une fumisterie. Elle lutta contre les ténèbres qui se propageaient dans son sang et tenta une fois de plus de se dégager de la poigne de Quill, mais il avait trop de force. Elle sentit la lame froide sur son cou. Au même instant, elle entendit un cri, une sorte de feulement bestial. Desmond Quill fit volte-face, lâchant le cordon. Nora bascula en avant et sentit le sang affluer à son cerveau. En se retournant, elle aperçut Brona Scully au bout de la jetée, brandissant triomphalement le collier.

Sans oublier le poignard au-dessus de sa tête, Nora ramena les genoux contre sa poitrine et décocha un coup de pied dans les chevilles de Quill. Il bascula sur le côté, posa un genou à terre et fendit l'air d'un coup de poignard désespéré, mais Nora ne cessait d'agiter les jambes, lui décochant des coups de pied dès qu'il bougeait. Entendant les pas précipités de Brona sur la jetée, elle leva les yeux à temps pour la voir assener le collier massif sur la tête de Quill, lequel fut sonné. Brona lâcha aussitôt le bijou pour s'emparer du poignard, mais Quill s'était déjà ressaisi. Il se jeta sur elle, la retint contre lui d'une main et de l'autre porta la lame étincelante à la gorge de la jeune femme. Toute pantelante, Nora se releva, les mains toujours ligotées dans le dos. Quill était dépenaillé et échevelé. Le coup de Brona lui avait ouvert le front, et du sang lui coulait dans les yeux. Le collier reposait sur les lattes, entre Nora et lui.

— Retour à la case départ, docteur Gavin, dit Quill. À quoi bon ce manège ? Cela veut simplement dire qu'une personne de plus va mourir.

Le regard de Brona, qui conservait toute sa hargne, transperça celui de Nora, puis glissa vers le collier. Nora comprit qu'elle devait tenter quelque chose.

Tout à coup, une explosion fracassante déchira la nuit, et une boule de feu et de fumée surgit dans le ciel de l'autre côté de la colline. Nora ne prit pas le temps de se poser des questions – elle attrapa le collier du bout de sa chaussure et le projeta en l'air d'un coup de pied tout en souplesse. Elle eut l'impression de voir la scène au ralenti : le collier tournoyant élégamment, les reflets dorés, et le regard de Quill suivant sa trajectoire. Il tendit violemment la main droite, dans laquelle il tenait le poignard, mais ne put atteindre le bijou. Perdant l'équilibre, il tomba dans l'eau au pied de la jetée. On entendit un *plouf* et un cri.

Nora porta son regard sur Brona, qui avait reçu un coup de poignard. La jeune fille contempla la tache rouge qui se propageait sur sa poitrine, puis sa tête bascula en avant, et son corps frêle s'affaissa sur la jetée. Nora se précipita à ses côtés mais, ayant toujours les mains liées, ne put qu'observer, impuissante, le sang qui continuait de s'écouler. Elle ne pouvait rien faire pour freiner l'hémorragie. Ressentant une douleur déchirante à la poitrine, elle redressa la tête et se mit à crier en espérant que quelqu'un l'entendrait.

— Au secours ! Au secours ! Je vous en supplie... À l'aide !

Elle crut qu'elle rêvait quand elle entendit des pas résonner sur la jetée, et que le visage épouvanté de Charlie Brazil apparut à ses côtés.

— Est-ce que vous avez un couteau ? bafouilla-t-elle. Il la fixa bêtement.

— Pour couper mes liens ! Il faut tenter de freiner l'hémorragie !

Sans un mot, Charlie sortit un canif de sa poche et trancha les cordons de cuir qui la retenaient. Nora se mit aussitôt au travail et comprima la blessure de Brona sans se soucier d'avoir du sang plein les mains. Charlie retira sa chemise pour qu'elle s'en serve de pansement. L'air hébété, il avait des brûlures et comme de la suie sur lui. Nora se souvint de l'explosion. Au loin, des sirènes approchaient.

— La maison a disparu, balbutia Charlie. La maison a disparu et mon père...

Il porta le regard en direction du rucher, où gisait le cadavre de Dominic.

— Je sais, dit Nora. C'est épouvantable, je n'ai rien pu faire.

À l'arrivée des secours, Nora eut l'impression d'entendre des voix dans le brouillard. Quand les policiers l'écartèrent de Brona pour que les ambulanciers prennent le relais, elle se sentit chanceler et remarqua pour la première fois que le vent mordait fort.

— Quelqu'un peut nous apporter une couverture ? lança un agent à côté d'elle.

Tandis qu'on lui passait une couverture autour des épaules, elle aperçut Cormac qui venait vers elle à travers la foule jaune et bleu, les traits tirés d'épuisement. Bouche bée, il vit qu'elle était couverte de sang.

— Ce n'est pas le mien, dit-elle. Ce n'est pas mon sang...

Elle baissa les yeux, fixa ses mains et se laissa tomber contre lui, à peine capable de se tenir debout à cause de la fatigue qui s'abattait sur elle. Elle le sentit contracter la poitrine et expirer une longue bouffée de soulagement, et il la serra très fort dans ses bras.

— Oh, Cormac... Je ne voulais pas que ça en arrive là...

— Chut... Calme-toi, calme-toi.

Ils se tenaient au milieu de la jetée, tandis que les policiers et les ambulanciers s'affairaient autour d'eux, apportant un brancard, des couvertures et du matériel pour les premiers soins.

— Ne me lâche pas, murmura-t-elle. Surtout ne me lâche pas. Quelques minutes plus tard, les ambulanciers emmenèrent Brona sur le brancard, mais son visage n'était pas recouvert.

L'inspecteur Ward, qui les suivait, s'arrêta pour parler à Nora et Cormac.

— Elle a perdu beaucoup de sang, mais elle respire encore. Je crois que vous lui avez sauvé la vie, docteur Gavin.

Nora aurait voulu lui expliquer qu'il n'en était rien, que c'était tout l'inverse qui s'était produit, que Brona n'avait pas reculé devant le plus grand sacrifice pour la sauver. Elle lui confierait tout ça plus tard. Ward se retourna pour les laisser, mais elle l'agrippa par la manche.

— Attendez... Et l'explosion ? Quelqu'un sait ce qui s'est passé ? Charlie a dit que la maison avait disparu.

— Oui, la ferme des Brazil. Une explosion due au gaz, semble-t-il. Je n'en sais pas plus, docteur Gavin.

— Et qu'est-il arrivé à Quill ? C'est lui qui a assassiné Ursula et Rachel, et je l'ai vu de mes propres yeux tuer Dominic Brazil.

— Oui, nous savons tout cela, docteur Gavin. Nous savons tout.

— Où est passé Quill ? On se battait et il est tombé dans l'eau... Il s'est enfui ?

Ward plissa les yeux.

— Vous n'êtes pas au courant ?

Elle fit non de la tête. Il la prit par l'épaule et la guida au bout de la jetée. Une brise soutenue agitait la surface du lac.

— Les berges sont très dangereuses. Un peu comme des sables mouvants. Quand on se débat, ça ne fait qu'empirer les choses.

Dans l'étendue marécageuse sous leurs pieds, seule demeurait visible du corps de Desmond Quill une main pâle brandie hors de l'eau. Retenu dans le poing serré, le collier en or remplissait à nouveau son rôle d'offrande votive, épouvantable sacrifice destiné à apaiser les dieux.

LIVRE SIX

APAISER LE CHAGRIN PAR LES LARMES

S'il était possible d'apaiser le chagrin par les larmes
et de ressusciter les morts par les pleurs,
l'or serait moins précieux que la peine.

Sophocle, fragment 510 des Limiers.

1

Onze jours après que la folie meurtrière de Desmond Quill avait pris fin à Loughnabrone, La Croisée avait retrouvé un semblant d'ordre. Au lendemain du drame, Nora s'était focalisée sur le ménage. C'était une façon de s'occuper, quelque chose de concret à faire. Briquant le sol à quatre pattes et frottant les taches de vin sur les murs, elle s'était fait la réflexion qu'il aurait très bien pu s'agir de son sang répandu là. Qu'est-ce qui avait fait que Quill ne lui avait pas tranché la gorge ? Et pourquoi ressassait-elle ces pensées de manière obsédante ? Elle s'y connaissait suffisamment en culpabilité du survivant pour en reconnaître les symptômes, mais cela ne l'empêchait pas de revoir sans cesse les mêmes images : le corps inerte de Dominic Brazil s'affaissant sur le côté, le sang s'écoulant sur la poitrine de Brona Scully, le collier étincelant dans le poing figé de Quill.

Faire quelque chose d'utile l'avait aidée à repousser ces pensées au cours des derniers jours ; celles-ci se faisaient de plus en plus rares. De plus, chaque minute consacrée à nettoyer les dégâts au rez-de-chaussée représentait une minute de gagnée sur le moment où elle devrait monter faire sa valise, lui évitait de penser que la séparation avec Cormac approchait. L'avenir se dressait devant elle, incertain.

Elle songea à l'inconnue sans visage que son beau-frère était censé épouser dans moins de quatre semaines. Il était tentant de s'imaginer une femme imprudente, pressée de se caser, et même un peu simplette. Pourtant la belle Triona, au brillant intellect et d'ordinaire très prudente, était tombée amoureuse de lui elle aussi.

L'intelligence n'avait rien à voir là-dedans. À chaque nouvelle relation on prenait un risque. Un saut dans le vide, la tête la première mais en s'accrochant à l'espoir. Tout le monde n'était pas chanceux. Elle repensa aux foulards de soie et aux menottes dont Cadogan s'était débarrassé, et au cordon de cuir autour du cou d'Ursula Downes. Poussée par le goût du risque, Ursula avait peut-être tutoyé dangereusement la mort en faisant confiance à Cadogan, à Desmond Quill ou à un autre, pour desserrer le nœud juste à temps, au bord du gouffre. Pour la première fois, Nora percevait le comportement d'Ursula sous son jour véritable : un cri implorant un peu de compréhension et d'échange, l'expression d'un besoin aussi vital que la faim ou la soif. Même l'attirance de Desmond Quill pour le sang pouvait être vue sous cet angle. C'était précisément l'aspiration à une dimension supérieure qui poussait les anciennes populations lacustres à faire des sacrifices, à précipiter des armes, de l'or et parfois même des hommes, dans de sombres mares qu'elles croyaient sans fond. *Quill avait raison sur un point au moins*, songea-t-elle. *Avant de considérer le passé avec mépris, elle se devait d'observer d'un œil critique ce que l'époque contemporaine jugeait acceptable.*

Elle jeta un coup d'œil à la ronde : les livres avaient retrouvé leur place sur le bureau, les tableaux réparés étaient de nouveau accrochés, la vaisselle (du moins, ce qu'il en restait) avait regagné les étagères du buffet. Elle ouvrit le carton des assiettes en grès qu'elle avait achetées. Les choses matérielles se remplaçaient facilement ; d'autres dégâts des jours passés seraient plus compliqués à réparer. Chaque pièce était emballée individuellement dans du papier de soie, bien isolée des autres pour le transport. Tandis qu'elle les déballait une par une et les rangeait dans le buffet, une seule idée lui travaillait l'esprit : Quill s'était servi de ce qu'il savait des victimes de sacrifice retrouvées dans les tourbières pour faire croire à la police que ses meurtres avaient un caractère rituel, tout en créant un lien apparent avec celui de Danny Brazil. D'une certaine manière, il s'agissait effectivement de rituels : les hommages sanguinaires de Desmond Quill au talisman, à l'objet sacré qu'il convoitait.

Nora recula et admira son œuvre. La dernière assiette était en place, et le buffet était quasiment tel qu'à l'origine, avant que Quill ne mette le cottage à sac en cherchant le croquis du collier de Loughnabrone. C'était ainsi que le bijou était désigné maintenant qu'il se trouvait entre les mains de Niall Dawson et de ses collègues du Muséum national. La presse parlait de la découverte du siècle, les télévisions s'extasiaient devant cette pièce exceptionnelle qui venait s'ajouter au patrimoine historique irlandais. Une fois qu'on l'aurait examinée, étudiée et authentifiée, elle serait certainement exposée au

Muséum national. Nora ne pouvait s'empêcher de penser aux groupes scolaires dénigrés par Quill, ces hordes de gamins ennuyés qui défileraient devant ce joyau en se bousculant, sans rien soupçonner de ses anciens pouvoirs ni de sa récente et sanglante histoire.

Soudain, elle se fit la réflexion que Quill s'était livré à un saccage inutile en cherchant le dessin. Il savait pertinemment qu'elle l'avait glissé dans le livre ; il n'avait qu'à mettre la main dessus pour s'en emparer. Pourtant, il ne s'en était pas contenté, loin s'en fallait. Il avait fracassé toute la vaisselle et les bouteilles de vin, renversé les meubles, balancé par terre tous les livres des rayonnages. La pièce avait porté la marque d'une haine et d'une colère virulentes, ce qu'elle n'avait pas du tout perçu chez Quill dans les moments, certes très courts, passés en sa compagnie. Du mépris, oui. De l'agacement, de la condescendance. Mais rien qui approche d'une telle rage. Il était trop tard pour découvrir ce qui avait déclenché cette fureur. Personne ne saurait jamais le fin mot de l'histoire.

Nora s'attaqua aux photos éparpillées par terre. Dans un premier temps elle s'était contentée de les mettre en vrac dans une boîte. Elle s'installa pour essayer de les classer. Elle-même avait une boîte semblable chez elle : les clichés qui n'avaient leur place dans aucun album, les formats bizarres et les photos isolées, prises on ne savait plus à quelle occasion. La plupart de celles-ci étaient fichues, cornées et tachées de vin. Le mieux serait de les rapporter à Evelyn qui déciderait ce qu'elle voulait en faire. Elle parcourut les vieux clichés en noir et blanc, où l'on voyait Gabriel et Evelyn à l'époque où ils étaient encore dans leurs jeunes années.

Des soirées où tout le monde buvait et fumait. Gabriel au travail sur un site de fouilles. Elle reconnut une photo qu'elle avait vue chez Cormac : lui et Gabriel au fond d'une tranchée, exhibant quelque découverte. Environ au milieu de la pile, elle tomba sur une photo aux couleurs fanées, toute chiffonnée. Elle la défroissa et découvrit une image ternie – Gabriel et Evelyn McCrossan, en compagnie de Desmond Quill. À l'époque, tous trois avaient le cheveu plus foncé et le visage sans rides. À en juger d'après leurs vêtements, la coiffure des hommes et leurs longs favoris, Nora se dit qu'elle avait dû être prise au début des années soixante-dix.

Les paroles de Quill lui revinrent comme un écho. *Vous est-il déjà arrivé, docteur Gavin, d'être prête à tout pour obtenir quelque chose ?* Pour elle, il parlait forcément du collier, mais ce n'était peut-être pas le cas. Elle comprit soudain à quoi pensait Quill en lui disant qu'Evelyn était imprudente de laisser une clé là où n'importe qui pouvait la prendre, et en eut un frisson dans le dos.

Quelqu'un sonna à la porte et elle rangea précipitamment la photo dans la boîte avant de remettre le couvercle. Elle jeta un coup d'œil par le carreau en losange et aperçut Liam Ward, la tête baissée et la mine songeuse.

— Bonsoir, docteur Gavin. Désolé de vous déranger à nouveau...

— Pas du tout. Entrez, inspecteur, je vous en prie. Cormac apparut dans l'escalier.

— Parfait, dit Ward. Je suis content que vous soyez là tous les deux. J'ai une dernière question à vous poser, quelques points à régler pour l'enquête, si vous avez une minute.

Nora était sur le point de le faire entrer dans le salon quand le portable de Cormac sonna.

— Désolé, dit-il en jetant un coup d'œil au numéro affiché. Il vaut mieux que je réponde.

Il remonta à l'étage et prit la communication.

— Bonjour, madame Foyle. Tout se passe bien ?

Géraldine Foyle était la voisine à qui Cormac avait demandé de veiller sur son père, dans son cottage du Donegal – ce dont le vieil homme s'était plaint plusieurs fois à son fils. Nora espéra que ce n'était rien de plus grave. Elle conduisit Ward dans le salon et ils prirent place dans des fauteuils devant la cheminée. L'inspecteur paraissait mal à l'aise. Nora l'observa, vêtu de son inséparable imperméable vert olive : les poignets délicats et les mains effilées qui émergeaient des manches, le long nez, les yeux noisette, les cheveux bouclés poivre et sel. Avec la douceur qu'il dégageait, elle se demanda une fois de plus ce qui l'avait conduit à entrer dans la police. Sans nul doute la même chose que celle qui les motivait, elle et tant d'autres : une curiosité insatiable, le besoin de savoir, d'apprendre, de relier les points. Bien qu'elle ait acquis la conviction que plus on en savait et moins on comprenait.

— Je viens de passer chez Michael Scully, dit Ward. Il m'a dit que vous comptiez l'emmener à l'hôpital pour voir Brona. Je tenais à vous remercier, pour ça et pour tout ce que vous avez fait.

— Ce n'est rien du tout. On est ravis de pouvoir être utiles. Vous dites que vous avez une dernière question, mais j'espère que ça ne vous dérange pas si j'en profite moi aussi pour vous en poser quelques-unes. J'essaye de comprendre quelle est la place de chaque morceau. Mais ça n'est pas aussi simple que ça, hein ? Tout s'embrouille. Comment faites-vous pour vous y retrouver ?

— C'est comme pour défaire un nœud, j'imagine. On se concentre sur un seul fil à la fois.

— Et comment savez-vous que vous êtes arrivé au bout ?

— Dans mon cas, je n'ai souvent pas le choix. D'autres dossiers deviennent plus pressants, il faut laisser tomber ceux qui traînent en longueur. Et c'est une bonne chose : autrement, on n'en finirait jamais. Ce n'est sans doute pas la réponse que vous attendiez ?

— Non, mais je comprends. C'est comme ça que ça se passe. Cormac les rejoignit, l'air soucieux.

— Qu'est-ce qu'il y a ? lui demanda Nora.

— Rien d'urgent. Je te raconterai plus tard. Continuez.

— Je voulais vous informer qu'on a retrouvé des choses intéressantes chez Desmond Quill à Dublin, notamment les clés d'un hangar où il stockait toutes sortes d'antiquités. Essentiellement de l'âge du fer, d'après les experts. Il y avait aussi des archives très détaillées prouvant qu'il se livrait au trafic d'objets volés dans les musées. Ça lui rapportait gros, mais personne n'avait rien remarqué. Tout était soigneusement répertorié dans un catalogue... en plus de tout ce qu'il vendait, des centaines de pièces comportent la mention « hors commerce ». Apparemment, c'est ce qu'il se mettait de côté. Au moment de la découverte du trésor de Loughnabrone, Quill a été chargé par le Muséum national de la conservation des objets récupérés. Il est venu sur place et a rencontré les Brazil.

— Qui lui ont montré leurs croquis, dit Nora.

Les objets qu'ils n'avaient pas remis au muséum. Vous imaginez quelqu'un comme Quill obligé de se contenter du collier en dessin, une des plus magnifiques découvertes archéologiques des cinquante dernières années ? Il y avait de quoi le rendre fou ! Vous dites qu'il était passionné par les objets de l'âge du fer ?

— On trouve quelques pièces d'autres périodes, mais il semble en effet que c'était son domaine de prédilection. Tous les objets avec la mention « hors commerce » sont de l'âge du fer, à un ou deux siècles près.

— Ce qui pourrait expliquer son intérêt pour la triple mort, fit remarquer Nora. Il a tenté de me convaincre que le fait de verser le sang conférait au sacrifice une dimension spirituelle. Pour lui, c'était une façon de renouer avec le plus profond de notre être... comme si, en tuant Ursula, Rachel Briscoe et Dominic Brazil, il leur faisait don de quelque chose de supérieur. Il parlait de la beauté époustouflante du sang.

— Dans le hangar, dit Ward, on a retrouvé une bonne demi-douzaine de poignards de cérémonie en bronze comme celui dont il s'est servi pour assassiner Dominic Brazil, et sans doute les autres victimes.

— Une chose que je n'arrive pas à comprendre, enchaîna Nora, c'est que les Brazil aient tenté de vendre le collier. Ils auraient pu se satisfaire d'une récompense, non ? Même si la somme n'avait rien à voir avec le prix du bijou, c'était plus d'argent qu'ils ne pouvaient espérer en gagner au cours de leur vie.

— Mais pour prétendre à une récompense, intervint Cormac, ils auraient dû prouver que le collier avait une provenance légale et légitime. Dès l'instant où ils l'avaient déplacé du lieu de découverte, l'origine devenait suspecte et leur dossier avait toutes les chances d'être rejeté. Aux termes de la loi sur les trésors, l'État aurait eu le droit de saisir le collier et les Brazil n'auraient pas touché un penny. Quill a dû jouer finement et les convaincre que la meilleure solution était de le lui confier.

— Et c'est facile pour nous d'analyser après coup, dit Ward. Ce genre de situation a toujours l'air plus simple de l'extérieur. La méfiance peut être quelque chose de très corrosif, surtout entre trois personnes. Quill a très bien pu monter un frère contre l'autre, il savait ce qu'il faisait. Il a dû miser sur une trahison dans un sens ou dans l'autre, sauf qu'il n'avait pas prévu de se retrouver sans le collier.

— Justement, dit Cormac, je ne comprends pas pourquoi Quill a laissé passer autant de temps avant d'essayer de mettre la main sur le trésor. Danny Brazil avait disparu depuis vingt-six ans. Dès lors que Quill ne croyait pas qu'il ait filé en Australie, pourquoi n'a-t-il pas lancé des recherches, essayé de prouver qu'il n'était pas parti ?

— Je crois bien qu'il a tenté de retrouver sa trace, dit Ward, et que ça n'a rien donné. Je pense même qu'il soupçonnait Dominic d'avoir supprimé son frère, mais en l'absence de cadavre et d'indices troublants il ne pouvait rien prouver.

— D'après ce que Quill m'a confié dans la tourbière, dit Nora, j'ai l'impression qu'il a toujours fait pression sur Dominic Brazil. Mais celui-ci n'a jamais craqué, étant donné qu'il ne savait pas où se trouvait le collier. Par contre, Quill n'en était pas convaincu. Mais il ne pouvait pas se permettre de liquider celui qui constituait son unique chance. Quand on a retrouvé le cadavre de Danny Brazil, Quill a tout de suite su qui était responsable. Grâce à tous les bruits qui circulaient, il a fait le rapprochement avec la triple mort et a pris soin d'infliger des blessures similaires à ses victimes... soit pour vous fourvoyer, inspecteur, soit parce qu'il appréciait la méthode, avec la notion de sacrifice qui lui parlait. Je pense qu'il était ravi, à sa façon tordue, de poursuivre le rite.

— Tout cela est longtemps resté enfoui, fit remarquer Cormac. Qu'est-ce qui a fait remonter les choses à la surface ?

— J'imagine qu'on peut dire qu'Ursula a été le catalyseur, dit Nora. Après la découverte du cadavre de Danny Brazil, elle s'est intéressée aux rumeurs faisant état d'objets en or dans le trésor de Loughnabrone, et elle a fini par mettre la main sur le croquis. Elle a compris qu'elle détenait la clé pour retrouver le collier, mais elle avait besoin de l'aide de Quill pour résoudre l'énigme.

— Le plan est incompréhensible si on n'est pas de la région, renchérit Ward. Par contre, pour quelqu'un comme Quill qui avait eu l'occasion de venir ici des dizaines de fois, cela sautait aux yeux. On reconnaît tout de suite la berge du lac, les neuf ruches et le message se décrypte facilement. Les abeilles constituaient la défense idéale : qui aurait l'idée de chercher sous une ruche ?

Cormac se tripota l'oreille, l'air perplexe.

— Je vois bien le lien entre Quill et les Brazil, mais je ne comprends pas comment Ursula a pu le deviner.

— Il suffit parfois d'un détail, dit Nora. Comme moi, Ursula a dû remarquer la photo accrochée dans le bureau de Cadogan. On y voit les frères Brazil au moment de la découverte du butin. Desmond Quill y figure également. On ne distingue pas son visage, mais son épingle de cravate est très reconnaissable : un triskèle assez original. Vingt-cinq ans plus tard, il la portait toujours. J'ai mis un certain temps à me souvenir d'où je l'avais vue. Une fois qu'on a fait le rapprochement, Quill est tout à fait reconnaissable sur la photo : quelque chose dans la posture, cette façon de se tenir très droit. Je n'ai pas d'autre explication.

C'est un caprice du destin, songea-t-elle. *Un mystère qui ne sera sans doute jamais éclairci.*

— Aucune nouvelle de Teresa Brazil ? demanda-t-elle à Ward.

— Non. Rien du tout. Comme vous le savez sans doute, on n'a retrouvé aucun cadavre dans les décombres. C'est comme si elle s'était volatilisée. Les experts ont déterminé que les bouteilles d'oxygène étaient ouvertes, ainsi qu'un des feux de la gazinière. Il a suffi d'une étincelle de la chaudière au fuel pour que ça explose. Vous avez déjà eu l'occasion de voir les décombres après une explosion au gaz ? La ferme a été entièrement rasée. Il ne reste rien.

Nora n'avait raconté à personne comment l'explosion avait modifié le cours des choses – si Quill ne s'était pas retourné pour observer la déflagration, elle n'aurait pas pu saisir cette ultime occasion de se battre. Et l'arrivée rapide des secours avait sauvé la vie à Brona. On devait tout cela, et davantage encore, à Teresa Brazil. Elle les avait sauvées toutes les deux en détruisant le mensonge sur lequel était fondée sa vie depuis tant d'années. Nora l'imagina franchissant le seuil, refermant la porte sur le sifflement du gaz.

— Vous comptez passer le reste de l'été ici ? leur demanda Ward.

Nora jeta un coup d'œil à Cormac avant de répondre.

— Justement, nous comptions vous en parler. Je rentre demain à Dublin, pour l'autopsie du cadavre de la tourbière de Loughnabrone.

— Vous espérez apprendre quoi ? lui demanda l'inspecteur, l'air sincèrement curieux.

— Nous chercherons la date et la cause approximatives du décès, d'éventuelles pathologies, des explications pour tous les éléments dont nous disposons. En ce qui concerne mes travaux personnels, j'essaye de mieux comprendre les phénomènes qui permettent à un cadavre de se conserver dans une tourbière. Nous parviendrons peut-être à analyser le contenu de l'estomac, ce qui nous apprendra des choses sur l'alimentation de cet individu et le contexte social de l'époque. Je suis sûre qu'il va susciter une foule d'analyses sur les sacrifices. En fait, nous posons les mêmes questions que vous au cours d'une enquête : Qui ? Comment ? mais surtout Pourquoi ? En fin de compte, on en revient toujours à la nature humaine.

— Et vous, docteur Maguire ? Vous partagez cette passion ? Cormac se rembrunit et fixa Nora.

— En temps normal, oui. Mais je ne vais pas pouvoir t'accompagner. C'est la personne qui s'occupe de mon père qui appelait tout à l'heure. Il n'est pas en très bonne forme, je vais devoir me rendre sur place demain. Désolé, Nora.

Ward posa les mains sur ses genoux et se leva pour prendre congé, sa tête bouclée touchant presque le plafond.

— Bon, je vais y aller.

Il prit son imperméable sur le fauteuil et se tourna vers la porte, mais Nora le retint.

— Vous avez obtenu votre réponse, inspecteur Ward ? En arrivant, vous avez dit que vous souhaitiez nous poser une question.

— Ah, oui... j'allais presque oublier.

Il plongea la main dans sa poche intérieure et en sortit une petite photo en noir et blanc qu'il leur montra à tour de rôle. On y voyait une jeune femme aux yeux foncés, vêtue d'une blouse. Elle fixait l'objectif par-dessus son épaule, d'un air espiègle et direct. Il s'en dégageait une impression de jeunesse radieuse et d'intimité saisissante.

— Connaîtriez-vous cette femme ? leur demanda-t-il.

— Oui, bien sûr, répondit Cormac. Je suis surpris que vous ne l'ayez pas reconnue : c'est Evelyn McCrossan, à qui appartient cette maison. Cela dit, la photo date d'un certain temps. Evelyn a dépassé la soixantaine.

— Au dos est inscrit le nom Evelyn Fitzgerald.

— C'est son nom de jeune fille, expliqua Cormac. Où l'avez-vous trouvée ?

— Dans un tiroir de bureau fermé à clé, au domicile dublinois de Desmond Quill. Il y avait presque une centaine de photos d'elle : certaines datant d'il y a longtemps, d'autres beaucoup plus récentes, prises ces derniers mois.

Une nouvelle fois, Nora eut un frisson dans le dos.

— Sauriez-vous pourquoi Quill s'intéressait à Evelyn McCrossan ? demanda Ward.

— Absolument pas, répondit Cormac.

Nora se contenta de secouer la tête. Une photo parmi tant d'autres ne voulait rien dire...

— J'imagine qu'il ne serait pas très surprenant que Quill ait côtoyé Gabriel et Evelyn McCrossan, dit-elle, le cœur palpitant. Il a commencé comme archéologue et travaillait au Muséum national. Je suis sûre que Gabriel et lui se connaissaient depuis longtemps. Auquel cas il avait forcément rencontré Evelyn.

— N'hésitez pas à me passer un coup de fil si vous voyez autre chose. Chaque fois qu'un suspect meurt avant la fin de l'enquête, on se retrouve avec des questions sans réponse. Merci pour votre temps.

Dès que Ward fut parti, Nora se précipita vers le buffet où elle avait caché la boîte avec la photo de Quill et des McCrossan. Elle s'en empara et lut l'inscription au dos – *Desmond Evelyn Gabriel, Loughnabrone, 1967*.

— Je suis tombée sur cette photo, dit-elle en la tendant à Cormac. Gabriel et Evelyn se sont mariés en quelle année ?

— 1969 ou 1970, je crois. Je ne sais pas exactement.

— Ils n'étaient donc pas mariés au moment où cette photo a été prise ?

— Non, sûr que non.

La question non formulée demeura en suspens, sans réponse.

— S'ils se connaissaient, je me demande pourquoi Gabriel ne m'a jamais parlé de Quill. Ils s'étaient peut-être brouillés, perdus de vue.

— Au sujet d'Evelyn ?

— J'imagine que c'est possible.

Nora examinait les visages granuleux. Pouvait-on dire qu'il s'en dégageait une ambiance tendue, comme si les deux hommes avaient rivalisé pour le cœur de la belle jeune femme assise entre eux ? Le bras de Quill était glissé dans le dos d'Evelyn, sur l'épais coussin – un geste possessif. Comment saisir les nuances de relations personnelles sur un cliché, un instant figé ? Eux savaient qui l'avait emporté, et ce n'était pas Desmond Quill.

— Si Quill avait des vues sur Evelyn, certaines phrases qu'il a sorties à Dominic Brazil dans le rucher prennent tout leur sens... comme de perdre un trésor plus précieux que n'importe quel bijou en or. Il estimait peut-être que le collier lui revenait de droit, comme compensation ou réparation d'un affront subi. Le rejet d'Evelyn, par exemple.

— Mon Dieu, pauvre Evelyn. Je suis sûr qu'elle ne s'en doutait pas une seconde.

— Maintenant que Quill est mort, c'est forcément terminé.

Elle lui reprit la photo et, avant qu'il puisse réagir, gratta une allumette, y mit le feu et la jeta dans l'âtre parmi les cendres. Elle observa les bords noircir et s'enrouler. Le dernier détail à disparaître fut le sourire de Desmond Quill. Avec un peu de chance, Evelyn McCrossan se verrait épargner la douleur d'être son ultime victime, à titre posthume.

2

Cormac déposa Nora et Michael Scully devant l'entrée principale de l'hôpital. Nora observa avec appréhension le vieillard descendre de la voiture ; il se déplaçait péniblement mais elle hésitait à se montrer trop prévenante, et craignait de le vexer en lui proposant un fauteuil. Quand ils eurent enfin franchi les portes coulissantes, Scully fit un geste de la tête en direction des quelques chaises roulantes alignées dans l'entrée.

— Je pense qu'il serait préférable que je circule là-dedans, si ça ne vous dérange pas.

Elle en approcha une et Michael s'y laissa tomber, épuisé par la trentaine de mètres qu'il avait parcourue depuis la voiture. Prenant place derrière lui, Nora observa ses frêles épaules secouées par sa respiration pénible, et ses traits tirés par la douleur chronique. Quand il agrippa les accoudoirs, elle remarqua les veines de ses mains qui ressortaient entre les tendons. Sans doute ne se reverraient-ils jamais après son départ de Loughnabrone.

Quand ils arrivèrent à la chambre de Brona, Michael lui fit signe de s'arrêter devant la porte. Derrière la vitre il contempla sa fille endormie, le cou toujours enveloppé de pansements. Ayant perdu beaucoup de sang avant d'arriver à l'hôpital, elle avait passé quelques jours dans un état critique mais ne semblait avoir subi aucune lésion cérébrale du fait du manque d'oxygène. Son état s'améliorait de jour en jour ; la veille, ils l'avaient retrouvée assise dans son lit. Elle garderait certainement une cicatrice, mais par miracle la lame de Quill n'avait touché aucune artère principale du cou.

— On va la laisser tranquille, dit Scully. Je ne suis pas à quelques minutes près.

Nora fit marche arrière et ils parcoururent le couloir en silence.

— J'ai beaucoup réfléchi, finit par dire Scully. Même si je devais survivre, je n'ai plus grand-chose à faire pour Brona. C'est à elle de choisir. Mais je veux être certain qu'elle prendra ses décisions librement, sans que quelqu'un s'en charge à sa place.

— Je suis vraiment désolée qu'on soit obligés de partir demain. Comment ferez-vous pour vos visites chez le médecin ?

— Je conduirai moi-même, tant que j'en aurai la force. Et dès qu'elle sera remise, Brona jouera les chauffeurs, si je n'y arrive plus. Eh oui, dit-il en voyant l'air interloqué de Nora, elle a son permis, et même le bac ! C'est une jeune femme très intelligente et indépendante. Mais vous voyez qu'elle doit affronter bien des préjugés, y compris de la part de personnes bienveillantes comme vous.

— Je n'aurais pas dû supposer...

— C'est difficile de s'en empêcher, dit Scully. Ce n'est pas grave.

— Je serais curieuse de savoir comment vous faites pour communiquer... ou plus précisément, comment Brona communique avec vous. Ça ne doit pas être facile pour elle d'exprimer ses sentiments, ses besoins ?

— Vous seriez étonnée de ce que peuvent échanger deux personnes sans prononcer un mot, dit-il. Je ne dis pas que c'est toujours simple, mais on se débrouille. Même avec la parole, on a parfois du mal à se faire comprendre.

Ce constat toucha une corde sensible chez Nora qui avait eu beaucoup de difficultés à annoncer son départ à Cormac.

— Mais, elle ne vous écrit pas certaines choses ? Elle n'utilise pas le langage des signes ?

— Pas vraiment. C'est difficile à décrire. Elle se débrouille pour se faire comprendre dans le quotidien. Elle mène une vie très solitaire, seule avec moi dans la tourbière, mais elle ne se plaint pas. Elle fait la cuisine et le ménage, elle m'aide pour mon travail, elle lit. Avant, on se réjouissait du passage de Gabriel et Evelyn chaque été. Ça rompait la monotonie. J'ai envisagé plusieurs fois de déménager, mais je ne voyais pas où aller. Existe-t-il un seul endroit sur terre où l'on puisse fuir la solitude ? Et je crois savoir que ça peut être encore pire quand on est perdu dans la foule. Ici, ce n'est certes pas le coin le plus charmant d'Irlande, et les poissons risquent parfois de se noyer sous la pluie, mais c'est chez moi.

En l'écoutant, Nora éprouva une pointe de nostalgie pour l'autre pays de son cœur, où la neige recouvrait en hiver les champs de maïs de la Prairie, où les berges escarpées du fleuve étincelaient sous le soleil d'automne, où tout paraissait minuscule sous le ciel immense et somptueux. Elle avait beau se sentir chez elle dans la tourbière noire, les vastes espaces lui manquaient terriblement, et elle enviait Michael Scully d'avoir le sentiment d'appartenir à un lieu.

— J'ai décidé que je préférais ne pas me retrouver à l'hôpital, le moment venu, lui confia-t-il. J'aime mieux rester dans ma maison, sur mes terres. Je sais que je vous ai déjà beaucoup sollicitée, mais si vous pouviez m'aider à prendre mes dispositions.

— Si vous voulez parler d'une assistance à domicile, oui, je connais des personnes susceptibles d'aider.

Ils continuaient de déambuler dans le couloir, chacun porté par le flot de ses pensées. Nora se demandait ce que deviendrait la masse de connaissances accumulées par Michael Scully au cours d'une vie – et même de plusieurs, quand on songeait aux nombreuses personnes qui s'étaient confiées à lui au fil des ans. Bien entendu ses prodigieuses archives lui survivraient ; mais leur lecture ne remplacerait jamais une balade en compagnie d'un être capable de vous indiquer l'endroit précis où trois corbeaux avaient chanté sur la tombe d'un roi.

Une silhouette en blouse blanche venait à leur rencontre – un jeune homme rasé de près, sans doute un interne. Quand il fut devant eux, Nora arrêta de pousser le fauteuil et le vit agripper l'accoudoir avec une certaine nervosité et se pencher vers Michael Scully.

— Monsieur Scully, serait-il possible de vous toucher un mot avant de voir votre fille ?... En privé...

— C'est le Dr Conran qui soigne Brona, précisa Scully à l'intention de Nora. Docteur, je vous présente Nora Gavin qui s'occupe de moi. Si vous n'y voyez pas d'inconvénient, je préfère qu'elle soit présente, quelles que soient les nouvelles.

— Comme vous voulez. On va se mettre par ici.

Il les conduisit dans une petite pièce à quelques mètres de là, où trois bureaux encombrés étaient serrés dans un coin.

— Comme vous le savez, commença le jeune homme d'un ton prudent, hier Brona souffrait beaucoup dans le bas du dos et aux jambes. Ce matin, nous avons décidé de vérifier si elle n'avait pas une fracture par compression. Avant de soumettre une femme en âge de procréer à une radio du bassin, la routine veut que l'on effectue quelques analyses sanguines, bien que le taux de radiation soit vraiment infime. Notamment, un test de grossesse... (Il se déplaça nerveusement sur sa chaise.) Je dois vous informer que l'examen de votre fille s'est avéré positif.

— Vous êtes en train de me dire que Brona est enceinte ?

— Oui, dit le médecin en se caressant le menton. J'ai demandé au laboratoire de refaire le test, pour s'assurer qu'il n'y avait pas d'erreur. Je dois vous avertir, monsieur Scully, qu'au moment de l'admission de votre fille nous n'avons pas cherché à vérifier si elle avait été victime d'une agression sexuelle. Personne ne l'a demandé...

Les péripéties de l'épouvantable journée défilaient dans la tête de Nora. Se pouvait-il que Brona se soit cachée dans les broussailles du rucher parce qu'on l'avait violée ?

— Avez-vous des raisons de croire que ma fille ait subi une agression sexuelle ? demanda Scully. M'a-t-on caché quelque chose ? A-t-elle...

L'interne n'en menait pas large.

— Non, non... Rien de la sorte. Mais, comme je vous l'ai dit, nous n'avons pas examiné...

Michael Scully marqua un long silence. Quand il s'exprima enfin, sa voix était éraillée et fatiguée, mais son ton plutôt affable.

— J'apprécie votre franchise, docteur Conran. Mais j'ai deux questions à vous poser. D'abord, qu'est-ce qui vous fait présumer que Brona aurait été victime d'une agression ?

— Eh bien, elle... Je pensais...

Observant les traits de l'interne, Nora comprit qu'il redoutait que Michael Scully ne soit furieux de leur négligence, et qu'il ne s'en prenne à l'hôpital, à lui et ses collègues. Il apparaissait aussi très clairement qu'il ne faisait pas grand cas des facultés mentales de Brona. Nora avait pitié de lui et ne pouvait pas lui en vouloir –n'avait-elle pas commis la même erreur ?

— Ensuite, reprit Scully, si vous avez une nouvelle médicale la concernant, je me demande pourquoi vous m'en faites part à moi et non à votre patiente. Ma fille a vingt-deux ans, docteur Conran. Elle n'est pas sourde et dispose de toutes ses facultés mentales.

— Je suis navré. Je ne savais pas... enfin, je n'étais pas sûr... elle était sous calmants, et...

— Je vais me charger de lui apprendre la nouvelle. Estimez-vous libéré de ce devoir.

Le visage du jeune homme s'illumina de soulagement, à la limite de l'inconvenance. Nora trouva qu'il avait quelques progrès à faire pour le contact avec les patients ; mais ce qu'il dit ensuite tempéra son agacement.

— Moi aussi j'apprécie votre franchise. Je suis désolé. Je suis vraiment désolé si je me suis laissé guider par des a priori, et je vous présente mes excuses les plus sincères si je vous ai blessé. À l'avenir, je me souviendrai de notre conversation avant de me livrer à des présuppositions.

Michael Scully serra la main qu'il lui tendit.

— Je vais vous laisser, dit Conran. Vous pouvez tout à fait rester ici.

Après son départ, Nora reprit sa position derrière le fauteuil et poussa Scully dans le couloir, en direction de la chambre de Brona. Ils n'étaient qu'à deux ou trois mètres de la porte quand Michael lui fit une nouvelle fois signe de s'arrêter. Elle jeta un coup d'œil dans la chambre et comprit pourquoi ; Brona dormait toujours mais s'agitait dans tous les sens en agrippant ses draps.

— Je dois vous faire un aveu, dit Scully. Le soir où Brona a disparu, quand je vous ai appelés... ce n'était pas la première fois. Le soir de l'assassinat d'Ursula, elle n'est pas rentrée de la nuit. Je me suis réveillé à deux heures et quart, et je me suis levé pour vérifier que tout allait bien. Elle n'était pas dans sa chambre, et nulle part dans la maison. Quand elle est rentrée le lendemain, ses habits sentaient le feu de bois. Avec la nouvelle du meurtre, j'aurais dû dire quelque chose, prévenir Liam qu'elle avait découché, mais j'ai préféré me taire. J'avais peur de la mettre en danger, j'ai jugé préférable que le moins de monde possible sache qu'elle traînait dehors ce soir-là.

Nora baissa les yeux et vit les épaules du vieil homme secouées par un soupir involontaire, ses traits tirés et une larme suspendue au coin de l'œil.

— Je pensais que j'étais le mieux placé pour la protéger. Mais si j'apprends que quelqu'un lui a fait du mal, alors que je me suis tu...

À cet instant Brona ouvrit les yeux. Elle les aperçut devant la porte et son visage exprima tout le dévouement affectif qu'elle éprouvait pour son père, et Nora s'y sentit associée par le seul fait de sa présence à ses côtés.

Et puis la jeune femme la transperça du regard, pénétrant au-delà des émois et des craintes, et Nora se laissa porter par le flot de sa respiration, comme hypnotisée. Son regard était une bénédiction, une louange, la reconnaissance lucide de tout ce qu'elles avaient partagé. Quand Brona referma enfin les paupières, Nora eut la sensation d'être libérée d'un ensorcellement.

3

Liam Ward se tenait devant le placard ouvert, peu enthousiasmé par les boîtes de sardines et de haricots, et le flacon de sauce curry qu'il avait sous les yeux. Il se livrait toujours à cette inspection en parlant à son fidèle Lugh, qui ne manquait pas de jouer les pointers à la vue de sa nourriture pour chien. C'était leur rituel quotidien, et ni l'un ni l'autre ne s'en lassait après tant d'années de vie commune.

— Ce sera quoi ce soir ? Ragoût de mouton ou *steak and kidney pie ?*

Lugh dressa la queue à la manière d'un drapeau.

— Très bien, la tourte. Un bon choix, si je puis me permettre.

Il ouvrit la boîte et remplit l'écuelle. En observant l'animal qui se jetait dessus, il repensa à l'enquête. Il avait toujours du mal à tirer un trait tant que les nœuds principaux n'étaient pas démêlés ; pourtant, certains ne se dénouaient jamais, malgré tout le temps et l'énergie qu'on y consacrait.

On avait pu vérifier sur le terrain que Charlie Brazil disait la vérité concernant le feu de joie, sans pour autant savoir combien de temps il était resté sur place. Il avait aussi omis un détail non négligeable – il n'était pas seul. En inspectant les lieux,

Ward avait senti quelque chose sous sa semelle dans les cendres : le bracelet qu'Eithne et lui avaient offert à Brona pour ses dix ans. Une espèce de torque formé de plusieurs tresses en métal doré. Pour autant qu'il sache, Brona le portait toujours, ne le retirait sous aucun prétexte.

Il l'avait ramassé et glissé dans sa poche, avec mauvaise conscience. Il s'était promis de le verser au dossier au cas où il s'agirait d'un indice pertinent. Mais le mal était fait : il était coupable de recel de preuve. Il prit le bracelet dans sa poche et l'observa quelques instants en le faisant rouler sur ses doigts. Le moment était venu de le rendre à Brona.

Il songea à la foule de détails qui, à l'image de ce bijou, avaient joué un rôle dans cette affaire mais ne figureraient pas dans son rapport. Il existait trop d'histoires connexes dont l'enquête pouvait se passer, bien qu'elles en fassent partie. Comme par exemple la boîte remplie de trophées qu'on avait retrouvée dans l'appartement d'Ursula Downes ; des objets qu'elle avait de toute évidence fauchés à des dizaines d'hommes. Chacun était étiqueté, avec un prénom et une date, et l'on comptait parfois jusqu'à trois ou quatre articles pour une même semaine. Quel besoin pathologique, quel manque Ursula Downes cherchait-elle à combler ?

Comme l'avait deviné Maguire, Rachel Briscoe était effectivement la fille de Thomas Power. Après le divorce de ses parents, elle avait pris le nom de jeune fille de sa mère et toutes deux étaient parties vivre en Angleterre. Sarah Briscoe leur avait confirmé tout cela quand elle était venue chercher le corps de sa fille un peu plus d'une semaine auparavant. Elle n'avait manifesté aucun intérêt pour ce qu'on avait retrouvé dans la chambre de Rachel à Dublin : des cahiers remplis d'une écriture serrée en pattes de mouche, où elle décrivait en détail comment elle avait épié Ursula Downes au fil des mois et semaines précédant l'excavation. Ses griffonnages étaient difficiles à déchiffrer, le fruit d'un esprit de plus en plus troublé, mais Ward en avait tout de même retiré la conviction que Rachel Briscoe n'était pas une meurtrière, malgré les allégations de Quill – à moins de considérer le suicide comme le meurtre de soi-même. Car tel était bien le plan de la jeune femme : retrouver Ursula Downes, s'introduire auprès d'elle et s'ouvrir les poignets devant la femme qui lui avait empoisonné l'existence.

Ward avait senti son sang se glacer en lisant ces phrases que Rachel Briscoe avait peut-être couchées sur le papier à l'instant même où l'idée lui était venue. Malgré une nuit longue et éprouvante, il s'était forcé à poursuivre la lecture, partageant par ces lignes l'existence tourmentée d'une jeune femme qui souhaitait vraiment mourir, ce qui évoquait pour lui une autre souffrance qu'il n'avait su apaiser.

Il jeta un coup d'œil à Lugh qui faisait avancer son écuelle avec son museau, sa langue raclant la moindre goutte de sauce.

— Voilà du bon travail, l'ami. Tout compte fait, la faim justifie peut-être les moyens. J'imagine que tu seras bientôt prêt pour ta promenade.

Lugh redressa la tête en entendant le mot « promenade », un autre de leurs rituels du soir. Ward alla chercher la laisse et l'attacha au collier du chien. L'itinéraire habituel empruntait la route qui longeait le terrain de hurling, puis au croisement ils gravissaient la colline jusqu'aux ruines du château, et rentraient par le chemin en bordure de la rivière argentée. C'était un moment très agréable, surtout par une soirée comme celle-là où la luminosité s'attardait paresseusement sur le paysage vallonné. Mais au moment où il ouvrit la porte d'entrée, Ward découvrit Catherine Friel sur le perron.

— Bonsoir, Liam, dit-elle en se ressaisissant. J'espère que ça ne vous dérange pas que je passe à l'improviste. C'est Maureen Brennan qui m'a donné votre adresse. Je tenais à ce que vous ayez mon rapport le plus vite possible, dit-elle en lui tendant une enveloppe, et...

Lugh glissa la tête par la porte entrouverte et flaira la main du Dr Friel, dans l'espoir de se faire cajoler. Elle se pencha et le regarda en caressant ses oreilles soyeuses. Ward était forcé de reconnaître qu'il se sentait mal à l'aise. Comment expliquer que le Dr Friel se déplace chez lui pour lui remettre un rapport qui pouvait très bien attendre le lendemain matin ?

Ravi de cette attention inattendue, Lugh s'approcha et tenta de lécher leur hôte, mais elle le retint.

— Il est très affectueux ! Comment s'appelle-t-il ?

— Lugh.

— Un nom magnifique. Le dieu de la Lumière, vainqueur des ténèbres...

Elle jeta un rapide coup d'œil à Ward, comme pour deviner d'après son expression si Lugh s'était montré digne de son ascendance.

— Mon fils me supplie depuis un an et demi d'avoir un chien. Mais j'hésite. Avec mon nouveau poste, je suis souvent en déplacement. J'imagine que pour lui cet argument vaut aussi bien en faveur du chien. J'ai toujours l'espoir que ça lui passera et qu'il laissera tomber, mais il a de la suite dans les idées.

— Comment s'appelle votre fils ?

— Johnny... John, comme son père. J'ai du mal à me mettre dans la tête qu'il ne veut plus entendre parler du diminutif.

— Il a quel âge ?

— Dix ans au mois d'octobre. Ses deux sœurs sont en pension, alors il est souvent seul. J'imagine qu'il serait content d'avoir un compagnon.

— Et son père en pense quoi ?

Elle parut déconcertée et détourna un instant le regard avant de répondre.

— J'ai perdu mon mari, il y a trois ans.

— Je suis désolé, Catherine... Je ne savais pas, je ne voulais pas présumer... murmura-t-il en baissant le regard. Je fais un piètre enquêteur.

Elle le regarda droit dans les yeux, avec un sourire ironique qui lui serra le cœur plus que de raison.

— Ne dites pas de bêtises. Vous êtes un policier talentueux, mais qui a eu beaucoup à faire ces derniers jours.

Elle se pencha et gratta Lugh une dernière fois derrière les oreilles, le genre de geste qu'on a au moment de prendre congé.

— Il faut que j'y aille...

Ward sentit l'occasion lui échapper. Quelques secondes de plus et elle s'envolerait peut-être à jamais, ce qu'il ne pouvait permettre. Il se surprit à dire :

— J'ai passé une merveilleuse soirée l'autre jour.

— Moi aussi, Liam.

Ward repensa au dîner. Il était resté sur la réserve, n'avait cessé de réprimer ses émotions pour ne pas céder à de faux espoirs.

Et maintenant, face à la première opportunité véritable, il était comme paralysé. Tous deux demeurèrent figés sur le perron.

— Après la mort de mon mari, finit-elle par dire, j'ai essayé un certain temps de vivre ma vie à reculons. Je me suis aperçue que ça ne marchait pas. La seule direction c'est d'aller de l'avant. C'est très angoissant mais je ne vois pas d'autre choix.

Elle déposa un baiser sur ses lèvres et garda son visage proche du sien. Il sentait la chaleur que dégageait sa peau. Il n'arrivait plus à respirer, ni à réfléchir. Quand elle recula, il la retint par le bras de sa main gauche.

— Catherine, vous laisseriez-vous convaincre de rester un soir de plus, pour que nous dînions ensemble ?

Une étincelle dans le regard de Catherine ralluma le petit bois de son âme et il sentit une minuscule flamme, noyée et éteinte depuis trop longtemps, se remettre à trembloter dans sa poitrine.

— Oui, Liam. Je suis prête à me laisser convaincre.

4

Charlie Brazil circulait précautionneusement parmi les décombres de la maison où il avait passé son enfance, à la recherche d'objets familiers, de souvenirs méritant d'être récupérés. Mais la destruction n'avait rien épargné ; il ne voyait que du tissu noirci, les restes calcinés de chaises et d'armoires, des éclats de verre et du béton. Les pompiers avaient parlé d'une explosion due au gaz. Sa mère savait parfaitement ce qu'elle faisait. C'était elle qui avait laissé échapper les moutons, pour le tenir à l'écart de la maison, hors de danger. Au début, il ne savait plus quoi penser, mais il y voyait désormais la preuve qu'elle voulait lui laisser la vie sauve.

Où sa mère se trouvait-elle à cette heure ? Il tenta de l'imaginer, seule avec elle-même, projetant une ombre qui se déplaçait quelque part sur terre, et comprit qu'il ne la reverrait jamais. Il ne savait pas trop ce que cela lui faisait. La colère et l'inquiétude viendraient peut-être plus tard. Pour l'heure, il était simplement soulagé qu'elle ne se soit pas trouvée dans la maison. Lui aussi souhaitait qu'elle vive.

Du bout du pied, il retourna la carcasse de la

radio qui avait toujours trôné, aussi loin que remontaient ses souvenirs, sur l'étagère dans la cuisine.

Le malaise que la ferme lui avait toujours inspiré s'était donc confirmé – il y avait quelque chose de mauvais dans l'air. Son père répétait sans cesse que la maison portait malheur, mais lui était plus convaincu que jamais que la bâtisse n'y était pour rien, pas plus que le terrain. Pourtant, il y avait du vrai là-dedans. Une force négative occupait les lieux. Avant d'aller se coucher, son père n'oubliait jamais de vérifier portes et fenêtres, d'asperger les chambranles et la cheminée d'eau bénite, pour repousser toutes les créatures qui risquaient de s'introduire chez eux. On aurait dit qu'il redoutait une invasion. Sans doute était-il conscient de toutes sortes de dangers que Charlie et sa mère ignoraient.

Après avoir retiré du rucher le cadavre de son père, les secours s'étaient occupés de celui de son assassin, un certain Desmond Quill. Ce n'était pas tant la vue d'un cadavre en costume cravate qui avait retenu l'attention de Charlie que son épingle à cravate : un disque en bronze tout simple, marqué de trois espèces d'hélices.

Il avait alors examiné les traits du mort et s'était souvenu du même visage vingt ans plus jeune, lui souriant par le carreau baissé d'une voiture qui s'était arrêtée à côté de lui au bord de la route. Monsieur était un ami de la famille, lui avait-il expliqué. Ses parents avaient dû s'absenter d'urgence, l'avaient chargé de passer prendre leur fils, pour l'emmener dîner pendant ce temps-là et le ramener ensuite à la maison. Redoutant de désobéir à la volonté paternelle, Charlie avait accepté de le suivre. Il se souvenait de sa méfiance initiale, mais le monsieur s'en était tenu au programme annoncé. Ils avaient dîné dans un restaurant chic, quelque part dans les Monts Slieve Bloom. Il se souvenait du trajet, avec le soleil encore haut dans le ciel. C'était au début de l'été, les buissons de part et d'autre de la chaussée étaient en fleur, d'un rose éclatant. Une véritable gloutonnerie s'était emparée de lui devant le festin qu'on leur avait servi. Il s'était goinfré : rosbif en sauce, et deux desserts. Assis en face de lui, le monsieur s'était contenté de l'observer en fumant, le sourire aux lèvres, sans dire grand-chose. Après le repas, ils avaient appelé son père de la réception du restaurant ; Charlie se souvenait de la sensation désagréable de la main adulte posée dans son cou, l'incitant à parler. Sans lui laisser le temps de décrire son merveilleux dîner, le monsieur lui avait repris le combiné et dit : « Vous savez ce que je veux. J'estime que l'échange est équitable... Je tenais juste à ce que vous sachiez combien cela m'a été simple... »

Charlie gardait en mémoire le son de la voix de son père – aucun mot, quelques notes de désespoir, implorantes. Il avait eu peur sur le chemin du retour, mais le monsieur l'avait déposé devant le portail et était reparti sans rien dire, ses lanternes s'éloignant avant de disparaître dans la nuit. Son père était sorti de la maison et l'avait secoué comme un prunier, et lui avait fait comprendre avec une bonne rouste qu'il ne devait plus jamais remonter dans la voiture d'un inconnu, sous aucun prétexte, et surtout ne rien dire de cette soirée à sa mère sous peine de l'achever. Il ne lui en avait jamais parlé et le souvenir de cet épisode anodin avait fini par s'estomper. C'était à partir de ce moment-là que son père s'était mis à vérifier les portes et les fenêtres chaque soir. Il comprenait maintenant qu'il avait couru un grand danger, ce qui expliquait la réaction violente de son père. Mais une question demeurait sans réponse : pourquoi Desmond Quill lui avait-il laissé la vie sauve ?

Il n'avait jamais revu Quill, mais avait aperçu une fois la même expression désemparée dans le regard de son père. La fois où les policiers étaient passés à la ferme au sujet de bêtes mutilées qu'on avait retrouvées sur la route de la tourbière – deux agneaux et un chevreau volés au petit troupeau de sa mère. Charlie savait pertinemment que tout le monde le soupçonnait d'avoir fait le coup, mais c'était faux ; il était bien incapable de faire des choses pareilles à une bête. Même après tant d'années, le souvenir du sang sur les photos qu'on lui avait montrées le rendait malade.

Il virevolta en sentant quelque chose l'effleurer dans le dos. Pivotant sur lui-même, il vit qu'il était seul. Pourtant, l'impression était là, à l'endroit même où Desmond Quill avait posé sa main tant d'années auparavant... à moins qu'il ne s'agisse de son imagination. S'efforçant de balayer ses inquiétudes, il continua d'avancer parmi la masse de débris où se dressait une maison quelques jours auparavant. Avec ou sans explosion, l'édifice aurait tout de même fini par s'effondrer sous le poids du non-dit, les poutres n'arrivant plus à supporter la honte et la culpabilité qui pesaient sur elles depuis tant d'années. Beaucoup des mystères qui l'avaient intrigué – les absences secrètes de sa mère, la photographie d'elle qu'il avait retrouvée dans la remise, les objets cachés sous les dalles – se combinaient peu à peu pour former une image dans sa tête.

À en croire l'inspecteur Ward, Danny Brazil était peut-être plus que son oncle. Il se souvint du choc en voyant le cadavre dans la tourbière, avec le lacet autour du cou, et effleura machinalement son propre talisman. Cela faisait presque dix ans qu'il l'avait noué et il ne l'avait jamais retiré, persuadé que les trois nœuds le protégeaient du malheur. Personne ne lui avait expliqué de quoi Danny était mort au juste. Pas besoin ; il en avait vu assez pour s'imaginer comment cela s'était déroulé. Il ne pouvait s'empêcher d'y penser. Cela le prenait sans crier gare, en plein travail dans la tourbière. La scène défilait dans sa tête et il avait l'impression que le sol se dérobait sous ses pieds. Il trébuchait ou vacillait en arrière, désorienté et déséquilibré, pris de vertige.

Le manque de sommeil et d'appétit n'aidait pas. Il était inquiet pour Brona. Il avait besoin de la revoir au plus vite, c'était plus fort que lui. Se montrer à l'hôpital aurait été une forme d'aveu, mais cela n'avait plus aucune espèce d'importance. Depuis onze jours, il s'était par trois fois introduit de nuit dans sa chambre d'hôpital pour la voir. Les deux premières fois, il s'était contenté de la regarder dans son sommeil. Mais la veille elle était réveillée et quand il lui avait caressé le visage, elle avait pris sa main et l'avait posée sur son cœur battant, puis sur le doux renflement de son ventre. Il avait fermé les yeux et revécu la nuit de leur troisième rencontre miraculeuse.

Après avoir allumé le feu de joie, il avait observé les flammes en pensant à Brona, tenaillé par le désir de la revoir, de sentir son pouls accéléré sous ses doigts, quand il avait aperçu soudain son visage de l'autre côté de la flambée, éclairé par la lueur vacillante. Elle s'était mise à tourner autour du feu, et sans savoir pourquoi il l'avait suivie. Ils avaient fait trois fois le tour du brasier. Il avait su ce qu'il devait faire, presque d'instinct, et avait senti un picotement dans la nuque. Pour la première fois de sa vie, il n'avait pas hésité un instant. Il avait pris Brona par la main et tous deux avaient reculé de quelques pas, pour prendre leur élan avant de sauter par-dessus le feu. Il avait senti l'intense chaleur et les flammes lui lécher les semelles. La moindre chute leur aurait été certainement fatale – mais il savait que rien ne pouvait leur arriver. Ils avaient atterri de l'autre côté sur les talons, sains et saufs, et étaient partis à la renverse. Avant qu'il ait eu le temps de se ressaisir, Brona Scully l'avait aidé à se relever et lui avait attrapé le visage à deux mains. Le contact de ses doigts était frais et agréable...

Il avait rouvert les yeux, debout à son chevet, et porté le regard à l'endroit où reposait sa main, puis s'était senti comblé, débordant et bouillonnant de vie. La vision de Brona drapée d'insectes vivants continuait de le hanter et de l'émerveiller. Il avait compris, en un éclair, ce qu'elle devait éprouver.

Charlie avança parmi les décombres et s'arrêta à l'endroit où s'était trouvée sa chambre. Il s'aperçut que la porte d'entrée n'était qu'à quelques pas, de même que la cuisine et le salon. Il prenait enfin conscience du tout petit univers au sein duquel chacun des membres de sa famille avait suivi sa propre orbite quotidienne, le plus souvent en s'évitant les uns les autres. Soulevant un morceau de toiture, il découvrit l'étagère où il rangeait ses manuels d'apiculture, renversée sur le côté ; les ouvrages étaient calcinés et gonflés par l'eau qui avait servi à éteindre l'incendie. Leur perte le touchait profondément, même s'il avait conscience d'en avoir tiré tout ce qui lui était utile, des connaissances logées dans son esprit, dont il s'était imprégné. Il n'avait plus besoin de leçons. Pour savoir ce qu'il devait faire, il n'avait qu'à évaluer la température et la pluviométrie, percevoir l'humidité ambiante, anticiper les saisons des arbres et des fleurs des champs, interpréter les humeurs des abeilles elles-mêmes.

Il commença de gravir la colline et jeta un coup d'œil en arrière, vers l'espace vide qu'avait occupé la maison de ses parents, et comprit à cet instant qu'il n'éprouvait ni l'envie ni le besoin de savoir auquel des deux frères Brazil il devait l'existence.

Le moment venu, il enterrerait deux pères. Il avait des préoccupations plus pressantes. Avant tout, il devait penser à Brona. Et puis, l'été commençait et les abeilles avaient besoin qu'on s'occupe d'elles.

5

En rentrant de l'hôpital, Nora tenta une fois de plus de convaincre Michael Scully de passer la nuit au cottage avec eux, voire qu'elle ou Cormac s'installe chez lui, mais il ne voulut pas en entendre parler.

— Ça fait bien une semaine et demie que je survis ici tout seul, non ? Ce n'est pas une nuit de plus qui va m'achever ! Allez-y, et profitez du temps qu'il vous reste à passer ensemble. Vous ne me ferez pas changer d'avis, alors autant en prendre votre parti et débarrasser le plancher tous les deux !

— D'accord, concéda Nora. Mais nous passerons demain vous dire au revoir avant de partir.

— Juste une dernière chose : vous avez des nouvelles de Charlie Brazil ? A-t-il un toit ? J'aurais dû m'en préoccuper plus tôt, je sais bien, mais...

— Vous avez eu votre lot de soucis, Michael. Charlie ne va pas trop mal. On s'est croisés l'autre jour à Kilcormac, et il m'a expliqué qu'il avait trouvé une chambre au-dessus d'une boutique. Ce n'est pas Byzance, mais il a un toit sur la tête.

— Bien, fit Scully en opinant du chef. Tant mieux.

En rentrant à La Croisée, Nora repensa à la question de Scully. S'agissait-il d'une simple sollicitude entre voisins ou bien avait-il d'autres raisons de se soucier du sort de Charlie Brazil ?

— Ça te dit de faire un tour sur la colline avant le coucher du soleil ? proposa-t-elle à Cormac.

— Je te suis.

Ils gravirent la pente, côte à côte mais sans se toucher, comme le jour où Nora était arrivée. À chaque pas en direction du couchant elle sentait le temps s'écouler, s'échapper. La nuit déploierait son manteau sur le paysage l'espace de quelques heures, avant le retour du jour et ses tristes adieux, comme disait la chanson.

Au sommet de la colline ils découvrirent un énorme tas de cendres, les restes d'un feu de joie. Ils en firent le tour. Nora remarqua deux traces de pas, avec la marque du talon plus enfoncée que le reste.

— Regarde ça, dit-elle à Cormac. Qu'est-ce que ça peut bien vouloir dire ?

— Tu n'as jamais entendu parler des feux de la Saint-Jean ? Elle fit non de la tête.

— C'est une coutume païenne, poursuivit Cormac, qui a dû tomber en désuétude dans la plupart des régions. Une famille, parfois une communauté tout entière, faisait un énorme feu qui durait toute la nuit. C'était l'occasion de bénir la maison, les récoltes et le bétail. Les gens faisaient trois fois le tour du feu, dans le sens contraire des aiguilles d'une montre, pour écarter la maladie, et certaines fois les jeunes sautaient par-dessus les flammes.

— Et tu penses que quelqu'un a sauté par-dessus ce feu ?

— Ça m'en a tout l'air. Une fois le feu éteint, on est censé faire passer le bétail dans les cendres, ou bien leur marquer le dos avec une baguette en noisetier. Chacun rapporte un tison à la maison, et le premier à franchir le seuil fait figure d'oiseau de bon augure. On ramène également une braise ardente avec laquelle on fait trois fois le tour de la maison, et des cendres à mêler aux semences du printemps suivant. Je ne savais pas que la coutume existait encore dans la région. Je serais très curieux de savoir qui a fait ce feu.

Tu pourrais demander à Brona Scully, songea Nora. Mais elle garda cette pensée pour elle. Les Scully ne tenaient sans doute pas à ce qu'on dévoile leurs histoires familiales, et ce n'était pas à elle de divulguer les confidences qu'on lui avait faites, même à Cormac.

— On n'a pas eu le temps de parler du coup de fil de Mme Foyle. J'espère que ce n'est rien de grave, avec ton père ? D'habitude, elle ne te demande pas de venir sur place régler leurs différends.

— Non, ce n'est pas ça. Mon père a fait une légère attaque, expliqua-t-il d'un ton qui se voulait rassurant. Ses jours ne sont pas en danger, mais Mme Foyle dit qu'elle ne veut pas outrepasser ses fonctions. Il vaut mieux que j'aille voir ce qui se passe. Je serai sans doute de retour à Dublin avant ton départ. Mais je ne peux pas en dire plus avant d'être sur place.

— Je pourrais t'accompagner quelques jours...

— Non, je ne veux pas te demander ça. Tu ne peux pas rater l'autopsie du cadavre de tourbière. Ça compte trop pour toi.

— Mais toi aussi tu comptes beaucoup pour moi.

— Merci, dit-il en lui prenant la main. Je suis touché. Mais je sais à quel point cette autopsie est importante pour tes recherches. C'est une opportunité unique, qui ne se représentera pas.

— Pourquoi faut-il que le Donegal soit si loin ? Ton père n'aurait pas pu naître à Kildare ?

— Si, je suppose que si, mais alors ce ne serait plus mon père, hein ?

Nora pensa à Joseph Maguire, qu'elle n'avait jamais rencontré mais avait vu en photo – un homme à la mine farouche, solide comme un chêne, avec une belle tignasse blanche.

— Non, tu as raison.

De l'autre côté de la colline, Nora eut une fois de plus le souffle coupé à la vue de l'arbre aux fées de Brona Scully, orné de son bric-à-brac. Elle s'adossa au tronc et contempla le ciel à travers les branches tortueuses.

— Qu'est-ce qui fait que cet endroit me plaît tant ? Je tenais à venir une dernière fois, pour m'imprégner du moindre détail, parce que la prochaine fois il se pourrait que ça ait beaucoup changé.

Cormac s'appuya contre une branche basse, à côté d'elle.

— Tu veux dire que tu comptes revenir ?

Elle encaissa son doute comme une gifle.

— Je sais que je n'ai pas été très diserte. J'espère que tu comprends pourquoi je dois rentrer en Amérique. Ce n'est pas que j'aie envie de te quitter...

— Je comprends tout à fait la loyauté. Le fait de respecter ses promesses. Même si tu dois t'absenter un moment, ce ne sera pas trop long. Rien n'est jamais trop long.

— Je veux y croire... mais je préfère qu'on ne se promette rien.

Son regard pénétrant la mit mal à l'aise.

— Tu as raison, dit-il. Peut-être vaut-il mieux laisser les choses suivre leur cours. Mais attends ici une seconde, veux-tu ?

Elle s'étira sous l'arbre tandis qu'il se dirigeait vers un noisetier arborant de belles tiges. Il sortit un canif et découpa quelques pousses vertes, des brins d'une trentaine de centimètres. Il revint s'allonger dans l'herbe à côté d'elle.

— C'est bien connu que le noisetier repousse les sournoiseries, dit-il.

Captivée, elle l'observa plier le bois vert entre ses doigts et tisser rapidement une tresse toute simple, comme elle en avait vu dans les musées – on appelait ça un nœud d'amour.

— Tiens, dit-il. C'est pour toi.

Elle le prit en sachant qu'elle ne s'en séparerait jamais, quoi qu'il arrive. Elle garderait toujours sur elle ce gage d'espoir, cette promesse tacite. Elle l'attira vers elle et ils demeurèrent allongés dans l'herbe, enlacés, à contempler le pêle-mêle de l'arbre aux fées. Elle songea à ce qui les attendait tous les deux dans les jours à venir – un face-à-face avec la mort, l'occasion d'apprendre sur soi et sur quelques êtres chers des choses qu'on se serait bien passé de savoir. Elle se trouverait très loin de ce sanctuaire. Une illusion, à vrai dire ; mais elle avait beau savoir que ce lieu ne lui offrait aucune protection particulière, qu'elle n'y était pas plus en sûreté qu'ailleurs, elle y éprouvait cette sensation comme jamais auparavant dans sa vie.

Comme s'il avait lu dans ses pensées, Cormac se tourna vers elle et lui dit :

— Juste une chose... Je ne veux surtout pas que

tu te croies invincible maintenant que tu détiens ça, dit-il en caressant le nœud d'amour. Ses pouvoirs sont énormes, mais ça ne veut pas dire pour autant que tu doives faire fi de toute précaution. Je t'en supplie, Nora, sois prudente.

Elle lui avait caché la véritable raison de son retour en Amérique. Comment lui expliquer qu'elle voulait empêcher l'assassin de sa sœur de faire une nouvelle victime ? Mais elle comprit à cet instant que Cormac savait pourquoi elle rentrait et qu'il la comprenait, malgré ses craintes.

Le soleil flottait juste au-dessus de l'horizon à l'ouest, un disque orange vif dans le nuage de poussière de tourbe. Nora repensa au Mide, l'ancienne province du Milieu, et sentit la chaleur de Cormac à ses côtés. Elle allait quitter cet endroit, et peut-être n'y reviendraient-ils jamais. Garderait-elle le souvenir d'un sanctuaire ou d'un lieu de sacrifice ? Les anciens avaient peut-être raison d'y voir une seule et même chose.

Serrant très fort la main de Cormac, Nora s'assit et se tourna vers Loughnabrone, le lac aux chagrins, en pensant à ceux qui avaient baptisé l'endroit. Quels sacrifices, quels chagrins, quelles douleurs avaient-ils portés en ces lieux ? Quelles énigmes sur les origines de la vie et de la mort voulaient-ils résoudre ? Parfaitement immobile, elle observa un héron solitaire qui se déplaçait lentement et élégamment dans les bas-fonds, jusqu'à ce qu'un éclat argenté attire son regard prédateur.

REMERCIEMENTS

Mille mercis à tous ceux qui m'ont aidée dans mes recherches pour ce livre : Barry Raftery, pour tout ce qui touche à l'archéologie, et pour son merveilleux ouvrage *Pagan Celtic Ireland* (l'Irlande celte et païenne) ; les archéologues Jane Whitaker et Ellen O'Carroll, qui ont bien voulu répondre à mes centaines de questions, et m'ont donné accès à leurs sites de fouilles en tourbière ; Conor McDermott, Cathy Moore, et Cara Murray, spécialistes de l'archéologie en milieu marécageux, dont le savoir en la matière est encyclopédique ; le Dr John Harbison, légiste auprès du gouvernement irlandais, qui a bien voulu partager sa grande expérience des scènes de crime ; Heather Gill-Robinson, pour son expertise de la conservation en tourbière ; Kevin Barry, qui m'a montré l'endroit de la tourbière où il a retrouvé le cadavre, et sa femme Betty, pour son hospitalité ; Eamon Dooley, pour son histoire passionnante du *Bord na Môna* à Boora ; Paul Riordan, directeur de la tourbière de Boora ; le contremaître de l'atelier de Boora, Cormac Carroll, et tous les ouvriers qui nous ont montré les lieux ; Eddie O'Sullivan, de la Fédération irlandaise d'apiculture, et John Donoghue, qui m'a permis de le suivre dans son rucher par une après-midi humide ; Patrick J. Cleary, retraité de la Garda Siochana, qui ne cesse de me fournir conseils et éclaircissements sur les procédures policières ; Dàithi Sproule, qui m'a une fois de plus aidée à traduire le gaélique ; enfin, tous les merveilleux musiciens qui ont inspiré la musique de ce livre. Ces personnes m'ont certainement permis d'éviter bien des erreurs ; je porte l'entière responsabilité de celles qui subsisteraient. Merci aussi à mes remarquables éditeurs, Susanne Kirk chez Scribner et Carolyn Caughey chez Hodder & Stoughton ; à Sarah Knight chez Scribner, pour son soutien inestimable ; et à Sally Wofford-Girand, agent hors pair. Et à tous ceux qui m'ont encouragée, notamment mon atelier d'écriture, ma famille, et mon merveilleux mari, *go raibh mile maith agaibh*.

TABLE

Les mystères de la lande

Le chant des corbeaux

Erin Hart

La tourbe du comté de Galway, en Irlande, renferme de bien macabres secrets. Tel ce corps de femme décapitée, parfaitement conservé, avec une étrange bague en or dans la bouche, qui est retrouvé par un laboureur ! Qui, mieux que l'archéologue Cormac Maguire, et la pathologiste Nora Gavin pourraient essayer de reconstituer l'histoire de ce mystérieux cadavre ? A leurs recherches font écho d'autres disparitions non élucidées. Celles de Mina Osborne et de son fils, par exemple, dont les traces se perdent elles aussi dans la tourbière…

(Pocket n° 12626)

Jeux de rôles

Le jeu de la vérité

Martha Grimes

Vrai casse-tête pour le commissaire Richard Jury que la découverte de ce squelette de femme, sous les vestiges d'un pub bombardé en 1940. Car si l'identité d'Alexandra Tynedale ne fait pas de doute, celle du bébé mort trouvé à ses côtés pose problème. Sans doute la fille d'une nurse de la famille, la petite Erin ? Car la propre fille d'Alexandra est bien vivante. Heureusement, l'incroyable Melrose Plant, châtelain et détective, mènera pour le commissaire l'enquête au manoir. Un héritage colossal est en jeu : qui se fait passer depuis des années pour la fille du richissime Olivier Tynedale ?

(Pocket n° 12626)

Psychose à Aubin-Corbier

Un coin tranquille pour mourir

Yvonne Besson

Une série de décès pour le moins étranges s'abat sur le collège Aubin-Corbier : un stagiaire est retrouvé les poignets tailladés dans les toilettes de l'établissement. Puis c'est au tour du mari infirme de la conseillère pédagogique de chuter du haut d'une falaise. Simples suicides ou meurtres prémédités ? C'est à la sémillante Carole Riou, commandant de police judiciaire, de trancher. Seulement entre un jeune prof drogué aux polar et une enseignante maniaco-dépressive la course aux suspects s'annonce délicate...

(Pocket n° 12671)

Achevé d'imprimer sur les presses de

BUSSIÈRE

GROUPE CPI

à Saint-Amand-Montrond (Cher)
en août 2007

POCKET - 12, avenue d'Italie - 75627 Paris Cedex 13

— N° d'imp. : 71232. —
Dépôt légal : juin 2006.
Suite du premier tirage : août 2007.

Imprimé en France